Anne Tyler
*Mrs. Emersons
Hausmeisterin*

Roman

Aus dem Amerikanischen
von Claus Varrelmann

S. Fischer

Die amerikanische Originalausgabe erschien 1972
unter dem Titel »The Clock Winder«
bei Alfred A. Knopf, New York.
Copyright © Anne Tyler Modarressi 1972
Deutsche Ausgabe:
© S. Fischer Verlag, Frankfurt am Main 1997
Satz: Dörlemann Satz, Lemförde
Druck und Einband: F. Spiegel Buch, Ulm
Printed in Germany 1997
ISBN 3-10-080017-6

Mrs. Emersons Hausmeisterin

1960

1 Das Haus erfüllte keinen Zweck mehr. Es war ein lebloses, abweisendes Ungetüm mit braunen Schindelwänden, das dicht an der Straße stand, aber auf der Rückseite von Bäumen geschützt wurde und weit genug von Baltimores Innenstadt entfernt lag, um nicht dem aschigen Geruch der Fabriken ausgesetzt zu sein. Die Fensterläden im obersten Stockwerk waren geschlossen; die um das Haus herumführende Veranda mit ihrem lackierten grauen Dielenboden und der himmelblauen Decke blieb auch dann leer, wenn sich die Veranden in der Nachbarschaft mit Kindern und Hunden und zufälligen Besuchern füllten. Dennoch wohnte hier eindeutig jemand. Ein zusammengeharkter Laubhaufen lag neben dem Gartenweg. Ein gefülltes Vogelfutterhäuschen hing in dem Hartriegelbaum. Und neben dem Haus pinkelte Richard, der Hausmeister, auf einen Rosenbusch; er hatte den Rücken der Straße zugewandt, und auf seinem länglichen dunkelhäutigen Gesicht lag ein verträumter Ausdruck.

Plötzlich tauchte die spindeldürre Mrs. Emerson auf, in einem seidig glänzenden grauen Kleid, das farblich zu den Dielen paßte. Ihr Gesicht war sorgfältig geschminkt, obwohl es noch nicht einmal zehn Uhr morgens war. Das, was sie zu sagen beabsichtigte, ließ schon jetzt ihre rosafarbenen, geschürzten Lippen zucken. Sie überquerte auf ihren hochhackigen Schuhen klackend die Veranda. Sie ging mit vorsichtigen Schritten seitwärts die Vorderstufen hinunter und hielt sich dabei an dem Geländer fest. »Richard?« sagte sie. »Was tun Sie da?«

»Ich schneide die Rosen zurück«, antwortete Richard über die Schulter. Er wedelte in Hüfthöhe mit einer Gartenschere.

»Ich meine, was machen Sie in diesem *Moment*, Richard?«

»Ach, gar nichts«, sagte Richard.

Das stimmte. Er hatte inzwischen seinen Reißverschluß geschlossen und drehte sich daher jetzt um und schnippte grinsend mit der Schere ins Leere. Mrs. Emerson blieb vor ihm stehen und verschränkte die Arme.

»Versuchen Sie nicht, mich anzuschwindeln, Richard. Ich habe aus dem Fenster geschaut und Sie gesehen. *Richard?* dachte ich. Ist das wirklich Richard?«

»Ich habe mir die Rosen angeschaut, die ich zurückschneiden will.«

»So nennen Sie das also?«

Richard machte immer dieselben Gesten, wenn er verlegen war – er ließ den Kopf hängen, wackelte mit einem auf die Ferse gestellten Fuß und spielte mit den Händen an etwas herum. Jetzt verdrehte er die Gummigriffe der Schere und sagte: »Es wird langsam Zeit. Bald kommt der Herbst.«

»Das Haus nebenan gehört Mrs. Walter Bell«, sagte Mrs. Emerson. »Sie sind von ihrem Eßzimmerfenster aus deutlich zu erkennen. Sie können sicher sein, daß ich es sowieso erfahren hätte.«

»*Ich* habe nichts getan, Mrs. Emerson.«

»Schweigen Sie.«

»Ich wollte bloß die Rosen zurückschneiden.«

»Ich sagte: Schweigen Sie. Ich weiß nicht, ich weiß wirklich nicht«, sagte Mrs. Emerson.

»Sie regen sich in letzter Zeit schnell auf, das ist alles.«

»Ich rege mich auf? Worüber sollte ich mich aufregen?« sagte Mrs. Emerson. »Los, geben Sie mir die Schere. Sie sind entlassen.«

Richard hörte auf, an der Schere herumzufummeln. Er schaute mit offenem Mund zu ihr hoch und streckte das Gesicht vor, so als könne er sie nicht richtig sehen. »Ach, kommen Sie schon«, sagte er.

»Ich werde die blöden Rosen selber zurückschneiden.«

»Ach, Mrs. Emerson, das kann doch unmöglich Ihr Ernst sein. Sie würden mich niemals einfach so rausschmeißen. Schließlich arbeite ich hier seit fünfundzwanzig Jahren, den Krieg nicht mitgerechnet. Ich habe die Rosen eigenhändig gepflanzt und jeden Tag gewässert. Muß ich Sie wirklich erst daran erinnern?«

»Ich weiß nicht, was Sie mit *wässern* gemeint haben«, sagte Mrs. Emerson, »aber es spielt keine Rolle, denn Sie werden sowieso gehen. Und erwarten Sie ja nicht, daß Sie noch Geld von mir bekommen. Es ist Montag, und ich habe Ihnen letzten Freitag Ihren Lohn gezahlt. Sie waren weniger als eine halbe Stunde hier, und den größten Teil davon haben Sie unnütz verbracht. Ich habe aus dem Fenster geschaut und gedacht, ich sehe nicht richtig. Ich dachte: Wie weit ist es mit uns inzwischen gekommen? Was wird als nächstes passieren? Zuerst hat Emmeline mein Transistorradio so lange laufen lassen, bis die Batterien leer waren, und kaum habe ich sie weggeschickt, da fangen *Sie* an. Sie können gerne Ihren neuen Arbeitgeber wegen eines Zeugnisses zu mir schicken. ›Er ist fleißig‹, werde ich sagen, ›aber er pinkelt auf die Rosen.‹ Es mag ja Leute geben, denen das egal ist.«

»Wollen Sie nicht noch einmal in Ruhe darüber nachdenken?«

Mrs. Emerson hob das Kinn und schaute an ihm vorbei und spielte dabei mit den leeren Ärmeln ihres Pullovers herum. Sie sagte: »Nachdenken? Warum sollte ich darüber nachdenken? Ich habe mich entschieden.«

»Aber überlegen Sie doch: Wo finden Sie jemanden, der die Arbeit so gut macht wie ich?«

»Überall«, sagte Mrs. Emerson. »Aber ich werde gar nicht suchen. Ich bin zu enttäuscht. Ständig werde ich von jemandem hintergangen. Aber damit ist jetzt Schluß. In Zukunft kümmere ich mich selbst um alles.«

»Sie wollen die Fensterläden anstreichen? Die alten Rohrleitungen in Schuß halten? In Ihren hochhackigen Schuhen aufs Dach klettern, um die Regenrinne sauberzumachen?«

Mrs. Emerson, die sich bereits umgedreht hatte, weil sie weggehen wollte, blieb stehen und hob eine Hand prüfend an ihre Locken. Es war ein Zeichen von Unsicherheit, und das wußte Richard, aber dann machte er eine Bemerkung, durch die er es sich endgültig mit ihr verdarb. »Sie werden mich zurückholen, Mrs. Emerson«, sagte er. »Da bin ich mir ganz sicher.«

»Niemals«, sagte Mrs. Emerson.

Dann ging sie auf Zehenspitzen über den Rasen, um nicht einzusinken.

Auf ihrem Eßzimmertisch lag stets ein Kartenspiel bereit. Sie setzte sich auf die Kante eines Stuhls, strich die Unterseite ihres Rockes glatt, griff nach den Karten und begann mit kurzen ruckartigen Bewegungen eine Patience zu legen. Ihr Atem ging zu schnell. Sie verlangsamte ihn ganz bewußt, saß kerzengerade da und rückte die Karten sorgfältig zurecht, ehe sie zu spielen begann. Aber immer wieder gingen ihr unvollständige Fragen durch den Kopf. Hätte sie lieber –? Wie konnte er –? Warum hatte sie –?

Im Sonnenlicht, das durch das Erkerfenster fiel, verschwammen die Ränder des um ihre Schultern geschlungenen Pullovers, und der Puder auf ihrem Nasenrücken schimmerte. Sie war früher sehr hübsch gewesen. Das war sie immer noch, aber ihre Schönheit strahlte inzwischen, da ihre Kinder erwachsen waren, eine gewisse Entschlossenheit aus. Sie hatte irgendwann anfangen müssen, etwas für ihr Aussehen zu tun. Sie bekämpfte den Drang, in bequemen Schuhen herumzulaufen, nachts ihren Kinnriemen nicht anzulegen und sich gehenzulassen. Morgens, während sie eine perlmuttfarbene Grundierungscreme auf ihren Wangen verteilte, bemerkte sie, daß sie in verschiedene Einzelteile zu zerfallen schien. Ihr Gesicht bestand aus einer Reihe kleiner Erhebungen, die durch transparente Haut lose miteinander verbunden waren, und es erinnerte sie an die mit Seidenpapier bespannten Modellflugzeuge, die ihre Söhne früher gebastelt hatten. Zwischen ihren eng zusammenstehenden blauen Augen verliefen feine Risse. Ihre Lippen hatten sich zusammengezogen, weswegen sie ständig dieselbe schmollende Miene machte, die sie als Kind schon immer aufgesetzt hatte. Übriggeblieben waren ihre Farben – Rosa, Weiß, Blond, die meisten seit einiger Zeit künstlich. Jede Woche ging sie zum Friseur, und wenn sie herausgeputzt von dort zurückkehrte, spannte ihre Kopfhaut so stark, als würde ihr jemand an den Haaren ziehen. Sie machte sich für jeden Anlaß sorgfältig zurecht, sogar fürs Frühstück. Sie trug niemals Hosen. Ihre dünnen, spitzen Beine steckten stets in hauchdünnen Strümpfen, und in ihrem Schrank standen lauter hochhackige Schuhe, die ihr Schmerzen im Fußrücken verursachten. Aber wenn ihre Kinder zu Besuch kamen, und sie, pastellfarben gekleidet, zur Begrüßung in der Tür stand und ihnen die glatten hellen Hände mit den polierten Nägeln entgegenstrecke, fiel ihr auf, wie erleichtert sie wirkten. Erleichtert und ein wenig enttäuscht: Sie hatte es überlebt, von ihnen verlassen worden zu sein. Sie war keine gebrochene alte Frau.

Sie legte die rote Sieben auf die schwarze Acht. Jetzt konnte sie die Sechs nach oben tun. Sie schaute über den Tisch hinweg durch das Erkerfenster und sah, daß Richard immer noch an derselben Stelle stand, an der sie ihn zurückgelassen hatte. Seine Schultern hingen herab. An einer Hand baumelte die Gartenschere. War es angebracht, daß sie noch irgend etwas tat? Aber während sie ihn betrachtete, ließ er die Schere fallen und ging zum Geräteschuppen hinterm Haus. Sie würde also die Schere selbst wegräumen müssen. Sie hatte keine Ahnung, wo sie hingehörte.

Sie deckte ein As auf. Dann noch eins. Richard erschien wieder in ihrem Blickfeld. Er schleppte sich vorwärts, anders konnte man es nicht nennen. Er glaubte, sie würde ihn beobachten. Das tat sie jedoch nicht. Sie legte die letzte Karte mit einem schnappenden Geräusch auf den Tisch, überprüfte noch einmal die vorhandenen Möglichkeiten und streifte dann ihre

Armbänder zurück und schob die Karten zusammen. Als sie das nächste Mal aus dem Fenster blickte, war Richard verschwunden.

Das Haus war voller Uhren. In jedem Zimmer stand eine – Acht-Tages-Pendülen, die jede halbe und volle Stunde schlugen. Das Schlagen der Uhren war perfekt aufeinander abgestimmt, das Aufziehen jedoch nicht. Einige mußten jeweils an einem bestimmten Tag aufgezogen werden, einige an einem anderen. Nur Mrs. Emersons Ehemann hatte das System gekannt (falls es überhaupt ein System gab). Als er vor drei Monaten gestorben war, hatte sie erwogen, alle Uhren ablaufen zu lassen und sie dann gleichzeitig wieder in Gang zu setzen, damit sie nicht mehr darüber nachzudenken brauchte, an welchem Tag sie welche Uhr aufziehen mußte. Aber die damit verbundene Symbolik – das Tick, Pause, Tock, die länger werdenden Pausen und das letzte Ticken der Standuhr in der Diele, die als erste stehenbleiben würde – beunruhigte sie so sehr, daß sie den Plan aufgab. Jeder andere Mensch hätte alle Uhren an einem bestimmten Tag bis zum Anschlag aufgezogen und wäre in Zukunft dementsprechend verfahren. Mrs. Emerson tat es nicht. (Gab es da nicht ein Problem mit zu fest aufgezogenen Antriebsfedern? Hätte ihr Mann das nicht ansonsten schon vor Jahren getan? Oh, was hatte er sich nur dabei gedacht? Was hatten die unzähligen Uhren in dem Haus zu bedeuten, die zuverlässig ihre Aufgabe erfüllten, während Mrs. Emerson vor ihnen stand und die Hände verdrehte?) Abends ging sie verwirrt durch das Haus, öffnete die gläsernen oder hölzernen Türchen, griff nach den Schlüsseln und hielt dann inne, legte die Fingerspitzen an die Lippen und zählte mit angestrengtem Blick die Wochentage ab. Sie war nicht dumm, aber war daran gewöhnt, daß jemand ihr die Verantwortung abnahm. Sie war fast übergangslos von der Obhut ihres Vaters in die Obhut ihres Mannes gelangt, eines eher unauffälligen Menschen, der ihr seit seinem Tod sehr viel

weiser und geheimnisvoller vorkam als zu Lebzeiten. Er kannte
die Antworten auf Fragen, die zu stellen ihr nie in den Sinn gekommen war, und er hatte diese Antworten für sich behalten.
Er hatte die Uhren, wenn er zufällig an ihnen vorbeikam, geistesabwesend aufgezogen. Er hatte ihr Schlagen aufeinander
abgestimmt, ohne ersichtliche Mühe, sogar ohne es ihr gegenüber zu erwähnen – aber wie? Die Standuhr in der Diele ging,
im Vergleich mit den anderen, eine viertel Minute vor. Es war
Mrs. Emerson nicht gelungen, sie genauer einzustellen, obwohl
sie einen halben Vormittag lang die Zeiger ungeduldig vor- und
zurückgeschoben und immer wieder auf das Surren des kleinen
Hammers, das dem Schlagen vorausging, gewartet hatte.

Jetzt schlug die Uhr. Dann nach einer Pause setzten die anderen ein: zehn Uhr. Sie saß da und hatte nichts zu tun, es gab
niemanden, mit dem sie reden konnte, sie war allein in diesem
großen Haus, da sie den letzten dienstbaren Geist weggeschickt
hatte. Sie stand vom Tisch auf, überprüfte mit einer Hand ihre
Frisur und ging in die Diele. Auf der Kommode stand eine Vase
mit einem Strauß Ringelblumen, den sie eine Weile neu ordnete, ohne wirklich etwas zu verändern. Sie strich den Tisch-
läufer unter der Vase glatt. Dann öffnete sie die Haustür, um das
muffige Zimmer zu lüften. Sie wollte sie gerade wieder schließen, als sie die Gartenmöbel erblickte, die in einer Schlangen-
linie vor und neben dem Haus auf der Veranda herumstanden.
Sie blieben das ganze Jahr über dort; das war immer so gewesen.
Kein Wunder, daß das Haus einen so bedrückenden Eindruck
machte. Mrs. Emerson wußte genau, wie trostlos die Korbsofas
im Winter aussahen, wenn in den Nähten der durchweichten
Kissen der Schnee hängenblieb, wenn von den Aluminiumstüh-
len Eiszapfen herabhingen und die Rattansessel sich dunkel ver-
färbten, splitterten und bei starkem Wind umkippten. Dieses
Bild kam ihr wie eine Antwort vor. Alles würde sich ändern,
wenn sie vor Beginn des Herbstes die Möbel wegbrachte.

Sie lief mit flatterndem Rock nach draußen, nahm den runden Teetisch aus Metall und ging klackend die Vorderstufen hinunter. Dann nach hinten und durch den Garten – es war eher ein Wald als ein Garten, und er fiel bis zur Garage, die man vom Haus aus nicht sehen konnte, steil wie ein Berghang ab. Sie kam an zwei leeren Pergolen vorbei sowie an einem Geräteschuppen, einem verfallenden Pavillon, einer Steinbank und etlichen abgeschnittenen, inzwischen ausgefransten häßlichen Seilen, die ihre Kinder früher zum Klettern und Schaukeln benutzt hatten. Schwammartiges Moos gab unter ihren Füßen nach, und Dornensträucher kratzten an ihren Strümpfen. In den Büschen begannen Vögel zu schreien, so als hätte sie kein Recht, dort entlangzugehen. Als sie bei der Garage ankam, stellte sie fest, daß die Seitentür klemmte. Sie trat mit einem ihrer spitzen Schuhe dagegen. Dann trug sie den Tisch hinein und stieg den Hügel wieder hinauf. Sie war bereits jetzt außer Atem.

Als nächstes kam ein breites, unhandliches Sofa an die Reihe. Sie warf die Ärmel ihres Pullovers über die Schulter und bückte sich, um an einer der Korblehnen zu ziehen, aber die Beine verhakten sich immer wieder in den Ritzen zwischen den Dielenbrettern. Als sie das Sofa bis zur Treppe gezerrt hatte, legte sie eine Pause ein. Dann sagte jemand von der Straße her: »Brauchen Sie Hilfe?«

Sie drehte sich um. Ein hochgewachsenes Mädchen in einer Arbeitshose beobachtete sie. »Ich könnte am anderen Ende anfassen«, sagte das Mädchen.

»Das würden Sie wirklich tun?« sagte Mrs. Emerson.

Sie trat zur Seite, und das Mädchen ging an ihr vorbei, um ein Ende des Sofas hochzuheben. »Es ist nicht schwer, aber es ist *sperrig*«, erläuterte Mrs. Emerson. Das Mädchen nickte und folgte ihr, das Sofa an der Unterkante locker festhaltend, die Treppe hinunter und ums Haus herum. Sie machte offensichtlich nicht viele Worte. Jedesmal, wenn Mrs. Emerson sich umdrehte, um ihr entschuldigend zuzulächeln (es wäre wirklich besser gewesen, sie vor dem weiten Weg, den sie zurücklegen mußten, zu warnen), sah sie bloß die Oberseite eines gesenkten Kopfes – dunkelblondes Haar, das glatt bis auf die Schultern fiel, eine Frisur, die Mrs. Emerson langweilig fand. Das Mädchen verlor kein Wort über den steilen Abhang oder die Dornensträucher oder die Tatsache, daß es absurd war, Möbel durch ein scheinbar endloses Waldstück zu schleppen. Als sie bei der Garage angekommen waren, verschwand sie im Innern, richtete den Teetisch auf und holte dann das Sofa. »Soll hier noch mehr rein?« fragte sie.

»Ja«, sagte Mrs. Emerson.

»Na denn«, sagte das Mädchen und stellte, um mehr Platz zu schaffen, die beiden Möbelstücke an das andere Ende der Garage, gegenüber vom Auto. Mrs. Emerson wartete mit verschränkten Armen vor der Tür. Sie konnte die Atempause gut gebrauchen. Sollte sie dem Mädchen übrigens eine Bezahlung anbieten? Aber vielleicht wäre das eine Kränkung. Und natürlich mußte sie sich vorher noch überlegen, *wieviel* sie anbieten wollte. Oh, wo war nur ihr Ehemann, mit seinem überdimensionalen Scheckbuch, seinen ordentlich aufgespießten Rechnungen und seiner Brieftasche, die von ihm, wann immer Mrs. Emerson traurig war, mit einer eleganten Handbewegung geöffnet wurde, um ihr genügend Geld für ein neues Kleid oder einen Ausflug nach Washington anzubieten.

Das Mädchen kam aus der Garage und wischte sich die Hände an der Rückseite ihrer Arbeitshose ab. »Ich bin Ihnen wirklich sehr dankbar«, sagte Mrs. Emerson zu ihr. »Hoffentlich habe ich Sie nicht zu lange aufgehalten.«

»Sagten Sie nicht, daß da noch mehr ist?«

»O ja, alles, was auf der Veranda steht.«

»Dann bleibe ich und helfe Ihnen bei dem Rest.«

»Ach herrje«, sagte Mrs. Emerson. Sie war froh über die Hilfe, aber sie fragte sich, was für ein Mensch sich so leicht ablenken ließ. Hatte das Mädchen in ihrem Leben kein festes Ziel? Während die beiden wieder zum Haus hinaufgingen, betrachtete Mrs. Emerson mehrfach mit kurzen Seitenblicken das Gesicht des Mädchens, das recht hübsch war, obwohl man schon ein so gutes Auge wie sie selbst für so etwas haben mußte, um es zu bemerken. Keine Spur von Schminke. Was allein schon ein netter leuchtender Lippenstift bewirkt hätte! Sie trug unförmige braune Mokassins mit weichen Sohlen. Damit ruinierte sie den Spann ihrer Füße. Ihr weißes Hemd war penibel gebügelt, es hatte auf den Schultern und den Ärmeln messerscharfe Falten. Mit Sicherheit das Werk einer Mutter – einer armen Mutter, die sich in diesem Moment fragte, wo ihre Tochter abgeblieben war. Aber sie besaß offenbar nicht genügend Charakterstärke, um ihr den richtigen Weg zu weisen. Das Mädchen wirkte sehr geschickt, als sie, zurück auf der Veranda, zwei Stühle gleichzeitig nahm und sie schlenkernd über den Rasen neben dem Haus trug. »Wenn es Ihnen zu anstrengend wird«, sagte Mrs. Emerson zuvorkommend, »oder wenn Sie irgendwohin müssen oder mit jemandem verabredet sind –« Das Mädchen war bereits zu weit entfernt, um sie noch hören zu können.

Als sie den Abhang wieder hochstiegen, sagte Mrs. Emerson: »Ich hatte bis vor kurzem einen Hausmeister. Genauer gesagt bis heute morgen. Er hätte diese Arbeit im Handumdrehen erledigt. Aber dann habe ich ihn dabei erwischt, wie er einen Rosenbusch als Pissoir mißbraucht hat.« Das Mädchen lachte mit einem kurzen tiefen Laut, und Mrs. Emerson warf ihr einen verblüfften Blick zu. »Also habe ich ihn entlassen«, fuhr sie fort. »Ich fand es unerträglich.«

Das Mädchen sagte kein Wort. Die beiden gingen ums Haus und stiegen nebeneinander die Stufen hoch. Es schienen noch mehr Möbelstücke zu sein als zuvor; bisher war nichts geschafft. »Wo kommt das alles her?« sagte Mrs. Emerson und stieß dabei mit dem Fuß einen Stuhl an. »Ich kann mich nicht daran erinnern, irgend etwas davon gekauft zu haben.«

»Gartenmöbel sind in der Lage, sich selbst zu vermehren«,

sagte das Mädchen, woraufhin Mrs. Emerson kurz stutzte, ehe sie wieder ihrem eigenen Gedankengang folgte.

»In diesem Haus wohnten früher ziemlich viele Menschen, müssen Sie wissen«, sagte sie. »Ich habe sieben Kinder. Inzwischen sind alle erwachsen. Eine meiner Töchter ist verheiratet. Und ich habe einen Enkel. Als sie alle noch zu Hause wohnten, standen die vielen Stühle nicht nutzlos herum, das können Sie mir glauben. Kinder und deren Freunde und Freundinnen und unsere Nachbarn saßen hier und haben sich prächtig amüsiert.« Sie starrte unschlüssig einen hölzernen Schaukelstuhl an, obwohl das Mädchen bereits die nächsten beiden Stühle die Treppe hinuntertrug. »Sie können hier in der Gegend fragen, wen Sie wollen: alle kennen meine Kinder«, sagte sie. »›Das sind die Emersons‹, sagten die Leute immer, wenn wir in unserem Auto vorbeirauschten, das so proppenvoll war, daß die Hälfte der Kinder bei jemand anderem auf dem Schoß sitzen mußte. Ich heiße übrigens Pamela Emerson.«

»Ich heiße Elizabeth Abbott«, sagte das Mädchen.

Sie war auf dem Rasen stehengeblieben. Sie wartete, während Mrs. Emerson den Schaukelstuhl die Treppe hinunterschleifte. Mrs. Emerson sagte: »Abbott? Es ist komisch, aber ich kann mich nicht erinnern, Sie hier schon einmal gesehen zu haben.«

»Ich war ja auch noch nie hier. Ich stamme aus North Carolina.«

»Oh, ich habe Verwandte in North Carolina«, sagte Mrs. Emerson. »Aber die werden Sie bestimmt nicht kennen. Sind Sie zu Besuch in dieser Gegend?«

»Ich will mich bei einer Familie wegen eines Jobs vorstellen.«

»Ein Job. Meine Güte«, sagte Mrs. Emerson, »und jetzt schleppen Sie hier Möbel. Lassen Sie sich immer so leicht von Ihren Plänen ablenken?«

Elizabeth lächelte. Sie strahlte über das ganze Gesicht. »Immer«, sagte sie.

»Ich will nur hoffen, daß Sie sich nicht verspäten. Ich möchte mich auf keinen Fall einmischen, aber ich habe mehrere Töchter, berufstätige Töchter, und etwas weiß ich genau: Der erste Eindruck ist der wichtigste. Pünktlichkeit. Gepflegtes Äußeres.«

Sie warf einen Blick auf Elizabeths Hemdschöße, die über die Hose hingen, aber Elizabeth bemerkte es nicht; sie war inzwischen mit den Stühlen weitergegangen. »Die Leute wissen gar nicht, daß ich komme«, rief sie über die Schulter. »Ich habe ihre Annonce am Schwarzen Brett in einem Trödelladen gesehen. Ich suche mir meine Jobs gerne an Schwarzen Brettern. Aber der Text der Annonce war nicht eindeutig, und jetzt will ich herausfinden, ob diese Leute eine Haushaltshilfe oder ein Kindermädchen suchen. Kindermädchen wäre ganz schlecht. Ich mag Kinder nicht.«

»Ist das Ihr Ernst?« sagte Mrs. Emerson. Sie versuchte sich zu erinnern, ob je zuvor ein Mensch ihr gegenüber so etwas offen zugegeben hatte. Sie mühte sich keuchend mit dem Schaukelstuhl ab und machte schnelle kurze Schritte, um nicht zurückzufallen. »Ich hätte vermutet, daß Sie noch in der Ausbildung sind.«

»Bin ich auch. Ich will mir Geld für mein letztes Collegejahr verdienen.«

»Im September?«

»Ich mache ein Jahr Pause.«

»Oh, das ist ja schrecklich!« sagte Mrs. Emerson. Sie waren mittlerweile bei der Garage angekommen. Mrs. Emerson setzte den Schaukelstuhl ab und starrte Elizabeth an, die völlig unbeeindruckt wirkte. »Einfach so das Studium unterbrechen! Das ist ja schrecklich. Wie schnell kann eins zum andern kommen, und am Ende gehen Sie nie wieder aufs College zurück. Sie wären nicht die erste, bei der das passiert.«

»Ich weiß«, sagte Elizabeth zustimmend.

»Konnten Sie denn kein Stipendium bekommen? Oder einen Kredit?«

»Oh, meine Noten waren miserabel«, sagte sie gutgelaunt.

»Aber trotzdem. Es ist schlimm, wenn man mit irgend etwas
mittendrin aufhören muß. Was macht Ihr Vater, Kleines?«

»Er ist Pfarrer.«

»*Dagegen* ist nichts einzuwenden. Allerdings hängt viel von
der Glaubensrichtung ab. Zu welcher Kirche gehört er?«

»Er ist Baptist.«

»Oh.«

»Wenn es ein Job als Kindermädchen ist«, sagte Elizabeth,
»werde ich mir wohl ein weiteres Schwarzes Brett anschauen
müssen. Aber der Freund, der mich hier abgesetzt hat, sagte, in
Roland Park seien die Chancen am größten.«

Sie trug ihre Stühle in die Garage und stapelte sie übereinan-
der. Dann holte sie den Schaukelstuhl von draußen. Mrs. Emerson sagte: »Wissen Sie, wie die Leute heißen? Die Familie, zu der
Sie wollen?«

»O'Donnell.«

»O'Donnell. Also, den Namen habe ich noch nie gehört.
Die Leute, die ich nicht kenne, sind meistens jung. Fremde
junge Leute kaufen diese alten Häuser für einen Apfel und ein
Ei und ziehen mit ihren Kindern dort ein. *Kinder* sind gar nicht
so übel. Was haben Sie gegen Kinder?«

»Ich mag Menschen nicht, die man leicht beeinflussen kann«,
sagte Elizabeth.

»Was? Ach, du meine Güte«, sagte Mrs. Emerson.

Sie stiegen wieder den Berg hoch. Er schien noch steiler geworden zu sein. Mrs. Emerson taten die Handflächen weh,
zwei ihrer Fingernägel waren abgebrochen und ihre Strümpfe
zerfetzt. »Wenn doch meine Jungs bloß zu Hause wären«, sagte
sie. »Wenn ich doch bloß daran gedacht hätte, während sie zu
Besuch waren. Sie hätten mir mit Freuden geholfen. Aber ich
habe es jedesmal vergessen, und vorhin fragte ich mich dann:
Warum soll ich warten, bis sie wieder einmal hier sind? Warum

mache ich es nicht selbst, solange es draußen noch schön warm ist und die Sonne scheint?«

Sie blieb stehen, um zu verschnaufen, und drückte sich eine Hand ins Kreuz. Elizabeth blieb ebenfalls stehen. »Soll ich mich um den Rest allein kümmern?«

»Nein, nein, das kommt gar nicht in Frage.«

»Ich würde dafür nicht lange brauchen.«

»Mir geht es gut.«

Sie nahmen die nächste Ladung Möbel und gingen wieder hinunter. Mrs. Emerson rutschte mit ihren hohen Hacken andauernd auf dem Laub aus. Das war allein Richards Schuld. Er konnte nicht einmal ordentlich harken. Glitschige braune Blätter lagen überall herum, und unter ihnen befand sich Moos oder glatte Erde anstelle des Rasens, den Richard hätte säen sollen. Der Stuhl, den sie trug, stieß rhythmisch gegen ihre Knie. Die lästigen dünnen Äste der Dornensträucher rissen ihr mehrmals den Pullover von den Schultern. Was würde ihr Mann sagen, wenn er vom Himmel herabblicken könnte und sähe, was für ein Leben sie jetzt führte. Sie seufzte erbärmlich, hob den Stuhl höher und wischte sich mit dem Oberarm die Stirn ab.

Als sie dann gerade die Stufen zur Garage hinunterstiegen, blieb Mrs. Emerson mit einem Absatz hängen und fiel hin. Sie landete auf dem umgekippten Stuhl und schürfte sich dabei die Knie und eine Hand auf. »Hoppla!« sagte sie und stieß ein kurzes klimperndes Lachen aus. Tränen brannten ihr in den Augen. Sie grifff nach Elizabeths Hand und richtete sich mühsam auf. »Oh, wie peinlich«, sagte sie.

»Haben Sie sich verletzt?«

»Nein, natürlich nicht.« Sie zog ruckartig ihre Hand weg und fing an, ihren Rock sauber zu reiben. »Ich bin bloß mit dem Absatz hängengeblieben«, sagte sie.

»Vielleicht sollten Sie sich ein bißchen ausruhen.«

»Nein, mir geht es gut. Ganz bestimmt.«

Sie hob den Stuhl hoch, und eins der Beine fiel ab – eine weiße Metallröhre, bei der Rostflecken durch die schlampig aufgetragene Farbschicht gedrungen waren. Das Stuhlbein rollte klappernd die restlichen Stufen hinunter. Mrs. Emerson spürte, wie der Druck der Tränen stärker wurde. »Er ist kaputt«, sagte sie. »Es ist nicht zu fassen. Heute ist schlicht und einfach nicht mein Tag. Und außerdem ist Richard weg.« Sie richtete ihren Blick auf das Stuhlbein, das Elizabeth in die Hand genommen hatte und eingehend betrachtete. »Ich hätte ihn *morgen* entlassen können. Wäre ich bloß im Bett geblieben und hätte mir die Decke über den Kopf gezogen und hätte ihn statt heute erst morgen entlassen. An manchen Tagen richte ich mit allem, was ich tue, nur Unheil an.«

»Das kann leicht in Ordnung gebracht werden«, sagte Elizabeth.

»Was? Oh.«

»Die Schraube muß hier irgendwo liegen. Ich kann den Stuhl reparieren.«

»Ja, aber – *warum* habe ich ihn entlassen? Was ist nur in mich gefahren?«

»Sie sagten –«, hob Elizabeth an.

»Ach, das. Er pinkelt seit fünfundzwanzig Jahren auf die Rosen, den Krieg nicht mitgerechnet. Jeder weiß das. Es ist eine schlechte Angewohnheit von ihm, und wir haben immer vermieden, ihn darauf anzusprechen. Ich hätte es ja gerne getan, aber ich wußte nicht, wie. Ich meine, welche Worte ich benutzen sollte.«

»Also, ich frage mich, ob es zu der Schraube noch eine Unterlegscheibe gibt oder nicht?« sagte Elizabeth.

»Ich hatte bestimmt nicht vor, ihn deswegen zu *entlassen*!« sagte Mrs. Emerson. »Mir war gar nicht bewußt, was ich tat.«

Sie ließ sich auf eine Stufe nieder und holte mit zitternder Hand ein geblümtes Taschentuch hinter ihrem Gürtel hervor.

Inzwischen waren die Tränen übergelaufen, aber sie lächelte weiter und behielt ihre Stimme energisch unter Kontrolle. »Also, ich benehme mich wirklich sehr albern«, sagte sie.

»Könnten Sie Ihre Füße für einen Moment zur Seite rükken?« sagte Elizabeth.

Sie tastete den Boden auf der Suche nach der Schraube ab. Ihr Gesicht war leicht abgewandt; möglicherweise hatte sie die Tränen gar nicht bemerkt. Mrs. Emerson richtete sich auf und schneuzte sich lautlos. »Mit Angestellten ist es vermutlich *immer* schwierig«, sagte sie.

Elizabeth hatte klobige, braungebrannte Hände, die ungepflegt waren, mit achtlos geschnittenen Nägeln und rissiger Haut über den Knöcheln. Aber es war tröstlich zu beobachten, wie geschickt diese Hände die Schraube aufspürten und in den Stuhl drehten. Mrs. Emerson blinzelte, um klarer zu sehen. »Emmeline war auch so ein Fall«, sagte sie. »Mein Hausmädchen. Jetzt muß ich mich mit der Frau abgeben, die mir das Arbeitsamt geschickt hat. Eine schlampige Person, die Tabak kaut. Ich kann mich noch nicht einmal darauf verlassen, daß sie regelmäßig zur Arbeit erscheint. Und das Haus! Ich schaue nicht genau hin, denn sonst müßte ich mich schämen. Es scheint so, als wäre ich ganz plötzlich von allen im Stich gelassen worden. Niemand ist bei mir geblieben.« Sie lachte. »Offenbar bin ich nicht leicht zu ertragen«, sagte sie.

Elizabeth hatte ein rotes Taschenmesser aus ihrer Arbeitshose geholt. Sie klappte einen Schraubenzieher aus und zog die Schraube fest an. »Ach«, sagte Mrs. Emerson mit bemüht unbeschwertem Tonfall. »Ist das so ein Messer, das viele verschiedene Klingen hat? Und einen Korkenzieher? Und einen Dosenöffner?«

Elizabeth nickte. »Es kommt aus der Schweiz«, sagte sie

»Oh, ein Schweizer Offiziersmesser!« Mrs. Emerson schneuzte sich erneut und faltete dann das Taschentuch und tupfte sich die Augen ab. »Matthew hat sich einmal so eins zu

Weihnachten gewünscht«, sagte sie. »Mein ältester Sohn. Er wollte so eins haben.«

»Es ist sehr praktisch«, sagte Elizabeth.

»Das ist es bestimmt.«

Aber sie hatte ihm statt dessen eine Geige und einen Plattenspieler und eine Gesamtaufnahme von Beethovens Symphonien geschenkt. Beim Gedanken daran fing sie von neuem an zu weinen. »Ich bitte um Entschuldigung«, sagte sie, obwohl Elizabeth noch immer nicht zu ihr hochgeschaut hatte. »Es muß etwas mit dem Trauerfall zu tun haben. Die Nachwirkungen des Trauerfalls. Ich habe meinen Ehemann erst vor drei Monaten verloren. Wissen Sie, zuerst ist sehr viel zu erledigen, und ständig kommt jemand vorbei. Erst später wird einem bewußt, was eigentlich passiert ist. Wenn einen die Leute wieder allein lassen.«

Sie schaute zu, wie das Taschenmesser zusammengeklappt und der Stuhl in die Garage gebracht wurde. »Mein Gott, das ging aber schnell«, sagte sie.

Elizabeth kam zurück und rieb sich den Staub von den Händen. »Das mit Ihrem Ehemann tut mir leid«, sagte sie zu Mrs. Emerson.

»Oh, vielen Dank.«

Mrs. Emerson stand von der Treppe auf. Sämtliche Gelenke taten ihr weh, und an der Stelle, wo sie sich die Knie aufgeschürft hatte, fühlte sich die Haut straff und hart an. Die beiden gingen gemeinsam den Berg hoch. »Meine Freundinnen behaupten, es sei oft so«, sagte sie zu Elizabeth. »Die verspätete Reaktion, meine ich. Aber ich hatte nie gedacht, daß es erst jetzt, drei Monate später, passieren würde. Ich glaubte, es sei mir damals schon schlecht genug gegangen. Manchmal kommt mir etwas Schlimmes in den Sinn. Ich denke, wenn er unbedingt sterben mußte, warum konnte er es dann nicht früher tun? Ehe ich völlig verbraucht und ausgezehrt war. Früher hätte ich vielleicht noch ein neues Leben beginnen können. Ich hätte zumindest etwas Hoffnung gehabt. Also, ich rede wirklich dummes Zeug.«

»Ach, ich weiß nicht«, sagte Elizabeth.

Es lag an der Schweigsamkeit des Mädchens, daß Mrs. Emerson so viel redete. Mrs. Emerson mußte zwanghaft jedes Schweigen überbrücken. In einer Stunde würde sie sich ärgern, weil sie einer Fremden so vieles anvertraut hatte, aber jetzt sagte sie, mitgerissen von dem Gefühl, daß ihr endlich jemand zuhörte: »Und ich kann nicht zu meinen Kinder gehen, wenn ich getröstet werden will. Denn das liegt ihnen nicht, überhaupt nicht. Oh, ich versuche immer, positiv zu denken, vor allem wenn ich mit anderen Leute rede. Deswegen neige ich dazu, ein wenig zu übertreiben. Aber ich mache mir *selbst* nie etwas vor: Ich weiß, daß ich auf meiner eigenen Beerdigung erscheinen müßte, um sie zu sehen, wenn sie das nächste Mal allesamt auf der Veranda sitzen und sich genau wie früher miteinander unterhalten. Sie entfernen sich immer weiter von mir. Ich habe das Gefühl, als stünde ich mitten auf einer sternförmigen Kreuzung. Sie bemühen sich regelrecht, den Abstand zu mir zu vergrößern. Wenn ich gewartet hätte, bis meine Söhne die Möbel wegbringen, wären die Möbel verrottet, denn meine Söhne besuchen mich nie. Sie finden mich schwierig.« Sie stieg die Vorderstufen hoch, drehte sich um und schenkte Elizabeth, die sie ausdruckslos anschaute, ein strahlendes Lächeln. »Diese Autofahrten«, sagte sie, »wenn wir alle zusammengezwängt waren. ›Da fahren die Emersons‹, pflegten die Leute zu sagen, und sie wären niemals auf den Gedanken gekommen, daß es im Innern des Autos bloß Gezänk, Auseinandersetzungen, häßliche Szenen und ständige Krisen gab.«

»Ach, wissen Sie«, sagte Elizabeth voller Behagen, »ich glaube, in den meisten Familien ist das so.«

Mrs. Emerson schwieg; ihr Gedankenfluß kam kurz ins Stocken, dann sagte sie: »Krisen sind für sie lebensnotwendig. Nur dann sind sie glücklich. Nein, sie sind nie glücklich. Ihr Leben ist so kompliziert, daß ich nicht mehr mit ihnen Schritt halten kann. Mein Enkelkind habe ich bisher lediglich auf einem winzigkleinen Schwarzweiß-Foto gesehen, das eine Gruppe wildfremder Leute zeigt, und eine fremde ältere Dame hält das Baby auf dem Arm. Eine Frau, die ich noch nie zuvor gesehen habe. Das letzte Mal, das wir alle, notgedrungen, zusammengekommen sind, war bei der Beerdigung – und das Baby hatten sie zu der anderen Großmutter gebracht. Zwei meiner Söhne leben ganz in der Nähe, aber sehe ich sie manchmal? Na ja, Matthew, wenn er Zeit hat. Timothy sehe ich nie. Der einzige, der mich unbedingt besuchen will, ist Andrew, und den soll ich davon abhalten, weil er psychisch etwas instabil ist. Er soll regelmäßig zu seinem Psychiater gehen. Er soll nicht nach Hause zurückkehren und sich Aufregungen aussetzen. Es ist schlecht, daß er überhaupt den Wunsch dazu hat.«

»Das klingt so«, sagte Elizabeth überraschenderweise, »als sei er von jemandem *abhängig*.«

Mrs. Emerson, die bereits ihren Mund aufgemacht hatte, um mit einem neuen Satz zu beginnen, brauchte einen Augenblick, um zu begreifen, was sie meinte. Sie schaute verblüfft hoch und sah Elizabeths ernsten, mißbilligenden Blick. Dann lachte sie. »O je«, sagte sie und griff nach ihrem Taschentuch, »O je, also …«

Elizabeth, die sich gegen das Geländer gelehnt hatte, richtete sich auf. »Wie auch immer«, sagte sie, »ich bringe schnell die letzte Ladung Möbel runter.«

»Oh, sind wir schon fertig?« sagte Mrs. Emerson. Sie hatte plötzlich aufgehört zu lachen.

»Es sind nur noch zwei Stühle übrig.«

»Warten Sie einen Moment. Hätten Sie nicht Lust, eine kleine Pause zu machen und ein Glas Milch zu trinken und ein paar Kekse zu essen? Sie sagten, Sie hätten keinen Termin vereinbart. Sie können das hier auch später noch zu Ende machen.«

»Ich habe erst vor kurzem gefrühstückt«, sagte Elizabeth.
»Bitte. Nur ein Glas Milch.«

»Na ja, also gut.«

Mrs. Emerson führte sie durch die Haustür und die vom Tikken erfüllte Diele zu der auf der Rückseite gelegenen Küche.
»Mein Gott, wie *dunkel* es hier drinnen ist«, sagte sie, obwohl sie selbst an die Dunkelheit gewöhnt war. Wenn sie an einem der Möbelstücke vorbeikam – an der Standuhr, einem Stuhl mit Sprossenlehne, dem mit Chintz bezogenen Sessel in der Küche: alles Dinge, die abgewetzt oder an den Ecken abgestoßen waren, weil sie jahrelang in einem Haus voller Kinder gestanden hatten –, streckte sie die Hand aus und tätschelte sie leicht, so als wolle sie die Gegenstände vor den Blicken des fremden Mädchens schützen. Aber Elizabeth schaute gar nicht hin. Sie wirkte vollkommen unaufmerksam. Sie zog einen emaillierten Tritthocker an den Tisch, setzte sich und zog die Knie hoch, um die Füße auf die oberste Stufe zu stellen. »Ich will bloß die O'Donnels nicht beim Mittagessen stören«, sagte sie.

»Keine Sorge, Sie haben noch viel Zeit«, sagte Mrs. Emerson. Sie schenkte ein großes Glas mit Milch voll. Elizabeth sagte: »Wollen Sie selbst keine?«

»Oh. Ich denke schon.«

Normalerweise trank sie keine Milch. Sie benutze sie nur zum Kochen. Als sie sich an den Tisch gesetzt hatte und den ersten Schluck nahm, kam es ihr plötzlich so vor, als sei sie wieder in der Küche ihrer Mutter, in der sie immer Milch und Kekse bekommen hatte, um kleinere Tragödien vergessen zu machen. Die Milch nach den Tränen, die das klebrige Gefühl im Hals wegspülte, schmeckte damals genauso wie heute; Mrs. Emerson starrte verträumt einen Küchenschrank an und behielt den Geschmack so lange wie möglich im Gedächtnis, ehe sie einen weiteren Schluck nahm. Dann stellte sie ihr Glas ab und sagte: »Hoffentlich glauben Sie nicht, daß ich zu den Leuten gehöre, von denen man wegen jeder Kleinigkeit die Papiere bekommt.«

»Papiere bekommt?«

»Entlassen wird.«

»Wieso sollte ich das glauben?« sagte Elizabeth.

»Na ja, wegen meinem Gerede über Richard. Und über Emmeline. Die beiden waren immerhin ein halbes Leben lang bei mir; erst in der letzten Zeit hat es diese Unannehmlichkeiten gegeben. Sie haben meinen Zustand ausgenutzt. Oh, ich gebe den beiden nicht allein schuld, ich weiß, daß ich nicht ganz ich selbst gewesen bin. Aber das konnte man schließlich auch nicht von mir erwarten, oder? Normalerweise bin ich eine wunderbare Arbeitgeberin, und die Leute arbeiten mit großer Begeisterung für mich. Der Name dieser Familie verrät einem schon, daß sie jede Menge Kinder haben.«

»? – –«

»Ich meine die O'Donnells. Kleinkinder und Babys, die noch in die Windeln machen. Ich bin mir völlig sicher. Ich glaube, ich kenne die Familie. Oder irre ich mich?«

»Ich dachte –«

»Bei denen werden Sie keine ruhige Minute haben.«

Elizabeth trank ihre Milch aus und stellte das leere Glas ab. Sie wischte sich mit dem Handrücken über den Mund. »Ich habe das Gefühl, als wollten Sie mir einen Job anbieten«, sagte sie.

»Einen Job«, sagte Mrs. Emerson. Sie setzte sich gerade hin und legte die Handflächen aufeinander. »Das ist keine schlechte Idee.«

»Wollen Sie wissen, ob ich gerne für Sie arbeiten würde?«

»Würden Sie denn?« sagte Mrs. Emerson.

»Klar. Ich eigne mich besser zum Hausmeister als zum Kindermädchen.«

»Hausmeister!« sagte Mrs. Emerson. »Nein, ich dachte an Hausarbeit. An einen Ersatz für Emmeline.«

»Warum nicht Hausmeister? Den brauchen Sie am dringendsten. Sie haben doch schon ein Hausmädchen, sagten Sie.«

27

»Aber Sie müßten im *Garten* arbeiten. Anstreichen. Auf Leitern klettern.«

»Das kann ich alles.«

»Also, sowas habe ich ja noch nie gehört.«

»Wieso? Was ist so sonderbar daran?« sagte Elizabeth. Sie hatte, wie Mrs. Emerson auffiel, die Angewohnheit, andere Menschen nur selten anzuschauen. Sie richtete ihren Blick auf Gegenstände – zog Fäden aus einer Naht ihrer Arbeitshose oder entwirrte das Kabel des Toasters oder inspizierte den losen Schraubenknopf oben auf der Pfeffermühle, und darum wirkte, wenn sie doch einmal hochschaute, der Blick aus ihren grauen Augen beunruhigend, beinahe wie ein Lichtstrahl. »Sie würden mir nicht viel bezahlen müssen«, sagte sie und schaute dabei Mrs. Emerson direkt ins Gesicht. »Wenn Sie mich hier wohnen lassen würden, bräuchte ich fast nichts zum Leben.«

»Ich gebe zu, allein schon der Gedanke, mir wieder einen farbigen Mann suchen zu müssen, bereitet mir Unbehagen«, sagte Mrs. Emerson. »Heutzutage weiß man nie, auf *was* man sich alles gefaßt machen muß.«

»Also, davon habe ich keine Ahnung.«

»Aber Feuerholz tragen! Den Komposthaufen umgraben!«

Elizabeth wartete ab. Sie zupfte in aller Seelenruhe das Laub von den Sohlen ihrer Mokassins.

»Ich fühle mich abends tatsächlich oft unbehaglich«, sagte Mrs. Emerson. »Nicht, daß ich mich etwa *fürchte* oder so. Aber wenn unten im Haus noch jemand wäre, ein anderer Mensch, nur für den Fall, daß –«

Sie verstummte und hob eine Hand an die Stirn. Das Leben forderte zu viele Entscheidungen von ihr. Die Vorzüge des Mädchens waren offenkundig (Gelassenheit und Schweigsamkeit und die routinierten Bewegungen ihrer Hände beim Reparieren des Stuhls), aber sie hatte auch Fehler (keine *Lebendigkeit*, das war das eine, und die Angewohnheit, sich bei jeder sich bietenden Gelegenheit ablenken zu lassen). Sie seufzte.

»Na schön«, sagte sie, »vermutlich riskiere ich nichts, wenn ich es mit Ihnen versuche.«

»Abgemacht«, sagte Elizabeth und streckte eine Hand quer über den Tisch aus. Mrs. Emerson brauchte eine Weile, um zu begreifen, daß sie einschlagen sollte.

»Ich habe Richard fünfzig Dollar pro Woche bezahlt«, sagte sie. »Aber der wohnte nicht hier. Sind Sie mit vierzig einverstanden?«

»Ja, klar«, sagte Elizabeth. »Mir ist alles recht.« Wie wollte sie es bei dieser Einstellung schaffen, genug Geld fürs College zu verdienen? Dann stand sie auf und stellte ihr Glas in den Ausguß. Sie sagte: »Ich kümmere mich dann jetzt um die letzten beiden Stühle.«

»Gut«, sagte Mrs. Emerson. Sie blieb sitzen. Es war ihr gutes Recht, da sie jetzt für die Arbeit bezahlte. Sie hörte, wie die Haustür zuschlug und die Stuhlbeine über die Veranda schleiften. Dann lauschte sie dem Knacken der Äste, als Elizabeth durch das Unterholz lief. Sie überlegte, wie es sein würde, mit ihr zusammenzuleben – mit so einem dünnen, linkischen, flachbrüstigen Mädchen –, und sie hob den Blick zur Decke und fragte ihren Mann, auf was sie sich da eingelassen hatte.

2 »Es ist ganz einfach«, sagte Elizabeth. »Der Holzstumpf dort ist der Hackblock. Da ist die Axt. Und da ist der Truthahn, der sich langsam fragt, wann du endlich anfängst. Was brauchst du denn sonst noch?«

»Wenn es so kinderleicht ist, warum hast du dann *mich* gebeten, es zu tun?« sagte der Junge. Er stand neben ihr in der Tür des Geräteschuppens und betrachtete den Truthahn in dem Käfig. Der Truthahn lief drei Schritte zur einen Seite, dann drei Schritte zu anderen und blieb gelegentlich stehen, um die beiden durch die Streben hindurch anzustarren.

»Schau ihn dir an, er will es hinter sich bringen«, sagte Elizabeth.

»Wollen wir nicht lieber einen Schlachter holen?«

Der Junge war ein College-Student im letzten Studienjahr namens Benny Simms – angenehmes Äußeres, dünn wie eine Bohnenstange, mit Bürstenschnitt. Er wohnte zwei Häuser entfernt, allerdings begann seine Mutter langsam daran zu zweifeln. »Er wohnt quasi bei *Ihnen*«, hatte sie zu Mrs. Emerson am Telefon gesagt. »Immer, wenn er übers Wochenende nach Hause kommt, besucht er die ganze Zeit Ihren Hausmeister. Ihre Hausmeisterin. Was für ein Mädchen ist das eigentlich? Wer sind ihre Eltern? Wissen sie *irgend etwas* über das Mädchen?« Elizabeth wußte über diesen Anruf Bescheid, genau wie über die ähnlichen Anrufe anderer Mütter, da Mrs. Emerson ihr in einem Tonfall, der belustigt klingen sollte, sich aber verärgert anhörte, davon berichtet hatte. »*Das* ist ein Problem, das ich mit Richard nie gehabt habe«, sagte sie. »Wie ich feststelle, bringt es unvorhergesehene Nachteile mit sich, Sie eingestellt zu haben.« Sie wollte immer noch, daß Elizabeth zur Hausarbeit überwechselte. Vielleicht war das der Grund, warum sie verärgert klang. Sie klopfte mit den Fingernägeln auf eine Tischplatte. »Ich weiß nicht, die Menschen überraschen mich immer mehr. ›Das Wichtigste ist eine *feminine* Ausstrahlung‹, habe ich früher zu meinen Töchtern gesagt. Und jetzt kommen Sie und laufen ewig in Jeans herum, aber jedesmal, wenn ich aus dem Fenster schaue, hilft Ihnen ein anderer Junge beim Laubharken.«

»Oh, inzwischen sind kaum noch Blätter auf den Bäumen«, sagte Elizabeth.

»Was hat denn das damit zu tun?«

»Ich werde in Zukunft öfter im Haus sein. Dann kommen die Jungs nicht mehr so oft vorbei.«

»Es ist eher wahrscheinlich, daß sie sich dann in meiner Küche breitmachen werden«, sagte Mrs. Emerson.

Benny Simms nahm die Axt in die Hand, die am Geräteschuppen lehnte. Er fuhr mit einem Finger über die Schneide und stieß einen Pfiff aus.

»Ich habe sie gerade erst geschärft«, erklärte Elizabeth ihm.

»Das habe ich mir fast gedacht.«

»Wußtest du, daß die Emersons einen großen runden Wetzstein besitzen? So einen altmodischen, den man mit einem Pedal antreibt. Ich habe ihn im Keller entdeckt.«

»Bei den Emersons wundert mich gar nichts«, sagte Benny.

»Ich mag solche einfachen Geräte, die keine Maschinen sind. Mit Maschinen kenne ich mich nicht besonders gut aus.«

»Ich hätte eigentlich vermutet, daß du alles darüber weißt«, sagte Benny.

»Nein. Gartenarbeit, das ist etwas anderes, oder Tischlern oder Klempnern – alles Dinge, deren praktischen Nutzen man auf den ersten Blick erkennt …«

»Und wieso kannst du dann den Truthahn nicht schlachten?«

»Tja.«

Er gab ihr die Axt. Elizabeth drehte sie mehrmals herum, betrachtete die schimmernde Schneide sehr gründlich, bewegte sich jedoch keinen Schritt auf den Truthahn zu. Sie trug die Sachen, die Mrs. Emerson ihre Uniform nannte – Mokassins, Arbeitshose und ein weißes Hemd und außerdem eine weite schwarze Jacke mit einem gerippten Taillenbündchen, da es draußen inzwischen recht kalt war. Der Ostwind fuhr in ihr Haar und blies es ihr ins Gesicht. Sie strich es mehrmals ungeduldig zurück, ohne den Blick von der Axt zu wenden. »Ich bin mit dem Schliff nicht ganz zufrieden«, sagte sie. »Die Schneide sieht leicht bläulich aus. Ich hoffe, ich habe die Temperung nicht ruiniert.«

»Ich weiß nicht, wovon du redest«, sagte Benny. »Warum hast du diesen Job angenommen, wenn du keine Truthähne schlachten kannst?«

»Wie konnte ich das denn ahnen? Hättest du gedacht, daß so

so etwas zu meinem Job gehört? Ich habe es erst erfahren, als sie gestern nach Hause kam und in einer Hand den Käfig trug. Sie gab ihn mir, ohne dabei stehenzubleiben. Sie ging einfach weiter durchs Haus und streifte ihre Handschuhe ab. Sie sagte: ›Ach, Elizabeth, kümmern Sie sich bitte um den Truthahn. Machen Sie ihn rechtzeitig kochfertig. Wir brauchen ihn fürs Thanksgiving-Essen.‹ Das ist morgen! Ich wußte nicht, was ich sagen sollte. Ich habe den Verdacht«, sagte sie und setzte die Axt ab, »daß sie es mit Absicht getan hat, weil sie lieber sähe, wenn ich die Hausarbeit übernähme.«

»Die meisten Leute kaufen ihren Truthahn im Supermarkt«, sagte Benny.

»Nicht Mrs. Emerson.«

»Gerupft und in Folie eingepackt.«

»Sie nicht. Sie hat ihn bei einem Kirchenbazar gewonnen.«

»Ach, die gibt es dort zu gewinnen? Ich habe schon von Truthähnen als Preis gehört, aber ich dachte, die hätten keine Federn mehr.«

»Irrtum. Man muß alles selber machen.«

»Weißt du, wie man ihn rupft?«

»Ja, klar«, sagte Elizabeth. »Mit den Federn und den Innereien, *damit* habe ich keine Probleme.«

Benny fuhr wieder und wieder mit den Händen durch seine kurzen Haare. »Innereien. Igitt«, sagte er, »daran hatte ich gar nicht gedacht. Du wirst jede Menge halbfertige Eier herausfischen müssen.«

»Das wage ich zu bezweifeln«, sagte Elizabeth. Sie lächelte plötzlich, schloß die Tür des Schuppens und ließ die hölzerne Querlatte in die Halterung fallen. »Na ja, ich weiß nicht, warum ich dich überhaupt gefragt habe. Wenn du es nicht kannst, läßt sich das eben nicht ändern.«

»Es tut mir furchtbar leid.«

»Schon gut.«

Sie gingen hintereinander den Berg hoch, in Richtung Straße –

vorne Elizabeth, die Hände tief in den Jackentaschen vergraben, dahinter Benny, der auch beim Gehen immer noch seine Haare nach oben strich. »Der Grund, warum ich vorbeigekommen bin«, sagte er, »war, daß ich dich fragen wollte, ob du Lust hast, mich heute nachmittag zu begleiten.«

»Liebend gerne.«

»Ich werde – interessiert es dich denn gar nicht, wohin ich will?«

»Wohin willst du?«

»Ich werde aufs Land fahren. Meine Mutter hat mich gebeten, ihr ein paar Kürbisse für den Kürbiskuchen zu besorgen.«

»O prima«, sagte Elizabeth. »Vielleicht hole ich auch einen Kürbis für Mrs. Emerson. Einen, der so groß wie ein Medizinball ist. Ich werde ihn in ihren Schoß plumpsen lassen und sagen: ›Kümmern Sie sich bitte um den Kürbis. Wir brauchen ihn fürs Thanksgiving-Essen.‹« Sie lachte, Benny jedoch nicht.

»Ich verstehe nicht, wieso du bei dieser Frau bleibst«, sagte er. »Such dir doch jemand andern, für den du arbeiten kannst.«

»Oh, ich mag sie.«

»Aus welchem Grund? Die ganze Familie ist verrückt, das weiß doch jeder.«

Elizabeth war stehengeblieben, um einen ihrer Mokassins, in den ein paar Blätter geraten waren, auszuleeren. Sie schüttelte den Schuh, während sie auf einem Bein im Gras stand. »Andere Leute haben mir das auch schon erzählt«, sagte sie. »Aber ich weiß noch nicht, ob es stimmt. Bis jetzt kenne ich nur Mrs. Emerson und Matthew.«

»Matthew. Na ja, der ist in Ordnung, aber *Andrew* ist komplett wahnsinnig. Warte, bis du *den* getroffen hast.«

Elizabeth bückte sich, um ihren Mokassin wieder anzuziehen, und sie gingen weiter in Richtung Straße. Um sie herum sausten Eichhörnchen über den Rasen und kletterten auf die skelettartigen Bäume.

»Als ich klein war, hatte ich furchtbare Angst vor Mrs.

Emerson«, sagte Benny. »Und vor Andrew. Vor Timothy hatte ich auch Angst, aber das lag vielleicht nur daran, daß er der Zwillingsbruder von Andrew war. Ich bin noch nicht einmal zu ihnen gegangen, um mir einen Keks zu holen, auch dann nicht, wenn Mrs. Emerson persönlich mit ihrer zuckersüßen Stimme nach mir rief. Schon seit ich denken kann, höre ich Geschichten über die Emersons. Andrew ist regelrecht gewalttätig. Und wußtest du, daß Mrs. Emerson nach der Geburt ihres ersten Kindes durchgedreht ist, weil sie dachte, es sei im Krankenhaus vertauscht worden?«

»Ich glaube, vielen Leuten geht es so«, sagte Elizabeth.

»Kann schon sein, aber die drehen nicht gleich durch. Und versuchen auch nicht, ihr Baby dem Krankenhaus zurückzugeben.«

Elizabeth lachte.

»Ich frage mich, ob meine Mutter vielleicht bereit wäre, dich einzustellen«, sagte Benny.

»Das halte ich für nicht sehr wahrscheinlich. Übrigens, ich glaube, ich möchte gerne hierbleiben und auch den Rest der Familie kennenlernen.«

»Und wann soll das geschehen? Einige der Kinder kommen höchstens einmal pro Jahr nach Hause.«

»Also, zufällig kommt gerade heute einer der Söhne zu Besuch«, sagte Elizabeth. »Es ist der hier aus Baltimore. Timothy. Darum soll der Truthahn geschlachtet werden.«

»Ich könnte meine Mutter fragen, ob bei uns ein paar Tischlerarbeiten zu machen sind.«

»Nicht nötig«, sagte Elizabeth. Sie klopfte ihm leicht auf die Schulter. »Geh jetzt. Ich seh dich ja heute nachmittag.«

»In Ordnung. Ich hoffe, du kriegst das mit dem Truthahn irgendwie geregelt.«

»Das werde ich schon.«

Sie stieg die Treppe zur Veranda hoch und öffnete beim Gehen den Reißverschluß ihrer Jacke. Drinnen lagen die Räume fast im Dunkeln und waren erfüllt vom Ticken der Uhren und dem Geruch nach Kaffee, der zu lange auf der Herdplatte gestanden hatte. Die Möbel waren zerkratzt und ungepflegt. »Mrs. Emerson«, hatte Elizabeth vor kurzem gesagt, »was halten Sie davon, wenn ich die Möbel einreibe?« Mrs. Emerson war in ihr typisches halblautes, klimperndes Gelächter ausgebrochen. »Einreiben?« hatte sie gesagt, »womit einreiben?« »Einölen, meine ich. Die Möbel trocknen aus, sie gehen kaputt.« Aber Mrs. Emerson hatte gesagt, es sei nicht nötig. Das lag daran, daß sie kein Gespür für Holz hatte – für das Material, das Elizabeth am liebsten mochte. Die Hartholzfußböden waren im Laufe der Zeit stumpf geworden, hatten dunkle Wasserflecken und eine unebene, rauhe Oberfläche. In diesem soliden, mit großer Sorgfalt gebauten Haus (sechs Kamine, Schieferfußboden im Wintergarten, ein Anrichteraum, so groß wie ein Eßzimmer, und elegante, offene, mit Stuckspindeln verzierte Oberlichter über allen Durchgängen) glich Mrs. Emersons durcheinandergewürfelte Einrichtung einer Laubschicht, die guten Mutterboden bedeckte, und ihr Verfall schritt ebenso stetig voran wie Mrs. Emersons Alter. Merkwürdige Anschaffungen waren getätigt worden – ein linoleumbeschichteter, an den Rändern inzwischen brüchiger Tresen, der die Längsseite des eichengetäfelten Frühstückszimmers einnahm, und klapprige Metallschränke neben dem Steinofen in der Küche. Im Keller befanden sich fünf Dienstbotenkammern, ausgestattet mit abblätternden Metallbettgestellen und aufgerollten, rostfleckigen Matratzen; im ersten Stock lag der Flur im Halbdunkel, weil die meisten Türen stets geschlossen blieben; im zweiten Stock hallte es in den Zimmern, unter den Fenstern, deren Läden zugeklappt waren, hatten die Tapeten braune Streifen, und auf dem Fußboden vor dem Badezimmer war ein schwarzer Ring zu sehen, weil an dieser Stelle jemand vor langer Zeit ein Glas mit Wasser stehengelassen hatte, das dann unbemerkt verdunstet war. Die beiden Dachböden, die von den Zimmern des zweiten Stocks abgingen, waren vollgestopft mit Laufgittern, Krippen, Klostühlen, gebündelten, von Mäusen angeknabberten Briefen und Lehrbüchern, die in keiner Schule je wieder im Unterricht verwendet werden würden. Neben einem Schornstein war eine undichte Stelle im Dach, was jedoch niemandem außer Elizabeth Sorgen zu bereiten schien. (Sie wurde lediglich beauftragt, regelmäßig den Eimer, der darunter stand, auszuleeren.) Mrs. Emerson stellte unterdessen antike Kristallvasen auf die Kratzer im Eßzimmerbüffet und bedeckte den abgewetzten Fußboden mit immer mehr Perserteppichen. Die Teppiche schimmerten bunt wie Edelsteine und lösten bewundernde Blicke bei den Damen aus, die zum Tee kamen. Elizabeth konnte Perserteppiche nicht leiden. Sie hätte all diese komplizierten Muster gerne in den Keller verbannt und den Fußboden sorgfältig abgeschliffen – hütete sich jedoch, es Mrs. Emerson vorzuschlagen.

Sie ging die Stufen hoch, die bei jedem Schritt knarrten, und fuhr mit der Hand über das Geländer. Im Flur blieb sie einen Moment lang stehen, um Mrs. Emerson zuzuhören, die in ihrem Schlafzimmer mit dem Hausmädchen sprach. »Hören Sie, Alvareen, Mr. Timothy kommt nachher, und ich will nicht, daß Sie zum Mittagessen Weißbrot reichen. Er hat seit Beginn seines Medizinstudiums fünfzehn Pfund zugenommen. Unsere Familie neigt zu Herzkrankheiten. Geben Sie ihm Knäckebrot, und wenn er nach Weißbrot fragt, sagen Sie ihm, wir haben keins. Ist das klar? Aber als erstes putzen Sie bitte ein bißchen. Ich verstehe nicht, wie das Haus derartig verwahrlosen konnte. Die Fußleisten haben bereits einen pelzigen Belag. Wissen Sie, was Emmeline immer gemacht hat? Sie hat sich auf den Boden gekniet und die Ritzen der Fußleisten mit einem Q-Tip gesäubert. Also *das* nenne ich putzen.«

»Ja, Madam«, sagte Alvareen.

»Sind Sie das da draußen, Elizabeth?«

Elizabeth ging durch den Flur zum Schlafzimmer. Mrs.

Emerson saß an ihrem zierlichen geschwungenen Schreibtisch, trug einen passend zum Rock gefärbten Pullover und eine Perlenkette und ließ einen goldenen Füllfederhalter über einem cremefarbenen Blatt Briefpapier schweben. Sie sah aus, wie einer Werbeannonce entsprungen. Das gleiche galt für das ganze Zimmer – zwei identische Einzelbetten mit gerüschten Baldachinen, spitzenbesetzte Lampenschirme, zwei Sessel mit Blümchenmuster, deren Bezug nur dann abgewetzt aussah, wenn man nah herantrat. Es fiel schwer, sich vorzustellen, daß Mr. Emerson ebenfalls hier gewohnt hatte. Es hieß, er sei in einem der beiden Betten an einem Herzinfarkt gestorben – einer der wenigen Emersons, der alles im Leben ohne großes Aufhebens getan hatte. Jetzt waren die Betten sorgfältig gemacht, und die Kopfenden zierten kleine Satinkissen. Einzig und allein Alvareen, eine massige schwarze Frau in einer farbenfrohen Tracht, paßte nicht ins Bild. Sie stand, die Hände unter die Schürze geschoben, neben Mrs. Emerson. »Ich geh dann jetzt«, sagte sie.

»Ja, ja, gehen Sie. Haben Sie sich um den Truthahn gekümmert, Elizabeth?«

»Noch nicht«, sagte Elizabeth.

»Warum nicht? Ich verstehe nicht, wieso Sie das nicht schon längst gemacht haben.«

»Ich wollte mir gerade ein altes Hemd anziehen«, sagte Elizabeth. »Wegen des Bluts.«

»Schon gut. Verschonen Sie mich mit den Einzelheiten. Ich will nur, daß es rechtzeitig erledigt wird. Der Truthahn muß morgen mittag um eins gefüllt und gebraten auf dem Tisch stehen. Ist das klar?«

»Wer wird denn kochen?« fragte Elizabeth. »Ich tu es nicht.«

»Alvareen, aber ich muß ihr doppelten Lohn zahlen, weil Feiertag ist. Es war ja niemand anders dazu bereit.«

Sie glättete die Falten zwischen ihren Augenbrauen. Sie wirkte müde und überlastet, aber Elizabeth machte keine Anstalten, ihren Entschluß bezüglich des Kochens zu ändern. Sie befürch-

37

tete, wenn sie nur einmal Hausarbeit übernahm, würde sie sich wie durch Zauberkraft in ein Hausmädchen verwandeln – und das ausgerechnet jetzt, da Mrs. Emerson sich langsam an ihre Rolle als Hausmeister gewöhnte. Bei ihren Teegesellschaften rief sie, wenn sie sah, daß Elizabeth die Vordertreppe hochstieg oder an der Wohnzimmertür vorbeiging: »Kommen Sie doch bitte herein! Mädels, ich möchte euch Elizabeth vorstellen. Sie ist mein Hausmeister, was sagt ihr dazu?« Und die Damen öffneten staunend den Mund und gaben sich überrascht, obwohl die Neuigkeit sich inzwischen bestimmt in ganz Roland Park herumgesprochen hatte. »O Pamela, ich muß schon sagen«, erwiderte eine von ihnen, »du hast immer die ausgefallensten Ideen.« Mrs. Emerson strahlte und stellte ihre Tasse geräuschlos auf die kleine hauchdünne Untertasse.

»Ich habe einen Stapel Feuerholz reingebracht«, sagte Elizabeth, »und später hole ich die Füllung für den Truthahn. Wollen Sie einen großen reifen Kürbis?«

»Wie bitte?«

»Einen Kürbis. Ich fahre heute nachmittag mit Benny aufs Land.«

»Was sollte Alvareen mit einem Kürbis anfangen? Sie schafft es doch kaum, einen Fertigkuchen warm zu machen. Übrigens erinnere ich mich nicht, Ihnen den Nachmittag freigegeben zu haben.«

»Ich habe heute vormittag bereits ein ganzes Tagespensum erledigt«, sagte Elizabeth. »Ich habe das Feuerholz ins Haus gebracht, drei Fensterrahmen gekalkt, das Geländer der Veranda hinterm Haus ausgebessert und alle Werkzeuge geschliffen. Außerdem habe ich den Schleifstein geölt.«

»Was für einen Schleifstein meinen Sie?«

»Den aus dem Keller.«

»Oh, ich wußte gar nicht, daß wir einen besitzen. Also, Richard hat immer fünf volle Tage pro Woche gearbeitet. Vormittags *und* nachmittags.«

»Richard stand aber nicht rund um die Uhr zu Ihrer Verfügung«, sagte Elizabeth.

»Na ja, lassen wir das. Könnten Sie nicht hierbleiben? Timothy kommt zu Besuch.«

»Ich werde nicht lange weg sein.«

Mrs. Emerson erhob sich und ging zu ihrer Kommode. Sie fing an, in einer kleinen mit Einlegearbeiten verzierten Dose voller Haarklemmen herumzukramen. Sie holte ein paar Haarklemmen heraus und legte sie wieder hinein und suchte dann erneut ein paar aus, so als seien einige besser zu gebrauchen als andere.

Dann schob sie Haarbürsten und Parfümflakons hin und her. »Ich kann mich überhaupt nicht auf Sie verlassen«, sagte sie zu Elizabeth. »Immer, wenn ich Sie brauche, sind Sie nicht da.«

Elizabeth sagte kein Wort.

»Und immer diese Ausflüge aufs Land oder sonstwohin. Nach Washington. Annapolis. Lexington Market. In den Zoo. Es braucht Sie bloß irgendwer zu fragen. Das ist doch lächerlich, können Sie nicht eine Weile an Ort und Stelle bleiben? Timothy wird vielleicht schon zum Mittagessen hiersein. Ich hatte mich darauf verlassen, daß Sie da sind, falls ich Ihre Hilfe brauche.«

»Wobei sollte ich Ihnen denn helfen?«

»Na ja, vielleicht brauchen wir Feuerholz.«

»Ich habe Ihnen doch gerade erzählt, daß ich einen Stapel reingebracht habe. Mr. MacGregor hat heute vormittag eine ganze Wagenladung geliefert.«

»Und was ist, wenn wir mehr Holz verfeuern, als Sie erwarten? *Irgendein* Problem wird es bestimmt geben. Was ist, wenn plötzlich etwas repariert werden muß?«

»Wenn das passiert, bringe ich es später in Ordnung«, sagte Elizabeth. »Außerdem wird Timothy ja bei Ihnen sein.«

»Um ehrlich zu sein, Elizabeth, ich habe gerne noch eine weitere Person dabei, wenn nur eines meiner Kinder zu Besuch kommt. Jemanden, der die Atmosphäre ein bißchen auflockert. Könnten Sie nicht doch bleiben?«

»Ich habe es Benny versprochen«, sagte Elizabeth.

»Gut, dann gehen Sie. Gehen Sie. Es ist mir sowieso egal.«

Als Elizabeth das Zimmer verließ, hatte Mrs. Emerson gerade angefangen, alle Kommodenschubladen nacheinander zu öffnen und wieder zuzustoßen.

Elizabeths Zimmer lag gegenüber von Mrs. Emersons Zimmer. Drinnen roch es stark nach Zigarettenrauch – das lag an den Camels, die Elizabeth ständig rauchte, wenn sie nichts zu tun hatte –, und auf der Kommode waren Detektivromane und Apfelsinenschalen und überquellende Aschenbecher wild verstreut. In den unteren Schubladen befand sich der Krimskrams von Margaret, die in diesem Zimmer gewohnt hatte, bis sie von zu Hause ausgezogen war. Ihre Nancy-Drew-Krimis standen immer noch im Bücherregal und ihre Märchenpuppen in Reih und Glied auf einem Wandbord. Die anderen Kinderzimmer waren leergeräumt. Margarets Zimmer bildete eine Ausnahme, weil sie überstürzt ausgezogen war. Mit sechzehn ausgerissen. Inzwischen war sie fünfundzwanzig, hatte eine geschiedene oder annullierte Ehe hinter sich und zeichnete in Chikago Werbeanzeigen für eine Bekleidungsfirma. »Und schwermütig, furchtbar schwermütig«, sagte Mrs. Emerson. »Bei jedem ihrer wenigen Besuche habe ich ständig damit gerechnet, daß sie im nächsten Moment in Depressionen verfällt.« Mrs. Emerson hatte die Angewohnheit, ihre Kinder jeweils nur mit einem einzigen Wort zu beschreiben und quasi mit dem Finger auf ihre Schwächen zu zeigen. Margaret war schwermütig, Andrew unausgeglichen, Melissa reizbar. Aber bei ihr hörte es sich so an, als seien diese Schwächen Tugenden. In Mrs. Emersons Augen war alles, was irgendwie mit den Nerven zu tun hatte, ein Zeichen von Intelligenz. Die Kinder von anderen Leuten waren ausgeglichen, glücklich und normal; die von Mrs. Emerson waren es nicht. Sie waren etwas Besonderes. Auf dem Bücherbord im Arbeitszimmer stand, in einem filigranen Rahmen, das Foto einer wütend blickenden Margaret. Mit ihrem blassen, pummeligen Gesicht, ihrem leicht verschmierten Lippenstift und ihrem zerzausten, strähnigen Haar sah sie so aus, als würde etwas Besonderes zu sein bedeuten, daß sie genauso deplaziert wirkte wie Elizabeth, die in ihrer Arbeitshose auf der Satinüberdecke saß und beim Schnitzen Holzspäne auf dem geblümten Teppich verteilte.

Eine Spur aus Holzspänen führte von der Tür ihres Zimmers über den Flur bis zu den oberen Treppenstufen. »Sie glauben wohl, Sie seien Hänsel und Gretel«, hatte Mrs. Emerson einmal zu ihr gesagt, »überall, wo Sie gehen und stehen, lassen Sie ein paar Krümel fallen.« Sie hatte Elizabeths Schnitzereien gesehen – kantige, wenig realistische Figuren, die so ausgiebig geschmirgelt worden waren, daß sie glänzten – und nicht gewußt, was sie mit ihnen anfangen sollte, aber offenbar hatte der Anblick geholfen, sie zu beruhigen. Zuvor hatte sie immer wieder gefragt: »Was wollen Sie später einmal werden? Was wollen Sie mit Ihrem Leben anfangen?« Sie war eine Freundin von sorgfältig ausgearbeiteten Plänen, deutlich markierten Routen, des direkten Wegs zum Erfolg. Es beunruhigte sie, daß Elizabeth vor kurzem einen elektrischen Multifunktionsbohrer gekauft hatte, mit dem man alles nur Erdenkliche machen konnte – schmirgeln, sägen, drahtbürsten, Schrauben eindrehen, Farbe umrühren – und den sie im Keller aufbewahrte und für ihre Holzarbeiten benutzte. »Wieviel hat das Ding gekostet? Sie haben dafür bestimmt den gesamten Lohn, den ich Ihnen bisher bezahlt habe, ausgegeben«, sagte Mrs. Emerson. »Wenn Sie auf diese Weise weitermachen, werden Sie nie wieder aufs College gehen, und ich habe das Gefühl, als sei Ihnen das auch nicht so wichtig.« »Nein, nicht übermäßig«, sagte Elizabeth gutgelaunt.

Da Mrs. Emerson weiter an ihr herumnörgelte, zeigte Elizabeth ihr die Schnitzereien. Sie holte sie, zusammen mit einem Set Schnitzmesser und einem Blatt Schmirgelpapier, aus ihrem Tornister. »Hier, sehen Sie mal, ich habe vor, einen Laden aufzumachen und in Zukunft von meinen Schnitzereien zu leben«, sagte sie. »Ist das nur so dahergeredet«, fragte Mrs. Emerson. »Oder meinen Sie das im Ernst? Es ist ein äußerst merkwürdiger Berufswunsch, und ich habe nie mitbekommen, daß Sie so weit im voraus planen. Wollen Sie mich vielleicht bloß beruhigen?«, aber sie hatte die Schnitzereien in die Hand genommen, sie mit gewisser Befriedigung von allen Seiten betrachtet und seitdem weniger genörgelt.

Elizabeth nahm den Tornister aus dem Wandschrank, griff hinein und holte von ganz unten ein zusammengerolltes, zerschlissenens Männerhemd hervor. Sie schüttelte es aus und streifte es über ihre Jacke. Auf der Vorderseite des Hemdes waren viele verschiedene Farbkleckse, aber kein Blut. Sie hatte in ihrem bisherigen Leben noch nicht einmal ein Huhn getötet. Noch nicht einmal ein Eichhörnchen oder einen Hasen geschossen, obwohl dabei wenigstens eine gewisse Entfernung zwischen ihr und dem Opfer gelegen hätte.

Im Zimmer gegenüber sprach Mrs. Emerson in ihr Diktaphon. »Das gehört noch zu dem Brief an Melissa. Melissa, bist du dir sicher, daß du den braunen Mantel mit dem Rückengurt, der in dem Zedernholzschrank hängt, nicht haben willst? Und da war noch etwas. Was war es, was ich dich fragen wollte?« Ein Klicken ertönte, als das Diktaphon abgeschaltet wurde, und mit einem weiteren Klicken wurde es wieder in Gang gesetzt. »An Mary. Also, ich will deinen Ehemann ganz bestimmt nicht kränken. Ich bin nicht so wie andere Schwiegermütter. Aber hättest du Verwendung für den Pelzmantel, den ich vor vier Jahren geschenkt bekommen habe? Ich trage ihn nie, und als ich heute morgen meine Wintersachen durchgesehen habe, bin ich auf ihn gestoßen. Junge Männer verdienen meistens nicht genug, um ihren Frauen einen Pelzmantel kaufen zu können, und daher dachte ich – aber wenn du glaubst, daß es deinen Mann kränkt, sag es mir bitte. Ich bin nicht so wie ...«

Elizabeth stand am Fenster, strich die heruntergerollten Ärmel ihres beklecksten Hemdes glatt und fragte sich, was sie machen würde, wenn mehr als ein Axthieb nötig sein würde, um den Truthahn umzubringen. Oder sollte sie sich ganz weigern, es zu tun? Sie könnte behaupten, daß sie Vegetarierin geworden sei. Aber das würde Mrs. Emerson eine Ausrede verschaffen, ihr die Hausarbeit aufzubürden. Elizabeth hatte nichts gegen Hausarbeit, aber sie tat lieber Dinge, die neu für sie waren. Sie überraschte sich gerne selbst.

»Andrew, die Sache mit Thanksgiving verstehe ich, aber was Weihnachten angeht, bleibe ich hart«, sagte Mrs. Emerson. »Weißt du, ich denke dabei nicht an mich. Mir würde es nicht besonders viel ausmachen. Aber Weihnachten ist ein *Familienfest*, und du brauchst deine Familie. Sag das deinem Arzt. Oder soll ich es lieber tun? *Mir* ist es egal, was er von mir hält.«

Manchmal machte sie die ganze Nacht lang so weiter. Elizabeth kam es wie reine Wichtigtuerei vor. Wenn sie diese Mitteilungen nicht sofort aufschreiben oder sich später nicht an sie erinnern konnte, lohnte es dann überhaupt, sie auf Band festzuhalten? Vielleicht gefiel es Mrs. Emerson einfach, die Knöpfe ihres kleinen beigefarbenen Apparats zu drücken. Aber sie sagte: »Ich bin stolz auf meine Korrespondenz, denn kaum noch jemand beherrscht die Kunst, einen Brief zu schreiben. Ich weigere mich, einer von den Menschen zu werden, die sich an den Schreibtisch setzen, nur um zu verkünden: ›Es gibt meinerseits nicht viel zu berichten, das Leben hier geht seinen gewohnten Gang ...‹« Schon mehrmals war Elizabeth um zwei oder drei Uhr in der Früh fröstelnd aufgewacht und hatte gerade das Fenster schließen oder sich eine weitere Decke holen wollen, als sie zu ihrer Verblüffung plötzlich hörte, wie einzelne Sätze über den finsteren Flur drangen. »Ich widerspreche dem, was du in deinem letzten Brief geschrieben hast, Melissa.

Es ist allgemein bekannt, daß ich nicht zu den Müttern gehöre, die sich immer einmischen.« »Was ist mit der Halskette, die ich dir geliehen habe? Ich habe *nicht* gesagt, daß du sie behalten kannst.« Sie sprach deutlich, in beiläufigem Tonfall, so wie jemand tagsüber spricht, wenn er bereits stundenlang wach ist. »Was fiel dir ein, einfach aufzulegen? Ich habe lange nachgedacht und stelle fest, daß ich dich immer weniger verstehe, je älter du wirst.« »Hast du Emily Barrets Adresse?« »Auch *du* wirst eines Tages allein sein.« »Wo bleibt das versprochene Foto?«

Auf dem Schreibpult in der Ecke lag ein seitenlanger, auf dem Briefpapier der Kirchengemeinde geschriebener Brief ihrer eigenen Mutter. Er war schon mehrere Wochen alt, und Elisabeth hätte ihn schon längst beantwortet haben müssen.

... Schätzchen, Du hättest uns vorher sagen sollen, daß Du so lange wegbleiben willst. Zum einen hätten wir Dich dann niemals gehen lassen, und zum anderen hätte ich Dir zumindest etwas Schönes gekocht, um Dich gebührend zu verabschieden. Ich könnte heulen, wenn ich an das simple Essen aus Hackbraten und Maiseintopf denke, das ich Dir an Deinem letzten Tag bei uns vorgesetzt habe. Aber die Hochzeit Deiner Schwester ging mir noch im Kopf herum, und ich dachte, Du würdest bloß für kurze Zeit wegfahren, um Dir einen Ferienjob zu suchen. Ich war mir sicher, daß Du zu Beginn des Semesters wieder hiersein würdest. Vom College hat jemand angerufen, und ich wußte nicht, was ich sagen sollte. Ich erinnere mich, daß Du davon gesprochen hast, ein Jahr Pause zu machen, aber wir haben das nicht ernstgenommen. Und wir hatten erwartet, daß Du, wie jeder normale Mensch, mit dem Bus fahren würdest und nicht mit einem Hochzeitsgast, den niemand aus unserer Familie kennt. Du konntest doch gar nicht wissen, was für einen Fahrstil er hat. Heutzutage bekommt schließlich fast jeder einen Führerschein. Da kann alles mögliche passieren. Aber Du bist einfach ohne weitere Erklärun-

gen verschwunden. Ich weiß nicht, ob Du vorhattest, derartig lange wegzubleiben oder ob es einfach so passiert ist. Du läßt Dich ja gerne treiben. Wie auch immer, Du schreibst, daß Du jetzt in Baltimore bist. Du solltest mal sehen, wie oft ich schon Deine Adresse durchgestrichen und neu geschrieben habe, seit Du damals im Mai bei uns den Hackbraten und den Maiseintopf gegessen hast.

Von uns gibt es nicht viel zu berichten. Uns geht es allen gut, allerdings arbeitet Dein Vater wie immer zuviel. Er läßt sich von den Frauen seiner Gemeinde zu sehr vereinnahmen und kümmert sich deshalb die ganze Zeit um die Missionarsgruppen und irgendwelche Vorträge und Teegesellschaften und Diavorträge und die Wehwehchen der Leute und so weiter, obwohl ich ihm immer wieder sage, er soll ein bißchen kürzertreten und sich wie ein normaler Pfarrer benehmen, sich auf Predigten und Beerdigungen konzentrieren und vielleicht ab und zu jemanden, der auf dem Sterbebett liegt, besuchen. Ich glaube aber, er kann gar nicht anders. Er würde nicht wissen, was er mit sich anfangen sollte, wenn diese Frauen aufhören würden, ihm auf die Nerven zu gehen. Nancy Bledsoe ist vor kurzem weggezogen und hat ihm ihre Collie-Hündin geschenkt, die alles anknabbert, sogar Zeitschriften und Tischbeine, und Du weißt ja, daß er große Angst vor Hunden hat und nichts mit ihnen zu tun haben will. Sie sagte, es sei ein Zeichen der Dankbarkeit, weil er so viel für ihre sterbende Mutter getan hat. Er tat so, als freue er sich, allerdings hat er offenkundig keine Ahnung, was er mit dem Tier anfangen soll, er weiß nicht, wie man es streichelt, zuckt zurück, wenn es an ihm hochspringt, und er hat mich eines Tages nach langem Herumgedrückse tatsächlich gefragt, ob mit dem Hund etwas nicht stimmt, weil er sich hinhockt, um zu pinkeln, wo doch alle anderen Hunde das Bein heben. Jetzt geht es auf Weihnachten zu, da werden wir keine ruhige Minute haben, sowohl wegen der vielen Todesfälle und Anfälle von Melancholie als auch wegen der Gottesdienste und so weiter.

Polly sieht richtig süß und nett aus, seit sie verheiratet ist, und sie ist sehr aktiv im Verband der jungen Hausfrauen. Ich weiß nicht, ob sie Dir von dem freudigen Ereignis erzählt hat, das im März ins Haus steht. Ich bin ganz hin und weg bei dem Gedanken, Großmutter zu werden. Ich wollte schon immer ein kleines Kind nach Strich und Faden verziehen, aber es jederzeit seiner Mutter zurückgeben können, wenn es anfängt zu schreien. Schätzchen, ich wünschte, Du würdest ein bißchen Ordnung in Dein Leben bringen, den Abschluß im Sandhill-College machen oder zum Beispiel heiraten. Ich weiß, daß Du das nicht hören willst, aber ich will Dir gegenüber ehrlich sein. Mrs. Bennett hat neulich zu mir gesagt, es gibt in allen Familien jemanden, der den anderen doppelt soviel Sorgen bereitet als alle übrigen, auch wenn das natürlich nicht bedeutet, daß man ihn oder sie deswegen weniger liebhat. Na ja, ich wußte sofort, worauf sie hinauswollte, aber ich habe natürlich nichts dazu gesagt.

Dommie Whitehill kommt immer noch regelmäßig vorbei und fragt nach Dir. Er will wissen, wo Du bist und was Du machst und wer Deine Freunde sind und so weiter. Ich bin jedesmal zu Tränen gerührt. Du wirst niemanden finden, der so nett wie Dommie ist, egal wie lange Du auch suchst, denn Jungs wie ihn gibt es heutzutage kaum noch. Aber selbst er wird nicht ewig warten.

Elizabeth, ich habe schon öfters Deinen Vater gebeten, Dir ein paar Zeilen zu schreiben. Er sagt, daß Du den ersten Schritt machen und all das, was Du gesagt hast, zurücknehmen mußt. Ich wünschte, Du würdest es tun, Schätzchen, denn er ist tief verletzt, auch wenn er sich das nicht anmerken läßt, denn Du weißt ja, wie stolz er ist. Er ist nicht so unnachgiebig, wie es scheint. Ich habe überlegt, Dich anzurufen, da ich jedoch nicht weiß, ob es Deiner Chefin recht wäre, habe ich es nicht getan. Aber Du könntest doch anrufen. Ein einziges Wort würde genügen, und es würde ihn so ...

Elizabeth zog eine alte, ramponierte Arbeitshose an, die fleckig und an den Nähten ausgebleicht war. Sie holte einen Ledergürtel aus ihrer Kommode, aber statt ihn umzubinden, streckte sie die Hand, in der sie die Schnalle hielt, nach oben aus und wirbelte den Gürtel wie ein Lasso herum. Er beschrieb einen riesigen perfekten Kreis und fegte eine Märchenpuppe vom Bord – es war Margarets Puppe, aber Elizabeths Zimmer, einzig und allein ihres. Sie wachte hier jeden Morgen auf und staunte täglich von neuem darüber, daß sie endlich erwachsen war. Wohin sie gehen, wann sie schlafen und was sie tun würde, konnte sie selbst entscheiden – oder nicht entscheiden, was ihr sogar noch besser gefiel. Sie könnte hier weggehen, wenn sie wollte, oder für alle Zeit bleiben und die Reparaturen erledigen. In diesem Haus schien alles, woran sie sich versuchte, zu klappen. Ganz im Gegensatz zu früher.

Als sie die Treppe hinunterging und dabei den Gürtel durch die Schlaufen schob, sah sie, daß Alvareen in der Diele die Fußleisten abwischte. »Ich werde mich jetzt um den Truthahn kümmern«, sagte Elizabeth zu ihr.

»Ach, wirklich?«

»*Sie* haben vermutlich keine Lust, das zu übernehmen.«

»Bestimmt nicht.« Alvareen setzte sich auf ihre Fersen und faltete das Staubtuch zusammen. »Also ehrlich, Mrs. Emerson sollte doch eigentlich genug Geld haben, um sich einen zu *kaufen*. Was hat sie denn gestern zum Abendessen gemacht?«

»Thunfisch auf Salzcrackern, belegt mit Pilzen aus der Dose.«

Alvareen rieb sich mit dem Handrücken die Nase, ein Zeichen ihrer Belustigung. Es machte ihr großen Spaß zu hören, was aufgetischt wurde, wenn sie krank war.

»Als Beilage hat sie ein paar Selleriestangen mit Öl beträufelt und in die Mitte eine Handvoll grüne Oliven gelegt.«

»Das haben Sie sich ausgedacht.«

»Nein.«

»Wer so schlecht kocht, tut das mit Absicht«, sagte Alvareen.

»Wahrscheinlich will sie Ihnen den Appetit verderben. Sie ist ziemlich knauserig.«

»Elizabeth?«

»Ich will gerade gehen«, rief Elizabeth die Treppe hoch.

»Warum sind Sie immer noch hier?«

»Bin schon weg.«

Sie winkte Alvareen zu und ging schwungvoll durch die Haustür und über die Veranda, verlangsamte aber ihre Schritte, sobald sie im Garten stand. Es war kein Mensch zu sehen, niemand, der ihr hätte helfen können. Widerwillig schlurfte sie zum Geräteschuppen. Als sie die Tür öffnete, sauste der Truthahn mit einem scharrenden Geräusch in die hintere Ecke des Käfigs. Elizabeth hockte sich hin und spähte durch die Stangen. »Puut-putputput?« sagte sie. Er lief in seinem drei Schritte breiten Gefängnis hin und her, und sein Kehllappen hüpfte dabei auf und nieder. Im Schatten verloren seine Flügel den kupferfarbenen Schimmer. Er wirkte ungepflegt und zerzaust, so wie ein Mensch, der in seiner Kleidung geschlafen hat. »Nun gut«, sagte Elizabeth nach einer Weile. Sie bog den Draht, mit dem der Käfig verschlossen war, auseinander und griff hinein. Sie führte eine Reihe von Bewegungen aus, die sie sich vorher genau überlegt hatte. Mit einem Arm umfaßte sie ihn und drückte die Flügel an seinen Körper, und mit der anderen Hand umklammerte sie seine Füße. Er wehrte sich zuerst, aber beruhigte sich dann, und sie richtete sich, den Truthahn an die Brust gedrückt, wieder auf. »Du bist ganz schön schwer, Freundchen«, sagte sie zu ihm. Direkt vor der Schuppentür stand der Hackblock, an dem die Axt lehnte, aber Elizabeth brauchte noch einen Augenblick, um sich innerlich vorzubereiten. Sie stellte den Truthahn auf die Erde. Er war zu fett, um weit zu laufen. Er schwankte durch die Tür und den Hügel hinab und streckte bei jedem Schritt den Kopf selbstgefällig vor. Elizabeth folgte ihm mit ein paar Schritten Abstand. Sie konnte ihn immer noch einfangen, falls er wegzurennen versuchte, aber er schien es genausowenig eilig zu haben wie sie. Die beiden liefen hintereinander an einer der Pergolen und dem Brombeerstrauch vorbei und unter dem kaputten Dach des Pavillons hindurch, das zwischen welligen Schindeln den Blick auf den Himmel freigab. Anschließend ging es zurück zum Geräteschuppen. Dieser Truthahn war nicht ganz bei Trost. Zweimal umrundete er den Hackblock, aber dennoch ließ Elizabeth die Axt, wo sie war. Er marschierte wieder in Richtung Pergola. Die beiden wirkten wie zwei gelangweilte Spaziergänger, die mit übertriebener Lässigkeit herumschlenderten und vorgaben, an der Landschaft interessiert zu sein. Dann beschleunigte der Truthahn das Tempo. Er rannte nicht, sondern machte einfach, ohne den Ausdruck von Würde zu verlieren, immer längere Schritte. Elizabeth ging schneller. Bäume und Sträucher und der zweite Pavillon huschten auf einer Höhe an ihnen vorbei. Dann erreichten sie das Ende des Gartens, und Elizabeth überholte plötzlich den Truthahn, stolperte die Böschung hinunter und stellte sich auf die Straße, um ihn aufzuhalten. Fünfzig Zentimeter von ihr entfernt kam ein Auto mit quietschenden Reifen zum Stehen. Der Truthahn wurde von irgend etwas, das auf dem Boden lag, abgelenkt und fing an, kurz vor dem Rand der Böschung sorglos herumzupicken.

Das Auto war ein schmutziger weißer Sportwagen. Der Fahrer war ein blonder Junge mit rundem Gesicht, der einen mit einer Feder verzierten Bergsteigerhut trug. Als er ausstieg, stieß er sich den Kopf am Türrahmen. »Könntest du vielleicht ein bißchen besser aufpassen«, sagte er.

»Entschuldigung«, sagte Elizabeth. Sie konnte ihm nur einen kurzen Blick zuwerfen, denn sie mußte den Truthahn im Auge behalten. Ohne sich umzuschauen, riß sie von einem Busch hinter ihr einen Ast ab und schlich die Böschung hoch. »Weg da! Weg!« sagte sie.

»Du führst offenbar gerade deinen Truthahn spazieren«, sagte der Junge.

»Ich versuche, all meinen Mut zusammenzunehmen, um ihn zu schlachten.«

»Ich verstehe. Bist du Elizabeth? Ich bin Timothy Emerson. Ich wußte, daß es einen Truthahn geben sollte, aber meine Mutter erwähnte nicht, daß er noch am Leben ist.«

»Vielleicht wird er auch weiterhin am Leben bleiben«, sagte Elizabeth. »Die ganze Sache ist schwieriger, als ich dachte.«

»Kann ich dir irgendwie helfen?«

Aber sein kariertes Sportsakko und seine Wollhose sahen viel zu edel aus, um darin einen Truthahn zu schlachten, und die Anstrengung, hinter ihr die Böschung hochzuklettern, hatte bereits ausgereicht, sein Gesicht rot anlaufen zu lassen. »Bleib, wo du bist, und halte ihn von der Straße fern«, sagte Elizabeth zu ihm. »Das reicht mir schon.«

»Wenn du willst, könnte ich ihn mit dem Auto überfahren.«

Sie lächelte, aber ihre Aufmerksamkeit galt immer noch dem Truthahn. Sie stubste ihn mit dem Ast an, und er setzte sich, den Blick immer noch auf den Boden gerichtet, langsam in Bewegung. »Du brauchst eine Leine«, sagte Timothy.

»Ihn zum Hackblock zu treiben, ist kein Problem, aber was dann? Ich habe überhaupt keine Lust, deiner Mutter zu gestehen, daß ich dieser Aufgabe nicht gewachsen bin.«

»Laß ihn frei«, sagte Timothy, »und kauf einen im Supermarkt. Mutter wird es nicht merken.«

Elizabeth ließ sich, den Ast noch immer in der Hand, auf ein Knie nieder. Der Truthahn entfernte sich ein paar Schritte. »Gehört dir das Einrad im Keller?« fragte sie.

»Mir? O nein, das gehört Peter. Ich war nie besonders sportlich. Er hätte aber bestimmt nichts dagegen, wenn du es benutzt.«

»Ich hatte gehofft, zuschauen zu können, wie es jemand anders benutzt«, sagte Elizabeth. »Ich bin auch nicht besonders sportlich.«

»Tatsächlich? Das hätte ich nicht gedacht.«

»Wieso?«

»Ich hatte erwartet, dich beim Footballspielen mit den kleinen Jungs aus der Nachbarschaft anzutreffen«, sagte Timothy.

»Warum sollte ich so etwas tun?«

»Na ja, du bist schließlich der Hausmeister, oder?«

»Stimmt«, sagte Elizabeth, »aber das hat doch nichts mit
Footballspielen zu tun. Ich frage mich, ob andere Leute dieselbe
Vorstellung von meiner Arbeit haben wie du. Ich habe in letzter
Zeit sehr merkwürdige Einladungen bekommen. Zum Tennis-
spielen, Radfahren oder Wandern – wenn es irgend etwas gibt,
das ich nicht leiden kann, dann ist es in der Natur herumzuste-
hen und die Natur zu bewundern. Mein Kopf ist hinterher immer völlig leer.«

»Warum tust du es dann? Paß auf, dein Truthahn marschiert
wieder in Richtung Straße.«

Der Truthahn war bereits mehr als fünf Meter entfernt, aber
Elizabeth blickte ihm nur kurz hinterher und ließ sich dann
vollständig auf dem Boden nieder. »Ich gehe *immer* mit, wenn
ich eingeladen werde«, sagte sie. »Es ist für mich eine Herausforderung, niemals eine Einladung abzulehnen. Also, hat Peter
das Einrad wirklich benutzt? Ich meine, kann er Treppen run-
terfahren oder einen Basketball in den Korb werfen, während er
darauf balanciert, so wie die Leute im Zirkus?«

»Dein *Truthahn*!«

Elizabeth schaute sich um. Der Truthahn näherte sich pik-
kend dem schmalen Ende der Böschung und redete mit keh-
liger Stimme auf sich selber ein. »Was ist mit ihm?« fragte sie.

»Hast du keine Angst, daß er wegläuft?«

»Oh, ich dachte, ich soll ihn in Ruhe zu lassen und mir im
Supermarkt einen kaufen.«

Timothy starrte sie an. »Na ja, ich habe bloß – du schienst
nicht – ich hatte nicht mitbekommen, daß du dich entschieden
hast«, sagte er. Elizabeth, die ihm daraufhin zum ersten Mal
ihre ungeteilte Aufmerksamkeit schenkte, fragte sich, wieso er

einen derartig kecken Federhut derartig schräg auf dem Kopf trug. Er klang wie seine Mutter, die sich andauernd in irgendwelchen Plänen, Werturteilen und Entscheidungen verstrickte. Aber die Augen hatte er offenbar von seinem Vater – schmale blaue Schlitze, die schräg einwärts gerichtet waren, was seinem Blick etwas Staunendes verlieh –, und ihr gefiel sein hellblondes, wie geleckt aussehendes Haar, das unter dem Hut borstig vom Kopf abstand. Sie lächelte ihn an, ohne auf den Truthahn zu achten.

»Willst du ihn wirklich einfach weglaufen lassen?« sagte er.

»Klar«, sagte Elizabeth, und tatsächlich – sie stand auf, klopfte ihre Arbeitshose ab und stellte sich an den Rand der Böschung, um den Truthahn dabei zu beobachten, wie er die Straße überquerte und in einen der gegenüberliegenden Gärten lief. Nach einer Weile war er nur noch ein hüpfender kupferfarbener Punkt zwischen den Bäumen. »Ich muß jetzt einkaufen gehen«, sagte sie. »Brauchst du etwas aus dem Supermarkt?«

»Soll ich dich hinbringen?«

»O nein, ich fahre gern selbst. Du könntest allerdings deinen Wagen von der Straße räumen.«

»Oder vielleicht begleite ich dich. Wäre dir das recht? Ich versuche immer, mich irgendwie zu beschäftigen, während ich zu Hause bin.«

Er war zwar eigentlich noch gar nicht zu Hause angekommen, aber Elizabeth machte sich nicht die Mühe, ihn daran zu erinnern. Sie sagte bloß: »Gut«, und griff unter ihr Farbhemd, um aus der Jackentasche ein Schlüsselbund zu holen, das an Mrs. Emersons verschnörkelten goldenen Initialen baumelte.

Der Wagen war ein sehr alter Mercedes mit einem hakeligen Schaltgetriebe, das knirschende Geräusche machte. Elizabeth hatte sich daran gewöhnt. Sie lenkte den Wagen geistesabwesend, ließ das Kupplungspedal immer halb durchgedrückt und

achtete mehr auf die Gegend als auf den Verkehr, aber Timothy
rutschte jedesmal, wenn sie schaltete, unbehaglich auf dem Sitz
herum. Er hielt sich mit einer Hand am Armaturenbrett fest
und mit der anderen an der Sitzlehne. »Fährst du schon lange?«
fragte er sie. »Seit ich elf bin«, sagte Elizabeth. »Ich hatte allerdings bisher noch keine Zeit, den Führerschein zu machen.«
Elegant wich sie einem entgegenkommenden Taxi aus. Die
Straßen in dieser waldigen Gegend waren so schmal, daß ein
Wagen immer zur Seite fahren mußte, wenn sich zwei trafen,
aber Elizabeth betrachtete es als eine Herausforderung, niemals
ganz anzuhalten. Sie schwenkte in Parklücken ein und wieder
aus ihnen heraus, drängelte andere Fahrer bis zu breiteren Ab-
schnitten der Straße und rollte dann in unvermindertem Tempo
auf ihre Stoßstangen zu, wenn sie bremsten, um sie vorbeizu-
lassen. »Offenbar mache ich dich nervös«, sagte sie zu Timothy, »aber ich bin eine bessere Fahrerin, als du denkst. Ich versuche bloß, die Bremsen zu schonen.«

»Mir wäre es lieber, wenn du unsere Gesundheit schonen
würdest«, sagte Timothy, aber er lockerte den Griff und hielt
sich weniger verkrampft am Armaturenbrett fest. Dann bogen
sie in die Roland Avenue ein, und er lehnte sich zurück. »Weißt
du zufällig, ob Andrew kommt?« sagte er.

»Er kommt nicht.«

»Ich hatte Angst, Mutter am Telefon danach zu fragen. Sie
hört dann nicht wieder auf zu reden. Aber Matthew wird bestimmt da sein.«

»Irrtum.«

»Was, kein Matthew? Er *wohnt* doch praktisch bei ihr.«

»Das war einmal«, sagte Elizabeth. »Dann sagte deine Mutter zu ihm, er würde sein Leben an einen Job verschwenden,
der zu nichts führt, weil er bei einem mickrigen Provinzblatt ist
und die Zeitung ganz allein herausbringt, ohne dafür irgendeine Anerkennung zu bekommen. Ich habe keine Ahnung,
wieso.«

»Der Besitzer säuft«, sagte Timothy.

»Sie sagte, er dürfe sich erst wieder blicken lassen, wenn er einen ordentlichen Job hat. Das ist jetzt drei Wochen her.«

»Matthew ist der Verrückte in unserer Familie«, sagte Timothy.

»Oh, ich dachte, das wäre Andrew.«

»Na ja, der auch. Aber Matthew ist regelrecht verschroben: Ich glaube, er hört niemals zu, wenn Mutter mit ihm redet. Er besucht sie jede Woche, *egal*, was sie sich gerade in den Kopf gesetzt hat. Bringt ihr Tomaten aus dem eigenen Garten mit und bleibt ein oder zwei Stunden.«

»Damit ist es jetzt vorbei«, sagte Elizabeth. »Was meinst du, wird er sich einen anderen Job suchen?«

»Nein.«

»Und was dann? Wird er jemals wieder zu Besuch kommen?«

»Oh, früher oder später wird Mutter nachgeben. Irgendwann wird er wieder zur Tür hereinspaziert kommen, und damit hat sich die Sache dann erledigt.«

»Ich glaube, er ist kein bißchen verrückt«, sagte Elizabeth.

Sie parkte mühelos in einer Lücke, die kaum länger als der Wagen war, und die beiden stiegen aus. Als Elizabeth auf dem Bürgersteig stand, streifte sie ihr Farbhemd ab, schloß es im Wagen ein und holte eine gewellte Plastikbrieftasche aus ihrer Jacke. »Ich frage mich, was ein Truthahn kostet«, sagte sie.

»Laß mich bezahlen. Schließlich war es meine Idee.«

»Nein, ich habe genug Geld.«

»Sparst du nicht, um aufs College gehen zu können oder so?«

»Nicht direkt«, sagte Elizabeth.

In dem riesigen Supermarkt war es schummrig, sogar unmittelbar unter den wie umgedrehte Eiswürfelbehälter aussehenden Neonlampen. Es roch nach feuchtem Holz, Pappe und Kekskrümeln. Sie waren kaum durch die Tür, als jemand »Timothy Emerson!« rief – eine hagere Frau mit einer Pelzstola,

die regelmäßig zum Tee zu Mrs. Emerson kam. »Willst du mir
etwa erzählen, daß du deine Mutter tatsächlich mit einem Besuch beehrst?« sagte sie. »Hat sie dich denn überhaupt wieder-
erkannt?« Sie ließ ein glockenhelles Lachen ertönen. Elizabeth
schlich an ihr vorbei und ging zur Fleischtheke. »Ich hätte
gerne einen Truthahn«, sagte sie zum Schlachter. »Einen ziemlich schweren.«

»Fünfzehn Pfund? Zwanzig?«

»Keine Ahnung. Dürfte ich mal einen in die Hand nehmen?«
Er verschwand in einem hinteren Raum. Die Stimme von
Mrs. Emersons Freundin hallte durch den gesamten Laden.
»... sie ist die tapferste Frau, die ich jemals gekannt habe, wirklich unerhört lieb und tapfer. Trotz aller Enttäuschungen gibt
sie nicht auf. Ich sagte neulich zu ihr: ›Pamela‹, sagte ich, ›warum verkaufst du das große alte Haus nicht und suchst dir eine
Wohnung, jetzt, wo –‹ ›O nein, meine Liebe‹, sagte sie zu mir,
›ich brauche den vielen Platz für meine Kinder, damit sie mich
jederzeit besuchen können.‹«

Der Schlachter kam zurück und brachte drei Truthähne mit.
»Den hier?« sagte er. »Oder diesen?« Er hielt sie einzeln hoch,
während Elizabeth die Stirn runzelte und mit den Autoschlüs-
seln in ihrer Hand klimperte. »Lassen Sie es mich mit dem letzten versuchen«, sagte sie schließlich. Sie griff über die Theke
hinweg und wog ihn mit den Händen ab. »Warten Sie eine Sekunde. Ich bin gleich wieder da.«

»Wie geht es deinem Zwillingsbruder, mein Lieber?« sagte
die Freundin gerade. »Soweit ich weiß, ist er wieder in ärzt-
licher Behandlung. Meinst du nicht auch, daß er zu Hause besser aufgehoben wäre? New York ist nicht der richtige Ort für
einen, für jemanden, der ...«

»Versuch den mal«, sagte Elizabeth zu Timothy. »Denk dir
noch die Innereien dazu. Und Federn und Füße. Glaubst du, er
hat in etwa das richtige Gewicht?«

Timothy, der sich eine Pfeife angezündet hatte, steckte sie in

den Mund und nahm den Truthahn in die Hand. »Kommt mir
ganz gut vor«, sagte er.

Mrs. Emersons Freundin sagte: »Sie sind Elizabeth, nicht
wahr? Wie geht es *Ihnen* denn an diesem schönen Tag? Erwarten Sie viele Gäste zum Essen?«

»Na ja, nicht direkt«, sagte Elizabeth. »Vergessen Sie, daß Sie
mich hier mit einem Truthahn gesehen haben.«

Sie drehte sich um und ging, von den Blicken der Frau verfolgt, zurück zum Schlachter. »Den nehme ich«, sagte sie zu
ihm. »Aber das Stück Metall am Schwanz brauche ich nicht.«

»Das ist dazu da, damit man die Beine leichter zusammenbinden kann.«

»Ich möchte es trotzdem lieber nicht«, sagte Elizabeth.

Während er den Truthahn einpackte, machte sie sich auf die
Suche nach der Fertigmischung für die Füllung. Timothy sauste
ihr auf einem Einkaufswagen entgegen. Er nahm mehrere
große Schritte Anlauf, sprang dann auf die hintere Achse und
beugte sich vor, um das Gleichgewicht zu halten. Die Pfeife in
seinem runden Gesicht sah lustig aus, sie glich dem Maiskolben
bei einem Schneemann. »Das habe ich schon immer tun wollen«, sagte er zu Elizabeth, als der Einkaufswagen zum Stehen
gekommen war. »Mutter ist nie mit uns in den Supermarkt
gegangen. Sie hat alles telefonisch bestellt und es sich erst abgewöhnt, als Margaret mit dem Jungen, der die Lebensmittel lieferte, durchgebrannt ist.«

»Telefonisch!« sagte Elizabeth. »War das nicht sehr teuer?«

»Na und? Wir sind reich.«

Er schob den Wagen zur Fleischtheke, wo sie den Truthahn
in Empfang nahmen. Dann ging Elizabeth los, um ein paar
Snacks für die Tage, an denen Alvareen krank war, zu holen.
Timothy folgte ihr und tat so, als sei der Truthahn ein Baby im
Kinderwagen. »Was meinst du, wen von uns hat er lieber?«
fragte er und befestigte ein Ende vom Klebeband des Schlachters liebevoll an einer anderen Stelle. Dann hüpfte er auf den

Wagen und flitzte wieder weg. »Ich muß unbedingt noch mal mit Mrs. Hewlett reden«, rief er über die Schulter. »Sie interessiert sich brennend für die Emerson-Kinder.« Ab und zu, bei ihren Streifzügen durch die Gänge, erhaschte Elizabeth einen Blick auf ihn. Er sauste vorbei an ernsten Kundinnen und mißmutigen Verkäufern, ein leuchtender blonder Haarschopf, gekrönt von einer roten Feder. Aber als sie ihn an der Kasse traf, hatte er den Wagen an die Seite geschoben, und er schleppte einen riesigen Sack Hundefutter, der sein Gesicht verdeckte und bis zu seinen Knien reichte. Sie sah bloß seine Hände, mit denen er ihn an den Seiten festhielt. »Ich weiß, wir haben keinen Hund«, sagte er und schaute dabei um den Sack herum. »Aber ich kann mir kein Schnäppchen entgehen lassen. Geht dir das auch so?« Und er machte kehrt, um das Hundefutter wieder zurückzubringen, die Knie gebeugt, unter der Last fast zusammenbrechend, alles nur, um sie zum Lachen zu bringen.

Aber sobald sie wieder im Wagen saßen, änderte sich seine Stimmung total. Er saß mit hängenden Schultern da, starrte aus dem Seitenfenster und hantierte an seiner Pfeife herum, ohne sie zu rauchen. »Ich hätte gerne einen Truthahn gekauft, an dem noch ein paar Federn dran sind«, sagte Elizabeth zu ihm. Timothy reagierte nicht. Aber als sie vor einer roten Ampel anhielten, sagte er: »Was hältst du davon, ein Weile durch die Gegend zu fahren?«

»Wo würdest du denn gerne hin?« sagte Elizabeth.

»Ich weiß nicht. – Nirgends. – Nach Hause«, sagte er und rutschte tiefer in den Sitz und klopfte mit der erloschenen Pfeife während der restlichen Fahrt ununterbrochen auf sein Knie.

Elizabeth parkte vor dem Haus. Kaum hatten sie die Türen zugeschlagen, erschien Mrs. Emerson auf der Veranda. Sie trat ein paar Schritte vor und ging dann mit vor dem Körper gefalteten Händen wieder rückwärts, bis sie auf der Fußmatte vor der Haustür stand. »Timothy!« sagte sie. »Was machst du – wieso –?«

»Mein Auto steht da hinten«, sagte Timothy. Er stieg die Stufen hoch und beugte sich hinab, um Mrs. Emerson auf die Wange zu küssen. Ihr Gesicht war ihm entgegengereckt, ihre Augen wegen ihres mißbilligenden Blickes halb geschlossen und ihre Hände immer noch fest zusammengepreßt. »Ich verstehe trotzdem nicht, was das soll«, sagte sie.

»Wie geht es dir, Mutter?«

»Danke, bestens. Mir geht es blendend. Ich komme sehr gut zurecht.«

»Du siehst auch gut aus.«

Elizabeth trug die Einkäufe an ihnen vorbei ins Haus. Sobald sie in der Küche war, ließ sie die Tüte mit einem Ruck fallen, wickelte den Truthahn aus und legte ihn auf die Arbeitsplatte. Dann räumte sie die anderen Einkäufe in aller Ruhe in den Schrank und faltete die Papiertüte zusammen. Alvareen kam mit einem Putzeimer voll dreckigem Wasser herein. »Ist *er* das?« fragte sie, als sie den Truthahn sah.

»Gute Arbeit, findest du nicht auch?«

»Und was ist das für ein Vogel, der draußen rumläuft?«

»Ach herrje!«

Elizabeth ging durch die Küchentür hinaus und stellte fest, daß der Truthahn vor einem Kellerfenster hockte. »Weg da!« rief sie und klatschte in die Hände. Der Truthahn bewegte sich einen halben Meter und blieb dann wieder stehen. »Weg da, Junge! Weg da!«

Mrs. Emerson erschien, gefolgt von Timothy, auf der hinteren Veranda. »Also, was in aller Welt –«, sagte sie. »Ich dachte, ich hätte Sie gebeten, den Vogel umzubringen.«

»Das wollte ich gerade erledigen«, sagte Elizabeth.

»Und was habe ich eben in der Küche gesehen? Was für ein Tier liegt da auf dem Tisch?«

Timothy gab seiner Mutter die Pfeife und ging die Verandastufen hinunter. »Treib ihn hierher«, sagte er zu Elizabeth. »Ich halte ihn dann fest.«

»Ich würde ihn lieber wieder vertreiben.«

»Ich verlange eine Erklärung«, sagte Mrs. Emerson. »Ich habe Ihnen einen simplen Auftrag erteilt, einen Auftrag, den Richard binnen fünf Minuten erledigt hätte. Das Tier ist der einzige Preis, den ich in meinem ganzen Leben gewonnen habe, und Sie verscheuchen ihn wie eine gewöhnliche Hausfliege. Dann versuchen Sie mich mit einem gekauften Truthahn zu täuschen. Das stimmt doch, oder? Sie hatten ihn gerade gemeinsam mit Timothy geholt, als ihr beide hier ankamt und so selbstsicher aussaht, nicht wahr?«

Da weder Elizabeth noch Timothy Lust hatten, ihr zu antworten, konzentrierten sie sich auf den Truthahn. Sie rückten näher und näher an ihn heran, obwohl sie ihn auf keinen Fall einfangen wollten. Der Truthahn murmelte leise vor sich hin und führte ungelenk ein kleines Tänzchen auf.

»Niemandem kann ich trauen«, sagte Mrs. Emerson.

»O Mutter. Warum hast du sie überhaupt damit beauftragt? Sie ist viel zu gutherzig dafür.«

»Viel zu *was*? *Elizabeth*?« Mrs. Emerson legte die Pfeife haargenau in der Mitte der oberen Verandastufe auf den Boden und verschränkte wegen der Kälte die Arme. »Es geht mir nicht um den Truthahn, es geht mir um den Betrug«, sagte sie. »Ihr zwei seid einfach losgefahren und habt bestimmt hinter meinem Rücken über mich gelacht. Ihr habt euch gegen mich verschworen. Und jetzt liegt dieser nackte Supermarktvogel auf meinem Küchentisch.«

Timothy hatte den Truthahn bis dicht vor Elizabeths Füße getrieben, aber sie machte keine Anstalten, ihn einzufangen. Sie beobachtete Timothy, dessen Gesicht rot anlief und immer versteinerter wirkte, der aber kein Wort sagte. Er stand so dicht vor ihr, daß sie seine kurzen, zornigen Atemstöße hörte, als seine Mutter sich an ihn wandte.

»Das war *deine* Idee, nicht wahr. Elizabeth hat so etwas noch nie getan. Ich hatte immer das Gefühl, daß ich mich auf sie verlassen kann. Jetzt bin ich mir nicht mehr sicher. Ich bin mir nicht mehr sicher. Nicht genug damit, daß du mich im Stich läßt, jetzt willst du auch noch einen Keil zwischen mich und andere treiben. Hab ich nicht recht? Das hast du dir doch erhofft, oder?«

»Meine Güte«, sagte Timothy und hob dann mit einer ruckartigen Bewegung den Truthahn hoch und trug den kreischenden, flügelschlagenden Vogel durch den Garten. Er machte so große Schritte, daß Elizabeth rennen mußte, um hinterherzukommen. Es sah so aus, als sei die obere Hälfte seines Körpers von einem Meer zuckender, herumwirbelnder Federn bedeckt. Als er beim Geräteschuppen ankam, drückte er den Truthahn mit Gewalt nach unten auf den Hackklotz und hielt ihn fest. Dann herrschte einen Augenblick lang völlige Stille. Der Truthahn bewegte sich nicht. Sein Kopf lag regungslos auf dem Klotz, sein Blick schien nach innen gerichtet zu sein.

»Timothy? Warte«, rief Mrs. Emerson.

Timothy packte, ohne hinzusehen, die Axt, lockerte kurz den Griff, damit der Stiel besser in seiner Hand lag, und hackte dem Truthahn den Kopf ab. Er brauchte nur einen Hieb. Die Flügel des Truthahns begannen zu schlagen, aber der Körper war zu schwer für die langsamen, ersterbenden Bewegungen. Die wachen Augen starrten in eine Pfütze aus Blut. Mrs. Emerson schrie: »Oh!« – ein einzelner, markerschütternder Ton. Elizabeth sagte nichts. Sie stand mit den Händen in den Jackentaschen neben Timothy, starrte über die Baumwipfel hinweg und richtete ihre Gedanken auf etwas, das mit alldem hier nichts zu tun hatte.

3 Zwei Wochen vor Weihnachten setzte heftiger Schneefall ein. Timothy hatte eine Verabredung mit Elizabeth, und er brauchte eine knappe Stunde, um mit dem Auto zum Haus seiner Mutter zu gelangen. In der Innenstadt war es schon schlimm genug, aber kaum hatte er Roland Park erreicht, war er ganz allein auf der Straße, und seine Reifen hinterließen frische schwarze Spuren, die sich leicht schlängelten, sobald er schneller als im Kriechtempo fuhr. Er beugte sich über das Lenkrad, spähte durch die fächerförmig freigewischte Stelle auf der Windschutzscheibe, während um ihn herum die weichen Schneeflocken lautlos durch die Luft wirbelten. Seine Handschuhe hatte er verloren, die Heizung war kaputt, und er hatte vergessen, die Winterreifen aufzuziehen. Sein einziger Trost war das Radio – ein Nachrichtensprecher verkündete ihm immer wieder aufs neue, daß ein schwerer Schneesturm über Baltimore hinwegfegte und die Verkehrslage bedrohlich sei. »Fahren Sie mit äußerster Vorsicht«, sagte er. Seine Stimme klang mitfühlend und besorgt. Timothy trat als symbolische Geste kurz auf die Bremse, aus Erleichterung darüber, daß noch jemand anderem diese weißen, Traumbildern gleichenden Schwaden aufgefallen waren.

Seit kurzem überkam ihn regelmäßig die beunruhigende Vorstellung, daß er gestorben sei und es als einziger noch nicht bemerkt hatte.

Die Lichter der Häuser am Straßenrand waren von bläulichem Nebel eingerahmt. Geparkte Autos wurden in kürzester Zeit still und heimlich unter einer Schneeschicht begraben. »Bleiben Sie, wenn irgend möglich, zu Hause«, sagte der Nachrichtensprecher. »Gehen Sie nicht auf die Straße, und fahren Sie nicht mit dem Auto.« Timothy mußte nicht unbedingt unterwegs sein und wäre besser in seiner sicheren Wohnung geblieben, aber er wollte Elizabeth sehen. In letzter Zeit ging er zwei- oder dreimal pro Woche mit ihr aus. Meist gingen sie in ein Restaurant oder ins Kino, manchmal blieben sie aber auch zu Hause und spielten mit Begeisterung schwungvolle Schachpartien, bei denen Elizabeth bizarre Züge machte und alle möglichen Figuren opferte, sobald sie sich zu langweilen begann. Timothy betrieb das Spiel wesentlich ernsthafter. Er kannte alle berühmten Partien auswendig und konnte jedes Schachproblem aus den Zeitungen lösen. Aber Elizabeth wandte den psychologischen Trick an, aus irgendeiner unverdächtigen Ecke des Brettes plötzlich in sein Territorium einzudringen und ihn durch die rasche Bewegung ihres langen Armes derartig zu überrumpeln, daß er, auch wenn der Angriff eigentlich harmlos war, mit einem unsinnigen Zug reagierte. Jede der Partien endete mit Gekicher. Alles, was sie taten, endete mit Gekicher. Er nahm sich immer wieder vor, ein tiefsinniges Gespräch mit ihr zu führen, aber jedesmal, wenn sie sich trafen, verfielen sie in irgendeine neue Albernheit. Er ließ sich von ihr anstekken; das Lachen sprudelte aus ihr hervor wie ein Wasserstrahl. Seine Mutter beobachtete sie mit einem erstaunten, unsicheren Lächeln.

Sämtliche Fenster des Hauses waren erleuchtet, und daher ragten schmale gelbliche Rechtecke in den weißen Vorgarten. Timothy stieg aus dem Wagen und bereitete sich innerlich schon darauf vor, mühsam ohne Stiefel durch den Schnee stapfen zu müssen. Aber ehe er noch den ersten Schritt gemacht hatte, kam Elizabeth ums Haus gelaufen. Weiße Punkte glitzerten auf ihrer Mütze, bei der es sich offenbar um eine jener Fliegermützen mit Ohrenklappen handelte, die kleine Jungs oft tragen. »Halt!« rief sie und hob die Schaufel an, so als würde sie ein Gewehr präsentieren. Dann stellte sie sich direkt vor die Verandatreppe, setzte die Schaufel schräg auf den Boden und rannte los. Hinter ihr entstand, wie durch Zauberhand, ein schmaler dunkler Streifen, nur unterbrochen von den kurzen Pausen, wenn die Schaufel zwischen den Gehwegplatten hängenblieb. Das scharrende Geräusch veranlaßte Mrs. Emerson, an ein Fenster im ersten Stock zu treten – eine Silhouette, eingefaßt vom gelblichen Licht der Lampe. Timothy lachte und

winkte ihr. Dann erreichte die Kante der Schaufel seine Schuh-
spitzen, und Elizabeth stand, atemlos und ebenfalls lachend,
vor ihm. »Bitte sehr«, sagte sie, drehte sich um und geleitete ihn
über den dunklen Teppich, den sie für ihn ausgelegt hatte.

Sie stampften mit den Füßen auf die Fußmatte. Elizabeth trug
riesige Gummistiefel mit rot umrandeten Sohlen und schlackern-
den Metallschnallen; Timothy glaubte, daß die Schuhe früher
einmal seinem Vater gehört hatten. Elizabeth hatte die Hosenbeine ihrer Jeans hineingesteckt und den Jackenkragen hochgeschlagen, wodurch ihr Haar, das über den Rand der Mütze
ragte, in honigfarbenen Strähnen halb in und halb über den
Kragen fiel. Mit anderen Mädchen assoziierte er Chiffon- oder
Seidenkleider oder zumindest Rüschenblusen, aber nicht mit
Elizabeth. Elizabeth trug ständig dieselbe dicke, abgewetzte
Jacke, und dazu noch auf unvorteilhafte Weise – sie hatte die
Hände tief in den Taschen vergraben, das Bündchen war im
Rücken hochgerutscht, die Schulternähte saßen in der Mitte
der Oberarme und die mit einem Reißverschluß geschlossene
Vorderseite wölbte sich unter ihrer Brust nach außen. Er
glaubte, ihre Art, sich zu kleiden, sei ein weiterer Spaß, den das
Schicksal sich auf seine Kosten erlaubte. Da er drauf und dran
war, sich stärker an sie zu binden, wünschte er, daß sie zumindest ein wenig Sinn für Romantik hätte. Warum konnte sie
nicht nach Blumen duften oder sich so grazil wie eine Schnee-
flocke bewegen? Statt dessen roch sie nach Sägespänen. Als sie
mit den Stiefeln aufstampfte, flogen leuchtende Tropfen nach
allen Seiten und bespritzten seine Hosenbeine bis hoch zu den
Knien.

»Gehen wir trotzdem auf die Party?« fragte sie.

»Wenn du willst. Sie findet statt. Aber du hättest den Weg
nicht extra meinetwegen freischippen müssen. Er wird bald
wieder zugeschneit sein.«

»Oh, Schneeschippen ist meine Lieblingsbeschäftigung«,
sagte sie.

63

Sie hätte es also wahrscheinlich sowieso getan; es war überhaupt nicht seinetwegen geschehen.

Sie gingen hinein, wo sie ein Schwall heißer Luft empfing. Während Elizabeth sich bückte und die Stiefel auszog, kam Mrs. Emerson die Treppe herunter. Sie hielt den Kopf vollkommen gerade und ließ eine Hand schwerelos über das Geländer gleiten. »Timothy, mein Schatz, ich versteh nicht, wieso du an einem solchen Abend mit dem Auto gefahren bist«, sagte sie. Sie trat dicht vor ihn hin und nahm eine seiner Hände zwischen ihre eigenen, die so warm waren, daß ihn die Berührung schmerzte. »Um Himmels willen! Wo sind deine Handschuhe?« sagte sie. »Wo sind deine Stiefel?«

»Anscheinend hab ich sie verloren.«

»Du gehst auf keinen Fall wieder nach draußen. Hörst du? Du bleibst schön zu Hause.«

»Na ja, ich wollte später auf eine Party.«

»Kommt gar nicht in Frage«, sagte seine Mutter.

Sie zog ihn ins Wohnzimmer, und ihr Rock wirbelte hoch, als sie sich umdrehte. Wenn jemand von ihnen für eine Party passend angezogen war, dann sie. Elizabeth bestimmt nicht. Sie hatte ihre Jacke ausgezogen, und darunter kam ein Hemd zum Vorschein, dessen Vorderseite offenbar mit Schmierfettflecken bedeckt war. »Wir machen gleich ein neues Feuer im Kamin«, sagte Mrs. Emerson. »Matthew ist draußen und holt noch etwas Feuerholz.«

»Oh, ist Matthew da?«

»Er muß heute abend nicht arbeiten.«

»*Was* muß er nicht arbeiten? Hat er sich einen neuen Job gesucht?«

Seine Mutter wirkte unangenehm berührt, jedoch nur für einen Moment. Sie nahm einen Schürhaken und schob die Glut zusammen. »Nein«, sagte sie. »Aber ich habe ihn trotzdem gebeten zu kommen. Ich konnte den Gedanken nicht ertragen, daß er allein in seiner Hütte herumsitzt. Er muß Weihnachten arbeiten, ist das nicht unglaublich? Na ja, *einer* muß sich nun mal um die Zeitung kümmern.«

»Kommt von den anderen noch jemand über Weihnachten?«

»Andrew, aber nur kurz. Bloß für zwei Tage.« Sie hängte den Schürhaken in das Gestell und begann vor dem Sofa, auf das Elizabeth sich inzwischen gesetzt hatte, um ihre Mokassins anzuziehen, hin und her zu laufen. »Mary wird bei ihren Schwiegereltern sein. Von Margaret habe ich noch nichts gehört. Melissa«, sagte sie und runzelte kurz die Stirn, schüttelte dann aber den Kopf, »fährt mit irgend jemandem auf die Bermudas. Ich wüßte gerne, mit *wem*, und ich glaube, ich habe das Recht, so etwas zu erfahren, aber in ihrem letzten Brief ist sie auf keine meiner Fragen eingegangen, und sie geht auch nicht ans Telefon. Peter fährt mit seinem Zimmergenossen zum Skilaufen nach Vermont.« Sie hatte die Namen mit Hilfe der Finger aufgezählt, genau wie eine Gastgeberin, die eine Dinnerparty plant. Jetzt schaute sie zu Timothy hinüber, da noch ein Finger übrig war. »*Du* wirst kommen«, sagte sie.

»Vermutlich.«

Sie setzte sich in einen Ohrensessel. Auf der Rückseite des Hauses knallte eine Tür, ein Holzscheit fiel krachend zu Boden und rollte mit einem splitternden Geräusch herum. Matthew erschien in der Wohnzimmertür, auf dem Arm einen Stapel Feuerholz. »Hallo, Timothy«, sagte er und ging durchs Zimmer, um ihm die Hand zu schütteln. Er zog eine Spur aus Schneematschklumpen hinter sich her und streckte wegen der Holzscheite, die ihm bis zum Kinn reichten, umständlich den Arm aus. Auf Matthew war Verlaß: er suchte sich bei allem, was er tat, die komplizierteste Methode aus. Als er das Holz neben dem Kamin fallen ließ, flogen Borkenstücke und Laub auf den Teppich. Weitere Borkenstücke hingen an der Vorderseite seiner Jacke, einem karierten Holzfällerhemd, dessen Ärmel nicht bis zu seinen Handgelenken reichten. Die Ärmel seiner Kleidung reichten nie bis zu seinen Handgelenken. Er war der längste, hagerste, knorrigste Mensch, den Timothy kannte. Auf seinem kantigen Gesicht lag ein trauriger Ausdruck, und seine Brille mit dem durchsichtigen Rahmen rutschte ständig auf der schmalen Nase nach unten. Sein glattes schwarzes Haar war vor Monaten zum letzten Mal geschnitten worden, vermutlich von ihm selber. Falls es Jeans gab, die noch ausgeblichener waren als die von Elizabeth, dann waren es seine, und als er sich nach unten beugte, um das Holz aufzuschichten, sah Timothy seine nackten, roten Knöchel über den durchnäßten grauen Schuhen. »Herrje, Matthew«, sagte er. »Ich fange an zu frieren, wenn ich dich bloß anschaue.«

Matthew lächelte jedoch nur und fuhr fort, Scheite in den Kamin zu legen. Er tat es mit so großer Umsicht, daß die anderen verstummten. Sie konzentrierten ihre Gedanken darauf, daß keine Funken flogen, die Scheite nicht verrutschten und das Anmachholz nicht durch das Gitter fiel. Diese Wirkung hatte Matthews Verhalten auf alle anderen Menschen. In seiner lärmenden, chaotischen Familie, in der ständig kleinere Unfälle passierten, war er der einzige, der Ruhe ausstrahlte. Er faßte alles so behutsam und zögernd an, als habe er vor vielen Jahren einen wertvollen Gegenstand zerbrochen und werde es sich nie verzeihen; aber er hatte sich nie anders benommen. Die einzige Art von Aufsehen, die er erregte, war die Gereiztheit, die er bei den anderen Familienmitgliedern auslöste, wenn sie mit ansehen mußten, wie seine Gabel allzu vorsichtig in der Hand hielt, einen Teppich, über den er gestolpert war, allzu liebevoll glattstrich oder mit seinen langen, knochigen Fingern jedes einzelne Stück Holz äußerst penibel aufschichtete, wenn er ein Feuer vorbereitete.

»Warum läßt du Elizabeth das nicht machen?« fragte Timothy.

»Ich wollte nicht, daß sie nach draußen in den Schnee muß.«

»Wieso? Sie hat gerade eben den Weg freigeschippt.«

Matthew ließ ein Stück Holz sinken, das er schon fast an die vorgesehene Stelle gelegt hatte. Er schaute zu Elizabeth hinüber.

»Es ist schön draußen.«

Er legte das Stück Holz auf die gestapelten Scheite. Es fiel herunter.

»Elizabeth macht Urlaub«, sagte Mrs. Emerson. »Sie fährt in ein paar Tagen nach New York. Sie weiß, daß ich dagegen bin, vor allem, falls der Schnee liegenbleibt. Ich möchte, daß sie Weihnachten bei uns verbringt.«

»Mit dem Bus oder dem Zug?« fragte Timothy.

»Mit dem Auto«, antwortete Elizabeth.

»Mit dem Auto? Wirst du fahren?«

»Nein, ein Typ namens Miggs. Er hat an einem Schwarzen Brett annonciert.«

»Elizabeth ist eine begeisterte Anhängerin von Schwarzen Brettern«, sagte Mrs. Emerson. »Ich wußte noch nicht einmal, daß es diese Dinger überhaupt gibt. Elizabeth entdeckt sie überall – in Waschcentern, bei Trödlern, an der Universität. Sie weiß immer genau, wer wohin fährt und wer was verloren hat und wer seinen alten Schmuck verkauft.«

»Bei diesem Wetter wäre es mit dem Zug sicherer«, sagte Matthew.

»Ich mag Autos lieber«, sagte Elizabeth. »Man hat in einem Auto immer das Gefühl, jederzeit aussteigen zu können.«

»Aber warum solltest du aussteigen wollen?«

»Oh, das will ich gar nicht. Ich weiß nur gerne, daß ich es könnte.«

Matthew sagte: »Hat dir dieser Miggs irgendwelche Empfehlungsschreiben gezeigt?«

Timothy hörte auf, seine Pfeife anzuzünden, und schaute ihn an.

»Er ist nur ein Student«, sagte Elizabeth. »Er geht auf die Johns-Hopkins-Universität. Am Telefon klang er sehr nett.«

Das Feuer brannte inzwischen. Es loderte auf, die vom

Schnee feuchten Scheite knackten, und Matthew hockte sich ein Stück entfernt auf den Boden, ließ die Hände zwischen den Knien baumeln und schaute in die Flammen. »Ach, ist das nicht schön?« sagte Mrs. Emerson. »Und wie gemütlich. Ich verstehe nicht, wieso irgend jemand Lust haben könnte, bei diesem schrecklichen Wetter vor die Tür zu gehen.«

Sie schmiegte sich in ihren Ohrensessel, und das Licht des Feuers verlieh ihrem Gesicht eine sanfte, rosafarbene Tönung. Timothy vermutete, daß sie innerlich mit sich rang. Sollte sie erfreut über seine häufigen Besuche in letzter Zeit sein, oder sollte sie sich wegen des Mädchens, für das er sich interessierte, Sorgen machen. (Sie war so ungraziös, vollkommen anders als die Mädchen, mit denen er sonst ausging.) »Willst du nicht noch ein bißchen bleiben?« fragte sie ihn immer, und statt seine üblichen ausweichenden Antworten zu geben, konnte Timothy neuerdings sagen: »Nein, aber ich komme übermorgen wieder. Ich habe deinen Hausmeister ins Kino eingeladen« – er benutzte das Wort »Hausmeister« absichtlich und beobachte amüsiert die beiden unterschiedlichen Reaktionen, die sich auf ihrem glatten Gesicht abzeichneten. (Der *Hausmeister*? Aber immerhin mußte er zu ihr kommen, um das Mädchen abzuholen.) Jedesmal wenn sie die beiden an der Haustür verabschiedete, machte sie ein Theater wegen Elizabeths Aussehen. Sie bot ihr an, ihren Schal neu zu binden oder ihr einen Lippenstift zu leihen, »irgend etwas, damit Ihr Gesicht etwas fröhlicher aussieht, ein bißchen Farbe kann nie schaden, obwohl Sie natürlich auch jetzt schon sehr hübsch aussehen«. Dann warf Timothy, der das alles eigentlich sehr lustig fand, einen Blick auf Elizabeth, und er fragte sich plötzlich: Mußte sie diese Armbanduhr mit dem riesigen phosphoreszierenden Zifferblatt und dem farbbekleckstesten Lederband wirklich *ständig* tragen? Auch bei einer Verabredung? Auch wenn sie sich feingemacht hatte? Er war hin- und hergerissen zwischen dem Wunsch, die Erwartungen seiner Mutter zu enttäuschen, und dem Wunsch, sie zu erfüllen. Er wippte dann mit ausdruckslosem Gesicht auf den Hacken seiner Füße, in der Hoffnung, daß Elizabeth und seine Mutter die Angelegenheit ohne seine Hilfe regeln würden. »Vielleicht leihen Sie sich nächstes Mal vorher meine Lockenwickler aus«, sagte Mrs. Emerson beispielsweise. »Eine gepflegte Frisur ist bei besonderen Anlässen immer angebracht.« Elizabeth schien sich niemals über sie zu ärgern. Elizabeth ärgerte sich über *gar nichts*; das machte zum Teil ihre Anziehungskraft aus. Es war aber auch sehr irritierend. Er seufzte und schaute zu ihr hinüber. Sie saß friedlich auf dem Sofa und rollte den roten Zellophanstreifen einer Zigarettenpackung zusammen. Matthew hatte sich neben sie gesetzt. Die beiden sahen irgendwie ähnlich aus, beide schmuddelig, schäbig gekleidet und wie in Trance. »Wir sollten langsam aufbrechen.«

»Oh, ist es schon so spät?«

»Es könnte übrigens nichts schaden, wenn du ein Kleid anziehen würdest.«

Elizabeth zuckte die Achseln, reckte sich und stand vom Sofa auf. »In Ordnung, ich bin gleich wieder da«, sagte sie und schlurfte in ihren ausgelatschten Mokassins aus dem Zimmer. Als sie gegangen war, breitete sich eine Stille aus, die immer undurchdringlicher wurde, bis Mrs. Emerson sich schließlich einen Ruck gab und sich aufrechter hinsetzte.

»Mir fiel gerade ein«, sagte sie, »daß wir dieses Jahr zum ersten Mal Weihnachten ohne euern Vater feiern.«

»Stimmt«, sagte Timothy.

»Er hat sich jedesmal wie ein Kind auf Weihnachten gefreut.«

»Ja, daran erinnere ich mich.«

Matthew sagte kein Wort, obwohl er von allen Kindern seinem Vater am nächsten gestanden hatte. Timothy hatte manchmal sogar Schwierigkeiten, sich zu erinnern, wie er ausgesehen hatte. Er war ein Mensch, der keinen großen Eindruck hinterließ. Er stammte aus kleinen Verhältnissen, war irgendwann in Baltimore aufgetaucht, hatte eine höhere Tochter aus Roland

Park geheiratet und ein Vermögen im Immobiliengeschäft gemacht – einer Branche, die so uninteressant war, daß niemand, und schon gar nicht Mr. Emerson selber, je einem seiner Söhne vorgeschlagen hatte, denselben Beruf wie er zu ergreifen. Bloß fremde Leute hielten ihn für eine wichtige Persönlichkeit. Timothy hatte einmal gehört, wie jemand sagte: »Beim Kauf unseres Hauses ging es derartig drunter und drüber, daß ich glaubte, die ganze Sache würde scheitern. Zum Glück kannte ich Billy Emerson persönlich. Ich bin einfach in sein Büro gegangen und habe gesagt: ›Billy-‹« – so als sei es von Vorteil, den Namen Billy Emerson in einem Gespräch fallenzulassen. Das hatte Timothy zu denken gegeben. Gab es Eigenschaften seines Vaters, die er bisher übersehen hatte? Eigenschaften, die er falsch eingeschätzt hatte? Aber die einzige Fähigkeit seines Vaters bestand doch darin, Geld zu verdienen. Alles, was er anfaßte, verwandelte sich in Geld. Diese Tatsache sah er anscheinend als selbstverständlich an, denn er erwähnte sie nie, zumindest nicht seiner Familie gegenüber. »Geld ist notwendig«, pflegte Mrs. Emerson zu sagen, »aber nicht wichtig.« Ihre Kinder wußten sofort, was sie meinte.

»Als ihr klein ward«, sagte Mrs. Emerson jetzt, »hat er euch alle zum Weihnachtsmann mitgenommen. Wißt ihr noch? Er hat euch aufgetragen, vorher eure Wunschlisten zu machen, und sich dann fast selbst dem Weihnachtmann auf den Schoß gesetzt, um mitzubekommen, was ihr haben wolltet. Aber euch konnte man nichts vormachen; kein einziger von euch hat auch nur eine Sekunde lang an den Weihnachtsmann geglaubt. Erinnerst du dich noch, Matthew?«

Aber falls Matthew sich daran erinnerte, so verriet er es nicht. Er saß zusammengesunken in einer Ecke der Couch und inspizierte die Fliegermütze, die Elizabeth liegengelassen hatte. Er entwirrte den Kinnriemen, drückte die Ohrenklappen erst nach innen und dann wieder nach außen, stülpte schließlich die Mütze über seine Hand und schaute sie stirnrunzelnd an.

»Er hätte den Garten so hell erleuchtet wie am 4. Juli, wenn ich ihn nicht davon abgebracht hätte«, sagte Mrs. Emerson. »Er war ganz vernarrt in diesen Randolph. Rudolph. Das Rentier. Ich weiß nicht warum. Und Geburtstage! Er liebte Geburtstage!« Sie fixierte Timothy, der unbehaglich auf seinem Sitz herumrutschte. »Vermutlich weißt du nicht, was für ein Tag morgen ist«, sagte sie.

»Es ist mein Geburtstag«, sagte Timothy.

»Es ist dein Geburtstag. Der Geburtstag von Andrew und dir. Wirst du ihn mit uns verbringen?«

»Ich glaube nicht, Mutter.«

»*Andrew* mag Geburtstage gern.« Sie zog einen Rubinring vom Finger und drehte ihn im Lichtschein des Feuers. »Er schickt mir jedesmal ein Dutzend Rosen, als Dank dafür, daß ich ihn auf die Welt gebracht habe.«

»Woher weißt du das? Vielleicht will er dir dazu gratulieren.«

»Das würdest *du* tun.« Sie streifte den Ring wieder über ihren Finger. »Ich habe immer eine Doppelfeier an eurem Geburtstag veranstaltet, erinnerst du dich?«

»Ja«, sagte Timothy, und er erinnerte sich daran, wie der dünne, hitzköpfige, überdrehte Andrew mit flackerndem Atem versucht hatte, die Kerzen auf seiner Tortenhälfte auszublasen. Schon damals hatte er unter einer gewissen Sprunghaftigkeit gelitten, und Timothy hatte Angst gehabt, sich als Zwillingsbruder daran anzustecken wie an einer Erkältung.

»Ich habe ihm schon vor geraumer Zeit seine Geschenke geschickt«, sagte Mrs. Emerson. »Was macht das Studium, mein Lieber?«

Denn *ihre* Befürchtung war, daß Zwillinge sich die Intelligenz eines einzigen Menschen teilen mußten – eine Theorie, die sie vor einer Ewigkeit in einer Frauenzeitschrift gelesen und niemals vergessen hatte, auch dann nicht, als die Zwillinge sich als ihre klügsten Kinder entpuppten. Timothy hatte zu viele Jahre hindurch vermutet, daß sie recht hatte, um diese Befürchtung mit einem Lachen abtun zu können. »Das hast du mich *gestern* schon gefragt«, sagte er.

»Oh, habe ich das?«

»Du glaubst wohl, daß du immer noch meine Zeugnisse unterschreiben mußt?«

»Ich bin eben an deinem Studium interessiert, Timothy.«

»Was man von mir selbst nicht gerade behaupten kann«, sagte Timothy. »Ich finde es furchtbar langweilig.«

»Wie kannst du so etwas nur sagen. Du redest von einem *Medizin*studium.«

»Es ist langweilig.«

»Na ja, es war deine Entscheidung und nicht meine. Ich habe noch nie zu den Müttern gehört, die sich in das Leben ihrer Kinder einmischen.«

»Mein Gott.«

»Schon gut, laßt uns einfach hier sitzen und das Feuer genießen. Einverstanden? Du hast ein sehr schönes Feuer gemacht, Matthew. Ich glaube, beim letzten Mal hast du vergessen, die Rauchabzugsklappe zu öffnen.«

Das letzte Mal hatte Matthew im Juni ein Feuer gemacht, als ihr Vater gestorben war und ihre Mutter immer wieder behauptete, es sei kalt im Haus. Oh, alles, wovon sie sprach, war neuerdings wie durch lange klebrige Fäden mit anderen Dingen verbunden und rief ihr vergangene, stets unerfreuliche Tage ins Gedächtnis, schlug vergessene Töne an, öffnete verschlossene Türen. Timothy fiel nichts Besseres ein, als den Kopf gegen die Sessellehne zu drücken und in seine eigenen Gedanken abzutauchen, während sie weiterplapperte.

»Ich bin fertig«, sagte Elizabeth.

Sie hatte ein weites Wollkleid an, das ihr einigermaßen paßte, und ihre Haare waren fast alle mit Hilfe einer einzigen abblätternden, goldfarbenen Haarspange hochgesteckt. Ihre Nylonstrümpfe warfen an den Knöcheln Falten, und ihre zerquetscht aussehenden Pumps bogen sich an den Spitzen nach oben. Sie schwenkte ihre Plastikhandtasche wie eine Kellnerin, die gerade Feierabend gemacht hat. Mrs. Emerson schaute zu ihr hoch und stieß einen scharfen Seufzer aus. Aber Matthew lächelte Elizabeth glücklich an, und sie stellte sich vor ihn und erwiderte das Lächeln so lange, bis Timothy abrupt aufstand und sie bei der Hand nahm. »Los, komm jetzt«, sagte er. »Wir sind schon spät dran.«

»Elizabeth, Liebes, Ihr Haar löst sich«, sagte Mrs. Emerson.

Eine lange Fahrt lag vor ihnen – aus der Stadt hinaus und über einen mit einer rutschigen Schneeschicht bedeckten Super-Highway. Elizabeth mußte immer wieder die beschlagene Windschutzscheibe abwischen. Wenn sie nicht gerade damit beschäftigt war, drehte sie andauernd am Sendersuchknopf des Radios und wechselte mitten in einem Takt von einem Lied zum nächsten, etwas, das Timothy nur selten tat. Er fühlte sich verpflichtet, jedes Lied bis zu Ende anzuhören, auch wenn es ihm nicht gefiel. Er las auch Bücher ganz durch, die ihn langweilten, und er hatte noch nie in seinem Leben während eines Films das Kino verlassen. Die Tatsache, daß er und Elizabeth sogar in diesem Detail vollkommen verschieden waren, verstärkte das Unbehagen, das schon den ganzen Abend in ihm wuchs. Jetzt befanden sie sich also auf dieser verschneiten Straße, würden vielleicht gemeinsam in den Tod fahren, und er wußte gar nichts über dieses Mädchen. Jede Frage, die er ihr stellte, wurde von ihr abgeblockt oder ins Lächerliche gezogen. »Elizabeth«, sagte er. »Warum führen wir niemals ein ernstes Gespräch?«

»Warum sollten wir?« fragte sie.

»Nichts, was du sagst, meinst du wirklich so. Du redest niemals über deine Familie oder über den Ort, aus dem du stammst – wie heißt der noch gleich –«

»Ellington.«

»Ellington. Hast du was gegen den Ort?«

»O nein, ich mag ihn«, sagte Elizabeth, und sie lächelte beim

Anblick eines einsam gelegenen Hauses, das in weihnachtlich blaues Licht gehüllt war. Dann fing sie an, auf des Seitenfenster Spiralen zu zeichnen, und gerade, als Timothy dachte, daß die Unterhaltung einen toten Punkt erreichte, sagte sie: »Ich wäre wahrscheinlich immer noch dort, wenn mein Vater sich nicht so über Reinkarnation aufgeregt hätte.«

»Über was?«

»Er glaubt nicht an Reinkarnation.«

»Wer tut das schon?«

»Ich«, sagte Elizabeth. Dann kicherte sie und sagte: »Momentan zumindest.«

»Das ist nicht wahr, oder?« sagte Timothy.

Statt zu antworten, lehnte Elizabeth sich zurück und schob die Hände in ihre Ärmel, um sie aufzuwärmen.

»Glaubst du wirklich daran?«

»Nun ja. Es war gewissermaßen der Tropfen, der das Faß zum Überlaufen brachte«, sagte sie zu ihm. »Es hat ihn schon genug gestört, daß ich nicht religiös bin. Die Reinkarnation war dann zuviel für ihn.«

»Wie kann man nur an so etwas glauben?« sagte Timothy.

»Ich finde, es ist einfach eine reizvolle Idee. Man zerbricht sich über viele Dinge nicht mehr den Kopf, wenn man sicher ist, daß man noch eine weitere Chance bekommt. Außerdem habe ich dadurch eine gute Antwort parat, wenn irgendwelche alten Frauen zu mir sagen, daß ich diesen Weg nur einmal gehen werde. ›Na ja, oder zweimal oder dreimal …‹, sage ich dann zu ihnen.«

»Wie weit treibst du diese Sache?« fragte Timothy. »Glaubst du, früher einmal eine ägyptische Hohepriesterin gewesen zu sein? Hast du das Gefühl, daß wir schon in Atlantis miteinander befreundet waren?« Er hoffte, sie würde ihm eine spinnerte Antwort geben, über die er sich ärgern könnte, aber so leicht machte sie es ihm nicht. Sie sagte lediglich: »Wer weiß? Und was würde es schon ausmachen?«

»Du hast dir das bloß ausgedacht, um deinen Vater zu provozieren.«

»Vielleicht hast du recht«, sagte sie heiter.

»Er hätte bestimmt nicht wegen einer solchen Kleinigkeit einen Steit angefangen.«

»Und ob er das hätte. Außerdem gefiel ihm der Junge nicht, mit dem ich ging.«

»Oh«, sagte Timothy. »Was war denn das Problem?«

»Er betrachtet mich als eine Prüfung. Das hat er schon immer getan. Man kann ihm eigentlich keinen Vorwurf machen.«

»Nein, ich meine mit dem Jungen?«

»Oh. Genaugenommen war es nur eine Kleinigkeit. Er ging aufs staatliche College. Und dann wurde er verhaftet, weil er Waschcenter ausgeraubt hatte.«

Timothy fuhr einen Schlenker, um nicht mit einem liegengebliebenen Wagen zusammenzustoßen. »Du kennst wirklich ein paar komische Typen«, sagte er.

»Was willst du damit sagen?«

»Wußtest du, was er tat? Hat er es dir erzählt?«

»O nein, er sagte bloß, daß er arbeiten würde. Ich habe mich allerdings gefragt, was für ein Job das war.«

»Du hättest Verdacht schöpfen müssen, als er sich weigerte, über seinen Job zu reden. Ich hätte Verdacht geschöpft. Wärst du ein bißchen neugieriger gewesen, hättest du ihn vielleicht aufhalten können.«

»Ich würde niemals das Leben eines anderen Menschen ändern wollen«, sagte Elizabeth.

Daraufhin schwieg er volle fünf Minuten lang; er wußte nicht, was er sagen sollte. Er konzentrierte sich darauf, den Wagen zu lenken, was zunehmend schwieriger wurde. Der Straßenbelag unter den Rädern schien aus Baumwolle zu bestehen. Die wenigen Autos, die er sah, schlichen im Kriechtempo und sahen unter dem weißen Himmel wie gespenstisch leuchtende Iglus aus. »Kannst du überhaupt etwas sehen? Ich sehe nichts«, sagte Elizabeth, und Timothy sagte: »Ich verstehe dich nicht. Du streitest dich mit deinem Vater! Und ich dachte immer, du wärst Susi Sorgenfrei. Die große Heilmacherin. Ich habe mich immer gefragt, wie deine Familie ohne deine handwerklichen Fähigkeiten überhaupt zurechtkommt.«

»Zu Hause habe ich mehr kaputt- als heil gemacht«, sagte Elizabeth.

Dann kurbelte sie plötzlich ohne ersichtlichen Grund die Fensterscheibe herunter. Ihnen gefror fast der Atem vor den Gesichtern. Eine weitere Nebelschwade trübte Timothys Sicht, und er beugte sich vor, um nach der Abfahrt Ausschau zu halten. »Ich kann nichts sehen«, sagte er, aber er entdeckte dennoch das Hinweisschild – es hing an einem Mast und schaukelte im Wind wild hin und her – und bog blind ab.

»Ich dachte, im Norden gäbe es Schneepflüge«, sagte Elizabeth.

»Also, dieser Verbrecher«, sagte Timothy. »Will er, daß du ihn besuchst oder so? Sollst du warten, bis er rauskommt?«

»Wieso sollte ich auf ihn warten?«

»Na ja, vielleicht, um ihn zu heiraten.«

»*So* lange wird er nun auch wieder nicht sitzen. Es waren schließlich nur Waschcenter.«

»Der Grund, warum ich das alles frage«, sagte Timothy vorsichtig, »ist, daß wir ziemlich oft miteinander ausgehen. Ich möchte wissen, ob du irgendwelche Verpflichtungen eingegangen bist.«

»Verpflichtungen?«

»Du fühlst dich nicht an diesen Verbrecher oder an jemand anderen gebunden?«

»Warum nennst du ihn ständig einen Verbrecher?« sagte Elizabeth. »Er war ein Chemiestudent. Wir kannten uns kaum.«

Timothy gab es auf. »Hast du Lust, morgen abend mit mir essen zu gehen?« fragte er.

»Ich kann nicht. Ich besuche Matthew in seinem Haus.«

»Matthew?« Er drehte den Kopf zur Seite und starrte sie an.
»Wieso ausgerechnet *ihn*.«

»Warum nicht. Ich mag ihn.«

Das war also der wahre Grund für sein Unbehagen gewesen:
Matthew. »Kannst du nicht absagen?«

»Nein«, sagte Elizabeth. »Ich möchte sein Haus sehen. Und
außerdem lehne ich niemals eine Einladung ab.«

»Mußt du mir das andauernd unter die Nase reiben?«

Dann bog er scharf in die Auffahrt zum Haus der Schmidts
ein, stellte den Motor ab und stürmte aus dem Wagen. Er hielt
Elizabeth nicht die Tür auf. Sie ging hinter ihm her und schwenkte
gemächlich ihre Handtasche, während sie auf dem schmalen
freigeräumten Teil des Weges zum Haus schlurfte. Timothy
wartete auf der Veranda. Er wandte ihr den Rücken zu und
ignorierte sie. Anscheinend bemerkte sie es nicht.

Ian Schmidt – ein Kommilitone von Timothy – öffnete die Tür.
Er sagte: »Oho! Wir dachten, ihr würdet nicht kommen. Du
bist Elizabeth, stimmt's? Wir haben uns einmal bei einer Theateraufführung getroffen.«

»Ja, richtig«, sagte Elizabeth.

Er führte die beiden ins Wohnzimmer, dessen Wände mit
Reiseplakaten geschmückt waren. Gäste saßen, noch etwas verlegen, in Grüppchen herum, und ein kleines, rundliches Baby
wurde von Schoß zu Schoß gereicht. »Das ist Christopher Ed-
ward. Unser Sohn«, sagte Ian. »Heute wird er ein halbes Jahr
alt.« Er war so stolz auf ihn, daß er Elizabeth und Timothy, obwohl sie noch komplett angezogen waren und Schneeflocken
von ihnen herunterrieselten, in der Tür stehen ließ, das Baby
auf den Arm nahm und zu ihnen brachte. »Sag hallo, Christopher. Sag hallo.« Das Baby starrte Elizabeth mit Pokermiene
an. Sie starrte zurück. »Hmm«, sagte sie schließlich und fing
an, ihre Stiefel auszuziehen. Lisa Schmidt kam, um ihr zu zeigen, wo sie ihre Jacke ablegen konnte. Auf dem Weg dorthin

77

stellte sie Elizabeth den anderen Gästen vor, und Elizabeth nickte jedesmal bedeutungsvoll, wenn ein Name genannt wurde. Beim Anblick ihres Profils mit dem baumelnden Kinnriemen und ihrer kalten Hände, die ihre Handtasche umklammerten, durchfuhr Timothy ein schmerzliches Gefühl der Liebe, das aber schnell Verblüffung und Müdigkeit wich. Er beugte sich höflich über das Baby und streckte ihm einen Zeigefinger entgegen.

Es war eine kleine Party, nur fünf Paare. Wegen des Sturms hatten einige Gäste nicht kommen können. Die Leute saßen auf Sitzkissen oder auf Libellensesseln, mit Lücken dazwischen, in denen anscheinend die abwesenden Gäste hätten sitzen sollen. In den Unterhaltungen gab es ebenfalls Lücken. Als Elizabeth, ohne ihre Jacke und ihre Mütze, aus dem Nebenzimmer zurückkam, herrschte Schweigen. Timothy stand immer noch in der Tür, und Ian trug seinen Mantel über dem Arm. Er ignorierte Elizabeth (sollte sie doch allein zurechtkommen, wenn sie so unabhängig war), und sie setzte sich sofort neben einen Jungen mit einem Schnurrbart. »Wir sind im Herbst zusammen von Philadelphia hierhergefahren«, sagte sie. »Du hast mich im Auto mitgenommen. Weißt du noch?«

Das Gesicht des Jungen hellte sich auf; bis dahin hatte er mürrisch sein Uhrarmband auf- und zuschnappen lassen. »Oh, Mikes Freundin!« sagte er. »Ich habe dich wegen der Frisur nicht erkannt. Wie geht's Mike.«

»Gut, nehme ich an.«

»Hast du schnell einen Job gefunden?«

»Noch am selben Tag«, sagte Elizabeth. »Allerdings vermisse ich Philadelphia.«

»Glaub mir, es gibt keinen Grund, Philadelphia zu vermissen.«

»Das sehe ich anders. Ich wäre vielleicht für immer dortgeblieben, wenn man mir nicht gekündigt hätte.«

Timothy hätte gerne erfahren, wer ihr gekündigt hatte und

warum, aber mittlerweile hatten sich mehrere Leute auf das Thema Philadelphia gestürzt. Die Unterhaltung kam wieder in Schwung, mit Elizabeth als Mittelpunkt, die aussah, als fühle sie sich pudelwohl. Sie brauchte Timothy überhaupt nicht. Er machte sich auf die Suche nach den Getränken.

Es gab nur Glühwein. Die Schmidts waren knapp bei Kasse. Timothy schnüffelte mißmutig an dem Inhalt des Topfs, der auf dem Herd stand, und schenkte dann zwei Becher voll. Ihm wäre etwas Stärkeres lieber gewesen. Er litt unter dem, was er das Medizinstudentensyndrom nannte – das Resultat von abwechselnd zu viel arbeiten und zu viel trinken. Zuerst büffelte man mit Hilfe von Aufputschmitteln eine ganz Nacht lang, und am nächsten Abend betrank man sich, um das Gefühl der Niedergeschlagenheit zu vertreiben. Glühwein nützte nicht viel, wenn man sich betrinken wollte. Während Timothy noch vor dem Herd stand, trank er einen Becher leer, dann schenkte er ihn wieder voll und ging zurück ins Wohnzimmer. Der Junge mit dem Schnurrbart war wieder auf das Thema Mike zurückgekommen. Wer auch immer dieser Mike war. »Wenn er nur endlich seinen Honda verschrotten würde«, sagte er. »Der Wagen wird praktisch nur noch von Büroklammern zusammengehalten. Aber du kennst ja Mike. Er ist einfach zu sentimental.« Timothy gab Elizabeth den Becher und ging weiter.

Er setzte sich neben ein blondes Mädchen, das momentan gerade das Baby im Arm hielt. Er versuchte, sich an ihren Namen zu erinnern; sie hatte ihn im Frühjahr zweimal in seiner Wohnung besucht, um ihm etwas zu essen zu kochen. Inzwischen war sie an einen anderen Medizinstudenten weitergereicht worden, und wahrscheinlich würde sie zur nächsten Party wiederum mit einem anderen kommen. Sie drehte das Baby zu Timothy hin und sagte: »Sag hallo, Chrissy, sag hallo.«

»Schon geschehen«, sagte Timothy. Vielleicht Jean. Oder Betty. Irgend so ein schlichter Name. Sie sah aus wie die Hälfte all der Mädchen, die er kannte – hochtoupierte Haare, leuchtender Lippenstift, blauer Lidschatten und eine zartgliedrige Figur, die in einer Schwesterntracht gut zur Geltung kam. Die andere Hälfte der Mädchen, die er kannte, stammte aus Roland Park, und ihr Haar war glatt und glänzend zur Seite frisiert, und sie trugen ihre Kleider mit legerer, beiläufiger Eleganz. Aber etwas war ihnen allen gemeinsam: sie behandelten Timothy wie einen Teddybär. Offenbar konnten sie ihn nicht ernst nehmen. Lag es an seinem runden Gesicht oder seinen hochgezogenen Mundwinkeln? »Zeig ihm mal, wie du Backe-backe-Kuchen spielst«, sagte das Mädchen zu Christopher. »Ist er nicht entzückend?« Sie sprach mit Timothy in dem gleichen Tonfall wie mit dem Baby. Es war nicht klar, wen sie entzückend fand.

»Ich glaube, er muß sich übergeben«, sagte Timothy.

»Er übergibt sich nicht, er spuckt bloß ein bißchen Milch aus. Sag's ihm, Chrissie. Sag: ›Was verstehst *du* denn schon von Babys?‹«

Sein größter Wunsch war (und er mußte jedesmal daran denken, wenn er eines dieser Mädchen mit einem Baby oder einer Bratpfanne eine Schau abziehen sah), zu heiraten, ein Haus zu kaufen und zwei oder drei Kinder zu haben. Er hatte das schon sein ganzes Leben lang vorgehabt, sogar in dem Alter, in dem er Mädchen gehaßt hatte, und auch später, als er sich zu einer Art Hollywood-Junggeselle entwickelte, in dessen schummriger Wohnung ständig eine Platte mit romantischer Musik auflag. Nur schien er sich immer die falschen Mädchen auszusuchen. Auch Elizabeth war die Falsche, aber was tat er? Er lief ihr immer noch hinterher und verbrachte bis zum Überdruß ganze Tage und halbe Nächte damit, sich über sie den Kopf zu zerbrechen. Elizabeth nahm ihn genausowenig ernst wie die anderen. Vielleicht war es anfangs nicht so gewesen. Er glaubte, sie sei von der allgemein vorherrschenden Meinung umgestimmt worden. Er stellte sich vor, wie die Mitglieder seiner Familie und eine Reihe von Mädchen sie nacheinander beiseite genommen hatten, um ihr zu sagen: »Dir ist doch klar,

daß Timothy ein Clown ist. Man kann sich gut mit ihm amüsieren. Aber zu *echten* Gefühlen ist er nicht fähig.« Mittlerweile
war sie in seiner Gegenwart so heiter und unbefangen, als sei er
ihr Bruder. Wenn er sie nach einem Rendezvous zu Hause ab-
setzte, gab sie ihm einen freundschaftlichen Gutenachtkuß und
entglitt seiner Umarmung. Wenn er etwas Wichtiges sagte,
ignorierte sie es, reagierte ausweichend oder tat es lachend ab.
Warum traf er sich überhaupt noch mit ihr? Sie würde eine
furchtbar schlechte Ehefrau abgeben. Sie war zu unentschlos-
sen. Der Umgang mit ihr hatte etwas Frustrierendes. Jeder Plan,
der Elizabeth mit einbezog, wurde zwangsläufig ein Opfer un-
nötiger Abschweifungen, grundloser Verspätungen und wilder
Gänsejagden.

»Wieso bringst du keine Ordnung in dein Leben?« hatte er
sie einmal gefragt. »Warum sollte ich?« hatte sie gesagt.

Ihr war das offenbar ganz egal.

Er trank seinen Wein aus und ließ sich von Lisa Schmidt
nachschenken. Sie ging barfuß mit dem dampfenden Topf
durchs Zimmer. Jean oder Betty, wie auch immer sie hieß, ent-
wand ihre Perlenkette den Händen des Babys und sagte: »Wie
geht es deiner süßen kleinen Springmaus?«

»Ich habe sie nicht mehr«, sagte er.

»Oh, warum?«

»Sie fing an, mir auf die Nerven zu gehen.«

»Ach, ich wünschte, du hättest es mir gesagt. Ich fand sie
entzückend. Wem hast du sie gegeben?«

»Ich habe sie im Klo runtergespült.«

»Runtergespült – nein, das ist nicht wahr.«

»Doch.«

»Das kann unmöglich wahr sein.«

»Wieso sollte ich lügen? Als ich sie das letzte Mal sah, versuchte sie auf ihren kleinen Pfoten aus der Schüssel zu krabbeln. Dann habe ich gezogen, und *wuschsch*, weg war sie.«

»Wenn das tatsächlich stimmt«, sagte das Mädchen, »und

du die Geschichte nicht erfunden hast, sollte man dich anzeigen.«

»War bestimmt gar nicht gut für das Abflußrohr«, sagte Timothy.

»Man sollte dir verbieten, jemals wieder ein Tier zu halten. Ich hoffe, du bekommst in jedem Zoogeschäft Hausverbot.«

»Neuerdings halte ich mir Ameisen«, sagte er.

»Andere Tiere verdienst du auch nicht.«

»Sie sind in einem Glaskasten, und man kann beobachten, wie sie Tunnel graben. Nach einer Weile wird das jedoch langweilig. Und sogar Ameisen machen Arbeit. Man muß sie mit Sirup füttern, und sie brauchen regelmäßig ein paar Tropfen Wasser. Du kannst dir nicht vorstellen, wie lächerlich man sich macht, wenn man zu den Nachbarn sagt: ›Ich fahre für ein paar Tage weg, könnten Sie bitte meinen Ameisen Wasser geben?‹«

»Ach, die süße kleine knuddelige Springmaus«, sagte das Mädchen. »Was ist nur los mit dir? Anscheinend findest du das witzig. *Ich* jedenfalls kann darüber nicht lachen.«

»Nimm es dir doch nicht so zu Herzen«, sagte Timothy. »Ich habe die Maus der Frau eines Assistenzarztes geschenkt.«

Das Mädchen legte das Kinn auf den Kopf des Babys und starrte mit zusammengekniffenen Augen quer durchs Zimmer.

»Glaub mir, es stimmt. Die Maus ist viel glücklicher dort. Sie hat geheiratet und eine Familie gegründet.«

»Ich weiß nicht, ob ich dir glauben kann«, sagte das Mädchen. »Aber ich möchte lieber nicht wissen, was in deinem Kopf vor sich geht. Wie kann man sich so etwas bloß ausdenken? Auf ihren kleinen Füßen aus der Schüssel krabbeln?«

»Ich habe eben eine grausame Ader«, sagte Timothy.

»Denk mal nach. Das ist keine Ader, sondern dick wie ein Baumstamm.«

Dann stand sie auf, um das Baby weiterzureichen, so als wolle sie vermeiden, daß Timothy ihm zu nahe kam.

Elizabeth und drei andere Gäste hatten das Thema gewechselt und redeten jetzt über die Aushilfsjobs, die sie den Sommer über gemacht hatten. Einer hatte in einem Bestattungsinstitut gearbeitet. Jemand anderes hatte Haarbürsten hergestellt. Elizabeth, von der er geglaubt hatte, sie sei direkt von zu Hause nach Baltimore gekommen, war, wie sich jetzt herausstellte, schon in mehreren Städten im Norden gewesen und hatte Werbesendungen eingetütet, Schulbücher Korrektur gelesen und die Urlaubsvertretung für Postboten übernommen. Und war jedesmal entlassen worden. Sie hatte aus Versehen tausend leere Umschläge abgeschickt, haarsträubende Fehler in den Schulbüchern übersehen und bei der Arbeit als Briefträgerin (ihrem Lieblingsjob) beständig an alle Leute die falschen Briefe ausgeteilt. Wie war das möglich, wo er doch mit angesehen hatte, wie sie die Funktion von einem Dutzend winziger Rädchen und Schrauben im Kopf behalten hatte, als sie die Küchenuhr auseinandernahm und wieder zusammensetzte? Er dachte daran, daß sie zu Hause bei ihrer Familie mehr kaputt- als heil gemacht hatte. Es paßte überhaupt nicht zu dem, was er mit eigenen Augen gesehen hatte.

Er streckte sich mit seinem von neuem gefüllten Becher auf dem Fußboden aus und stellte sich vor, wie es sein würde, wenn alle Menschen gesetzlich verpflichtet wären, in einem bestimmten Alter die Eltern zu wechseln. Dann könnte die ungeschickte Elizabeth, die ihrer Familie zur Last fiel, für immer bei seiner Mutter bleiben und in deren Haushalt alles reparieren, und er könnte in den Süden ziehen, dort ein glückliches unbeschwertes Leben führen und Reverend Abbott beim sonntäglichen Gottesdienst zur Hand gehen. Ungeheure Massen von Kindern würden durchs Land ziehen, ihre alten, verhedderten Verbindungen durchtrennen und neue anknüpfen, wenn sie einen Schlupfwinkel für sich gefunden hatten, um sich auf diese Weise von den vorgefaßten Meinungen der anderen für immer frei zu machen. Er starrte selig lächelnd an die Decke, während über seinem Kopf die Worte hin und her schwirrten. Seine in feuchten Socken steckenden Füße lagen unter der Heizung. Elizabeth saß neben ihm, und als die Decke vor seinen Augen zu kreisen begann, drehte er den Kopf zur Seite und betrachtete ihre Hände, die ihren Becher festhielten. Sie zogen seinen Blick magisch an. Er vertiefte sich in die ledrige Oberfläche ihrer Haut. Er glaubte, er könne auf der Zunge die Berührung mit den rauhen, aufgeschürften Knöcheln spüren. Niemand außer ihr hatte Hände, die in einem so schlimmen Zustand waren. Sie mußten eine ganz spezielle Bedeutung haben. Auf dem linken Handgelenk verlief, quer über die Pulsader, eine tiefe, nur langsam verheilende Schnittwunde, die Elizabeth sich in seiner Gegenwart zugezogen hatte. Er war Zeuge gewesen, wie das Messer über den Rand der Schnitzerei hinausschnellte und gleich darauf das Blut auf den Küchentisch spritzte. »Drück auf diese Stelle hier«, hatte er gesagt und ein Geschirrhandtuch um ihren Arm gebunden und sie in seinen Wagen verfrachtet. »Laß nicht los. Drück noch fester zu.« Er war mit ihr zur Praxis des alten Dr. Felson gerast und hatte unterwegs wie ein Wilder gehupt. Das Geschirrhandtuch verfärbte sich hellrot. Elizabeth drückte unter dem Handtuch ihre mit Sägemehl bedeckten Fingern fest auf den Arm und schaute aus dem Fenster nach draußen. »Was ist denn da los?« sagte sie plötzlich. Sie beobachtete einen Mann und eine Frau, die sich bei einer Bushaltestelle stritten. Der Mann schwang die Fäuste, und die Frau schlug mit ihrer Handtasche nach ihm. Timothy trat voll auf die Bremse, fluchte und gab wieder Gas. Er hatte ihre Teilnahmslosigkeit ihrer irrigen Ansicht zugeschrieben, daß ein Medizinstudent genau wisse, was in einem solchen Fall zu tun sei. Die Verantwortung drückte ihn nieder, als sei sie ein schweres Gewicht, das sie ihm persönlich aufgeladen hatte. Er brachte es nicht fertig, ihr zu sagen, daß für ihn die Medizin nur aus lauter Worten in einem Fachbuch bestand; daß Menschen zerbrechliche, komplizierte Gebilde waren, von Hüllen umgeben, die fast ebenso transparent wirkten, wie die Diagramme sie erscheinen ließen; daß jedesmal, wenn er Blut sah, sein Magen sich zusammenzog und er einen Kloß im Hals bekam und sich fragte, wieso seine Mutter so hohe Erwartungen in ihn setzte.

Im Geiste sah er das Haus seiner Mutter vor sich, umschlossen von seinen gewölbten Händen, so als sei es eine Anzeige der Allstate-Versicherung.

Inzwischen versuchte Elizabeth einen fremden Jungen davon zu überzeugen, daß bei allen Menschen die Länge des Unterarms genau der Länge des Fußes entsprach. »Das ist eine wissenschaftlich erwiesene Tatsache«, sagte sie (mit größerem Ernst als alles andere, was sie im Verlauf des Abends, insbesondere zu ihm, gesagt hatte), und der Junge entgegnete: »Das ist doch lächerlich«, aber er überprüfte es trotzdem – er zog einen Schuh aus und kniete sich, einen Arm neben den Fuß gelegt, auf den Boden. Um ihn herum taten andere Leute das gleiche. Die Party verwandelte sich in eine Versammlung von Verrenkungskünstlern. Timothy kam sich wie der einzige Mensch inmitten einer chaotischen Maschinerie, einer Unmenge Zahn- und Kettenrädern vor, die sich alle geschäftig drehten. Er schloß die Augen und beobachtete, während er einnickte, die günen, fluoreszierenden Streifen, die hinter seinen Augenlidern kreuz und quer entlangliefen.

Dann sagte Elizabeth: »Timothy? Wach auf, wir müssen nach Hause.« Als er die Augen aufschlug, schauten alle lächelnd zu ihm herunter. Er rappelte sich auf, schüttelte den Kopf und ließ sich von jemanden in den Mantel helfen. Die anderen brachen auch gerade auf. Das Zimmer machte einen schäbigen, verwüsteten Eindruck, als sie alle paarweise beieinanderstanden, um sich zu verabschieden. Elizabeth führte ihn hinüber zu Ian und Linda und anschließend durch die Diele, in der lauter Überschuhe standen. Während sie ihre Stiefel anzog, sagte sie: »Soll ich fahren?«

»Warum? Glaubst du, ich schaffe es nicht? Ich bin stocknüchtern.«

Und er war es tatsächlich, sobald er die frische Luft einatmete. Er blieb für einen Augenblick auf dem Fußweg stehen und hob das Gesicht den fallenden Schneeflocken entgegen, während die anderen um ihn herumgingen, ihm auf die Schulter klopften und ihm eine Gute Nacht wünschten. Plötzlich spürte er einen Schmerz, der sich wie ein Riß von einer Schläfe zur anderen ausbreitete und ihn endgültig aufweckte. »Es ist noch nie so weit gekommen, daß mich ein Mädchen nach Hause fahren mußte«, sagte er.

»Ach so. Na schön.«

Der Wagen war unter Schnee begraben. Timothy schaufelte mit den Händen die Windschutzscheibe frei, während Elizabeth, die anscheinend unfähig war, selbst die einfachsten Dinge auf normale Weise zu tun, senkrechte und waagerechte Linien auf das Rückfenster zeichnete. Nachdem sie das Karomuster vollendet hatte, sagte sie »Schwupp!«, wischte die weißen Quadrate weg und saß bereits im Wagen, als er seine Tür öffnete. »Ich hab mich sehr gut amüsiert«, sagte sie.

»Tatsächlich?«

Er ließ den Motor an, und die Räder drehten einen Augenblick lang durch, ehe sie Halt fanden. Als er sich umdrehte, weil er rückwärts in die Straße einbiegen wollte, sah er kurz, wie Elizabeth friedlich an ihrem Kinnriemen kaute. Offenbar nahm sie die Pfeile der Verärgerung, die er ihr durch die Dunkelheit sandte, nicht zur Kenntnis.

Das Wetter war noch schlechter geworden. Man hatte die Straßen zwar geräumt, aber sie waren schon wieder mit Schnee bedeckt, und die weichen Flocken waren jetzt kleiner und fielen schneller. Der Wagen kam nur zentimeterweise voran, und die Anstrengung, den richtigen Weg zu finden, zeichnete sich auf Timothys Gesicht ab. Als Elizabeth nach dem Radioknopf griff, sagte er: »Laß das bitte.« Sie lehnte sich in ihrem Sitz zurück. Sie klopfte mit dem Fingernagel gegen eine der Stiefelschnallen und summte ihr eigenes Musikprogramm.

Er glaubte, er würde sich entspannen können, wenn sie erst
wieder in Baltimore waren, aber auf den Straßen von Roland
Park lag eine dicke, von Furchen durchzogene Schneedecke, so
daß der Wagen immer wieder hin und her schlitterte. Der Motor machte ein angestrengt klingendes surrendes Geräusch, das
an eine Nähmaschine erinnerte. »Wriiin, wriiin«, sagte Elizabeth, um es nachzumachen. Normalerweise hätte er mit einem
eigenen Laut geantwortet. Das war etwas, das sie gemeinsam
hatten: die Fähigkeit, zu brutzeln wie Speckstreifen, zu surren
wie Mücken, zu klimpern wie die Armbänder seiner Mutter.
Anschließend begannen sie stets zu kichern, während die Leute
um sie herum sie verwirrt anschauten. Es war eine Begabung,
die kaum jemand zu schätzen wußte. (»Was ist das?« hatte Elizabeth einmal gefragt und dann geknarrt und gesagt: »Ein Baum,
der wächst. Hast du jemals dein Ohr an einen Baumstamm
gehalten?« Und die beiden hatten sich gekrümmt vor Lachen,
allerdings nicht über den Baumstamm, sondern über Mrs. Emersons fassungslosen Blick.) Aber heute starrte Timothy nur mit
verbissener Miene in die Schneeböen, die gegen die Windschutzscheibe drückten. »Wer war der Typ, mit dem du dich so lange
unterhalten hast?« fragte er.

»Er heißt Bart Manning.«

»Woher kennst du ihn?«

»Er hat mich hierher mitgenommen. Seine Mutter war gerade gestorben. Er hat sich während der gesamten Fahrt Sorgen
gemacht, weil man auf ihrem Totenschein die falsche Augen-
farbe eingetragen hatte.«

Manchmal überraschte sie ihn plötzlich mit solchen Klein-
oden, die sie irgendwelchen trockenen Fakten hinzufügte. Er
lächelte beinahe, aber dann wischte er die Windschutzscheibe
mit dem Ärmel seines Mantels ab und sagte: »Wirst du die Verabredung mit Matthew absagen?«

»Nein«, sagte sie.

In diesem Fall wurde nichts hinzugefügt.

»Hör zu, Elizabeth, wenn das so ist –«

»Vorsicht, wir schlittern. Du mußt gegensteuern«, sagte sie zu ihm.

Aber das klappte nicht. Der Wagen drehte sich seelenruhig halb um die eigene Achse, und alles, was Timothy tun konnte, war, sich am Lenkrad festzuklammern. Er hatte das Gefühl, mit mäßigem Interesse aus der Ferne zuzuschauen und bloß neugierig zu sein, wie die Sache ausgehen würde. Als sie anhielten, standen sie quer zur Straße. Der Kühler des Wagens zeigte auf eine Böschung. Die Scheinwerfer beleuchteten hohes Gestrüpp, das aus Ritzen in der Schneedecke herausragte.

»Sieht so aus, als müßten wir den Rest zu Fuß gehen«, sagte Elizabeth.

Zu Fuß gehen? Bei diesem Wetter? Es waren mindestens noch zwei Kilometer. Er dachte über die Alternativen nach – sitzen bleiben und hoffen, daß ein Polizeiwagen vorbeikommen würde, oder die schlafenden Bewohner eines der Häuser aufwecken und zu Hause oder bei einem Abschleppdienst anrufen. Aber er fühlte sich plötzlich zu müde, um die Worte auszusprechen. Und während er die großen Häuser betrachtete – die allesamt schweigend unter dem schimmernden Himmel standen, den Schnee aufzusaugen schienen und keinen einzigen Lichtstrahl nach außen dringen ließen –, überkam ihn ein Gefühl der Unwirklichkeit. Er hielt es für möglich, daß er hier sterben würde. Gemeinsam mit einer Person, die ihm fremd und noch nicht einmal mit ihm verwandt war. Er hielt es für möglich, daß er bereits tot war.

»Elizabeth«, sagte er. »Hast du schon mal das Gefühl gehabt, gerade gestorben zu sein?«

»Während ich geschlittert bin?«

»Hast du schon mal gedacht, daß du dir womöglich nur einbildest, dein ganzes normales, alltägliches Leben weiterzuleben, weil du nämlich in Wirklichkeit im Sarg liegst und deine Familie schon deine Beerdigung vorbereitet hat?«

Elizabeth schien etwas Zeit zu brauchen, um darüber nachzudenken. Er beobachtete sie aufmerksam, so aufmerksam, wie seine Mutter es tat, wenn sie hoffte, daß Elizabeth all ihre Probleme lösen würde. »*Hast* du?« fragte er.

»Na ja, das deutet wohl auf eine glückliche Natur hin.«

»Was? Worauf?«

»Muß es wohl, wenn man glaubt, der Himmel sei genauso wie das tägliche Leben.«

»Nein, so meinte ich –«

»Und eigentlich ist es auch gar keine schlechte Idee«, sagte sie. »Ich habe noch nie viel über die Goldstraßen und Perlentore nachgedacht. Fändest du es nicht auch schön, wenn es immer so weitergehen würde? Wenn ständig irgend etwas passieren und man ständig neue Leute kennenlernen würde? Dann wäre es nicht so schlimm zu sterben, oder? Ich persönlich ziehe die Wiedergeburt vor, wegen der größeren Chance auf eine Überraschung, aber eigentlich ist es kaum ein Unterschied.«

Dann schlug sie den Kragen ihrer Jacke hoch und stieg aus dem Auto. Kurz danach folgte ihr Timothy. Er hatte vor, sich über sie lustig zu machen – »Glaubst du das wirklich? Hältst du das für ein Zeichen von Intelligenz? Und meine Mutter erhofft sich, daß ausgerechnet *du* Ordnung in ihr Leben bringst.« Aber etwas an dem Anblick, wie sie mit ihren wegen der Kälte hochgezogenen Schultern vor ihm herging und die seidig glänzenden, bestrumpften Beine mühsam durch den tiefen Schnee schob, ließ ihn stumm bleiben. Er schloß zu ihr auf, trottete neben ihr her und verschonte sie durch sein Schweigen. Die schmale Linie seiner zusammengepreßten Lippen war ein Geschenk an sie; seine Hand, die er ihr auf die Schulter legte, als er sie auf den Bürgersteig führte, berührte sie so vorsichtig, als sei sie eine traurige, kleine Glasfigur, die er mühelos zerbrechen konnte.

Aber unter der ersten Straßenlaterne blieb sie stehen, bückte sich, zog einen Stiefel aus und gab ihn ihm. »Der ist für dich«,

sagte sie. »Nimm ihn, dann haben wir beide einen.« Er zog ihn
über. Als sie weitergingen, hatten ihre Schritte einen trunke-
nen, übermütigen Rhythmus – ein Schuh patschte, ein Stiefel
plumpste, ein anderer Schuh patschte. Ihre Schatten schwank-
ten hin und her, als würden sie hinken, aber es sah sehr komisch aus, und als Elizabeth ihn darauf aufmerksam machte,
mußte er grinsen. Dann fing er an zu lachen und sie stimmte
mit ein, und während des restlichen Heimwegs gingen sie
rechts und links auf dem Bürgersteig entlang, hielten sich mit
ausgesteckten Armen an den Händen und sahen aus wie
schwankende dunkle Papierpuppen vor einem weißen Hintergrund.

1961

4 »Kein Fett, keine Butter«, sagte Mrs. Emerson. »Das macht
mir nichts aus, ich war beim Essen schon immer wählerisch.
Selbstverständlich schneide ich vom Fleisch immer den Fett-
rand ab. Aber keine Eier! Er hat zu mir gesagt, ich darf keine
Eier mehr essen! Was soll ich denn jetzt frühstücken?«

Elizabeth schaute in den Rückspiegel und sah, wie Mrs. Emerson ihren rundherum mit Blumen verzierten Hut zurecht-
rückte.

Sie waren auf dem Heimweg von einem Termin bei dem
Herzspezialisten, den der alte Dr. Felson empfohlen hatte. Normalerweise fuhr Mrs. Emerson selbst, aber heute war sie wegen
des bevorstehenden Arzttermins offenbar nervös gewesen. Sie
war um halb sechs aufgestanden und hatte ihre Handschuhe
und ihren Hut schon zwei Stunden vor Abfahrt zurechtgelegt.
Im letzten Moment hatte sie dann in den wolkenlosen April-
himmel geschaut und gesagt: »Was meinen Sie, Elizabeth, wird
es regnen? Ich glaube, es wäre besser, wenn Sie mich fahren.«
Also hatte Elizabeth die ursprünglich schwarze, inzwischen
aber vom Schimmel graugefärbte Chauffeursmütze aufgesetzt,

die sie vor einem Monat auf einem Regal in der Garage gefunden hatte.»Oh, muß das sein?« sagte Mrs. Emerson jedesmal,
wenn sie Elizabeth damit sah. Elizabeth fand die Mütze jedoch
großartig. Wann immer sie sie trug, wies sie Mrs. Emerson an,
im Fond Platz zu nehmen; wenn eine Reisedecke im Wagen gelegen hätte, hätte sie die Decke über Mrs. Emersons Schoß
ausgebreitet. Wenn es nicht zusammen mit ihren Jeans lächerlich ausgesehen hätte, hätte sie gerne ein Jackett mit Goldknöp-
fen und Autofahrerhandschuhe getragen. Allerdings würde
Mrs. Emerson garantiert nicht mitspielen.»Manchmal«, sagte
diese jetzt, »habe ich das Gefühl, Elizabeth, als machten Sie
sich über mich lustig. Mußten Sie unbedingt Habachtstellung
annehmen, als ich aus der Praxis kam. Mußten Sie unbedingt
die Hacken zusammenschlagen, als Sie die Tür hinter mir
schlossen?«

»Ich dachte, das würden Sie von mir erwarten«, sagte Elizabeth.

»Ich erwarte von Ihnen lediglich, daß Sie mir eine Hilfe sind,
und es hätte mir mehr geholfen, wenn Sie meinen Wunsch erfüllt und mit hineingekommen wären. Hätten Sie doch nur
diese lächerliche Mütze abgesetzt und mir im Wartezimmer
Gesellschaft geleistet.«

»In Wartezimmern bekomme ich immer Krankheitssympto-
me«, sagte Elizabeth. Sie steuerte den Wagen lässig und hatte
einen Arm auf den warmen Metallrahmen des offenen Fensters
gelegt. Durch den Luftzug flatterte ihr Haar im Nacken, und
manchmal mußte sie nach oben greifen, um ihre Mütze gerade-
zurücken. »Ist das nicht komisch? Wenn ich krank bin, verschwinden alle Symptome, sobald ich ein Wartezimmer be-
trete. Wenn ich gesund bin, ist es umgekehrt.«

»Dem Himmel sei Dank, daß keine *echten* Chauffeure auf
dem Parkplatz waren«, sagte Mrs. Emerson.»Bestimmt hätten
Sie bei meiner Rückkehr mit denen Poker gespielt oder sich mit
ihnen über Vergaser unterhalten.« Aber sie schaute aus dem

Fenster, während sie sprach, so als sei sie im Geiste mit etwas anderem beschäftigt. Während der vergangenen acht Monate hatten sie und Elizabeth ihre Lebensgewohnheiten zusammengefügt wie zwei Puzzlesteine. Sogar der Tonfall ihrer Gespräche war ihnen zur Gewohnheit geworden – Mrs. Emersons tadelnd, Elizabeths flapsig und gelassen. Außenstehende fragten sich, wie die beiden es schafften, miteinander auszukommen. Aber Mrs. Emerson behielt jetzt, trotz Elizabeths eigenwilligem Fahrstils, ihre elegante Sitzhaltung bei, und Elizabeth lächelte weiter ins Sonnenlicht, obwohl Mrs. Emersons klagende Stimme sich fast überschlug. »Was soll ich denn jetzt zum Frühstück essen?« fragte Mrs. Emerson.

»Dürfen Sie gar keine Eier mehr essen?«

»Nicht mehr als zwei bis drei pro Woche. Eine reine Vorsichtsmaßnahme, hat er gesagt. Er hat mich die ganze Zeit mit Uhren und Maschinen und alten Autos verglichen, und das Schlimmste daran war, daß es mir eingeleuchtet hat. Man hört ja ständig, wie der Körper mit einer Maschine verglichen wird, aber haben Sie sich das schon mal richtig vorgestellt? Und jetzt bin ich in einem Zustand, in dem man mich, wenn ich ein Auto wäre, in Zahlung geben würde. Die Reparaturen sind mittlerweile so teuer, daß sie sich kaum noch lohnen. Alles geht auf einmal kaputt, zuerst hatte ich im Winter die Schleimbeutelentzündung und jetzt dieses Stechen in der Brust. Und es ist noch schlimmer als bei einer Maschine, denn alle meine Einzelteile sind luftdicht verpackt. Sie können nicht einfach ausgewechselt werden.«

»Das stimmt«, sagte Elizabeth.

Sie versuchte sich Mrs. Emerson als eine Maschine vorzustellen. Gesprungene Federn und lose Bolzen würden in ihrem Inneren klappern. Ihr Herz war ein aufgerolltes Metallband, das jeden Moment mit einem sirrenden Geräusch reißen konnte. Warum auch nicht? Alles andere in ihrem Haushalt war bereits kaputtgegangen. Von dem Tag an, als Elizabeth zum ersten Mal die Verandastufen dieses Hauses hochgestiegen war, hatte sie, die mit zwei linken Händen geboren zu sein schien und jeden wertvollen Gegenstand fallen ließ, die magische Fähigkeit besessen, Dinge zu reparieren; und Mrs. Emerson (die, soweit Elizabeth wußte, niemals im Leben etwas zerbrochen hatte) war so freundlich gewesen, sie mit einer nicht enden wollenden Kette von Katastrophen zu konfrontieren, die ihre Aufmerksamkeit forderten. Zuerst hatte es sich um Fensterläden, Wasserhähne und Türknäufe gehandelt; jetzt um menschliche Lebewesen. Plötzlich schwebte eine Hand über ihrer Schulter. »Sehen Sie mal, wie knubbelig die ist«, sagte Mrs. Emerson. »Niemand hat mich jemals vorgewarnt, daß *Gelenke* anschwellen können.«

Elizabeth berührte die Hand und ließ sie wieder los, ohne etwas bewirkt zu haben.

»Könnte das an den vielen Schwangerschaften liegen?« sagte Mrs. Emerson und lehnte sich wieder zurück. »Acht waren es, Elizabeth. Eine Totgeburt. Die Leute fragen mich immer wieder, ob ich Katholikin bin, aber ich bin Episkopalin. Es fiel mir bloß ein bißchen schwer, mich daran zu gewöhnen, kein Baby mehr im Haus zu haben. Könnte *das* meiner Gesundheit geschadet haben?«

Elizabeth fuhr langsam und wechselte in langgezogenem Bogen die Fahrbahn, wenn sie Lust dazu hatte. Das buttrige Sonnenlicht wärmte ihren Schoß. Im Radio wurde ein Lied gespielt, das sie an Picknicks erinnerte.

»Ich finde es ungerecht, daß ich alt werde«, sagte Mrs. Emerson.

Sie zog ihre Handschuhe aus und nahm eine Zigarette aus einem goldenen Etui – etwas, das sie nur selten tat. Als Elizabeth hörte, wie sie das Etui wieder zuschnappen ließ, schaute sie in den Rückspiegel. »Oh, ersparen Sie mir diesen vorwurfsvollen Blick«, sagte Mrs. Emerson.

»Das war kein vorwurfsvoller Blick.«

»Es sah aber so aus. Der Arzt hat mir verboten zu rauchen.«

»*Mich* stört es nicht, wenn Sie rauchen.«

»Ich habe natürlich vor aufzuhören, aber nicht ehe sich meine Nervosität gelegt hat.« Sie zündete ein goldenes Feuerzeug an, das zuerst spuckte und Funken sprühte, ehe eine zehn Zentimeter hohe Flamme aufloderte und die halbe Zigarette versengte. Mrs. Emerson nahm einen Zug, ohne zu inhalieren, und hielt dann die Zigarette ungeschickt in der Hand, während sie gleichzeitig den Ellbogen an den Körper drückte.

»Was für ein herrlicher Tag!« sagte sie, als sei es ihr gerade erst aufgefallen. »Ich lasse mich gerne chauffieren.« Und dann, nach einer Pause, räusperte sie sich und sagte: »Ich weiß nicht, ob ich das je erwähnt habe, Elizabeth, aber ich weiß Ihre Gesellschaft sehr zu schätzen.«

Sie war von dem üblichen Verhaltensmuster so weit abgewichen, daß Elizabeth sie zwangsläufig erneut im Spiegel anschaute. »Das geht schon in Ordnung«, sagte sie schließlich.

»Nein, ich meine es ernst. Wenn ich mit meinen Kindern über so etwas reden würde, dann würden sie furchtbar nervös werden. Wenn ich denen sage, ich werde alt, dann fühlen sie sich genötigt, mich davon zu überzeugen, daß es nicht stimmt.«

»Oh, nun ja, alt zu werden gehört zu den Dingen, auf die ich mich freue«, sagte Elizabeth. »Mir gefällt die Schlaflosigkeit.«

»Die was?«

»Die frühmorgendliche Schlaflosigkeit. Mein Leben würde viel mehr Spaß machen, wenn ich nicht soviel schlafen würde.«

»Oh«, sagte Mrs. Emerson. Sie nahm einen halben Zug aus der Zigarette. »Also, ein bißchen Sorge um mich würde meinen anderen Kindern nichts schaden, aber erwähnen Sie diesen neuen Arzt bitte Andrew gegenüber nicht. Er leidet offenbar unter Angstzuständen. Manchmal ruft er mich aus New York an, um mich zu fragen, ob es mir auch wirklich gutgeht, und er erkundigt sich so eingehend nach bestimmten Dingen, daß ich mir sicher bin, er hat, entweder nachts oder tagsüber, davon geträumt: Ob ich in letzter Zeit gestürzt bin. Ob ich mit Messern immer vorsichtig umgehe? Nun, wir wissen ja heutzutage alle, was *das* bedeutet, aber ich will ihm dennoch keinen Grund zur Beunruhigung geben.«

»Ich kenne Andrew noch nicht einmal«, sagte Elizabeth.

»Ja, aber er kommt dieses Wochenende zu Besuch.«

»Das ist kein Problem. Ich werde nicht dasein.«

»Oh, aber Sie müssen dasein!« sagte Mrs. Emerson.

»Ich fahre nach Hause.«

»Was? Nach Hause?« Mrs. Emerson drehte die Zigarette zwischen den Fingern, ließ sie aus Versehen fallen, fing sie aber noch in der Luft wieder auf. »Doch nicht für *immer*?« sagte sie.

»Nein, ich habe meiner Mutter bloß versprochen, sie zu besuchen.«

»Also, das ist ausgeschlossen«, sagte Mrs. Emerson. »Ich meine es ernst. Ausgeschlossen. Ich lasse Sie nicht weg.«

»Ich verschiebe den Besuch schon seit Monaten. Nochmal geht das nicht.«

»Es muß aber gehen.«

»Es geht nicht«, sagte Elizabeth, und sie drückte die Mütze fester auf den Kopf und begann, mit beiden Händen zu lenken.

»Sie haben mich nicht um Erlaubnis gebeten. Ich wußte gar nichts davon.«

»Meine Wochenenden gehören mir«, sagte Elizabeth.

»Oh, wenn Sie sich nur hören könnten. Sie sind schon genauso unflexibel wie eine alte Jungfer«, sagte Mrs. Emerson. Sie drückte ihre Zigarette aus und klammerte sich an der Tür fest, als sie nach dem Halt an einer Ampel losbrausten. »Ich hätte wissen müssen, daß es ein Fehler war, mich auf Sie zu verlassen. Auf Sie oder auf irgend jemand anders. Ich hätte mir von Billy einen Dessous-Laden auf der Roland Avenue kaufen lassen sollen. Dort hätte ich dann den ganzen Tag herumgesessen, genau wie meine Freundinnen es machen, hätte Gin getrunken und

95

die Verluste von der Steuer abgeschrieben. Ich wäre *viel* zu beschäftigt gewesen, um nach meinen Kindern zu sehen. Dann würden sie bestimmt jede Woche nach Hause zu Besuch kommen; da bin ich mir sicher. Sie nehmen nur dann Reißaus, wenn man ihnen zeigt, daß sie einem etwas bedeuten.«

Der Wagen rollte an kleinen japanischen Bäumen vorbei, die auf dem grasbewachsenen Mittelstreifen standen und rosa und weiß blühten. Elizabeth schlug im Geiste den Takt zu der leisen Musik aus dem Radio.

»Das passiert bloß, weil ich nebenbei erwähnt habe, daß ich Sie schätze«, sagte Mrs. Emerson. »Ich bin mit Ehrlichkeit geschlagen. Und was habe ich davon?«

»Warum soll ich überhaupt hierbleiben?« fragte Elizabeth. »Ich bin mit meiner Arbeit auf dem laufenden.«

»Nein, Sie verstehen mich falsch. Ich brauche einen – Andrew und ich kommen besser miteinander aus, wenn es gewissermaßen einen Puffer gibt. Jemand Unbeteiligten. Seine Brüder sind mir überhaupt keine Hilfe. Matthew wirkt sowieso immer leicht abwesend, und Timothy macht sich meist sofort aus dem Staub. Diese und nächste Woche hat er Prüfungen. Ist das nicht wieder mal typisch? Ich glaube, er hat den Termin extra so gelegt, damit ich allein mit – oh, verstehen Sie mich bitte nicht falsch. Ich *liebe* Andrew, manchmal glaube ich, daß ich ihn vielleicht mehr als die anderen liebe. Und es geht ihm auch schon viel besser. Er ist nicht mehr so – er hat nicht mehr diese – er ist nicht *wirklich* krank, müssen Sie wissen.«

Elizabeth starrte in den Außenspiegel.

»Warum sagen Sie nichts?«

»Ich versuche, die Spur zu wechseln«, sagte Elizabeth und lehnte sich aus dem Fenster. »Ich verstehe nicht, wieso der Spiegel so komisch eingestellt ist.«

»Ich kann ihn unmöglich bitten, den Besuch zu verschieben«, sagte Mrs. Emerson, »denn er kommt besonders gerne, wenn alles blüht. Die beste Zeit dafür hat er schon verpaßt.

Ich frage mich, warum Timothy nicht zu Hause lernen kann? Reden Sie bitte mit ihm, Elizabeth. Versuchen Sie, ihn umzustimmen.«

»Ich bin dagegen, so etwas zu tun«, sagte Elizabeth. »Was ist, wenn ich ihn umstimme und er nach Hause kommt und hier von einem Lastwagen überfahren wird? Was ist, wenn das Haus abbrennt?«

»Was?« Mrs. Emerson strich sich mit der Hand über die Stirn. »Ich bin nicht in der richtigen Stimmung, um mir die Grundzüge Ihrer Philosophie anzuhören, Elizabeth. Ich bin besorgt. Finden Sie nicht auch, daß meine Kinder ruhig ein bißchen *glücklicher* sein könnten?« Sie schwieg einen Moment, so als würde sie tatsächlich eine Antwort erwarten. Dann sagte sie: »Ich vermute, Sie fahren mit jemandem, der an einem Schwarzen Brett annonciert hat?«

»Hm, nein.«

»Nehmen Sie den Zug?«

»Ich fahre mit Matthew.«

»Matthew?«

»Richtig.«

»Matthew *Emerson*?«

Elizabeth lachte.

»Nun, ich weiß ja nicht, wie viele Matthews Sie sonst noch kennen«, sagte Mrs. Emerson. »Ich verstehe das nicht. Was will Matthew in North Carolina?«

»Er will mich begleiten.«

»Meinen Sie damit, er fährt extra Ihretwegen?«

»Ich habe ihn gefragt, ob er mitkommen will.«

»Oh. Sie wollen ihn also Ihrer Familie vorstellen.«

»Ja«, sagte Elizabeth und betätigte den Blinker.

»Hat das etwas zu bedeuten?«

»Nein.«

»Ich bin völlig verwirrt«, sagte Mrs. Emerson.

Daraufhin mußte Elizabeth erneut lachen. Die Frühlingsluft

gab ihr ein beschwingtes Gefühl, und sie freute sich über die Autofahrt und den Gedanken an die Reise mit Matthew. Das Ziel der Reise war ihr egal. Aber Mrs. Emerson verstand das Lachen falsch und setzte sich aufrechter hin.

»Immerhin bin ich seine Mutter«, sagte sie.

»Ja, natürlich.«

»Ich glaube, ich habe das Recht, so etwas zu erfahren.«

Elizabeth bremste vor einem Stoppschild.

»Das wäre eine Erklärung für Timothys sonderbare Laune«, sagte Mrs. Emerson.

»Er weiß es noch gar nicht.«

»Was bezwecken Sie damit? Wollen Sie die beiden Brüder gegeneinander ausspielen? Sie sind in letzter Zeit ziemlich oft mit Matthew zusammen, aber Sie verabreden sich immer noch mit Timothy. Warum tun Sie das?«

»Timothy will es so«, sagte Elizabeth.

»Wenn Sie mir schon wieder erzählen, daß Sie jede Einladung annehmen, fange ich an zu schreien.«

»Okay.«

»Ich wollte das eigentlich nicht erwähnen, Elizabeth, weil es mich nichts angeht, aber in der letzten Zeit mache ich mir Sorgen, daß andere Leute Sie für leichtlebig halten könnten. Sie sollten mehr auf Ihren guten Ruf achten. Sie sind bis spät abends unterwegs, nachlässig gekleidet, in Begleitung von irgendeinem armen Kerl, den sie zufällig kennengelernt haben – und mir ist zwangsläufig aufgefallen, daß Timothys Hand immer auf Ihrem Nacken liegt, wenn er mit Ihnen zusammen ist. Ich bekomme jedesmal ein *mulmiges* Gefühl, wenn ich das sehe. Es ist irgendwie so – und jetzt Matthew! Matthew fährt mit zu Ihren Eltern! Haben Sie vor, ihn zu heiraten?«

»Er hat mich noch nicht gefragt«, sagte Elizabeth.

»Erzählen Sie mir nicht, das Sie auch alle Heiratsanträge annehmen.«

»Nein«, sagte Elizabeth. Sie lachte jetzt nicht mehr. Sie hielt

das Lenkrad krampfhaft mit beiden Händen weit unten fest,
und ihre Knöchel waren weiß.

»Warum nehmen Sie ihn dann mit zu Ihren Eltern?«

Elizabeth bog so abrupt in die Garage ein, daß Mrs. Emerson
zur Seite kippte.

Dann stellte sie den Motor ab und stieg rasch aus dem Wagen. Sie öffnete Mrs. Emerson nicht die Tür. Sie riß sich die
Mütze vom Kopf und schleuderte sie im hohen Bogen auf das
Regal, wo sie zufällig auf demselben Brett landete, auf dem Elizabeth sie entdeckt hatte. War sie auch das letzte Mal so dort
hingekommen? Elizabeth blieb stehen und schaute gedanken-
verloren das Regal an. Hinter ihr ging Mrs. Emersons Tür auf
und zögernd wieder zu, ohne ins Schloß zu fallen.

»Elizabeth«, sagte Mrs. Emerson.

»Ich sagte doch, daß es *nichts* zu bedeuten hat«, sagte Elizabeth.

Elizabeth drehte sich um und ging, dicht gefolgt von Mrs.
Emerson, durch die Seitentür.

»Elizabeth, in gewisser Weise fühle ich für Sie wie für eine
Tochter.«

»Ich bin schon die Tochter von jemand anderem«, sagte Elizabeth. »Und das reicht mir.«

»Ja. Ich meinte damit nicht – ich meinte, ich mache mir ge-
nausoviel *Gedanken*, verstehen Sie. Ich will nur, daß Sie glücklich sind. Ich finde es furchtbar, mitansehen zu müssen, wie Sie
sich wegwerfen. Was ich zu Ihnen gesagt habe, war nur gutge-
meint, verstehen Sie?«

Elizabeth antwortete nicht. Sie ging so schnell den Hügel
hinauf, daß Mrs. Emerson laufen mußte, um Schritt zu halten.

»Gehen Sie doch bitte langsamer«, sagte Mrs. Emerson. »Das
ist nicht gut für meine Lunge. Wenn Sie schon unbedingt Chauf-
feur spielen mußten, hätten sie mich auch an der Haustür absetzen können.«

»Ach, ist das so üblich?«

»Ich finde nur, Sie wirken so – ziellos. Sie setzen keine Prioritäten. Wie kann ich sicher sein, daß Sie morgen nicht mit irgend jemandem verschwinden und mich hier allein zurücklassen?«

»Das können Sie nicht«, sagte Elizabeth. Aber sie ging inzwischen langsamer, und als die beiden bei der Hintertür ankamen, hielt sie die Tür für Mrs. Emerson auf, ehe sie selbst hindurchging.

Da Alvareen wieder einmal krank war, mußten die beiden sich einen Weg zwischen den vielen schmutzigen Tellern und vollen Mülltüten hindurch bahnen, die überall in der Küche herumstanden. Als sie dann in der Diele waren, hörten sie Geräusche aus dem ersten Stock. Jemand ging mit langsamen Schritten durch das Zimmer direkt über ihnen. Mrs. Emerson packte Elizabeth am Arm und sagte: »Haben Sie das gehört?«

»Oben ist jemand«, sagte Elizabeth.

»Also, würden Sie – sollten wir – könnten Sie bitte herausfinden, wer das ist?« Elizabeth legte den Kopf in den Nacken. »Wer ist da?« rief sie.

»*Das* hätte ich auch selbst machen können«, sagte Mrs. Emerson.

Dann tauchte Timothy im oberen Flur auf und stopfte sich irgend etwas in die Tasche. »Hallo ihr beiden«, sagte er.

»Timothy!« sagte seine Mutter. »Was machst du hier?«

»Ich war in meinem Zimmer.«

»Wir dachten, du wärst ein Einbrecher. Na ja, es ist ein Glück, daß du hier bist, denn ich wollte dich um einen Gefallen bitten.«

Sie stieg die Treppe hoch. Im Gehen nahm sie mit beiden Händen ihren Hut ab und hielt ihn dabei die ganze Zeit vollkommen waagerecht, so als sei er mit Wasser gefüllt. »Also, was das kommende Wochenende betrifft –«, sagte sie.

»Ich dachte, das Thema wäre erledigt.«

»Würdest du mich bitte ausreden lassen? Komm mit, ich will meine Sachen wegräumen.«

Mrs. Emerson durchquerte den Flur und ging in ihr Zimmer, aber Timothy blieb, wo er war. Als Elizabeth am Ende der Treppe ankam, öffnete er den Mund, so als wolle er ihr etwas sagen. Dann rief seine Mutter: »Timothy?« Er breitete mit einer hilflosen Geste die Arme aus und folgte seiner Mutter.

Elizabeth ging in ihr eigenes Zimmer. Sie hatte heute morgen angefangen, ein Schaukelpferd zusammenzubauen, das in Einzelteilen geliefert worden war, ein Geschenk für Mrs. Emersons Enkelsohn. Er würde vielleicht im Juli zu Besuch kommen. »Stellen Sie es in Marys Zimmer, wenn Sie damit fertig sind«, hatte Mrs. Emerson gesagt. »Ich habe vor, eine Großmutter zu sein, bei der es viele Spielsachen gibt, damit er gerne zu mir kommt. Demnächst kann er mich dann allein besuchen, das ist mit dem Flugzeug angeblich kein Problem. Man befestigt an dem Kind ein Namensschild, so als wäre es ein Koffer, und gibt der Stewardeß ein Trinkgeld.« Beim Schaukelpferd war von sämtlichen Kleinteilen die falsche Anzahl mitgeschickt worden – zu viele Schrauben, zu viele Federn, zuwenig Muttern. Elizabeth hatte alles auf dem Fußboden ihres Zimmers ausgebreitet und setzte sich jetzt auf den Teppich, um die Bauanleitung zu studieren. Währenddessen murmelte Mrs. Emerson unablässig hinter der verschlossenen Tür auf der anderen Seite des Flurs. Immer wenn das, was sie sagte, nicht zu verstehen war, klang es, als lese sie laut vor. Das lag daran, daß sie mit Überzeugungskraft sprach, ohne zu stocken oder nach Worten zu suchen. Gelegentlich übertönte Timothy sie für kurze Zeit, aber ihr Redefluß wurde dadurch nie verlangsamt.

Elizabeth kippte ein Mayonnaiseglas voll loser Muttern aus, das sie im Keller gefunden hatte. Sie nahm die Muttern eine nach der anderen in die Hand und versuchte, sie auf die überzähligen Schrauben zu drehen. »Also, die paßt hier drauf«, sagte sie halblaut. »Diese hier drauf. Nein.«

»Ich habe dir doch bereits gesagt –«, hob Timothy an.

Mrs. Emerson murmelte weiter.

»Kannst du denn niemals ein Nein als Antwort akzeptieren?«

Elizabeth schob die Muttern zur Seite und wandte sich wieder der Bauanleitung zu. Sie kannte den Text bereits auswendig, aber gedruckte Anweisungen hatten für sie etwas Zuverlässiges und Beruhigendes. »Setzen Sie zuerst alle Einzelteile zusammen, aber lassen Sie die Schrauben locker. Ziehen Sie die Schrauben erst an, wenn das Spielzeug komplett zusammengesetzt ist.« Der Verfasser ließ keinen Widerspruch zu. Timothy hingegen wirkte eingeschüchtert. Warum war sie eigentlich immer noch in Baltimore? Sie hätte schon vor Monaten verschwinden sollen. Sie wachte fast jede Nacht auf, hörte die Tonbandstimme – »Warum schreibst du nicht? Mir ist es ja egal, aber ich dachte, du fragst dich vielleicht, ob ich überhaupt noch lebe« – und war wütend auf Mrs. Emerson und ebenfalls auf ihre Kinder, die imaginären Zuhörer, die diese Entwürdigung duldeten. Immer wieder nahm sie sich fest vor wegzugehen. Aber Matthew nie wiedersehen? Nie wieder mit Timothy Schach spielen? Den einzigen Menschen verlassen, der sie brauchte, und wieder ein Leben als Trampel führen? Sie setzte sich eine Frist: Beim ersten Fehler, sobald sie einmal mit dem Spachtel einen Fensterrahmen durchbohrte, würde sie weiterziehen. *Darauf* braucht sie doch bestimmt nicht lange zu warten. Aber ihre magischen Kräfte verließen sie nicht. Was für sie zu schwierig war, erledigte der Mann aus dem Eisenwarenladen in der Wyndhurst Street, und außerdem lag in ihrer Kommode *Das große Handbuch für den Heimwerker.* Sie brauchte bloß kurz nach oben zu gehen und darin nachzuschlagen, so wie ein Arzt, der einen Patienten warten läßt, während er im Nebenzimmer in einem Fachbuch blätterte. Wenn es so weiterging, würde sie für immer hierbleiben. Und sich bis an ihr Lebensende im klaren sein, daß es besser für sie wäre, sich nicht länger in diesem Haus aufzuhalten.

»Du hast ein falsches Bild von Andrew und mir«, sagte Timothy. »Anscheinend hältst du uns für *siamesische* Zwillinge.«
»Schieben Sie Lasche A in Schlitz B und geben Sie acht ...«
»Wir sind noch nicht einmal eineiig. Wir sehen uns auch gar nicht ähnlich. Wir sind nur *zufällig* zur selben Zeit geboren worden!«

Elizabeth seufzte und ließ die Bauanleitung sinken. Sie stand auf, lief eine Weile im Zimmer herum und schlurfte durch die Tür und die Treppe hinunter. In der Küche, wo sie einen Schluck Milch hatte trinken wollen, kam ihr die Unordnung wie eine Ausdehnung des Streits im ersten Stock vor, und sie ging ohne stehenzubleiben hinunter in den Keller. Dort war es düster und still, und der Fußboden glitzerte in dem wenigen Sonnenlicht, das durch die staubigen Fenster drang, wie das Wasser eines Teichs. Dunkle, lädierte Türen führten zu den ehemaligen Dienstbotenzimmern, und die Querbalken über den Türen erinnerten sie an Schulkorridore oder Wohnheime von kirchlichen Studentenverbindungen. Am Ende des Flurs befanden sich ineinander verheddertet Schrotteile, Fahrräder, eine Werkbank und Teile von überdimensionalen Haushaltsgeräten. Quer über zwei Zinkwannen, die früher zum Wäschewaschen benutzt worden waren, lag eine Schranktür, auf der zwei riesige Einmachtöpfe standen. Elizabeth und Matthew machten gemeinsam Wein. Sie hatten jeweils zur Hälfte die Kosten für die Rohstoffe übernommen und teilten sich die Arbeit. Zu Elizabeths Aufgaben gehörte es, einmal pro Tag den Bodensatz aufzurühren. Sie nahm einen langstieligen Löffel von einem Nagel in der Wand, rollte beim ersten Topf die Gaze, die als Verschluß diente, zusammen und tunkte den Löffel tief ein. Ein hefiger, würziger Geruch breitete sich aus, und Bläschen stiegen an die Oberfläche, wo sie schäumend zerplatzten.

»Woher wollen wir die Weintrauben bekommen?« hatte Matthew gefragt, und Elizabeth sagte: »Ach, normalen Wein kann man überall kaufen. Schau mal, in diesem Buch stehen

Rezepte für Tomatenwein und Löwenzahnwein. Laß uns etwas anderes ausprobieren. Glaubst du, daß man Pilzwein machen kann?« Und sie hatte über den Blick, mit dem er sie ansah, gelacht. Er war begriffsstutzig, gründlich und sehr ernsthaft; für die Unbeschwertheit sorgte sie. Jedesmal, wenn sie einen Funken davon bei ihm entdeckte, schürte sie ihn nach Kräften, und Matthew überraschte sie dann oft, indem er ebenfalls loslachte und seinen finsteren verblüfften Gesichtsausdruck verlor. Er war der einzige Emerson, den sie kannte, der wenig Geld hatte. Diesen Umstand nutzte sie als Grundlage für die gemeinsamen Unternehmungen, zu denen sie ihn überredete – Wände anstreichen, Wein machen, eine Duschbrause über seiner alten, ramponierten Badewanne anbringen. Einmal hatten sie einen Wochenvorrat eines Breis angerührt, der *Matsch* hieß, nachdem sie das Rezept in einem Kochbuch für arme Leute gesehen hatten. Mit Timothy hätte so etwas in einer Alberei geendet; wahrscheinlich wäre der Matsch zu Bällen geformt und durch die Küche geworfen worden. Na ja, das wäre natürlich auch lustig gewesen. Aber Matthew amüsierte sich auf seine eigene Weise, wenn er einen Plan methodisch ausführte, dabei jeden Gegenstand, den er in die Hand nahm, mit seinem typischen grübelnden Blick anschaute und, nachdem alles erledigt war, sein zögerndes Lächeln aufsetzte.

Sie hatten einen Topf Apfelsinen- und einen Topf Weizenwein angesetzt. Sie hatten große Mengen Apfelsinen, Zitronen und Rosinen kleingeschnitten, auf Backblechen Weizen im Ofen geröstet, bis ein warmer, moderiger Geruch die Küche erfüllte. All das hatten sie getan, während Mrs. Emerson bei einer Versammlung war. (Sie wäre vermutlich nicht erfreut darüber, eine Kelterei im Keller zu haben, und außerdem hatten die beiden keine Erlaubnis bei der Behörde eingeholt. Matthew hatte sie unbedingt beantragen wollen, aber Elizabeth war ungeduldig und wollte nicht so lange warten.) Sie hatten die Töpfe nach unten geschleppt und eimerweise Wasser und säckeweise Zukker hineingeschüttet. »Vielleicht wird der Wein zu süß«, sagte Matthew bedächtig. »Vielleicht«, sagte Elizabeth. Sie redeten nie viel. Als er hörte, daß sie ihre Familie besuchen wollte, sagte er: »Du wirst mir fehlen«, aber statt ihm die Antwort zu geben, die sie jedem anderen gegeben hätte (»Wieso denn das? Ich bin doch nur übers Wochenende weg«), hatte Elizabeth gesagt: »Du wirst mir auch fehlen. Willst du mitkommen?« »Das wäre das beste«, sagte er. »Dann mußt du auch nicht mit einem Fremden fahren.« Ständig beschützte er sie, aber nicht wie andere Leute auf ängstliche, nervtötende Weise. Er lieh ihr seinen Regenhut und hielt ihr Haar hoch, wenn sie ungeduldig in ihre Jacke schlüpfte. Wenn sie durch den Wald zu seinem Haus gingen, ließ er sie in Ruhe und störte sie nicht mit dem Wunsch, Händchen zu halten, oder mit dem lästigen Versuch, seine Höflichkeit dadurch zu beweisen, daß er dornige Äste für sie zur Seite bog oder sie vor Wurzeln warnte; aber wenn sie in seinem eiskalten Wohnzimmer waren, stellte er sich manchmal schweigend und reglos hinter sie, umarmte sie, legte sein Kinn auf ihren Kopf und wärmte dadurch ihren ganzen Rücken.

»Jedesmal, wenn die Kellertür aufgeht, zieht ein sonderbarer Geruch nach oben«, sagte Mrs. Emerson einmal. »Ist Ihnen das auch schon aufgefallen?« Sie nahm an, der Geruch käme von einem neuen Waschmittel, das Alvareen benutzte. Elizabeth ließ sie in dem Glauben.

Sie rührte verträumt die Flüssigkeit in den Töpfen um, lehnte dabei den Kopf gegen ein Regalbrett und lauschte dem Zischen der Bläschen. Oben in einer Ecke spann eine Spinne ihr Netz zwischen zwei Wasserleitungen, und die Fäden sahen genau aus wie die dünnen, schräg einfallenden Sonnenstrahlen. Trokkenes Laub, das durch die Gitter gerutscht war, raschelte am Boden des Fensterschachts, und das Geräusch kam ihr ebenso weit entfernt vor wie die Herbstmonate, in denen es sich angesammelt hatte.

Schritte durchquerten die Küche. »Elizabeth?« rief Timothy.

»Hier unten.«

Er trat in die offene Tür am Ende der Kellertreppe; Elizabeth sah, wie sich der helle Fleck auf dem Fußboden verdunkelte. Dann schaltete Timothy die Deckenlampe ein, deren Helligkeit das Sonnenlicht verblassen ließ. »Wo?« sagte er.

»Hier, bei den Zinkwannen.«

Während er die Treppe herunterstieg, öffnete sie den zweiten Topf und begann darin herumzurühren. Die Flüssigkeit roch nach angebranntem Toast. Sie befürchtete, daß sie den Weizen zu lange geröstet hatten. Sie senkte den Kopf und nahm, wenige Zentimeter über dem Wein, einen tiefen Atemzug. »Aha«, sagte Timothy. »Krötenbein und Rattenschiß.« Aber die Szene, die seine Mutter ihm gemacht hatte, lastete offenbar noch auf ihm, denn seine Stimme wirkte genauso schwerfällig wie die Bewegung, mit der er Elizabeth eine Hand auf die Schulter legte. »Was ist das überhaupt?« fragte er.

»Bloß Wein.«

»Als Hausmeister hat man wirklich eigenartige Pflichten.« Er ging zum Fenster, schaute nach oben und betrachtete die Spinne in ihrem Netz. »Ich bin hergekommen, um dich zu fragen, ob du Lust hast, mit mir etwas zu unternehmen. Wir könnten zum Beispiel in meiner Wohnung mittagessen.« Er stupste das Netz an, und die Spinne kroch weiter nach oben – eine dicke braune Kugel mit herumwirbelnden Beinen. »Hast du Angst vor Spinnen?«

»Nee.«

Er wandte sich ab und steckte die Hände in die Taschen. »Ich habe gehört, daß du nach Hause fährst.«

»Das stimmt.«

»Aber nur übers Wochenende.«

»Das stimmt.«

Elizabeth richtete sich auf. Sie hängte den Löffel an den Nagel, deckte die Töpfe wieder zu und knotete Bindfäden fest, damit die Gaze nicht verrutschte. Als Elizabeth sich umdrehte und weggehen wollte, sah sie, daß Timothy gerade etwas aus einer seiner Taschen holte: eine Pistole, bläulich schwarz und von einer Fettschicht bedeckt. »Woher um Himmels willen hast du die?« sagte sie. Er drehte die Pistole so beiläufig in der Hand, als sei sie ein Spielzeug.

»Sieht gefährlich aus, was?« sagte er. »Ich hab sie in Andrews Zimmer gefunden.«

»Ist sie echt?«

»Ja, wahrscheinlich. Aber wer weiß? Ich würde gerne nachsehen, ob Patronen drin sind, aber ich habe Angst, daß sie losgeht.«

»Dann leg sie weg«, sagte Elizabeth. »Und hör bitte auf, damit herumzuspielen.«

»Wer, ich? Zwei-Knarren-Tim?« Er stellte sich breitbeinig hin, als sei er eine Figur aus einem Western, hakte einen Daumen in die Hosentasche und versuchte, die Pistole um seinen Zeigefinger kreisen zu lassen, was ihm jedoch mißlang. Als sie zu Boden fiel, sprangen Elizabeth und Timothy zur Seite, so als könne sie von allein losgehen. Nichts passierte. Timothy bückte sich, hob sie auf und hielt sie dieses Mal entschlossen am Lauf fest. Bestimmt hatte er von seiner Mutter gelernt, eine Schere auf diese Weise zu halten. »Nun gut«, sagte er.

»Ich wußte gar nicht, daß Andrew eine Pistole hat.«

»Er hat eine ganze Sammlung.«

»Was für ein blödes Hobby«, sagte Elizabeth und ging zur Treppe, sorgfältig darauf achtend, nicht in die Schußlinie zu geraten.

»Nein, es ist kein Hobby. Er *sammelt* sie nicht. Er zieht sie magisch an, so wie ein Bootsrumpf Muscheln anzieht. Wieso lachst du? Es ist mein Ernst. Wenn Andrew einen Spaziergang macht, findet er Pistolen unter Büschen; wenn er auf den Dachboden geht, stolpert er über sie; wenn es an seiner Haustür klingelt, ist es der Postbote und gibt bei ihm ein fehlgeleitetes Paket ab, und rate mal, was in dem Paket ist? Er hat noch nie eine Pistole gekauft, das käme ihm gar nicht in den Sinn. Er ist der sanfteste Mensch, den man sich vorstellen kann. Er ist tagsüber immer in der öffentlichen Bücherei von New York und macht Recherchen für Professoren, aber wenn er auf dem Weg nach Hause ist, was sieht er dann in einem Mülleimer? Eine Pistole, die mit dem Griff nach oben zwischen Apfelsinenschalen liegt. Es ist verrückt.«

»Er muß sie ja nicht behalten.«

»Warum nicht? Es ist sein Schicksal.«

»Und was macht er mit ihnen?«

»Oh, er versteckt sie irgendwo.«

Sie waren inzwischen in der Küche. Timothy vergaß alle Vorsicht; er ließ die Pistole mit einer beiläufigen Bewegung in die Tasche rutschen, und dann klopfte er einmal kurz auf die Tasche. »Wir werden es Mutter gegenüber nicht erwähnen, hörst du?« sagte er. »Ich mache mich vor jedem seiner Besuche auf Pistolensuche, nur um sicherzugehen. Er würde niemals eine Waffe benutzen. Ich will nicht, daß du glaubst – oh, es hat tatsächlich einmal eine Art Unfall gegeben. Er hat damals jemanden in den Fuß geschossen. Aber du bist eine Außenstehende. Du weißt nicht, wie Andrew wirklich ist. Es war ihm furchtbar unangenehm. Er wollte –«

»Hör bitte auf. Es interessiert mich nicht«, sagte Elizabeth, obwohl es sie bis zu diesem Moment durchaus interessiert hatte. Plötzlich hatte sie jedoch das Gefühl, daß lauter Probleme vor ihr aufgetürmt wurden, daß die Emersons einen riesigen ekligen Haufen vor ihr abluden und anschließend zurücktraten und von ihr erwarteten, beim Anblick des Haufens in Staunen und Bewunderung auszubrechen. Sie ging durch die Hintertür hinaus und in Richtung Geräteschuppen. Timothy folgte ihr. Als er zu ihr aufgeschlossen hatte und neben ihr ging, sah sie, daß eine seiner Taschen tiefer nach unten hing als die andere. Sie mußte an einen Comic-Strip denken, der vor vielen Jahren in der Sonntagszeitung abgedruckt worden war: Dick Tracys

Tips für die Verbrecherjagd, in denen vor Männern mit schief-
sitzenden Mänteln gewarnt wurde. »Paß auf, daß du nicht verhaftet wirst«, riet sie ihm. Dann ging sie in den Schuppen und
holte einen zusammengerollten Gartenschlauch. Für sie war
das Thema erledigt.

Aber Timothy sagte: »Das größte Problem ist, die Dinger
loszuwerden. Du machst dir keine Vorstellung, wie schwer das
ist. Die letzte Pistole habe ich in der Mülltonne unter einer
Schicht Kaffeesatz versteckt. Elizabeth?«

»Was?« sagte Elizabeth. Sie ging rückwärts über den Rasen
und wickelte dabei den Schlauch auseinander.

»Ich habe bei einer Prüfung abgeschrieben.«

Ein weiteres Problem, das auf den Haufen gepackt wurde.

»Ach ja?« sagte sie.

»Das ist eine ernste Sache, Elizabeth.«

»Und warum erzählst du es ausgerechnet mir?« sagte sie.

»Irgendwas ist immer. Morgen wird es wieder etwas anderes
sein. Erzähl es einem deiner Professoren, wenn du dir so große
Sorgen darüber machst.«

»Das kann ich nicht«, sagte Timothy. »Ich bin erwischt
worden.«

Elizabeth schaute zu ihm hinüber.

»Als ich nach der Prüfung am Tisch des Professors vorbeiging, sagte er: ›Emerson, ich möchte kurz mit Ihnen sprechen‹, und ich wußte sofort, was los war. Ich wußte, was er
sagen würde. Ich hatte das Gefühl, daß sich mir der Magen
umdrehte.«

»Was wird passieren?« sagte Elizabeth.

»Sie werden mich von der Uni werfen.«

»Na ja, vielleicht auch nicht.«

»Natürlich werden sie das. Diese Typen sind gnadenlos.
Und weißt du was? Ich kannte die Antwort auf die Frage, bei
der ich abgeschrieben habe. Ich hatte nicht den geringsten
Zweifel. Ich habe die Antwort hingeschrieben, und dann habe

ich den Kopf nach links gedreht und in aller Seelenruhe die Antwort des Typen neben mir durchgelesen. Es war so, als hätte ich plötzlich vergessen, wo ich war. Ich hatte die Spielregeln vergessen. Ich wollte bloß sehen, ob Joe Barrett die Antwort auch wußte.«

»Vielleicht solltest du ihnen das erzählen«, sagte Elizabeth.

»Das hat keinen Zweck. Es würde nichts bringen.« Er trat nach dem Schlauch. »Bitte komm mit. Es ist bald Zeit fürs Mittagessen.«

»Das Gras ist ziemlich trocken. Wenn ich es heute nicht –«

»Hör zu«, sagte er. »Ich bin den ganzen Vormittag allein ziellos herumgelaufen. Warum läßt du nicht einfach alles liegen und stehen und kommst mit?«

»Na ja gut. Okay. Ich geh nur schnell zu deiner Mutter und sag ihr Bescheid.«

»Ruf sie lieber von meiner Wohnung aus an. Geh nicht ins Haus, sie weiß bereits, daß irgend etwas nicht in Ordnung ist. Mein Gott, die Sache wird sie umbringen.«

»Das wage ich zu bezweifeln«, sagte Elizabeth.

Aber dennoch ging sie nicht ins Haus.

Timothys Wohnung lag in der Innenstadt, in einem schmuddeligen Gebäude mit einem schmiedeeisernen Fahrstuhl. Während sie zu seiner Etage hochfuhren und über ihnen die Kabel quietschten und ruckelten, stand Timothy regungslos in einer Ecke der Kabine und starrte seine Schuhe an. Das bläuliche Licht spiegelte sich in seinem Gesicht und ließ ihn blaß und verschwitzt aussehen. Sein Schweigen war dumpf und brütend. Aber sobald sie die Wohnung betraten, in der hohe Fenster das Sonnenlicht hineinließen, schien sich seine Stimmung zu ändern. »Also gut«, sagte er. »Was wollen wir essen?« Und er ging durch die Schwingtüren in die kleine Küche, während Elizabeth es sich auf dem Sofa bequem machte. Sie fand seine Wohnung erdrückend. Sie war mit so vielen Vorhängen, Teppichen und Kissen ausgestattet, daß überhaupt keine scharfen Kanten mehr übrig waren, und abends schien das Licht aus den sorgfältig angeordneten Lampen sanft und kreisrund auf die Tischplatten. Elizabeth fühlte sich in der Wohnung deplaziert. Sie streifte ihre Mokassins ab und legte die Beine angewinkelt aufs Sofa, aber alles, was sie sah, war so stark gepolstert und gemustert, daß sie nichts davon lange anschauen konnte. Schließlich schloß sie die Augen und legte den Kopf auf die Sofalehne.

»Hier«, sagte Timothy, »Corned-Beef-Roggenbrot-Sandwiches. In Ordnung?«

»Danke schön«, sagte Elizabeth und setzte sich gerade hin. Sie nahm den Teller und spähte zwischen die Brotscheiben. »Wir haben vor zwei Wochen auch Corned-Beef gegessen. Stammt das hier aus derselben Dose?«

»Ich weiß nicht.«

»Kann man von altem Corned-Beef eine Lebensmittelvergiftung bekommen?«

Aber Timothy, der in einem Sessel ihr gegenüber saß und sein Sandwich bereits halb zum Mund geführt hatte, starrte bloß ins Leere.

»Timothy.«

»Was.«

»Hör mal, es ist nicht so schlimm. Du findest bestimmt etwas anderes.«

»Was denn, zum Beispiel.«

»Also, das weiß *ich* doch nicht.«

»Warum nicht? Gib mir wenigstens *irgendeinen* Rat. Halt mir einen Vortrag über Wiedergeburt und überzeuge mich davon, daß ich noch viele Leben vor mir habe und es mir darum leisten kann, eins zu vergeuden. Überzeug auch meine Mutter davon, wenn du schon mal dabei bist.«

»Keine schlechte Idee«, sagte Elizabeth.

»Hah.« Er nahm einen Schluck aus seiner Bierdose. »Frauen haben es leicht«, sagte er. »Sie können arbeiten oder auch nicht,

das ist egal. Aber von uns Männern erwartet man, daß wir Verantwortung übernehmen. Wir haben keine andere Wahl.«
»Vielleicht solltest du etwas *völlig* anderes machen. Holzfäller? Trapper? Deckschrubber?«
»Ich könnte auf eine der ›Wollen Sie zeichnen lernen‹?-Anzeigen antworten«, sagte Timothy. Er lachte.
»Du könntest staatlicher Schweineinspektor werden.«
Aber dann beugte er sich vor, mit den Ellbogen auf den Knien und dem immer noch unangetasteten Sandwich in der Hand. »Ich kann mir nicht mehr vorstellen, wie meine Zukunft aussehen soll«, erklärte er ihr. »Es gibt nichts, was ich mir erhoffe. Niemanden, der ich sein möchte. Dabei war ich so ein vielversprechendes Kind. Kannst du dir das vorstellen? In der Schule hielten mich alle für ein Genie. Außer Andrew begriff niemand, wovon ich überhaupt redete. Ich habe sonderbare Apparate erfunden, ich habe bei Schachturnieren mitgespielt. Ich habe die Musik von Strawinski mit Hilfe eines selbstgebauten Oszilloskops dargestellt. Wußtest du das?«
»Nein«, sagte Elizabeth. »Ich weiß noch nicht einmal, was ein Oszilloskop ist.«
»Warum ist alles, was du sagst, immer so *belanglos*? Merkst du nicht, wenn es jemandem ernst ist?«
Aber sie hatte Schwierigkeiten, ihn ernst zu nehmen, solange er dem Jungen, über den er gesprochen hatte, derartig ähnelte. Es hatte in jedem Klassenzimmer, in dem Elizabeth gesessen hatte, einen von seiner Sorte gegeben – einen pummeligen neunmalklugen Jungen, der blaß und grimmig aussah, einen viel zu großen, altmodischen Anzug trug und Erwachsenenwitze erzählte, die seinen Klassenkameraden peinlich waren. Elizabeth konnte sich genau vorstellen, wie er mit den Händen in den Hosentaschen über den Spielplatz trottete, während die anderen Softball-Mannschaften wählten; sein Name wurde nur am Schluß, wenn sonst niemand mehr übrig war, aufgerufen, und er spielte jämmerlich und wich zurück, wenn der Ball auf das

Schlagmal zugeflogen kam, und dann schlug er einen miserablen Schlag, der weit im Aus landete, aber er warf den Schläger trotzdem hektisch zu Boden und rannte in Richtung erstes Base, bis die Pfiffe und Flüche der anderen ihn zurückriefen.

»Bist du denn nicht froh, *das* hinter dir zu haben?« fragte sie plötzlich, denn trotz der Spuren von jenem Jungen in seinem Gesicht war sein Körper inzwischen in seinen Anzug hineingewachsen und seine Freunde alt genug für seine Witze. Er war aus dem Alter heraus, in dem man Softball spielt, und hatte gelernt, wann man besser nicht mit komplizierten Worten um sich schmiß. Aber Timothy, der seinen eigene Gedanken nachhing, blinzelte bloß.

»Elizabeth«, sagte er. »Verschieb den Besuch bei deiner Familie. Laß uns zusammen übers Wochenende wegfahren.«

»Oh, hm, nein.«

»Wir könnten uns ins Auto setzen und einfach drauflosfahren! Überall anhalten, wo es uns gefällt.« Er brach ab, da er erst in diesem Moment ihre Antwort verstanden hatte. »Was ist los mit dir? Du liebst doch Spontanausflüge? Hast du Angst, was die Leute denken würden?«

»Ich habe bloß –«

»Irgendwie hatte ich gedacht, das wäre dir egal.« Er schaute hinunter auf sein Sandwich und fing an, Stücke davon abzubrechen und auf den Teller fallen zu lassen. »Wir würden natürlich in getrennten Zimmern übernachten«, sagte er.

»Nein, was ich sagen wollte –«

»Ist es *das*, was dich davon abhält?«

»Nein.«

Das Sandwich hatte sich in lauter kleine Brocken verwandelt. »Vielleicht ist es dir lieber – wir müßten nicht unbedingt in getrennten Schlafzimmern übernachten«, sagte er. »Ich meine nur – ich weiß nicht, was du von mir erwartest. Was willst du von mir? Was soll ich tun? Kannst du mir das bitte sagen? Ich weiß selber nicht, warum ich so viel wirres Zeug rede.«

»Ach, das ist schon in Ordnung«, sagte Elizabeth hilflos. Was sie eigentlich sagen wollte, war: »*Natürlich* komme ich mit.« Wann würde sie endlich lernen, nicht im voraus zu planen, da sie ja anscheinend jedesmal im letzten Moment etwas anderes verlockender fand. »Es tut mit leid«, sagte sie. »Ich würde wirklich gerne.«

»Oder nimm mich mit zu deiner Familie.«

»Das geht nicht.«

»Wieso? Wenn du willst, übernachte ich in einem Hotel, dann würde ich niemanden stören. Wie wär das?«

»Weißt du, Matthew begleitet mich«, sagte Elizabeth.

Er starrte sie an.

»Ich habe ihn gefragt, ob er mitfahren will.«

»Aber warum *Matthew*? Warum bist du bloß andauernd mit ihm zusammen?«

»Ich mag ihn«, sagte sie. Und sie beschloß, jetzt mit dem herauszurücken, was sie ihm schon seit einiger Zeit sagen wollte. »Timothy, wo wir gerade bei Matthew sind: ich glaube, ich sollte dir etwas über –«

»Weißt du, eines Tages wirst du eine sehr unangenehme alte Frau sein. Eine von der pingeligen Sorte. ›Das mag ich, das mag ich nicht‹ – so fängt jeder zweite Satz bei dir an. Jetzt ist das noch kein Problem, aber warte nur ab. Du wirst schon erleben, wie die Leute reagieren, wenn du nicht mehr gut aussiehst und nur noch ein *Krächzen* zustande bringst.«

»Darüber sollte ich wirklich mal nachdenken«, sagte Elizabeth, froh über die Gelegenheit, das Thema zu wechseln.

»Ruf Matthew an. Sag ihm, ich habe es *nötiger*, hier wegzukommen.«

»Timothy, ich bin seit heute früh um sechs Uhr auf den Beinen, und die ganze Zeit konfrontiert ihr Emersons mich mit euren Problemen.«

»Es heißt ›konfrontiert‹«, sagte Timothy in seine Bierdose.

»Ihr mäkelt, zankt, streitet. Klaubt alle möglichen Katastro-

phen zusammen und häuft sie vor mir auf. Ich habe genug davon. Ich will nichts mehr hören. Ich werde jetzt deine Mutter
anrufen, und dann werde ich den Nachmittag allein verbringen
und erst heute abend wieder zu ihr fahren.«

»Warte, Elizabeth –«

Aber sie stand auf. Sie ging ins Schlafzimmer, setzte sich auf
die Bettkante und nahm das Telefon vom Nachttisch. Aber
dann fiel ihr Mrs. Emersons Nummer nicht ein. Dieses ganze
Durcheinander raubte ihr den Verstand. Fetzen von alten Auseinandersetzungen schwirrten in ihrem Kopf herum, und ihr
war unruhig und zögerlich zumute, so als habe sie irgend etwas
nicht gewissenhaft erledigt. Sie lauschte dem Summen des Frei-
zeichens an ihrem Ohr und schaute zu, wie Timothy, den Blick
abgewandt, das Gesicht gerötet und zerknittert aussehend, im
Wohnzimmer hin und her lief. Dann tauchte Mrs. Emersons
Nummer vor ihrem geistigen Auge auf, und sie beugte sich vor,
um zu wählen.

Das Telefon klingelte viermal. (War Mrs. Emerson womöglich aus einem neuen Grund völlig verzweifelt und rannte hektisch durchs Haus, viel zu aufgeregt, um den Hörer abzuneh-
men?) Das fünfte Klingeln wurde mittendrin unterbrochen.
»Hallo!« sagte Mrs. Emerson.

»Ich bin's, Elizabeth.«

»Elizabeth, wo sind Sie? Draußen ist ein Mann, der ein paar
riesige Säcke liefern will.«

»Oh, das muß der Kalk sein.«

»Und was mache ich jetzt? Wo soll der Mann die Säcke hin-
tun? Ich hatte geglaubt, Sie wären irgendwo hier im Haus.«

»Der Kalk soll in den Geräteschuppen«, sagte Elizabeth.
»Ich bin mittagessen gegangen. Ich bleibe heute nachmittag in
der Stadt und komme erst später zurück.«

»In der Stadt? Was – und ich kann Timothy nirgendwo finden. Vorhin war er noch da, und dann plötzlich – bleiben Sie
bitte nicht den *ganzen* Nachmittag weg, Elizabeth.«

»Okay«, sagte Elizabeth. »Wiederhören.«

Sie legte auf. Timothy lehnte am Türrahmen und beobachtete sie. »Ruf jetzt Matthew an«, sagte er.

»Das Thema ist für mich erledigt.«

»Das glaubst *du*.«

Er trat einen Schritt zurück und knallte die Tür mit solcher Kraft zu, daß die Wände zitterten. Elizabeth hörte, wie der Schlüssel herumgedreht wurde. »Ruf ihn an!« brüllte Timothy aus dem anderen Zimmer.

»Oh, verdammt –«

Elizabeth stand auf und ging zur Tür. Sie war abgeschlossen. Timothy stand so dicht dahinter, daß sie hören konnte, wie er stoßweise atmete. »*Timothy*«, sagte sie. Er gab keine Antwort. Sie trat gegen die Tür und verriegelte sie dann auch von innen, indem sie einen ovalen Knopf in Augenhöhe herumdrehte – ein sinnloses Unterfangen, aber das unwiderruflich klingende Klikken hatte etwas Befriedigendes. Dann legte sie sich aufs Bett und starrte die Decke an.

Nach ein paar Minuten gelang es ihr, der Situation eine komische Seite abzugewinnen. Sie stand auf, ging durchs Zimmer und blieb vorm Fenster stehen, um hinauszuschauen. »Ich ziehe gerade dein Bett ab, Timothy«, rief sie. »Jetzt knote ich die Laken zusammen. Und jetzt noch die Decke. Ich binde das eine Ende am Kopfbrett fest und hänge das andere aus dem Fenster. Und schon bin ich weg!«

Timothy sagte nichts. Sie vermutete, daß er unschlüssig hinter der Tür stand, sich mit jeder Minute, die verstrich, lächerlicher vorkam, aber unfähig war nachzugeben.

Sie ging zur Kommode, entdeckte zwei Striegelbürsten und bürstete sich mit beiden gleichzeitig die Haare. Sie nahm ein medizinisches Lehrbuch in die Hand und ging damit zurück zum Bett und betrachtete ein Schaubild des Blutkreislaufs. Sie hatte keine Lust, sich so etwas einzuprägen. Sie leerte ihre Taschen aus, in der Hoffnung, etwas zu finden, womit sie sich die

Zeit vertreiben konnte – ein Stück Schmirgelpapier beispielsweise, denn die Farbschicht von Timothys Fensterbank war zerkratzt und blätterte ab. Aber zum Vorschein kamen bloß ein Gummiband, ein ausgewickelter Kaugummistreifen, sechs Streichhölzer und eine Briefumschlaglasche, auf der eine Telefonnummer stand. Das Gummiband schnippte sie über den elektrischen Anschluß an der Decke, und das Kaugummi wischte sie ab und steckte es in den Mund. Die Streichhölzer riß sie eins nach dem anderen auf der Fensterbank an und hielt sie zwischen den Fingern, um herauszufinden, ob es ihr gelingen würde, die Flamme durch Telepathie zu löschen, ehe sie sich daran verbrannte.

Es gelang ihr nicht. Sie stellte erleichtert fest, daß die flakkernden blauen Knäule sich stetig weiter nach unten bewegten, unbeeinflußt von der scheinbar so greifbaren Kraft ihrer Gedankenströme, die ebenfalls flackerten und zwischen dem Streichholz in ihrer Hand und der schweigenden Gestalt hinter der Tür hin und her schweiften. Nachdem sie das letzte Streichholz ausgeblasen und ihre schmerzenden Finger aneinandergerieben hatte, wählte sie die Nummer auf der Umschlaglasche. »Eisenwarenladen«, sagte eine Männerstimme. Sie wählte erneut, aber jetzt Zahlen, die ihr zufällig in den Sinn kamen. »Kein Anschluß unter dieser Nummer«, verkündete eine mißbilligende Stimme. »Bitte legen Sie auf und wählen Sie erneut, oder wenden Sie sich an die Vermittlung. Diese Ansage ist –« Elizabeth knallte den Hörer auf die Gabel. »Timothyii«, sagte sie, in einem Tonfall, als wolle sie eine Katze anlocken, »ich möchte jetzt das Zimmer verlassen.«

»Hast du Matthew angerufen?«

Sie blies eine Haarsträhne aus ihrem Gesicht und probierte eine weitere Nummer aus. Diesmal war es eine, die es tatsächlich gab. Eine Frau sagte: »Hallo? Dies ist der Anschluß von Familie Barker.«

»Oh, Mrs. Barker«, sagte Elizabeth und schob ihren Kaugummi in die hinterste Ecke der Backentasche. »Hier spricht Miss Pleasance von den Gas- und Elektrizitätswerken Baltimore. Wir erstellen gerade eine Studie über das Kundenverhalten, und Ihr Name steht auf meiner Liste. Wären Sie dazu bereit, mir eine Frage zu beantworten?«

»Aber natürlich«, sagte Mrs. Barker.

»Wissen Sie, ob –«

»Aber lassen Sie mich Ihnen zuerst einmal sagen, wie begeistert ich von den Faltblättern bin, die Sie immer den Rechnungen beilegen. Ihr Rezept des Monats finde ich besonders nützlich, und natürlich bin ich interessiert zu erfahren, welche neuen Geräte es auf dem Markt gibt. Also jedesmal, wenn die Rechnung kommt, lese ich das Faltblatt von vorne bis hinten durch.«

»Das tun Sie wirklich?«

»Ja, sicher. Und ich probiere die Rezepte aus. Da wir mit wenig Geld auskommen müssen, weiß ich besonders die Pfannengerichte zu schätzen. Reis mit irgendwas. Natürlich ißt mein Mann lieber ein ordentliches Stück Fleisch. ›Ich bin ein Bratenesser‹, sagt er immer, aber ich sage: ›Joe, schaff du das Geld ran, dann schaff ich den Braten ran. Bis dahin‹, sage ich, ›wirst du Pfannengerichte essen, mein Freund.‹ Na ja, er nimmt es mit Humor.«

»Mrs. Barker«, sagte Elizabeth, »Ist Ihr –«

»Eine Sache möchte ich jedoch erwähnen –«

»Ist Ihr *Kühlschrank* zur Zeit in Betrieb, Mrs. Barker?«

»Sie treffen schon Vorbereitungen für den Sommer, stimmt's? Ich habe gelesen, was in dem Faltblatt über den Sommer stand: Wenn Sie die Tür vom Eisfach zu lange offen lassen, dürfen Sie sich bei *uns* nicht über die hohe Rechnung beschweren. Also, da brauchen Sie sich keine Sorgen zu machen, Miss Pleasance, ich weiß, daß Sie und Ihre Kollegen sich bemühen, uns Ausgaben zu ersparen, und ich versuche, soweit ich kann, mit Ihnen zusammenzuarbeiten. Eine Sache möchte ich jedoch erwähnen, und zwar geht es um die Tomatensoße, die bei vielen Ihrer Rezepte dabei ist. Ich hätte das gar nicht erwähnt, aber Sie haben schließlich gefragt, und möglicherweise könnte es für Sie hilfreich sein. Mein Mann mag nämlich die Tomatensoße nicht. Er findet sie zu sauer. Ich kann nur für uns sprechen, vielleicht *lieben* alle anderen Leute die Tomatensoße so, aber zumindest sollten Sie und Ihre Kollegen mal über Alternativen nachdenken. Wie wäre es mit Hühnerbrühe? Hören Sie, ich bin so froh, daß Sie angerufen haben. Sie können mich jederzeit erreichen, wenn Sie irgendwelche Fragen haben. Ich bin den ganzen Tag zu Hause. Ich gehe nicht oft weg. Wir sind erst vor kurzem nach Baltimore gezogen, und ich hoffe, ich trete Ihnen nicht zu nahe, wenn ich sage, daß wir die Leute hier nicht besonders freundlich finden. Aber ich weiß, daß wir uns bald eingewöhnen werden. Und ich bin sehr stolz auf unsere Wohnung, und bestimmt eigne ich mich hervorragend, wenn Sie zu irgendeinem Thema die Meinung einer typischen Hausfrau hören wollen. Haben Sie Probleme mit Ihrem Ablesedienst?«

»Nein, momentan nicht«, sagte Elizabeth.

»Wenn das passieren sollte, dann –«

»Gut«, sagte Elizabeth. »Haben Sie recht herzlichen Dank, Mrs. Barker.«

»Es war mir ein Vergnügen.«

Elizabeth legte auf. »O je«, sagte sie und drückte ihre Zeigefinger gegen die Augenlider. Dann stand sie auf und ging zur Tür. Sie klopfte. »Timothy, ich will hier raus«, sagte sie.

»Hast du Matthew angerufen?«

»Die Sache wird langsam lächerlich.«

»Ruf Matthew an.«

Sie ging zurück zum Telefon. Mit dem Hörer am Ohr starrte sie eine Weile aus dem Fenster, ließ eine Kaugummiblase zerplatzen, und dann lächelte sie. Sie wählte die Nummer der Vermittlung. »Ich möchte ein Ferngespräch führen«, sagte sie. »Mit Mrs. Abbott in Ellington, North Carolina. Eine Verbin-

dung erster Klasse. Der Anruf soll so teuer wie möglich sein.«
Dann lehnte sie sich, immer noch lächelnd, zurück und ribbelte
einen Faden von einer Socke auf.

Ihre Mutter ging an den Apparat. »Oh, Elizabeth, was ist es
diesmal?« sagte sie.

»Was?«

»Du rufst doch bestimmt an, um deinen Besuch wieder zu
verschieben.«

»Nicht, daß ich wüßte«, sagte Elizabeth.

»Warum denn sonst?«

»Ich wollte bloß hallo sagen.«

»Oh. Hallo«, sagte ihre Mutter. »Es ist schön, deine Stimme
zu hören.«

»Es ist schön, *deine* zu hören.«

»Hast du so viel Geld, daß du dir Ferngespräche leisten
kannst?«

»Mach dir darüber keine Sorgen«, sagte Elizabeth. »Wie geht
es euch allen? Seid ihr gesund? Wie ist das Wetter? Blühen die
Bäume schon?«

»Ja, natürlich«, sagte ihre Mutter. »Die Baumblüte ist fast
schon vorbei. Die drei Minuten sind gleich zu Ende, Elizabeth.«

»Wie geht's mit dem Hund. Hat Paps sich an ihn gewöhnt?«

»Du weißt, daß er es nicht mag, wenn du ihn Paps nennst.«

»Entschuldigung. Also gut. Kommt Dommie immer noch
bei euch vorbei?«

»Das ist ein echtes Trauerspiel, Elizabeth. Ich habe dir ja erzählt, daß er andauernd nach dir gefragt hat, nun, und letzten
Sonntag kam er mit einem rothaarigen Mädchen in die Kirche.
Ich habe mir erst nichts dabei gedacht, sie hätte schließlich auch
eine Verwandte von ihm sein können. Aber was muß ich jetzt
hören: die beiden sind verlobt. Im Herbst soll Hochzeit sein.
Also, vermutlich ist dir das ziemlich egal, ich weiß ja, daß du ei-

nen Jungen aus Baltimore mitbringst, aber insgeheim habe ich doch immer noch gehofft –«

Oh, Dommie war für volle fünfzehn Minuten gut. Elizabeth streckte sich auf der Überdecke aus, hörte zu und schob nur gelegentlich eine Frage ein, damit der Redefluß ihrer Mutter nicht versiegte. Als dieses Thema erschöpfend behandelt war, redeten sie über Elizabeths Vater. (»Ich sollte dich vorwarnen«, sagte ihre Mutter.»Ich glaube, er sieht deinen Besuch als Anzeichen für eine Art Wendepunkt in deiner Einstellung zum christlichen Glauben. Worüber lachst du? Ich verbiete dir, seine Gefühle zu verletzen. Er erwartet, daß du dich ein wenig geändert hast, und wenn das nicht der Fall ist, so will ich nichts davon hören.«) Dann über Pollys Baby. (»Die Kleine hat braune Haare, und ich glaube, sie wird Locken bekommen. Ich bin froh, daß sie überhaupt Haare hat. Ich konnte kahlköpfigen Babys noch nie etwas abgewinnen. Ihre Augen sind mir ein Rätsel; noch sind sie blau, aber vielleicht ändert sich das bald, denn an den Rändern haben sie bereits diesen trüben Farbton, der –«) Einmal, mitten in einem Satz, klapperte der Griff der Schlafzimmertür. Was würde passieren, wenn Elizabeth sagte: »Übrigens, was ich noch sagen wollte, Mutter: Ich bin hier eingesperrt«? Der Eindruck, daß die beiden Welten ihres Lebens nur durch ein dünnes Kabel miteinander verbunden waren, verwirrte sie, aber als ihrer Mutter der Gesprächsstoff ausging, sagte sie: »Warte, leg nicht auf. Ist noch jemand da, der gern mit mir reden würde?«

»Hast du vollkommen den Verstand verloren? Weißt du, wieviel dich dieser Anruf kosten wird?«

»Keine Ahnung«, sagte Elizabeth.

Aber sie erfuhr es, nachdem sie aufgelegt hatte. Sie wählte die Nummer der Vermittlung, und die Frau am Apparat sagte: »Achtzig–sechzig« und dann »Madam?«, als Elizabeth loslachte. »Huhu, Timothy«, sagte sie. »Hörst du mich? Ich habe gerade für achtzig Dollar sechzig telefoniert.«

Schweigen.

»Timothy? Jetzt werde ich in Kalifornien anrufen. Ich werde den Leuten in irgendeiner Firma sagen, daß sie mir die falschen Sachen geschickt haben und mich stundenlang von Abteilung zu Abteilung weiterverbinden –«

Ein Gegenstand wurde gegen die Tür geworfen. Dann trat Timothy so kräftig gegen die Tür, daß sie wackelte, und dann drehte er den Schlüssel herum und ruckelte am Griff. Die Tür war immer noch von innen verriegelt, aber Elizabeth öffnete sie nicht. »Verdammt, laß mich rein«, sagte Timothy.

»Langsam gehst du mir auf die Nerven«, sagte sie zu ihm.

»Muß ich die Tür erst eintreten? Ich will mit dir reden.«

»Sag bitte.«

»Ich warne dich, Elizabeth.«

»Sag schön bitte.«

Es entstand eine Pause. Dann sagte er: »Ich ziele mit einer Pistole auf dich.«

»Haha, da wird mir ja angst und bange.«

»Ich ziele mit Andrews Pistole. Ich schieße gleich durch die Tür.«

»Du meine Güte«, sagte Elizabeth. Sie rutschte vom Bett, ging zur Tür und öffnete sie. »Du hast Glück, daß ich nicht zu hysterischen Anfällen neige«, sagte sie und schob sich an ihm vorbei. »Woher willst du wissen, daß die Pistole nicht geladen ist? Leg sie weg. Wirf sie in den Mülleimer.«

Beim Sofa blieb sie kurz stehen, um ihre Mokassins anzuziehen, und ging dann in Richtung Eingangsflur. Sie ärgerte sich, daß sie kein Geld dabeihatte. Sie würde per Anhalter nach Hause fahren müssen. Oder sie könnte ein Taxi nehmen und Mrs. Emerson die Fahrt bezahlen lassen.

Hinter ihr ertönte ein Klicken, ein hartes metallisches Geräusch. Sie wirbelte herum.

»Stehenbleiben«, sagte Timothy.

Aber er zielte nicht auf sie, sondern auf sich selbst; der schräg nach oben gerichtete Pistolenlauf berührte eine Stelle etwa in der Mitte seiner Brust. Sein Handgelenk war scharf und ungelenk abgeknickt. »Timothy Emerson«, sagte sie. »Hast du gerade eben auf den Abzug gedrückt? Was wäre passiert, wenn Patronen drin gewesen wären? Von allen –«

»Nein«, sagte Timothy. »Ich glaube, ich habe den Sicherungshebel gelöst.«

Sie ging langsam, aber stetig auf ihn zu. Timothy ließ sie nicht aus den Augen. Seine Hand zitterte. Elizabeth sah, wie ein Lichtreflex auf dem Pistolenlauf zuckte. »Stehenbleiben«, sagte er. Aber sie bemerkte eine ganz leichte Veränderung in seinem Gesichtsausdruck, und sie war sicher, er würde die Angelegenheit in ein paar Sekunden anders beurteilen: er würde lachen. Denn er lachte doch immer, oder? Daher kaute sie, während sie das Zimmer durchquerte, weiter ihren Kaugummi – ewig der unerschrockene Hausmeister. »Diese Familie wird mich eines Tages noch in den Wahnsinn treiben«, sagte sie zu ihm. »Was habt ihr getan, bevor ich zu euch kam? Was werdet ihr tun, wenn ich eines Tages nicht mehr da bin?« Dann sprang sie ihn an.

Ihre Hand umschloß seine. Sie spürte, wie seine kurzen blonden Haare auf ihrer Haut pieksten. Dann ertönte ein lauter Knall, der aber nicht von der Pistole herzukommen schien, sondern von einem Punkt in oder hinter Timothy, und Timothy schaute ihr mit einem völlig überraschten Blick direkt in die Augen und fiel dann seitwärts zu Boden.

5 Matthew mußte sich um alles kümmern. Er traf die Vorbereitungen für die Beerdigung, brachte seiner Mutter unzählige selbst zubereitete Tassen Tee, holte seine Geschwister am Flughafen ab, fuhr sie nach Hause und beantwortete unterwegs ihre Fragen. »Aber warum –?« »Wie konnte er nur –?« »Ich weiß es wirklich nicht«, sagte Matthew. »Ich kann nichts weiter

tun, als euch das wenige zu erzählen, das ich mir selber zusammengereimt habe.«

Peter kam vom College und wirkte mit seinem penibel zurückgekämmten, pomadisierten Haar sehr jung und verängstigt. Mary flog, begleitet von ihrem kleinen Sohn, aus Dayton ein; Margaret kam aus Chicago und Melissa aus New York. Andrew hatte man nicht Bescheid gesagt. Er würde am Sonntag ankommen, so wie es geplant war, ehe das alles passierte. Dann konnten die anderen sich mit ihm zusammensetzen, ihm tröstend die Hände auf die Schultern legen und es ihm von Angesicht zu Angesicht schonend beibringen. Die Beerdigung würde dann schon stattgefunden haben, wenn auch erst kurz zuvor, weswegen es für Matthew den Anschein hatte, als würde die Familie Timothy übereilt begraben. Das war natürlich nicht der Fall. Die übliche Wartezeit verstrich, die übliche Menge Tränen wurde vergossen, die übliche lähmende Monotonie breitete sich aus, und wie üblich hatten die Familienangehörigen das Gefühl, daß die Zeit, in der sie darauf warteten, die Angelegenheit hinter sich zu bringen, nur im Schneckentempo verstrich. Sie sprachen bis zur Erschöpfung über das Thema Timothy; die Nennung seines Namens begann ihnen körperliche Schmerzen zu bereiten. Andauernd stattete ihnen jemand einen Kondolenzbesuch ab und zwang sie dadurch, mit leiser Stimme Dankesworte auszusprechen, die unwirklich klangen, obwohl sie es nicht waren. Niemand von ihnen aß normale Mahlzeiten. Niemand schlief zu normalen Zeiten. Wenn Matthew, egal zu welcher Tageszeit, in irgendein Zimmer kam, traf er meistens mehrere Mitglieder seiner Familie schweigend beieinandersitzend an, mit Kaffeebechern auf den Knien. Manchmal brachen sie kurz in Gelächter aus, oder sie gerieten unabsichtlich in Begeisterung, wenn sie auf ein anderes Thema zu sprechen kamen. Dann rissen sie sich zusammen, verstummten mitten im Satz, überprüften den Grund ihres Lachens und verfielen wieder in ein von unangebrachten Gedanken belastetes Schweigen.

In der letzten Zeit hatte Elizabeth die Angelegenheiten der Familie organisiert. Matthew war das bis jetzt nicht klargewesen. Alle hatten sich auf sie verlassen – er und seine Mutter und Timothy, und sogar das Haus selbst, dessen Räume ihre freundliche, heitere Gelassenheit und ihren Geruch nach frischen Sägespänen angenommen hatten. Nur hatte Elizabeth sich jetzt, als sie am dringendsten gebraucht wurde, verändert. Wenn die anderen anwesend waren, machte sie einen verblüfften und deplazierten Eindruck, als sei sie eine normale Außenstehende, die sich plötzlich inmitten einer trauernden Familie wiederfand. Mrs. Emerson fragte sie regelmäßig um Rat, aber sie schien bei ihren Antworten in Gedanken woanders zu sein. Sie beschränkte sich auf möglichst banale Tätigkeiten: einkaufen, den Rasen sprengen, zusätzliche Spielsachen für Billy, Marys Sohn, vom Dachboden holen. Einmal hatte Matthew sie um Mitternacht im Anrichteraum angetroffen, wo sie auf einer Trittleiter stand und Glühbirnen auswechselte. Sie streifte mit starrem, geistesabwesendem Gesichtsausdruck durch die von Menschen bevölkerten Zimmer, zog Uhren auf oder schleppte Tischausziehplatten heran, und als Pfarrer Lewis im Salon sein Beileid aussprach, blieb sie im Wintergarten und riß das Schaumgummiisolierband von den Fensterrahmen.

»Warum arbeitest du so hart?« fragte Matthew sie.

»Ich mache nur meinen Job«, sagte sie und warf das zusammengeknäulte, rissige Isolierband in einen von draußen mitgebrachten Mülleimer.

»Das ist also Mutters berühmter Hausmeister«, sagte Mary. »Ist sie immer so verbissen?«

»Nein, sonst nie«, sagte Matthew.

Dann nahm er die Brille ab und rieb sich die inneren Augenwinkel. Mary schaute ihn einen Moment lang an, sagte aber weiter nichts.

Freitag kam Elizabeth am späten Nachmittag in die Küche, als Matthew sich gerade ein Sandwich machte. Sie trug ihre ältesten Jeans und hatte eine Bügelsäge dabei, die sie auf die Arbeitsplatte legte. »Ich glaube, du bist derjenige, dem ich es sagen sollte«, sagte sie. »Nach der Beerdigung fahre ich nach Hause, und ich werde nicht wiederkommen.«

Matthew strich Marmelade auf die Erdnußbutter und legte eine zweite Brotscheibe darüber. Dann sagte er: »Ich weiß nicht, was ich ohne dich anfangen soll.«

»Ich glaube, es ist besser so.«

»Liegt es an dem Ärger mit der Polizei?«

»Nein.«

»Mutter verläßt sich bestimmt darauf, daß du ihr über die nächsten Monate hinweghilfst.«

»Ich will nicht, daß jemand sich auf mich verläßt«, sagte Elizabeth.

Matthew legte das Sandwich vorsichtig auf einen Teller und bot es ihr an. Sie schüttelte den Kopf. Er stellte den Teller auf den Ablauf. »Denk doch bitte nochmal darüber nach«, sagte er.

»Das habe ich schon.«

»Oder warte zumindest, bis sich die Lage hier wieder beruhigt hat. Dann könnte ich mitfahren. Das habe ich immer noch vor.«

»Nein«, sagte sie.

»Na schön. Nicht gleich. Aber ich komme nach, sobald es dir recht ist.«

Sie sagte nichts. Er legte seine Hand auf ihre Hand, auf die kühlen rauhen Knöchel, und sie verharrte regungslos, bis er seine Hand wegnahm. Dann nahm sie die Säge und ging hinaus.

»Wo ist Elizabeth?« fragte Mrs. Emerson. »Warum sehe ich sie kaum noch?«

»Sie ist draußen und sägt einen abgeknickten Ast ab.«

»*Dafür* brauche ich sie nicht.«

»Soll ich sie holen?«

»Nein, nein, laß nur.«

Er stellte ein Tablett mit Tee und eine in makellose Spalten geteilte Apfelsine auf ihren Nachttisch, und dann richtete er sich wieder auf und beobachtete seine Mutter, wie sie zwischen Bett und Fenster hin und her lief. Sie wirkte, auch in dieser Situation, überhaupt nicht am Boden zerstört. Sie trug weiterhin Röcke und Pullover im selben Farbton, ihre Perlenkette, ihre hochhackigen Schuhe und das Armband, von dem runde Goldplättchen mit den eingravierten Namen ihrer Kinder herabbaumelten. Sie redete, wenn man sie ansprach, mit ihrer dünnen, hellen Stimme, und sie hielt sich auf dem laufenden über die Ankunftstermine, die Kondolenzkarten und die Vorbereitungen für die Beerdigung. Sie verbrachte zwar viel Zeit allein in ihrem Zimmer, und wenn sie nach unten kam, waren in ihrem Gesicht manchmal Spuren von Tränen zu erkennen, aber sie gehörte zu den Frauen, die jünger aussehen, wenn sie geweint haben. Die Tränen ließen ihre Augen leicht anschwellen, und dadurch verschwanden Falten und Schatten. Ihre Haut schimmerte rosig. Ihre Bewegungen strahlten dieselbe stolze bedächtige Würde aus wie in den Tagen nach dem Tod ihres Mannes. Matthew hatte vor ein paar Monaten Elizabeth gefragt, ob es ihr schwerfalle, mit seiner Mutter auszukommen. »Nein, ich mag sie«, hatte sie gesagt. »Überleg mal, wie eintönig ihr Leben ist, und dennoch macht sie sich jeden Tag sorgfältig zurecht und achtet auf ihre Haltung. Das ist doch was, oder?« Da Elizabeth sich jetzt zurückgezogen hatte, versuchte Matthew ihre Stelle einzunehmen. Er schirmte seine Mutter gegen Besucher ab und nahm für sie Telefongespräche entgegen und brachte ihr Mahlzeiten, die sie nie aß. Während sie durch das Zimmer lief, beobachtete er sie mit leicht angewinkelten Händen, so als sei er bereit, jederzeit vorschnellen zu können, um sie aufzufangen, falls sie stolperte, oder sie daran zu hindern, gegen die Wand zu rennen.

Er war es, der ihr die Nachricht überbracht hatte. Elizabeth hatte ihn vom Polizeirevier aus angerufen und gefragt, wer es tun sollte: er oder sie. »Ich sollte es tun«, sagte er zu ihr. »Ich

konnte mich nicht entscheiden«, sagte sie. »Ich dachte: Du bist
schließlich ihr Sohn, wahrscheinlich würde sie es lieber von dir
erfahren. Dann dachte ich: Nein, ich sollte es tun« – so als habe
sie sich schuldig gemacht und verspüre die Verpflichtung, dem
Menschen gegenüberzutreten, dessen Teller sie zerbrochen
hatte oder dessen Nachricht sie vergessen hatte weiterzuleiten.
Er verstand das nicht. Alle wußten, daß sie keine Schuld traf. Er
fuhr zur Polizeiwache, um sie abzuholen, lief auf der Suche
nach ihr lange schäbige Korridore entlang und entdeckte sie
schließlich in einem Zimmer, wo sie, blaß und mit steinerner
Miene, zwischen lauter Polizisten saß. »Warten Sie draußen«,
sagte man zu ihm, aber er ging trotzdem zu ihr, stellte sich hinter sie und legte eine Hand auf die Lehne ihres Stuhls. Er harrte
aus, während man Elizabeth eine ungeheure Menge Fragen
stellte, die sie kurz und knapp beantwortete. Am Ende wurde
ihre Aussage verlesen. Der Polizist, der die Aufgabe übernahm,
las hölzern und stockend vor, und daher bekam man den Eindruck, als habe sie ebenfalls stockend gesprochen, was nicht
stimmte. Er wirkte gelangweilt und trübsinnig; er klang wie jemand, der den Text einer Liste herunterleiert. Sogar Elizabeths
sinnlose Wiederholungen waren gewissenhaft aufgezeichnet
worden – »Ich weiß es nicht, ich weiß es nicht« –, das hatte sie
offenbar gesagt, ehe Matthew dazugekommen war, aber mit
Sicherheit nicht derartig verzweifelt und monoton. Bestimmt
hatte sie prompt geantwortet und, wie immer, wenn sie sich bedrängt fühlte, so geklungen, als erteile sie jemandem eine schnip-
pische Abfuhr. Bei dem Gedanken daran verspürte Matthew
den Wunsch, seine Hand von der Lehne auf ihre Schulter zu
heben, aber er rührte sich nicht.

Am Telefon hatte er noch nicht einmal nach der Todesursa-
che gefragt, und als er sie auf der Polizeiwache erfuhr, war er
nicht überrascht. Er war von Anfang an davon ausgegangen,
daß es Selbstmord gewesen war. Jetzt fragte er sich, warum.
Ihm war nie bewußt gewesen, daß er so etwas von Timothy

insgeheim erwartet hatte. Warum nicht ein Autounfall? Er war ein hitzköpfiger Autofahrer. Warum nicht ein Raubmord oder eine der anderen sinnlosen Gewalttaten, die in dieser Stadt jeden Tag passierten? Ihm fiel keine Antwort ein. Als er sich im Geiste seinen Bruder vorstellte, weil er versuchen wollte, ihn zu verstehen, merkte er, daß sein Bild von Timothy bereits unscharf und nichtssagend geworden war. »Er hatte ein rundes Gesicht«, sagte er zu sich selbst. »Er hatte kurze blonde Haare, die in Büscheln vom Kopf abstanden.« Das runde Gesicht und die blonden Haare erschienen, aber es fehlte das gewisse Etwas, das Timothy ausmachte.

Er hatte Elizabeth nach Hause gebracht, und sie setzte sich mit dem Gesicht zur Straße auf die Veranda, als er ins Haus ging. Seine Mutter saß in ihrem Schlafzimmer. Sie schrieb gerade Briefe, und das kleine beigefarbene Diktaphon spielte ihre Worte ab, die vom Band so blechern und hart klangen wie die Worte einer Sprechpuppe: »Mary. Ist Billy schon alt genug für ein Dreirad? Ich meine natürlich nicht die Sorte mit Pedalen, aber –«

»Ich habe schlechte Nachrichten«, sagte Matthew.

Sie fuhr auf ihrem Stuhl herum, und ihr Gesichtsausdruck verriet bereits Entsetzen. »Es geht um Andrew«, sagte sie, ohne zu zögern.

»Nein, um Timothy.«

»Timothy? Um Timothy?« Sie hatte den Füller fallen lassen und knetete ihre Hände, die kalt und blaß und zittrig aussahen. »Er ist tot«, sagte sie.

»Ich fürchte, ja.«

»Ich hatte erwartet, daß es um Andrew gehen würde.«

Hinter ihr lief die Tonbandstimme weiter: »Hat er einen Spielzeuglastwagen? Einen Tretroller? Frag Peter, ob er schon Pläne für die Sommerferien gemacht hat.«

»Wie ist es passiert?«

»Er, es war –«

»*Wie* ist es passiert?«

Timothy hätte ihr das selber erklären sollen, nicht Matthew. Schließlich war es einzig und allein Timothys Schuld, oder? Wegen seines Zorns platzte Matthew, anders als von ihm geplant, direkt damit heraus: »Er hat sich erschossen«, sagte er – ungerührt, genau wie ein Kind, das von einem schlimmen Streich berichtet, an dem es nicht beteiligt war.

»O nein, das ist so *ungerecht*!« sagte seine Mutter.

»Ungerecht?«

Er schwieg. Auf diese Wende im Gespräch war er nicht vorbereitet. Mrs. Emerson betastete ihr Gesicht mit den Händen, und auf ihren Ringen blitzten harte zitternde Funken.

»Mutter«, sagte Matthew, »ich wünschte, ich könnte irgend etwas –«

»Hat er leiden müssen?«

»Nein.«

»Aber wie ist es dazu gekommen?« sagte sie. »Was war der Grund? Woher hatte er eine Waffe?«

»Ich bin mir nicht ganz sicher. Elizabeth hat gesagt –«

»*Elizabeth*!« Obwohl seine Mutter mehrere Meter von ihm entfernt saß, konnte Matthew ihren fassungslosen Gesichtsausdruck in jeder Einzelheit erkennen, so als sähe er eine Großaufnahme im Kino. Sie griff hinter sich und nahm ein Tintenfaß vom Tisch. Ohne es anzuschauen, holte sie mit dem Arm aus und warf es mit voller Kraft im hohen Bogen durchs Zimmer – das letzte, womit Matthew gerechnet hatte. Er zuckte zusammen, blieb aber stehen. Das Tintenfaß prallte gegen den Vorhang an der Tür, bespritzte ihn mit schwarzblauer Flüssigkeit und zerbrach eine der dahinter verborgenen Glasscheiben.

In der anschließenden Stille ertönte aus dem Diktaphon: »Soll Mr. Hughes für Margaret noch weitere Adressenaufkleber drucken?«

»Oh, das tut mir furchtbar leid«, sagte Mrs. Emerson. Sie schaltete das Diktaphon aus und beugte sich dann hinun-

ter, um ein Blatt Briefpapier aufzuheben, das vom Tisch gerutscht
war. »Dafür gibt es keine Entschuldigung«, sagte sie.

»Das ist schon in Ordnung.«

»Was wolltest du gerade sagen?«

»Na ja –« Er zögerte, Elizabeths Namen noch einmal zu erwähnen, aber seine Mutter soufflierte ihm.

»Elizabeth sagte?«

»Sie sagte, sie habe gemeinsam mit ihm zu Mittag essen wollen. Sie sei gerade auf dem Flur vor seiner Wohnung gewesen,
als sie den Schuß hörte.«

»Oh, ich verstehe«, sagte seine Mutter.

Sie erklärte nicht, warum sie das Tintenfaß geworfen hatte.
Sie wies Elizabeth an, unverzüglich eine neue Glasscheibe ein-
zusetzen, und Alvareen wusch den Fleck aus dem Vorhang.
Und wenn sie unruhig im Schlafzimmer auf und ab ging oder
wenn in den Gesprächen mit ihrer Familie eine Pause entstand,
sagte sie immer noch: »Wo ist Elizabeth? Warum ist sie nicht
bei uns?« Matthew beobachtete sie genau, weniger aus Sorge
um seine Mutter als aus Sorge um Elizabeth, aber, wenn überhaupt, schien Elizabeth ihr noch wichtiger zu sein als zuvor. Er
sah, wie sie am Küchenfenster wartete, bis Elizabeth die Rosen
hochgebunden hatte und ins Haus kam; er sah einmal, wie sie
Elizabeths Hand ergriff, als die beiden sich in der Diele begeg-
neten, und einen Augenblick lang fest drückte, ehe sie verlegen
lachte und die Hand wieder losließ. Der Wurf mit dem Tintenfaß verschwand in einem entlegenen Winkel von Matthews
Gedanken, wo er sich zu den vielen anderen unerklärlichen
Dingen gesellte, die Frauen offenbar von Zeit zu Zeit taten.

Er glaubte nicht an das, was Elizabeth der Polizei erzählt
hatte. Zu vieles davon ergab einfach keinen Sinn. Es stellte sich
sehr bald heraus, daß sie gemeinsam mit Timothy in die Stadt
gefahren sein mußte, und dann sagte eine Nachbarin von ihm,
sie habe einen Streit gehört, und die Polizei fand heraus, daß
aus der Wohnung ein Ferngespräch mit Elizabeths Familie ge-

führt worden war. »Ich war bei ihm, bin aber weggegangen, und dann bin ich wiedergekommen«, sagte Elizabeth. Na ja, das war schon möglich. Wenn die beiden eine Auseinandersetzung gehabt hatten, war sie vielleicht aus der Wohnung gestürmt und hatte später ihre Meinung geändert und war zurückgekehrt. Aber worüber konnten die beiden, Elizabeth und Timothy, sich gestritten haben? Und seit wann gehörte sie zu den Frauen, die beleidigt wegliefen? Und paßte es zu ihr, zurückzukommen, falls sie tatsächlich weggelaufen war?

Eine der Angewohnheiten von Elizabeth, mit denen er sich seit langem abgefunden hatte, war, daß sie nicht immer die Wahrheit sagte. Sie schien die Wahrheit als eine unbeständige Größe zu betrachten, deren Erscheinungsform sich, genau wie der Einfallswinkel des Sonnenlichts im Verlauf eines Tages, permanent änderte. Sie verstrickte sich unbekümmert in Widersprüche, so als fände sie es lustig, daß ihre Geschichten sich ohne ihr Zutun von selber verwandelten. Bei der Polizei blieb sie jedoch bei einer einzigen Version, die sie nur einmal revidierte, als ihre Anwesenheit in Timothys Wohnung herauskam. Dennoch, es gab Momente während der Befragung, in denen sie verstummte und sich weigerte zu antworten. »Ihnen ist anscheinend nicht klar, daß Sie sich dadurch in große Schwierigkeiten bringen können«, sagte einer der Polizisten. Aber in dem Punkt irrten er und seine Kollegen sich. Elizabeth war das ganz offensichtlich bewußt, da sie lieber kurz angebunden reagierte, anstatt aufs Geratewohl irgendein Märchen auszuspinnen.

»Woher hatte er die Pistole?« fragten sie.

»Ich weiß es nicht.«

»Ist sie ihm einfach zugeflogen? Worüber haben Sie beide sich gestritten?«

»Gestritten?«

»Warum haben Sie sich angebrüllt?

»Angebrüllt?«

»*Bitte.*«

Elizabeth schaute sie ausdruckslos an.

»Warum haben Sie zu Hause angerufen?«

»Um hallo zu sagen.«

»Geschah das während des ersten Aufenthalts in der Wohnung?«

»Natürlich.«

»Hatte der Streit irgend etwas mit dem Telefonat zu tun?«

»Streit?«

Sie gaben auf. Es bestand kein Zweifel an dem Selbstmord – sie hatten die Schmauchspuren, die Fingerabdrücke, die Aussage von Timothys Professor, die ein Motiv lieferte. Elizabeth war gewissermaßen der letzte lose Faden, und obwohl sie es gerne gesehen hätten, wenn Elizabeth die Angelegenheit endgültig geklärt hätte, maßen sie ihr keine große Bedeutung bei. Sie beschränkten sich bei der Untersuchung von Timothys Tod auf Befragungen von Außenstehenden, das Studium des Obduktionsberichts und die Einhaltung des Rechtswegs, so daß er selbst fast vergessen wurde. Dann erklärten sie, eher beiläufig, den Fall für abgeschlossen. Der Verstorbene dürfe beerdigt werden, sagten sie. Und damit war die Sache erledigt.

»Mutter«, sagte Timothy, »trink deinen Tee.«

»Gleich.«

Sie stand am Fenster und schob eine Zimmerpflanze in die Sonne.

»Ich habe mit Elizabeth gesprochen«, sagte Matthew.

»Oh?«

»Sie will gehen.«

Mrs. Emersons Hände rutschten vom Blumentopf. Sie drückte den Rücken durch, wodurch ihre spitzen Schulterblätter plötzlich flach anlagen.

»Sie wird aber noch bis nach der Beerdigung bleiben«, sagte er.

»Aber warum will sie gehen? Was hat sie über mich gesagt?«

»Also, über *dich* hat sie nichts gesagt.«

»Hat sie gesagt, daß sie es meinetwegen tut?«

»Natürlich nicht.«

»Sie muß dir aber irgendeinen Grund genannt haben.«

»Nein, nicht direkt«, sagte Matthew.

Seine Mutter drehte sich um. Wenn sie aufgebracht war, konnte sie ihre Augen nicht stillhalten; ihr Blick schnellte dann hin und her, so als wolle sie in ihrer Umgebung wie in einem Brief lesen.

»Und warum hat sie es *dir* erzählt?« sagte sie. »Ich bin ihre Chefin.«

»Vermutlich glaubt sie, es sei ein ungünstiger Zeitpunkt, um dich damit zu belästigen.«

»Nein, sie gibt mir für irgend etwas die Schuld. Und ausgerechnet *jetzt*! Jetzt zu gehen! Und das, wo ich sie wie ein Mitglied der Familie behandelt habe. Ich habe sie ohne Vorbehalte aufgenommen.«

»Vielleicht könntest du mit ihr reden«, sagte Matthew.

»O nein. Das kann ich nicht.«

»Wenn sie wüßte, wie du darüber denkst –«

»Wenn sie kündigen will, dann laß sie gehen«, sagte seine Mutter. »Ich werde sie nicht bitten zu bleiben.«

Dann setzte sie sich, nachdem sie ihren Rock auf der Rückseite glattgestrichen hatte, in einen geblümten Sessel, schob ihr Armband vom Handgelenk zurück und beugte sich in perfekter Haltung vor, um sich eine Tasse Tee einzuschenken.

Matthew ging nach unten und in die Küche, wo Peter stand und das Sandwich aß, das auf dem Ablauf gelegen hatte. »O Entschuldigung«, sagte Peter, »war das deins?«

»Ich will es nicht.«

»Ich mußte eine Kleinigkeit essen«, sagte Peter. Er schluckte einen weiteren Bissen herunter und schob dann den Rest des Sandwiches beiseite, so als sei es ihm peinlich, Hunger zu haben. Ihm war andauernd irgend etwas peinlich, aber vielleicht lag das einfach an seinem Alter – er war neunzehn, wirkte noch unfertig, stapfte in klobigen Halbschuhen herum, stieß mit anderen Leuten zusammen und sagte die falschen Dinge. Er war das Nesthäkchen der Familie, fünf Jahre jünger als Melissa. Zwischen den anderen lag nie mehr als ein Jahr, und manchmal sogar noch weniger; sie waren Peter damals wie eine lärmende, exotische Horde vorgekommen, die grundlos auftauchte und wieder verschwand, während er neben seinen Bauklötzchen auf dem Fußboden saß und staunend und nachdenklich um sich blickte. Später bekamen die älteren Geschwister Zimmer im zweiten Stock, wohin sie sich während der letzten Jahre, die sie noch zu Hause verbrachten, zurückzogen. Sie konnten dort ungestört im Bett lesen, sich mitten in der Nacht gegenseitig besuchen und Verschwörungen gegen die Erwachsenen schmieden. Peter wohnte weiterhin in dem Babyraum direkt neben dem Schlafzimmer seiner Eltern, und niemand kam auf den Gedanken, die rosa-gelb gemusterte Tapete auszuwechseln. Er wuchs allein heran, unbemerkt von seinen Geschwistern, und irgendwann waren die Zimmer des zweiten Stocks so leer, daß es in ihnen hallte. Wenn er jetzt zu Besuch nach Hause kam, stieß er gegen Türen und vergaß zuzuhören, wenn man mit ihm redete, so als habe er jeglichen Versuch dazuzugehören aufgegeben.

»Mutter regt sich auf, weil Elizabeth gekündigt hat«, sagte Matthew in dem Versuch, ihn in das Familienleben miteinzubeziehen.

»Das ist wirklich ärgerlich. Wer ist Elizabeth?«

»*Elizabeth*. Der Hausmeister.«

»Oh. Vermutlich hält sie uns für einen Haufen Spinner, nach alldem, was passiert ist.«

»Nein, sie –«

»Heißt sie wirklich Elizabeth? Ich dachte, ihr Name wäre Alvareen.«

»Nein – was? *Wessen* Name? Ach, vergiß es.«

Matthew verließ die Küche. Er machte einen Bogen um das

Wohnzimmer, denn er hatte keine Lust mehr zu reden. Er durchquerte auf dem Weg nach draußen den Wintergarten, einen friedlichen Ort, beschienen von schräg einfallendem, mattorangefarbenem Sonnenlicht. Alvareen bügelte im Stehen eine Tischdecke, und Tränen liefen ihr über die Wangen. (Sie war unter dem Eindruck der Tragödie an zwei aufeinanderfolgenden Tagen zur Arbeit erschienen, und dazu noch pünktlich.) Margaret saß zusammengerollt auf dem Fenstersitz, las in einem Buch und kaute auf einem Papierröllchen herum, das sie aus der abgerissenen Ecke einer Seite geformt hatte. Keine von beiden schaute hoch, als er vorbeiging.

»Elizabeth«, sagte er, als er unter der Pappel stand.

»Ich bin hier.«

Sie saß auf einem Ast oberhalb des Astes, den sie gerade abgesägt hatte, und lehnte sich seitlich gegen den Stamm.

»Soll ich dir herunterhelfen?«

»Mir gefällt es hier.«

»Ich fahre jetzt nach Hause. Ich komme erst morgen zur Beerdigung zurück.«

»Oh. In Ordnung.«

»Komm bitte runter. Ich würde gern ein paar Dinge mit dir besprechen.«

»Nein, lieber nicht.«

»Möchtest du, daß ich hierbleibe? Was willst du machen?«

»Ich will auf diesem Ast sitzen«, sagte Elizabeth.

Er nickte, stand eine Zeitlang mit den Händen in den Taschen untätig herum. Dann ging er weg.

Matthews Haus stand außerhalb der Stadt und gehörte zu einem heruntergekommenen alten Bauernhof, der irgendwie in den Besitz seines Vaters gekommen war. Seine Familie nannte es eine Hütte, aber es war mehr als das. Es war ein winziges zweistöckiges Haus – die Vorderfront mit einer inzwischen abblätternden weißen Farbschicht bedeckt, die übrigen drei Seiten nicht gestrichen und so grau wie der gezackte Lattenzaun, der das Grundstück vom Wald trennte. Um zu dem Haus zu gelangen, mußte Matthew vom Highway abbiegen und eine Holperstraße entlangfahren, die sämtliche Einzelteile seines alten Autos durchschüttelte. Am Ende der Straße parkte er und ging, vorbei an neugepflanzten Laubbäumen, in seinen Vorgarten, der aus einer Fläche gestampfter Erde bestand. Ein uralter Autoreifen hing an einem Apfelbaum. In einer Ecke rostete ein auf Mauersteinen aufgebockter Studebaker. Mrs. Emerson war nur ein einziges Mal hiergewesen. »O Matthew«, hatte sie gesagt, als sie die Veranda und deren schiefes, wackeliges Geländer erblickte. »*Ich* kann da nicht hineingehen, das würde mich zu sehr deprimieren.« Aber natürlich hatte sie es dennoch getan. Sie hatte voller Unbehagen auf einem niedrigen Schaukelstuhl gesessen und sich Kekse und Limonade servieren lassen. Ihr blondes Haar und der gläserne Krug voll Limonade hatten unter der hohen rauchgeschwärzten Decke hell geleuchtet. Danach hatte sie ihn gebeten, sich ein gemütlicheres Haus zu suchen. »Mach dir keine Sorgen wegen des Kaufpreises, das Geld bekommst du von mir«, sagte sie. »Und ich werde mich auch um die Inneneinrichtung kümmern. Ich besorge alles Nötige.« Als er sich weigerte, beschränkte sie sich darauf, sogenannte »Farbtupfer« zu kaufen – einen indianischen Teppich, handgewebte Vorhänge, Kissen aus Peru. Sie tröstete sich mit der Vorstellung, daß sein Haus dazu bestimmt war, ein unbürgerliches Flair zu haben, genau wie die Häuser, in denen Keramiken auf den Fensterbänken standen und bunte Tücher über die Sessel drapiert waren. Matthew störte das nicht. Er hatte beschlossen, in dem Haus zu leben, weil es bequem war und keine Ansprüche an ihn stellte, und daran konnten auch sämtliche Kissen Perus nichts ändern. Sein Vater hatte es ihm bereitwillig überlassen. (Er sah es gerne, wenn die Dinge, die er besaß, auch benutzt wurden.) In seinem Testament hatte er dann Matthew das Haus vermacht. Die anderen Kinder bekamen Geld. Matthew bekam das Haus, und das war auch das einzige, was er wirklich haben wollte.

Er durchquerte das Wohnzimmer, in dem jede einzelne Diele unter seinen Füßen knarrte. Er ging in die Küche und nahm eine Leberwurst aus dem gelblichen Kühlschrank. Er schnitt, gegen die Spüle gelehnt, mit einem rostigen Messer Scheiben davon ab und aß so lange, bis er keinen Hunger mehr hatte und die Wurst wieder in den Kühlschrank legte. Das war sein Abendessen. Natürlich hatte er auch einen Tisch und zwei Stühle, und im Schrank stand ein kompletter Satz Teller (aus braunem Steingut; ein Geschenk seiner Mutter), aber er benutzte das alles nur selten. Während der Mahlzeiten stand er meistens am Herd und aß mit einem großen Löffel direkt aus dem Topf, um sich den Abwasch zu ersparen. Auch als Elizabeth einmal zum Abendessen gekommen war, hatte er damit angefangen – er hatte eine Gabel geistesabwesend in den Fleischtopf gesteckt, ehe ihm bewußt wurde, was er da tat –, aber Elizabeth hatte sich lediglich selbst eine Gabel geholt und sich die Bratkartoffelpfanne genommen. Nach der Hälfte der Mahlzeit hatten sie getauscht. Wenn er die Augen zusammenkniff, sah er sie immer noch vor sich, wie sie mit krummem Rükken an der Arbeitsplatte lehnte, fröhlich kaute und die Pfanne mit dem ausgefransten alten Unterhemd festhielt, das ihm als Topflappen diente.

Manchmal wiederum, wenn das Alleinleben ihn deprimierte, deckte er akkurat den Tisch, mit Messer, Gabel und Löffel, einer gefalteten Serviette, einem Teller und einem Salatteller und Salz- und Pfefferstreuer. Er füllte das Essen erst in Servierschalen und von dort auf seinen Teller, so als bestünde er aus zwei verschiedenen Personen, die zwei verschiedene Rollen spielten. Er setzte sich auf den Stuhl und breitete die Serviette auf seinen Beinen aus; dann verharrte er regungslos und vergaß das aus Dosenfleisch und beigegrünen Bohnen bestehende Essen, das dampfend vor ihm stand, weil er entsetzt war über die Trost-

losigkeit der aufwendigen Dekoration dieses für eine Person ge-
deckten Tisches. Was war mit ihm los? Warum lebte er, ein
achtundzwanzig Jahre alter Mann, wie ein ältlicher Witwer in
diesem Haus ohne Kinder und schlurfte, ewig im gleichen
Trott, zwischen Herd, Tisch und Spüle hin und her? Die sorgsam an den richtigen Platz gestellten Salatteller und die Salz-
und Pfefferstreuer, die nebeneinander in einem handgeflochte-
nen Körbchen lagen, wirkten unangemessen und kläglich. Von
da an aß er wieder am Herd und benutzte Salz aus einer Papp-
schachtel und Pfeffer aus einer Blechdose.

Im Wohnzimmer nahm er ein paar alte Ausgaben von *News-
week* und legte sie in ein Holzregal. Er strich den Teppich glatt.
Er zog die Ecken vom Überwurf der Bettcouch zurecht. Dann
zündete er, da es langsam dunkel wurde, eine Tischlampe an,
setzte sich hin und begann in der aktuellen Morgenausgabe der
Zeitung zu lesen. Die Worte tanzten vor seinen Augen. Er
fühlte sich wie ein Mann in einem Wartezimmer, der Angst vor
dem bevorstehenden Arzttermin hat, und er las Artikel, die
trotz der Übelkeit, die er verspürte, gnadenlos immer weitergingen. Er hob den Blick und schaute sich im Zimmer um –
grünschimmernde Nut- und Federlatten und ein ovales Foto
eines vor langer Zeit gestorbenen Mannes, das über dem Kamin an der Wand lehnte. Der Kamin selbst war düster und
brannte trotz der kühlen Luft nicht. Der braune Ölofen hatte
ein Abzugsrohr, das in einer Seite des Schornsteins mündete,
und er knackte in regelmäßigen Abständen, so als würde das
Metall sich nach den vielen Wintermonaten, in denen der Ofen
sich bemüht hatte, das Zimmer zu heizen, immer noch zusam-
menziehen.

»*Frierst* du denn gar nicht?« hatte seine Mutter gefragt. Und
Elizabeth hatte gesagt: »Wollen wir losgehen und Feuerholz
schlagen?« Sein Vater hatte, während er im Schaukelstuhl saß
und ein Glas angewärmten Bourbon in der Hand hielt, gesagt:
»Damals, in meiner Kindheit, war es bei uns zu Haus immer ge-

nauso kalt. Aber wir waren gesünder als die Menschen heute.«
Sein Vater hatte ihn häufig besucht und irgendwelche Geschäfte
erwähnt, die er in dieser Gegend zu erledigen hatte. Er hatte
den Bourbon selbst mitgebracht, und gelegentlich auch frisches
Gemüse oder eine dicke Scheibe Schinken – ländliche Dinge,
die er in der Stadt gekauft hatte, um sie hierher zu bringen. Er
freute sich, wenn ein Feuer im Kamin brannte. Er freute sich,
wenn Matthew ihn minutenlang schweigend schaukeln ließ.
»Das ist die beste Art zu leben«, sagte er. »Im Grunde meines
Herzens bin ich ein schlichter Mensch.« Aber er war alles andere als schlicht gewesen. Jede seiner Eigenschaften hatte im
Widerstreit mit einer anderen, genau entgegengesetzten Eigen-
schaft gestanden. Hier, in Matthews Haus, schaukelte er zufrieden, aber in der Stadt war er der reinste Wirbelwind. Ständig
damit beschäftigt, zu kaufen, Projekte voranzutreiben, zu verkaufen, zu verhandeln – manchmal hart am Rande der Legali-
tät. »Denkt daran«, hatte er zu seinen Kindern gesagt, »wenn
ihr im Leben erfolgreich sein wollt, müßt ihr mit den Augen
lächeln und nicht bloß mit dem Mund. Auf diese Weise kriegt
ihr jeden rum.« Seine Kinder nickten gehorsam. Kurzzeitig
verabscheuten sie ihn. (Dennoch hatten sie alle, egal ob blond
oder dunkelhaarig, seine klaren blauen Augen, die bei jedem
Lächeln wie Cashewnüsse gekrümmt waren.) Er trauerte wochenlang, als Mary sich weigerte, auf die Debütantinnenbälle
zu gehen, und er wurde als einziger Mitglied im Country-Club
und spielte jeden Sonntag Golf, obwohl er das Spiel verab-
scheute. »Warum gehe ich da überhaupt hin?« fragte er. »Was
will ich bei diesen Snobs?« Seine Persönlichkeit bestand aus
verschiedenen Schichten, die man wie die Häute einer Zwiebel
freilegen konnte, und jede einzelne war gleichermaßen präsent.
Die innerste Schicht (Sohn eines Automechanikers, der von einem purpurroten Cadillac träumt) konnte in jedem beliebigen
Moment zum Vorschein kommen: wenn er im Unterhemd
fernsah, wenn er »Wie ich schon sagte« oder »Ganz im Ver-

tauen« sagte, wenn er einen alten Autoreifen mit nach Hause brachte, weil er ihn weiß tünchen und Geranien hineinpflanzen wollte. »O Billy«, sagte seine Frau, als sie den Reifen sah, »so etwas kann man einfach nicht – ach, wie soll ich dir das erklären?« Er war gekränkt, verhielt sich deshalb schroffer und geschäftsmäßiger als sonst und blieb wochenlang bis spätabends im Büro. Dann kaufte er ihr einen Rubin, der so groß war, daß sie darüber keine Handschuhe anziehen konnte. Dann nahm er alle seine Söhne auf die Jagd mit, obwohl keiner von ihnen schießen konnte. »Ich mag das Leben in der freien Natur«, erklärte er ihnen. »Ich bin ein schlichter Mensch, im Grunde meines Herzens.«

Matthews Vater war in diesem Zimmer gegenwärtiger als Timothy; sein Tod schien kürzer zurückzuliegen, und es war leichter gewesen, um ihn zu trauern. Schießlich war er nicht freiwillig gestorben, sondern nachts im Schlaf, und hatte sich wahrscheinlich auf das geschäftige Treiben des nächsten Tages gefreut. Aber wie trauerte man um einen Selbstmörder? Jedesmal, wenn Matthew es versuchte, tauchten neue Schwierigkeiten auf. Auf dem Ölofen lag ein Stapel Fotos, die er am Abend zuvor mit Verwunderung betrachtet hatte: Timothy im Garten seiner Mutter, aufgenommen im letzten Sommer, als Matthew seinen neuen Fotoapparat ausprobierte, mit dem er damals noch nicht richtig hatte umgehen können. Die Brennweite war falsch eingestellt, und Timothys rundes Gesicht war auf jedem Abzug unscharf, so als habe er sich gerade bewegt, und er schien auf die Kamera zuzuspringen, so als sei Gelächter eine neue Angriffsform. Wie oft Matthew auch versuchte, ihn sich mit ernster Miene vorzustellen, er schaffte es nicht. Er rief sich nacheinander verschiedene Bilder ins Gedächtnis: Timothy, wie er gemeinsam mit einer Freundin lachte, die er, den Arm um ihre Schulter gelegt, einmal zum Abendessen mitgebracht hatte. Timothy, wie er mit seiner Mutter lachte und mit Melissa und mit seinem Vater bei seiner College-Abschlußfeier. Dann

schob sich ein anderes Bild aus dem Hintergrund nach vorne:
Timothy, wie er sich mit Elizabeth stritt. Aber was war der
Grund? Hatte sie eine Verabredung abgesagt oder verweigert?
Hatte sie sich bei irgendeiner Gelegenheit verspätet? Er wußte
nur noch, daß es im Wintergarten passiert war und dort gleichzeitig eine Westernserie im Fernsehen lief. Timothy sagte:
»Wenn du weiterhin das Leben als eine gut organisierte Gratis-
reise betrachtest, die dich zu unbekannten Zielen führt –«, und
Elizabeth sagte: »Was? Wenn ich was so betrachte?« »Das Leben«, sagte Timothy, und Elizabeth sagte: »Ach, das *Leben*«,
und sie lächelte so glücklich und zufrieden, als habe er gerade
den Namen ihrer besten Freundin erwähnt. Timothy verstummte, und sein Gesicht nahm einen verblüfften Ausdruck
an. Dünne Linien durchzogen seine Stirn. Und Matthew, der in
ein paar Meter Entfernung vorm Fernseher saß und ihnen zuhörte, dachte: Also liebt sie Timothy nicht. Er machte sich
nicht die Mühe zu ergründen, wie er zu diesem Schluß gekommen war. Er schaute, starr und benommen vor Glück, Marshall
Dillon zu und vergaß in diesem Moment all das, was er an Timothy schwer zu ertragen fand (seine Gleichgültigkeit anderen
Menschen gegenüber, seine spitze Zunge, seine leichtlebigen
Freundinnen, die sich immer gerade kämmten und aussahen,
als hätten sie sich kurz zuvor hastig angezogen, wenn Matthew
ihn unangemeldet in seiner Wohnung besuchte). Er vergaß es
auch jetzt wieder, und damit auch das Bild von Timothy, wie
er mit triumphierendem Blick den Abzugshahn der Pistole
spannte und seiner Familie direkt ins Gesicht lachte. Er sah nur
noch die gerunzelte, von der Niederlage gezeichnete Stirn. Er
räusperte sich. Er fühlte, daß ihn neuer Kummer plagte, den
heraufbeschworen zu haben er bereute.

In dieser Nacht träumte er, Elizabeth sei fortgegangen. Sie war
seit langem fort, schon seit Jahren, und hatte in seinem Inneren
das Gefühl einer dunkelblauen, trichterförmigen Leere hinter-

lassen, die ihm Schmerzen in der Brust bereitete. Dann starb seine Mutter. Sie lag mit leicht hochgebettetem Kopf auf einem Tisch, und er stand daneben und las in einer Zeitung. Alle Überschriften enthielten Zahlen. »783 MENSCHEN ERTRUNKEN; 19 ÜBERLEBENDE; 45 ARBEITER BEI MINENUNGLÜCK VERSCHÜTTET.« Er las weiter, aber er wußte, daß es das Testament seiner Mutter war, in dem sie alles Elizabeth vermacht hatte. Das wunderte ihn nicht; auf dem Tisch hatte seine Mutter sich in eine gebrechliche, lavendelfarben gekleidete alte Frau verwandelt, eine von denen, die dazu neigen, in ihrem bizarren Testament ihr Haustier oder ihre Gesellschafterin zu begünstigen. Er machte sich auf die Suche nach Elizabeth und fuhr mit den Fingern durch lange Grashalme, aber ohne Erfolg. Sie tauchte nirgends auf. Ihre Abwesenheit verursachte ein hallendes Geräusch, einen Ton, als würde der Wind durch die Wipfel sehr hoher Kiefern streichen. »Was soll ich mit dem Geld machen?« fragte er die alte Frau auf dem Tisch. »Wenn du die Begünstigte nicht ausfindig machen kannst, soll es mit mir begraben werden«, sagte sie. »*Du* wirst es niemals bekommen.« Er ließ das Geld in den Sarg fallen. Er weinte, aber nicht wegen ihrer Worte, sondern wegen der Verschwendung, der Nutzlosigkeit, des Anblicks von Verlorenheit, den die vielen grünen Scheine geboten hatten, die bis in alle Ewigkeit darauf warten würden, daß Elizabeth nach Hause zurückkehrte.

Bei der Trauerfeier nahmen die nächsten Angehörigen eine Kirchenbank ein – Mrs. Emerson, ihre drei Töchter, zwei ihrer Söhne und ihre Schwester Dorothy, mit der sie kaum Kontakt hatte, die sich aber bei Familientragödien immer einstellte. In der Bank dahinter saßen die beiden Cousinen von Mrs. Emerson, der sonderbare Bruder von Mr. Emerson und Elizabeth. Matthew fühlte sich so weit vorne unbehaglich. Er war mit gesenktem Blick hereingekommen, hatte seine Mutter am Ellbogen geführt, und weil er das erste Mal seit der Beerdigung seines

Vaters hier war, wußte er nicht genau, was sich hinter seiner Bank befand. Er saß ungern in Räumen, die er nicht zuvor in Augenschein genommen hatte. Einmal drehte er sich halb um, aber seine Schwester Mary stieß ihn in die Seite. Sie starrte geradeaus, und auf ihrem molligen, hübschen Gesicht lag ein ernster Ausdruck. Kleine Falten in den Mundwinkeln verrieten ihre Verärgerung.

Verärgerung war, aus irgendeinem Grund, die vorherrschende Stimmung bei dieser Beerdigung. Durch Matthews Bank lief eine Welle kurzer Ausbrüche von Gereiztheit. Margaret riß kleine Dreiecke aus den Seiten ihres Gesangbuchs, bis Melissa es zuschlug. Tante Dorothy stupste Peter an, weil er die Knöchel knacken ließ, Matthew schob zum x-ten Mal seine Brille auf der Nase nach oben und erhielt dafür einen weiteren Puff in die Seite. Seine Mutter rutschte, während sie dem allgemeinen Teil der Predigt zuhörte, unruhig auf ihrem Platz herum, so als wolle sie gleich aufspringen und irgend etwas hinzufügen oder richtigstellen. Sogar Pfarrer Lewis wirkte mißmutig. Er konnte die meisten seiner bevorzugten Ausdrücke nicht verwenden – fruchtbares, erfülltes Leben, glücklicher Tod und Gottes Wille –, und als er die wenigen, vage formulierten Sätze, die ihm zu sagen übrigblieben, beendet hatte, schob er auf der Kanzel energisch zwei Blatt Papier zusammen, seufzte scharf und schaute jemanden, der gehustet hatte, tadelnd an. Vor ihm thronte der massige silbergraue Sarg, dessen Anblick bedrücktes Schweigen verbreitete, da er noch auf etwas zu warten schien, das aber nicht geschah.

Als sie vom Friedhof zurückkamen, war es fast ein Uhr. Drei Limousinen setzten sie vor der Tür ab. Leute stiegen in unregelmäßigen Abständen aus, knöpften ihre Handschuhe auf und nahmen ihre Hüte ab und machten, während sie den Gartenweg entlanggingen, zustimmende oder ablehnende Bemerkungen. »Er konnte dieses Lied noch nie leiden. Er hätte sich über uns lustig gemacht, wenn er gesehen hätte, wie wir es singen«, sagte Melissa. Die beiden Cousinen von Mrs. Emerson stiegen in ihren Wagen, nachdem sie ein paar murmelnde Laute von sich gegeben hatten, die womöglich noch nicht einmal Worte gewesen waren. Es sah so aus, als würden nur die nächsten Angehörigen und Tante Dorothy zum Mittagessen bleiben. »Bleib doch, Onkel Harry«, sagte Mary zu Mr. Emersons sonderbarem Bruder, aber Onkel Harry (der sonderbar war, weil er nie redete, niemals, sondern bloß seinen Adamsapfel auf und ab hüpfen ließ, wenn man eine Frage direkt an ihn richtete) winkte mit einer geröteten, knochigen Hand und ging steifbeinig zu seinem Pickup. »Wir sollten Alvareen Bescheid geben«, sagte Mary, »daß sie für acht Personen decken soll, falls sie Billy noch nicht gefüttert hat.«

»Und was ist mit Elizabeth?« sagte Mrs. Emerson.

»Ach so, Elizabeth. Ißt sie gemeinsam mit uns?«

»Ich hole mir später etwas«, sagte Elizabeth. Sie lief im Zickzack über den Rasen und beseitigte die Spuren, die ein Regensturm in der vergangenen Nacht hinterlassen hatte. In der Kirche hatte sie in ihrem beigefarbenen Leinenkleid wie alle anderen ausgesehen, aber jetzt wirkte sie alles andere als normal, da sie die Arme voller Äste hatte und borkiges Wasser die Falten ihres Rocks hinunterrannen.

»*Stimmt* mit dem Mädchen irgend etwas nicht?« sagte Mary. »Jeder normale Mensch hätte sich vorher umgezogen.«

Billy wartete auf der obersten Verandastufe und lenkte seine Mutter mit seinem durchdringenden, starren Blick in seine Richtung. Hinter ihm stand Alvareen in einem schwarzen, schimmernden Partykleid. »Essen ist fertig«, rief sie. »Kommen Sie rein, Sie armen Leute. Auf dem Tisch stehen alle möglichen leckeren Sachen.« Als Mrs. Emerson nahe genug herangekommen war, tätschelte Alvareen ihr den Arm. »Na, na, jetzt ist ja alles vorbei«, sagte sie. Mrs. Emerson sagte: »Mir geht es soweit ganz gut, Emmeline.«

»Das beweist das Gegenteil«, sagte Alvareen. »Ich bin Alvareen und nicht Emmeline, aber machen Sie sich nichts draus. Kommen Sie rein, alle miteinander.«

Sie ging kopfschüttelnd voran und bewegte die Lippen, zweifellos weil sie sich überlegte, was sie zu Hause ihrer Familie erzählen würde: »Die arme Frau war so durcheinander, daß sie mich nicht erkannt hat. Wußte nicht mehr, wie ich heiße. Hat mich Emmeline genannt. So durcheinander war sie.« Hinter ihr stolperte Melissa über eine Stufe und hielt sich an Matthews Arm fest, aber nur ganz leicht, so daß ihr Stolpern inszeniert wirkte. Danach folgte Margaret, die einen langen, am Straßenrand gepflückten Grashalm schwenkte. Mary bückte sich, um Billy auf den Arm zu nehmen, und am Schluß kam Tante Dorothy, die unablässig auf Peter einredete, obwohl es nicht den Anschein hatte, als höre er ihr zu: »Also ich würde wirklich gerne wissen, wer für die Vorbereitungen verantwortlich war. Habt ihr eigentlich etwas gegen die althergebrachten Sitten und Gebräuche? Zuerst gab es keine Totenwache; niemand hat den sterblichen Überresten in der Leichenhalle Gesellschaft geleistet. Dann diese mickrige Trauerfeier mit Liedern, die ich mein Lebtag noch nicht gehört habe, und außerdem war der Sarg verschlossen, so daß ich keine Gelegenheit hatte, dem Toten die letzte – warum war der Sarg eigentlich verschlossen?«

»Ich hatte darum gebeten«, sagte Matthew. »Ich dachte, es wäre dadurch leichter für uns alle.«

»Leichter!« Sie blieb mit aufgerissenem Mund in der Tür stehen, eine runzlige, dürre Karikatur ihrer Schwester. »Leichter, sagst du! Mein lieber Matthew, der Tod eines Angehörigen wird niemals eine leichte Sache sein. Wir müssen ihn hinnehmen und lernen, den Schmerz darüber auszuhalten. Wir haben früher die Toten immer im Wohnzimmer aufgebahrt. Und jetzt willst du mir erzählen, daß – oder war er ..., ähem. Ich hoffe, die Kugel hat sein Gesicht nicht –«

Niemand kam ihr zu Hilfe. Sie klappte den Mund zu, ging

ins Haus und ließ Peter starr vor Entsetzen zurück. »War es so?«
flüsterte er, und Matthew sagte: »Nein, natürlich nicht. Geh
jetzt rein.« (Und er sah, deutlicher als den nur wenige Zentimeter entfernten Peter, das eingefallene leblose Gesicht Timothys
vor sich, dessen Miene so feierlich wirkte, daß es der reine
Hohn war – und viel schlimmer als Blut oder Anzeichen von
Schmerzen. Aber das hätte er Peter niemals begreiflich machen
können.)

Alvareen stand mit finsterer Miene im Eßzimmer. Niemand
ging sofort zu Tisch. Sie liefen in der Diele herum, gingen auf
die Toilette oder brachten ihre Handschuhe und Hüte weg.
»Das darf doch wohl nicht wahr sein«, sagte Alvareen. »Komm
her, kleiner Billy, tu *du* mir wenigstens den Gefallen.« Sie hob
ihn auf einen Stuhl, auf dem ein Wörterbuch lag, und band
ihm eine Serviette um. Er duckte seinen käsigen runden Kopf,
um den Saum der Tischdecke zu untersuchen. Ständig begut-
achtete er irgend etwas – so als halte er sich für den Spähtrupp
der Enkel, die in Zukunft noch zur Welt kommen würden. Er
schaute alle Leute mißtrauisch an, wich, wenn Mrs. Emerson
ihn küssen wollte, zurück, um sie zu betrachten, und beäugte
vorsichtig alles, was ihm seine Onkel und Tanten hinhielten.
Manchmal wiederholte er die Gespräche seiner Verwandten
Wort für Wort, aus dem Zusammenhang gerissen und so exakt
wie das Tonband eines Spions. »›Wo willst du hin, Melissa?‹
›Einen Spaziergang machen; ich halte es hier nicht mehr aus.‹
›Wann kommst du wieder?‹ ›Irgendwann; du wirst es schon
merken.‹«

»›Warum meldest du dich nie bei mir, Peter?‹« sagte er jetzt
und betrachtete stirnrunzelnd das Besteck, so als wäge er die
möglichen Bedeutungen der Frage ab.

Als schließlich alle Platz genommen hatten, berührten sich
ihre Ellbogen. Man wäre nie auf den Gedanken gekommen, daß
mehrere Personen fehlten. Alvareen hatte das Essen selber zusammengestellt: warmer Schinken und Roastbeef, drei Sorten

Gemüse, Kartoffelbrei, gebackene Kartoffeln und Süßkartoffeln.»O je«, sagte Mrs. Emerson, und sie seufzte und faltete ihre Serviette wieder zusammen und lehnte sich zurück, ohne auch nur einen einzigen Bissen gegessen zu haben. Nur Margaret langte kräftig zu. Sie aß stetig und schweigend – eine untersetzte Frau mit glatten Haaren und flachen Gesichtszügen. Billy schlug seine Gabel rhythmisch gegen die Tischkante.»In der untersten Schublade, unter den Geschirrhandtüchern –«, intonierte er. »Schluß jetzt, Junge«, sagte Mary. Sie bestrich ein Brötchen mit Butter und legte es auf seinen Teller.»Iß und sei still.«

»In der untersten –«

»Es war nett von Pfarrer Lewis, daß er den Gottesdienst abgehalten hat.«

»*Nett*?« sagte Mary.

»Na ja, er hätte sich auch weigern können. Er hätte das Recht dazu gehabt, bei einem ... in so einem Fall.«

»Das hätte er mal versuchen sollen«, sagte Mary. Sie hatte sich verändert, seit sie zu Hause ausgezogen war. Sie wirkte ruhiger und fraulicher, vor allem jetzt, da sie wieder ein Kind erwartete. Ihr Gesicht, mit den angemalten Lippen und den hellen Augen, war um die Kinnpartie herum schwerer geworden, und sie trug ihr dunkles Haar halblang und von Lokkenwicklern gekräuselt. Während ihr Aussehen weichere Züge angenommen hatte, war sie in ihren Ansichten hingegen unnachgiebiger geworden. Sie gab über alles und jeden in dem scharfen, entschiedenen Tonfall ihrer Mutter ihre Meinung ab. Sie wurde schnell aggressiv. Die Mutterschaft hatte auf sie die gleichen Auswirkungen wie auf Bärinnen gehabt, aber nicht nur in Angelegenheiten, die ihr Kind betrafen.»Wißt ihr, was ich zu ihm gesagt hätte, wenn er sich geweigert hätte«, sagte sie. »Ich wäre schnurstracks zu ihm gegangen. Oh, er hätte es bestimmt noch bereut, jemals auf den Gedanken gekommen zu sein. Laß das, Billy. Gib das Mama. ›Pfarrer Lewis‹, hätte ich gesagt. Direkt ins Gesicht hätte ich ihm gesagt –«

»Er hat es aber nicht getan«, sagte Margaret.

»Was?«

»Was ist das Problem?«

»O Margaret, wo bist du nur immer mit deinen Gedanken? Wir sprachen gerade über –«

»*Ich* weiß, wovon du sprachst. Aber wo ist eigentlich das Problem? Er hat sich nicht geweigert, er hat es mit keinem Wort angedeutet. Er hat, ohne zu zögern, den Gottesdienst abgehalten.«

»Also, ich wollte bloß –«

»Beerdigungen sind für die Lebenden da«, sagte Mrs. Emerson. »Das steht zumindest immer in den Anzeigen der Bestattungsunternehmen.«

»Natürlich, Mutter«, sagte Mary. »Niemand bestreitet das.«

»Also, Pfarrer Lewis war mir gegenüber sehr freundlich. Sehr rücksichtsvoll. Sehr feinfühlig. Ich will euch nicht enttäuschen, Kinder, aber Tatsache ist, daß ich nie besonders fromm gewesen bin. Ich habe vermutlich einfach nie den richtigen Zugang zur Religion gefunden. Pfarrer Lewis weiß das genau, aber hat er sich davon beeinflussen lassen? Nein. Er ist hergekommen, hat sich Zeit genommen, um mir sein Mitgefühl auszusprechen. Er hat die Umstände von Timothys Tod nie auch nur mit einem einzigen Wort erwähnt. Er war mir natürlich überhaupt keine Hilfe, aber niemand kann behaupten, er hätte es nicht versucht.«

»Nein, natürlich nicht«, sagte Mary.

»Das Problem mit Pfarrern«, sagte Mrs. Emerson, »ist, daß sie keine Frauen sind. Er hat von dem jungen Menschen geredet, der in der Blüte seiner Jahre von uns gegangen ist. Was interessiert mich die Blüte seiner Jahre? Ich denke immerzu an die morgendliche Übelkeit, die Wehen, die Koliken, Mumps – alles umsonst. Hat alles zu nichts geführt. Ihr habt keine Ahnung, wie mühsam es ist, Zwillinge großzuziehen.«

»Können wir bitte das Thema wechseln?« sagte Melissa.

»Diese Gedanken beschäftigen mich nun mal, Melissa.«

»Das ist mir egal. Ihr macht mich nervös mit eurem Gerede über Timothy. Er hat uns gerade einen furchtbar schlimmen Streich gespielt, und wir dürfen uns jetzt mit den Folgen herumschlagen. Kirchenlieder. Predigten. Religion. Wozu das alles?«

»*Melissa!*«

»Was? Er hat nichts Verwerfliches getan, denn immerhin war es *sein* Leben. Aber müssen wir denn unbedingt hier rumsitzen und ewig darüber diskutieren?«

»Das reicht jetzt«, sagte Mrs. Emerson, und sie stellte ihr Glas ab und wandte sich an Alvareen, die gerade mit einem weiteren Teller voll Brötchen hereinkam. »Es ist alles sehr delikat, Alvareen.«

»Woher wollen Sie das wissen? Sie haben keinen Bissen gegessen.«

»Es sieht zumindest delikat aus.«

»Doch, es schmeckt wirklich gut«, sprang Mary ein. »Sie müssen mir das Rezept für die Soße geben, Alvareen. Sind da Zwiebeln drin? Ist das eine Spezialität von Ihren Leuten?«

»Ich habe bloß –«

»Matthew«, sagte Mrs. Emerson. »Ich muß es wissen. Ist der Tod unverzüglich eingetreten?«

Alle erstarrten. Ein unverzüglicher Tod, der wie etwas klang, womit nur Kriminalkommissare und Krankenwagenfahrer zu tun hatten, schien ihnen nicht erstrebenswert; und ehe Matthew über ihre Frage richtig nachgedacht hatte, sagte er: »Nein, natürlich nicht.« Dann, als die anderen ihn mit großen Augen anblickten, bemerkte er seinen Irrtum. »Oh«, sagte er. »Nein, der Tod *ist* unverzüglich eingetreten. Ich habe nicht –«

»Was denn nun? Verheimlichst du mir irgend etwas?«

»Nein, das tu ich nicht. Weißt du, ich habe nur –«

»Elizabeth? Wo ist Elizabeth?«

»Jetzt geht das schon wieder los«, sagte Mary.

»Jetzt geht *was* schon wieder los?«

»Du wirst doch wohl einmal fünf Minuten lang ohne Elizabeth auskommen.«
»Mary, ich bitte dich«, sagte Margaret.
»Sie *war* in der Wohnung«, sagte Mrs. Emerson.
»Ha!« sagte Mary.
»Und was bedeutet das?«
Schweigen trat ein. Da begann Alvareen, die sich mit ver-
schränkten Armen gegen die Wand lehnte, so als habe sie nicht
vor, das Zimmer jemals wieder zu verlassen, plötzlich zu spre-
chen: »Für die Soße«, sagte sie, »habe ich bloß eine Tüte Zwie-
belsuppe eingerührt. Das hab ich von einer ehemaligen Chefin
von mir gelernt. Vielleicht wollen Sie sich das aufschreiben.«
»Oh, das war es also«, sagte Mary. »Haben Sie vielen
Dank.«
Das Schweigen dauerte an. Gabeln stießen klickend gegen
Teller. Billys Kopf kippte langsam zur Seite, und er rollte mit
den halbgeschlossenen Augen, um gegen die Müdigkeit anzu-
kämpfen.
»Ich mache einiges nebenher«, sagte Alvareen. »Manchmal
mache ich kalte Platten für Partys. Ich erwähne das nur für den
Fall, daß Sie an so etwas mal Interesse haben. Ich schmiere
Frischkäse auf Ritz-Cracker, und ich färbe ihn vorher, wenn die
Leute das wollen. Zum Beispiel grün, genau wie der Teppich.
Rosa oder blau, passend zur Einrichtung. Über solche Kleinig-
keiten freuen sich die Leute.«
Sie ging durch die Schwingtür hinaus, die Hände unter der
Schürze, wahrscheinlich überzeugt davon, alles, was man von
ihr erwarten konnte, getan zu haben, um die Teilnehmer dieser
Begräbnisfeier aufzumuntern. Mary sagte: »Ich glaube, Alva-
reen ist sogar noch sonderbarer als Emmeline.«
»An Emmeline gab es nichts auszusetzen«, sagte Mrs. Emer-
son.
»Warum hast du sie dann entlassen?«
»Was mich an Elizabeth stört –«, sagte Melissa.

Margaret sagte: »Oh, können wir nicht aufhören, über Elizabeth zu reden?«

»Sie ist mir unheimlich«, sagte Melissa. »Nie sagt sie etwas. Außerdem mißtraue ich Leuten, die nicht auf ihr Äußeres achten.«

»Wach auf, Billy«, sagte Mary. »Iß deine Bohnen. Also, eine Sache will ich abschließend noch über sie sagen: Ich finde es furchtbar, wenn ein Mensch einen anderen ausnutzt. Ich habe den Eindruck, Mutter, als wenn dieses Mädchen genau weiß, wann sich ihr eine günstige Gelegenheit bietet – sie hat geglaubt, sie kann sich hier einnisten und vom Geld einer reichen alten Frau leben, aber du solltest ihr klipp und klar sagen, daß du genügend *eigene* Kinder hast, auf die du dich verlassen kannst. Viele Kinder, und deshalb ist es nicht nötig –«

»Also, ich mag sie«, sagte Margaret.

»Was weißt du denn schon über sie?«

»Ich muß mir mit ihr ein Zimmer teilen, oder etwa nicht? Mit *mir* hat sie geredet.«

Melissa sagte: »Matthew, du verteidigst sie ja gar nicht.«

»Was ist los?« sagte Matthew mit gespielter Ahnungslosigkeit.

»Du treibst dich doch andauernd in ihrer Nähe rum.«

Sie lächelte ihn quer über den Tisch an – ein Katzengesicht, scharf geschnitten und knochig, mit der dünnen, straff gespannt aussehenden Haut, die manche Blondinen haben. Wer hätte voraussehen können, daß die Modelagenturen sie für eine Schönheit halten würden? Matthew beschloß plötzlich, daß er sie nicht mochte, und wegen dieses Gedankens blinzelte er und zog den Kopf ein. »Sie hat sowieso gekündigt«, sagte er.

»Hast du vor, deswegen Trübsal zu blasen oder ihr nachzulaufen oder so?«

»Schluß jetzt!« sagte Mrs. Emerson.

Sie schauten zu ihr hinüber, alle mit demselben fassungslosen Blick.

»Oh, warum führt ihr euch so auf?« sagte sie. »Man sagt immer, es ist die Schuld der Eltern. Aber was haben *wir* denn falsch gemacht? Könnt ihr mir das sagen, ich will es wirklich wissen. Was haben wir falsch gemacht?«

Niemand antwortete. Billy sank, erschöpft, weil er auf so vieles hatte achtgeben müssen, mit fest geschlossenen Augen gegen Margarets Arm. Peter spießte konzentriert Bohnen auf, und Tante Dorothy betrachtete eingehend die Anhänger ihres Armbands.

»Wir haben euch geliebt und euch, so gut wir konnten, erzogen«, sagte Mrs. Emerson. »Wir haben Fehler gemacht, aber nie absichtlich. Was hätten wir denn sonst noch für euch tun können? Darüber zerbreche ich mir andauernd den Kopf. Liegt es daran, daß ich irgend etwas getan habe? Oder daß ich irgend etwas *nicht* getan habe? Nachts, wenn ihr frisch gebadet im Bett lagt, überkam mich – ja, Reue. Ein schlechtes Gewissen. Mir fiel jedes böse Wort von mir wieder ein. Jetzt kommt mir mein Leben wie eine einzige lange Nacht vor, und ich bereue alles, was ich vielleicht getan habe, aber ich weiß, am nächsten Morgen werden mich keine Kinder begrüßen, mit denen ich von vorne anfangen könnte. Ich bin jetzt allein und sehne mich nach euch, und ich weiß immer noch nicht, was ich falsch gemacht habe. Bin ich wirklich schuld? Bin ich?«

»Natürlich nicht, Mutter«, sagte Mary.

»Dann denke ich manchmal, daß ihr von Anfang an wirr im Kopf ward, und ich gar nichts daran hätte ändern können. Wollt ihr das bestreiten?«

»Mutter –«

»Was ist mit Andrew? Was ist mit Timothy? Ich war immer ein so *liebenswürdiger* Mensch. Von wem haben sie das nur?«

Ihre Gesichtszüge verschwammen, entgleisten, lösten sich auf. Die anderen reagierten nur halbherzig. Einige räusperten sich, einige beugten sich plötzlich ihr entgegen. Aber niemand tat etwas. Am Ende war es Matthew, der aufstand und sagte: »Ich glaube, du solltest dich ein bißchen ausruhen, Mutter.«

»*Ausruhen*!« sagte sie, den Mund gegen eine Serviette gedrückt. Aber sie ließ sich widerstandslos hinausführen. Die anderen schoben ihre Stühle zurück und standen auf. Alvareen, die einen warmen Apfelkuchen hereinbringen wollte, blieb in der Tür stehen. »Wir brauchen keinen Nachtisch«, sagte Mary zu ihr. »Sie sind wirklich eine Optimistin. Haben Sie schon je davon gehört, daß diese Familie bis zum Ende einer Mahlzeit sitzen bleibt?«

»Ihre Mutter und Elizabeth haben das immer getan«, sagte Alvareen.

Die anderen verließen nacheinander das Eßzimmer. Mary trug den schlaffen, scheinbar knochenlosen Billy zu einem Schaukelstuhl beim Kamin. Mrs. Emerson, die sich wieder unter Kontrolle hatte, stieg, dicht gefolgt von Matthew, die Treppe hoch. »Ich werde nur kurz die Decke zurückschlagen«, sagte er. »Du wirst dich besser fühlen, wenn du dich ein bißchen hingelegt hast.«

»Du hast recht, ich habe in der letzten Zeit nur wenig geschlafen«, sagte Mrs. Emerson.

Aber statt sofort ins Bett zu gehen, blieb sie an der Tür zu Margarets Zimmer stehen. Elizabeth wickelte gerade Holzstücke in Seidenpapier und steckte sie in einen Tornister. »Elizabeth«, sagte Mrs. Emerson, »ist der Tod unverzüglich eingetreten?«

Elizabeth schaute nicht einmal hoch. »O ja«, sagte sie, ohne Überraschung in der Stimme, und klappte den Deckel des Tornisters zu und schnallte die Stoffriemen fest.

»Dann hat er also keine, hat nicht noch etwas gesagt –«

»Nein.«

»Vielen Dank. Ich wollte eine klare Antwort darauf haben.«

»Gern geschehen«, sagte Elizabeth.

Matthew faßte seine Mutter am Arm, weil er glaubte, sie

würde jetzt weitergehen, aber das tat sie nicht. »Sie packen also«, sagte sie. »Ich hätte nie gedacht, daß Sie tatsächlich weggehen würden.«

»Na ja, ich habe zu Hause viel zu erledigen. Ich muß mich beim College zurückmelden.«

»Können Sie das nicht per Post machen?«

»Ich glaube, es ist besser, wenn ich runterfahre«, sagte Elizabeth.

Sie hatte immer noch nicht hochgeschaut. Sie hatte begonnen, Hemden rechteckig zusammenzufalten und in einen Koffer zu legen. Dieses eine Mal konnte nichts sie ablenken oder aufhalten. Seine Mutter hatte das offenbar auch bemerkt. »*Warum* nur, Elizabeth?« sagte sie. »Geben Sie *mir* die Schuld?«

»Die Schuld wofür?«

»Oh, nun – wieso lassen Sie mich einfach so im Stich? Wollen Sie, daß ich die nächsten Monate ganz allein durchstehen muß? Das *letzte* Mal sind Sie bei mir geblieben.«

»Es tut mir leid«, sagte Elizabeth.

Mrs. Emerson hob eine Hand und ließ sie dann resigniert sinken. Widerstandslos ließ sie sich über den Flur in ihr Zimmer führen.

»Ich habe dem Mädchen niemals völlig getraut«, sagte sie.

Dann legte sie sich hin und bedeckte die Augen mit einem Unterarm. Matthew zog die Vorhänge zu und ging hinaus.

Als er den Flur wieder überquerte, sah er, daß Elizabeths Tür geschlossen war: ein unmißverständliches Zeichen, es schien nur für ihn bestimmt zu sein. Er blieb eine Weile in gebeugter Haltung und mit hängenden Armen vor dem Zimmer stehen. Aber Elizabeth kam nicht heraus, und schließlich ging er nach unten.

Melissa und Peter spielten Poker. »Er ist sehr erfolgreich«, sagte Melissa gerade. »Er besitzt seine eigene Firma. Aber er nörgelt immerzu an mir herum, und dann streiten wir uns. Weißt du was? Manchmal, wenn wir ausgehen wollen, verlangt er von mir, daß ich mich umziehe, bloß weil er an den Sachen, die ich trage, irgendwas auszusetzen hat. Er rennt dann zu meinem Schrank und schiebt jedes einzelne Kleid auf der Stange zur Seite, um zu entscheiden, welches ihm am besten gefällt. Was soll man mit so einem Menschen nur machen?« Peter betrachtete stirnrunzelnd seine Karten. Er versuchte nicht einmal den Anschein zu erwecken, als höre er ihr zu.

Margaret redete ebenfalls über einen Mann, allerdings in ihrem typischen gedämpften Tonfall. Sie lag auf einem Sofa, wickelte eine schlaffe Haarlocke um einen Finger und erzählte Mary über jemanden namens Brady. »Bevor das hier passierte, hatte ich noch vor, ihn demnächst einmal mitzubringen«, sagte sie.

»Tu's lieber nicht«, sagte Mary, die Billy friedlich schaukelte. »Alles, was man in diesem Haus tut, geht schief.«

»Aber er hat mir schon mehrere Heiratsanträge gemacht. Mutter wird furchtbar wütend sein, wenn sie ihn nicht vorher kennenlernt.«

»Also, das sagt ausgerechnet eine, die beim ersten Mal durchgebrannt ist –«

»*Den* kannte Mutter immerhin.«

»Sie hat ihn bloß ein paarmal gesehen, wenn er die Lebensmittel brachte«, sagte Mary. »Sie neigt nicht gerade zu vertraulichen Gesprächen mit irgendwelchen dahergelaufenen Lieferanten.«

»Das ist kein Grund, so gehässig zu sein.«

»Bin ich doch gar nicht. Können wir uns nicht wie normale Menschen unterhalten? Ich begreife sowieso nicht, warum du überhaupt heiraten willst – du bist nicht der Typ dazu.« Sie legte Billy bequemer hin und überprüfte mit geschürzten Lippen und fachmännischem Gesichtsausdruck, ob er noch schlief. »Zu unordentlich. Du würdest jeden Mann in den Wahnsinn treiben. Anscheinend glaubst du, als Ehefrau würde man den ganzen Tag in einem weißen Kleid durchs Haus schweben. So ist es aber nicht.«

»Ich weiß. Schließlich lese ich Frauenzeitschriften.«

»Die Männner erwarten, daß *wir* uns um *sie* kümmern; es ist nicht umgekehrt. Ständig bitten sie einen, irgend etwas aufzuheben, wegzuräumen oder zu suchen. Nimm beispielsweise Morris – jeden Morgen sage ich zu ihm, daß die Butter im Butterfach liegt. Nie hört er mir zu. Er macht die Kühlschranktür auf und bekommt einen riesigen Schreck: ›Die Butter, wo ist die Butter, uns ist schon wieder die Butter ausgegangen.‹ ›Sie ist im Butterfach, Schatz.‹ Oh, das würdest du nicht lange aushalten. Ich denke selbst oft daran, alles hinzuschmeißen.«

Das Telefon klingelte. Matthew ging zum Sessel und nahm den Hörer ab. »Hallo«, sagte er.

»Oh, Matthew«, sagte Andrew.

»Hallo, Andrew.«

»Was ist los?«

»Nichts. Wieso?«

»Bist du nicht froh, meine Stimme zu hören?«

»Natürlich bin ich froh«, sagte Matthew.

»Das klang aber nicht so.«

»Mach dich nicht lächerlich«, sagte Matthew. »Rufst du aus einem bestimmten Grund an?«

Am anderen Ende der Leitung war ein knackendes Geräusch zu hören – Andrew fummelte bestimmt nervös am Telefon herum. Seine Hände waren immerzu hektisch in Bewegung, er verdrehte sie, zappelte mit den Fingern oder knetete seine Daumen, während er ansonsten schlaff und bewegungslos wirkte. Genau wie eine Spielzeugpuppe neigte er dazu, sich nicht von der Stelle zu rühren, wenn man ihn irgendwo abgesetzt hatte – momentan war er in New York, nachdem er versucht hatte, dort aufs College zu gehen. Es waren ungeheure Anstrengungen anderer Leute nötig, um sein Leben in irgendeiner Weise zu verändern, und in letzter Zeit hatte niemand sich dazu in der Lage gefühlt. Warum auch? Sein Leben in New York verlief in ebenso unveränderlichen Bahnen wie die Gleise einer Modelleisenbahn – er ging von seiner Pension zur Bibliothek und zurück zur Pension und jeden Mittwoch zum Mittagessen mit Melissa in das einzige Restaurant, das seine Billigung fand (das einzige, in dem er je gewesen war; irgend jemand hatte ihn einmal dorthin mitgenommen), und wenn er zu einem seiner drei bis vier Besuche pro Jahr zu Hause eintraf, war er wegen der Änderung seines normalen Tagesablaufs bleich und verstört. Er mißtraute Flugzeugen (das lag in der Familie), und das Ruckeln von Eisenbahnwaggons versetzte ihn in Panik, und er hatte nie gelernt, Auto zu fahren. Daher blieb ihm nichts anderes übrig, als den Bus zu nehmen. Bus, dachte Matthew und zuckte zusammen: »Mein Gott«, sagte er. »Du bist in Baltimore.«

»Du hast es vergessen.«

»O nein, ich bin bloß –«

»Du hast vergessen, daß ich kommen würde. Wäre es dir lieber, wenn ich gleich wieder zurückfahre?«

»Nein, Andrew.«

»Hier fahren andauernd Busse ab.«

»Ich wußte, daß du kommen würdest. Mir hat nur niemand gesagt, wann«, sagte Matthew. »Ich hole dich sofort ab.«

»Nun ja –«

»Warte dort.«

»Aber nur, wenn euch mein Besuch wirklich recht ist«, sagte Andrew.

»Das ist er. Bleib, wo du bist. Tschüs.«

Er legte auf und durchquerte rasch das Zimmer. »Ich muß Andrew abholen«, sagte er.

»O Gott«, sagte Melissa. »Das ist zuviel für mich.«

»Ich bin bald zurück.«

»Erzähl es ihm unterwegs, Matthew. Dann haben wir es hinter uns.«

»Bist du verrückt?« fragte Mary. »Warum haben wir es ihm dann überhaupt verheimlicht, wenn wir es ihm jetzt direkt ins Gesicht sagen? Erwähn es mit keinem Wort, Matthew. Bring ihn sofort nach Hause. Vielleicht warten wir noch bis morgen damit.«

»Ich glaube, ich muß mich übergeben«, sagte Melissa. »Ich habe einen nervösen Magen.«

Matthew ging hinaus. In der Diele traf er Elizabeth, die gerade mit ihrem Koffer und ihrem Tornister die Treppe herunterkam. Unter der Last des Gewichts sah sie schief aus. Sie trug immer noch dasselbe Kleid wie in der Kirche, und auf der Vorderseite des Rocks klebten feuchte Borkenstücke. Sie sah ihn und blieb auf der untersten Stufe stehen. Er verspürte den Drang, sie, genau wie sie jetzt vor ihm stand, mit Gepäck und schäbiger Handtasche und sich auflösendem Haarknoten, so lange unter eine Glasglocke zu stellen, bis das Leben sich normalisiert hätte und er sich genau überlegen konnte, was er zu ihr sagen wollte. »Kannst du nicht noch ein bißchen bleiben?« fragte er. »Geh erst später. Warte zumindest, bis ich vom Busbahnhof zurück bin.«

»Oh, du fährst zum Busbahnhof«, sagte Elizabeth. »Da will ich auch hin.«

»Warum?«

»Ich nehme den Bus. Du kannst mich mitnehmen.«

»Oh, ich dachte – ich hatte vermutet, du würdest dir jemanden suchen, der dich mitnimmt.«

»Dazu hat die Zeit nicht gereicht«, sagte Elizabeth.

Sie gab ihm den Koffer. Von den vielen traurigen Momenten des heutigen Tages kam ihm dieser wie der traurigste vor – das Aufblitzen der hellen Innenseite des Handgelenks mit dem klobigen Uhrenarmband, als Elizabeth ihm den Koffer reichte. Wo waren ihre Mitfahrgelegenheiten vom Schwarzen Brett, jene abenteuerlichen alten Autos voll mit Johns-Hopkins-Studenten, die sonst immer vorfuhren? Wo waren ihre Jeans und ihre Mokassins mit den angeknabbert aussehenden Troddeln und ihre ungeduldigen, abwehrenden Handbewegungen, wenn er ihr beim Tragen von etwas helfen wollte, das aussah, als sei es zu schwer für sie?

»Wartest du auf irgendwas?« sagte Elizabeth.

»Nein.«

»Dann laß uns gehen.«

»Aber – warum so eilig? Du hast dich gar nicht verabschiedet. Mutter ist noch in ihrem Zimmer.«

»Ich schreibe ihr einen Bedanke-mich-Brief.«

»Na gut, wenn du unbedingt willst«, sagte Matthew.

Sie gingen rasch den Bürgersteig entlang. Elizabeths nach oben gebogene Pumps machten ein klapperndes Geräusch, und der Tornister baumelte von ihrer Schulter. »Spring rein«, sagte Matthew. »Wir müssen Andrew erwischen, ehe er mit dem nächsten Bus wieder wegfährt.«

»Oh, Andrew«, sagte Elizabeth, aber ihre Stimme klang dumpf und müde. Es hörte sich so an, als wolle sie nichts mehr von den Emersons wissen.

Auf dem ganzen Weg in die Stadt suchte Matthew nach Worten, verwarf sie und suchte nach neuen, um mit der abweisend wirkenden, schweigenden Gestalt neben sich Kontakt aufzunehmen. Er fuhr unkonzentriert, und mehrmals blieb er vor Ampeln so lange stehen, bis die Wagen hinter ihm hupten. »Du wirst nicht mehr sehen, was aus den neugepflanzten Sträuchern wird«, sagte er irgendwann zu ihr. Und später dann: »Paßt es dir, wenn ich im August zu Besuch komme?« Sie antwortete nicht. »Dann habe ich nämlich Ferien.« Elizabeth holte lediglich ihr Portemonnaie aus der Handtasche und fing an, ihr Geld zu zählen. »Hast du genug?« fragte er.

»Klar.«

»Hast du deinen Lohn für die letzte Woche von Mutter bekommen?«

»Meinen Lohn?«

Wenn Elizabeth Fragen mit Gegenfragen beantwortete, hatte es keinen Zweck, mit ihr zu reden.

Sie kamen an dunklen, schmalen Gebäuden vorbei, die im Frühlingslicht plötzlich freundlicher aussahen. Alte Frauen, auf bröckelnden Vordertreppen sitzend, schnappten frische Luft, und Kinder fuhren Rollschuh. Im ältesten Teil der Stadt standen, vor dem Gewirr aus Kneipen, Pfandleihen und Billigjuwelieren, Männer in schwarzen Jacketts auf den Bürgersteigen und verkauften in Papier eingewickelte Narzissensträuße. Matthew stellte den Wagen vor dem Busbahnhof im Parkverbot ab, weil er Angst hatte, die Abreise von Elizabeth und Andrew nicht verhindern zu können, wenn er noch mehr Zeit verlor. »Bleib dicht bei mir«, sagte er zu Elizabeth. »Ich muß erst Andrew finden. Geh nicht weg.«

»Wie könnte ich? Du hast ja meinen Koffer.«

»Oh.«

Sie gingen durch die Türen und dann in Richtung Fahrkartenschalter. Nur zwei Leute standen dort an, und der erste der beiden war Andrew. »Andrew!« rief Matthew. Er rannte los, war aber klug genug, Elizabeths Koffer in der Hand zu behalten. Andrew, der dem Mann hinter dem Schalter gerade ein paar Geldscheine geben wollte, drehte sich um. Er war beinah so groß wie Matthew, aber blond und blaß. Er wirkte zerbrechlich, und sein Anzug hing in losen Falten an ihm herunter. Er hatte ein längliches, spitzes Gesicht. »Ich kaufe gerade eine Rückfahrkarte«, sagte er.

»Das kannst du nicht tun.«

»Natürlich kann ich, wenn ich will.«

»Das ist alles ein Mißverständnis«, sagte Matthew. Er packte Andrew am Ärmel, und der Fahrkartenverkäufer verschränkte die Arme und legte sie auf den Tresen, um besser zuschauen zu können. »Die anderen warten zu Hause auf dich«, sagte Matthew. »Ich soll dich zu ihnen bringen.« Dann, an den Fahrkartenverkäufer gewandt: »Er braucht keine Fahrkarte.« Er zog Andrew beiseite, und die dicke Frau hinter ihm rückte mit einem verärgerten Schulterzucken zum Schalter vor.

»Jetzt muß ich mich wieder hinten anstellen«, sagte Andrew.

»Du weißt genau, daß du dich wie ein Idiot benimmst.«

»Ach, tu ich das?« sagte Andrew. »Und warum hat sie nicht daran gedacht, dir Bescheid zu sagen? Hat sie vergessen, daß ich kommen wollte? Oder hat sie es dir gesagt, und *du* hast es vergessen? Oder wolltest du dir einfach die Mühe sparen, mich abzuholen?«

Seine Augen schienen tiefer in den Augenhöhlen zu liegen und enger zusammenzustehen als sonst. Er versuchte seinen Arm aus Matthews Umklammerung zu befreien und bewegte sich zentimeterweise zurück zum Schalter. Wenn er sich jedoch wirklich hätte losmachen wollen, wäre es ihm gelungen. Der Plan, nach New York zurückzukehren, war eine seiner üblichen vorübergehenden Anwandlungen, und obwohl sie bereits schwächer wurde, verfolgte er den eingeschlagenen Weg weiter, da er zu stolz war, um nachzugeben. Man mußte ihm jetzt nur noch einen würdevollen Rückzug ermöglichen. »Hör mal«, sagte Matthew, aber die zittrige Anspannung von Andrews dürrem, unter dem Ärmel nackten Arm schien sich auf Matthew zu übertragen. Er brachte die Worte nicht heraus. »Du könntest, könntest –«

Und um alles noch schlimmer zu machen, ging die dicke Frau vom Schalter weg, und die hinter ihr stehende Person trat vor: Elizabeth. Gefaßt und distanziert ließ sie den Verschluß ihres Portemonnaies aufschnappen. »Ellington, North Carolina«, sagte sie.

»Elizabeth!«

Aber sie konnte er nicht so einfach beiseite ziehen. Sie fuhr fort, das Geld abzuzählen, und der Fahrkartenverkäufer schaute mit einem eigenartigen Blick zu Matthew hoch.

»Elizabeth, momentan geht alles drunter und drüber«, sagte Matthew. »Bleib bitte noch. Komm mit mir zurück nach Hause und nimm einen späteren Bus. Es gibt ein paar Dinge, über die ich mit dir reden will.«

»Dürfte ich bitte meine Fahrkarte haben?« sagte Elizabeth. Der Verkäufer zuckte die Achseln und ging zum Bord mit den

Fahrkarten. Elizabeth legte das Geld fächerförmig auf den Tresen. »Zum Glück fährt gleich ein Bus«, sagte sie. »Den will ich nicht verpassen.«

»Das ist mir klar. Ich mache dir auch keine Vorwürfe, aber ich kann dich nicht einfach so gehen lassen. Ich muß noch etwas mit dir besprechen.«

»Es gibt nichts zu besprechen«, sagte Elizabeth.

Das sah er anders, aber es fiel ihm schwer zu reden, solange Andrew dabei war. Er stand zwischen ihnen, wippte mit den Füßen und blickte neugierig zwischen ihnen hin und her. »Ich glaube, wir sind uns noch nicht vorgestellt worden«, sagte er.

»Elizabeth«, sagte Matthew. »Ich liebe dich. Ich will dich heiraten.«

»*Heiraten*?« sagte Andrew.

»Ich bin nicht interessiert«, sagte Elizabeth.

»Warum?«

»Ich will hier weg. Ich habe die Nase voll von euch Emersons. Vielen Dank«, sagte sie zum Kartenverkäufer und stopfte die Fahrkarte in ihre Handtasche.

Andrew sagte: »Wer immer Sie auch sind, woher wollen Sie wissen, ob die Emersons nicht auch von Ihnen die Nase voll haben?«

»Andrew, halt dich da raus«, sagte Matthew.

Andrew drehte sich abrupt um und ging zum Schalter.

»Andrew!« sagte Matthew. »Komm sofort wieder her!«

»Da siehst du, was ich meine«, sagte Elizabeth.

»Du kannst dich doch nicht weigern, mich zu heiraten, nur weil ich einen verrückten Bruder habe. Andrew! Elizabeth, hör mir zu.«

»Dein Bruder ist nicht der einzige Verrückte«, sagte Elizabeth. »Ihr seid alle verrückt. Oh, ich weiß, ich hätte schon vor Monaten weggehen sollen. Warum habe ich nur den Fehler gemacht zu bleiben? Gib mir bitte meinen Koffer.«

»Nein«, sagte Matthew. Er hielt ihn fest. »Elizabeth –«

Sie drehte sich um und verließ ihn mit schnellen Schritten, daß ihr Tornister hin und her schwang. Sie marschierte zum Ausgang, in Richtung der Busbahnsteige, aber er konnte nicht glauben, daß sie es wirklich ernst meinte. Immerhin hatte er noch ihren Koffer. Er hielt den Griff fest umklammert. Als Andrew, mit einer Fahrkarte wedelnd, zurückkam, sagte Matthew: »Hier, nimm den Koffer. Paß auf ihn auf. Ich bin gleich wieder da.« Dann drängelte er sich durch eine Gruppe von Frauen mit Hüten hindurch, vorbei an einem Mädchen mit einem Waldhornkasten und einer winzigen alten schwarzen Frau, die einen Wellensittich in einem Käfig bei sich trug. Einmal glaubte er, Elizabeth entdeckt zu haben, aber er irrte sich; der beigefarbene Stoff, den er sah, gehörte zur Uniform eines Soldaten. Er ging durch den Ausgang nach draußen, wo die Motoren etlicher Busse im Leerlauf liefen und Männer eilig Gepäckkarren schoben. Ein Bus, der bereits zurücksetzte, hatte angehalten, und seine Eingangstüren öffneten sich für Elizabeth. »Warte!« rief Matthew. »Ich habe noch deinen *Koffer*!« Falls sie ihn überhaupt gehört hatte, war es ihr egal. Sie stolperte die Stufen hinauf und schob dabei ihren Tornister höher auf die Schulter. Das letzte, was er von ihr sah, war eine Schuhsohle, an der ein rosafarbenes Stück Kaugummi klebte. Dann schlossen sich die Türen wieder.

Als Matthew in die Halle zurückkehrte, wartete Andrew gehorsam neben dem Koffer. Er berührte Matthew an der Schulter. »Laß uns nach Hause fahren, Matthew«, sagte er, kleinlaut wie ein Kind, das gerade ausgeschimpft worden war. »Ich würde sie einfach vergessen«, sagte er. »Sie sah irgendwie merkwürdig aus. Mit so jemandem sollten wir uns nicht abgeben.«

6 Elizabeth hatte einen Alptraum gehabt, an den sie sich nicht erinnern konnte. Sie erwachte und setzte sich mit pochendem Herzen auf, während ihr vage Eindrücke von übelwollenden Geistern durch den Kopf schossen. Aber das Zimmer war warm und sonnenbeschienen, und ein leichter Windzug kräuselte die gepunkteten Musselinvorhänge. Sie legte sich hin und schlief wieder ein. Sie träumte, daß sie Knöpfe reparierte – der Abschluß jedes Alptraums, den sie im vergangenen Monat gehabt hatte, und ebenso langweilig und tröstlich wie ein Glas heiße Milch. Sie fuhr mit den Händen durch einen Berg angestoßener oder zerbrochener Knöpfe, die in einem Pappkarton lagen. Sie waren aus Plastik, Glas, Leder, Messing, Perlmutt. Sie fügte die beiden Hälften eines winzigen weißen Knopfes zusammen, der an einen Hemdkragen gehörte. Sie erneuerte das komplizierte Geflecht eines Lederknopfs von einem Blazer. Sie klebte eine längliche Metallöse an einen Mantelknopf und eine Perlmuttscheibe in ihre Metallfassung; sie entdeckte den fehlenden pinkfarbenen herzförmigen Plastikknopf eines Babyjäckchens. Sie bewegte ihre Hände sicher und geschickt, und das wilde Entsetzen des Alptraums wich einer stillen Beschaulichkeit. Weitere Knöpfe tauchten auf, in Zigarrenkisten und Kaffeedosen und Heftpflasterschachteln. Manchmal erlahmte ihr Eifer. Warum flickte man etwas so Zerbrechliches? Warum durfte sie die Knöpfe nicht einfach wegwerfen und neue kaufen? Aber es bereitete ihr auch eine gewisse Freude, ihre Aufgabe so gut zu erledigen. Sie machte weiter und wühlte sich durch einen Wust kleiner bunter Scheiben. Sie erwachte und fühlte sich so erschöpft, als habe sie die ganze Nacht körperlich gearbeitet.

Ihre Mutter stand in der Küche und betätigte den Mixer.

»Weißt du eigentlich, wie spät es ist?« sagte sie zu Elizabeth.

»Viertel nach elf«, sagte Elizabeth. Sie schenkte sich ein Glas Orangensaft ein und setzte sich auf einen Hocker.

»*Früher* bist du nie so spät aufgestanden. Geht es dir gut?«

Mrs. Abbott schüttete Kondensmilch in die Rührschüssel. Ihr Gesicht wirkte von weitem jung und schmal und fröhlich, aber aus der Nähe konnte man ein Gewirr dünner Falten erkennen, das an zusammengeknülltes und wieder glattgestrichenes Seidenpapier erinnerte. Sie trug ein Gingankleid und Segeltuchslipper, und sie bewegte sich mit einer raschen, energiegeladenen Entschlossenheit, durch die sich Elizabeth noch schwerfälliger als ohnehin schon vorkam. Mit zwei schnellen Bewegungen schabte sie über den Innenrand der Rührschüssel und drückte dabei den Schaber fest gegen die Schüssel. »Vielleicht brütest du etwas aus?« sagte sie.

»Mir geht es gut.«

»Du siehst ein bißchen käsig aus.«

»Es ist alles in Ordnung.«

Aber das stimmte nicht. Ihr Kopf schmerzte, ihre Kehle war trocken, ihre Augenlider brannten. Ihre Gelenke schienen dringend geölt werden zu müssen. Sie fragte sich, ob sie in ihre Einzelteile zerfiel, so wie die Maschine, von der Mrs. Emerson gesprochen hatte. Vielleicht hatte sie mit dreiundzwanzig ihren Zenit schon überschritten und war jetzt auf dem langen Weg bergab. »Mit dreiundzwanzig«, ertönte Timothys Stimme aus dem Nichts, »ist bei einer Frau das sexuelle Empfinden am stärksten ausgeprägt, und du wirst es später sehr bereuen, diese Zeit nicht genutzt zu haben.«

Seine Worte streiften ihr rechtes Ohr. Sie verscheuchte die Stimme. Tagsüber wurde man mit Geistern leicht fertig.

Ihre Mutter zerteilte zwei Eier über der Rührschüssel, und dann streute sie etwas Salz hinein. Zwei- bis dreimal pro Jahr verbrachte sie einen ganzen Vormittag in der Küche und kochte dieses Gericht – Hähnchen mit Reis und einer hellen Sahnesoße. Sie machte immer ein Dutzend Portionen auf einmal und fror sie ein, bis irgendein Gemeindemitglied erkrankte oder starb. Zur Aufbewahrung benutzte sie Wegwerfschalen aus Aluminiumfolie, um es den Hinterbliebenen zu ersparen, sie zu spülen und zurückzugeben. Wie unerhört rücksichtsvoll. Was würden der alte Mr. Baily oder die kränkliche Daphne Wright wohl sagen, wenn sie wüßten, daß bereits jetzt das Essen für ihr Begräbnis fix und fertig im Kühlfach stand? Elizabeth beobachtete, wie ihre Mutter mehrere gekochte Hühnchen auf der Arbeitsplatte zerlegte und die glitschige graue Haut der Colliehündin zuwarf, die zu ihren Füßen herumzappelte. »Dasselbe hast du auch gemacht, als ich *letztes* Mal hier war«, sagte Elizabeth. »Die Leute müssen wie die Fliegen gestorben sein.«

»Oh, das stimmt«, sagte ihre Mutter. »Ich habe sogar noch eine weitere Ladung gekocht, während du weg warst.« Ihre Stimme klang gutgelaunt und sachlich. Oberflächlich betrachtet, war sie die perfekte Pfarrersfrau; sie saß während der Gottesdienste mit andächtig gesenktem Kopf unter der Kanzel ihres Ehemannes und sprach den Verwandten von Verstorbenen mit der angemessen sanften, stockenden Stimme die angemessenen Worte des Mitgefühls aus. Aber im Grunde war sie betriebsam und praktisch veranlagt, und falls es ihr möglich gewesen wäre, ihr Mitgefühl tiefgekühlt zu lagern, hätte sie es wahrscheinlich getan. Jetzt riß sie einen Schenkelknochen von einem Huhn ab und warf ihn in Richtung Mülleimer. Aber Elizabeth fing ihn auf und bot ihm der Hündin an. »Laß das, Elizabeth«, sagte sie und entriß ihr den Knochen, ohne dabei den Rhythmus ihrer Bewegungen zu verändern. »Hühnerknochen sind nichts für dich, Hilary«, sagte sie zu der Hündin. »Du könntest dich an den Splittern verletzen.«

»Ach, das bezweifle ich«, sagte Elizabeth.

»Willst du die Tierarztrechnung bezahlen?«

»Nein, das ist Hilary mir nicht wert.«

Elizabeth warf der Hündin, die hübsch, aber dumm war, einen finsteren Blick zu. Sie hatte ein helles Fell und eine lange dünne Nase. Weil man sie nicht in die Nähe von Hühnern lassen konnte, wurde sie, genau wie ein Stadthund, im Haus gehalten, und durch ihre aufgestaute Energie war sie nervös und

167

reizbar. Sie streifte unruhig durch die Küche, und ihre Krallen machten klickende Geräusche auf dem Linoleum. »Ich mag dich nicht«, sagte Elizabeth zu ihr. Hilary gähnte und legte sich, nachdem sie sich ein paarmal um die eigene Achse gedreht hatte, auf den Boden.

»Dein Vater hat Schwierigkeiten mit der Predigt für morgen«, sagte Elizabeths Mutter. »Er arbeitet noch daran, aber wenn er fertig ist, will er sich mit dir unterhalten.«

»Worüber?«

»Das wird er dir selber sagen.«

»Faulheit«, sagte Elizabeth, »Ziellosigkeit. Schlampigkeit.«

»Ach, Elizabeth.«

»Na ja, darum geht's doch, oder?«

»Wenn du es so genau weißt«, sagte ihre Mutter, »warum *unternimmst* du dann nichts dagegen?«

Elizabeth stand auf. »Ich glaube, ich mache einen Spaziergang mit dem Hund.«

»Tu das. Die Leine hängt an der Türklinke.«

Sie schlich durchs Haus, und Hilary sprang hechelnd und winselnd hinter ihr her. Sie fühlte sich in keinem der Räume wohl. Bis vor ein paar Jahren hatten sie in einer alten, viktorianischen Pfarrei aus Holz gewohnt, aber dann hatten die Frauen aus der Gemeinde (die immerzu hektisch bemüht waren, Reverend Abbott das Leben leichter zu machen) dafür gesorgt, daß ein Backsteinbungalow gebaut wurde. Er stand näher an der Kirche, was kein Vorteil war, da sich die Kirche zwischen Tabakfeldern weit außerhalb des Ortes befand. Der Grundriß des Hauses war langweilig und banal. Sogar die Geräusche, die es machte, waren banal – Sperrholzwände knarrten leise, Teppiche raschelten, Wasser lief zischend in die moderne flache Badewanne. Mr. Abbott, der empfindlich gegen Zug war, liebte den Bungalow. Mrs. Abbott haßte ihn, allerdings war das bloß eine Vermutung von Elizabeth. Mrs. Abbot glich Elizabeth in vielen Dingen; sie mochte Holz und Steine; es hatte ihr Spaß gemacht, den tückischen Boiler oder die ständig klemmende Fliegengittertür im alten Haus zu überlisten. Wenn sie in ihrer neuen stromlinienförmigen Küche arbeitete, hielt sie manchmal inne und schaute den Herd, der die Garzeiten selber überwachte, verständnislos an. Dann sagte Elizabeth: »Wir könnten jederzeit wieder umziehen.«

»Umziehen? Was würde die Gemeinde dazu sagen? Außerdem soll das alte Haus demnächst abgerissen werden.«

Elizabeth hakte die Leine in Hilarys Halsband ein und trat vor die Tür. Die Sonne brannte auf sie herunter. Es war erst Anfang Juni, aber in dem baumlosen Garten war es so heiß wie im August. Elizabeth überquerte die ebene Rasenfläche und ging die zum Highway führende Lehmböschung hinunter. Rechts von ihr stand die Kirche, die, genau wie das Haus, unverputzte Backsteinmauern hatte und auf deren Dach der weiße Kirchturm aufragte. Der Friedhof und der Parkplatz lagen dahinter. Neben der Kirche stand, unter einem Pekannußbaum, der Bus der Sonntagsschule. ELLINGTONER BAPTISTENGEMEINDE lautete die Inschrift auf den Seitenwänden. »DAS ZIEL IST DEN WEITEN WEG WERT.« Sie hatte es noch nie geschafft, sich diesen Satz richtig zu merken. Nachts mußte sie manchmal daran denken: Das Ziel ist den weiten Weg wert, der weite Weg ist das Ziel wert. Wie lautete es richtig? Eigentlich spielte es keine Rolle. Sie blieb stehen, damit der Hund sich neben dem Briefkasten hinhocken konnte, und ging dann die Straße entlang.

Die Felder waren, soweit das Auge reichte, mit properen weißen Bauernhäusern gesprenkelt. Jedes davon umgab ein schützender Ring aus Hühnerställen und Schweinekoben, Scheunen und Tabaksscheunen, Geräteschuppen und weißgetünchten Zäunen. Gelegentlich tauchte in der Ferne, stecknadelkopfgroß, ein Mensch auf, der einen Maulesel antrieb oder einen Futtersack trug. Niemand schien Elizabeth zu bemerken. Sie vermutete, daß die Nachbarn sie als das schwarze Schaf der Familie ansahen – die mißratene Tocher des Pfarrers, die bis elf

Uhr im Bett lag und nichts Besseres zu tun hatte, als den Hund spazieren zu führen.

Auf der unkrautüberwucherten Wiese dort drüben, auf der nichts Nützliches wuchs, wurde in jedem August ein Zelt für einen Evangelisten aufgebaut. Bei seinen Predigten stand er hinter einer tragbaren Kanzel und schwitzte im Licht der fliegenverkrusteten Glühbirnen, weil er die ganze Zeit brüllte und mit den Armen fuchtelte. Sein Thema war der Tod und die Hölle, in die man anschließend kam – wenn man es versäumte, sich in diesem kurzen Leben Gott anheimzugeben. Elizabeths Vater saß neben ihm auf einem hölzernen Klappstuhl. »Eigentlich müßte es dich doch ärgern«, hatte Elizabeth vor Jahren zu ihm gesagt, »daß erst jemand anderes kommen muß, um die Menschen deiner Gemeinde zu erretten.« »Das ist eine höchst sonderbare Vermutung von dir«, hatte ihr Vater gesagt. »Wenn die Menschen das richtige Ziel erreichen, spielt es keine Rolle, auf welchem Weg sie dorthin gelangen.« Sie hatte seine Worte nicht für bare Münze genommen; das tat sie nie. Sie hatte, in ihrem weißen Kleid mit den Puffärmeln, in der vordersten Reihe gesessen, aufmerksam zugeschaut und sich ihre eigene Meinung gebildet: Der Evangelist pflückte die Sünder wie reife Pflaumen, und ihr Vater, der lächelnd daneben stand, paßte auf, daß sie in den großen Korb, den er in Händen hielt, plumpsten. Sein Lächeln war gütig und wissend. Biedere baptistische Hausfrauen waren plötzlich so aufgewühlt, daß sie, zitternd und weinend, ihre Kinder an den Händen faßten und gemeinsam mit ihnen nach vorne stürmten, während der Chor »Stehe auf, stehe auf für Jesus« sang. Elizabeths Vater schaute dann lächelnd auf sie hinab und fügte im Geiste ihre Namen einer immerwährenden Liste hinzu. Was aber, wenn sie es sich am nächsten Morgen anders überlegten? Einige taten das, denn im nächsten Jahr liefen sie wieder nach vorne, so als verspürten sie das Bedürfnis, erneut errettet zu werden. Eine Freundin von Elizabeth war, ehe sie vierzehn wurde, schon dreimal errettet worden. Jedesmal heulte sie und gelobte, ihre Mutter mehr zu lieben und nie wieder zu lügen. Sie schenkte Elizabeth ihre Armreifen und ihre Flasche mit Schaumbad, ihre Filmzeitschriften und ihre verstellbaren, aus Dick-Tracy-Bonbonschachteln stammenden Monatssteinringe sowie alle ihre übrigen eitlen Besitztümer. »Oh, wie kannst du nur *sitzen* bleiben«, sagte sie, »wenn die Stimme des Predigers so laut donnert und dein Vater so gütig strahlt. Ich bin ein völlig neuer Mensch geworden«, sagte sie. Allerdings hielt dieser Zustand nie lange an. Aber Elizabeth war immer wieder fassungslos, wenn sie einen kurzen Blick von der geläuterten Sue Ellen mit ihrem vor Aufregung geröteten Gesicht und den geweiteten Pupillen erhaschte. Und dann am nächsten Morgen saßen ihr Vater und der Evangelist am Frühstückstisch und bestrichen seelenruhig Buchweizenmuffins mit Butter, ohne darüber nachzudenken, was sie bewirkt hatten.

Hilary zerrte an der Leine, jaulte und zitterte vor Aufregung. »Ist ja schon gut«, sagte Elizabeth, und die beiden rannten über das Feld. Elizabeths Mokassins sanken tief in die frisch gepflügte rötliche Erde ein. Wenn die Hündin sich rasch bewegte, kräuselte sich ihr Fell wie eine Wasseroberfläche, und ihr Schwanz bauschte sich, und ihre Vorderpfoten berührten gleichzeitig graziös den Boden. Elizabeth hingegen war bedrückt und außer Atem, und ein Schmerz strahlte von einer Stelle zwischen ihren Schulterblättern auf das gesamte Rückgrat aus. »Halt, stop«, sagte sie; sie zog an der Leine, und Hilary wurde langsamer und suchte sich, immer noch hechelnd, einen Weg zwischen den Erdklumpen hindurch. Von hinten sah sie breithüftig und würdevoll aus. Die langen Haare an ihren Hinterbeinen erinnerten an zerzauste Petticoats. Den Anblick hätte Elizabeth eigentlich lustig finden müssen; warum war ihr statt dessen zum Heulen zumute? Sie betrachtete die Petticoats und die stelzenartigen Beine, die darunter hervorschauten – Alte-Frauen-Beine. Mrs. Emersons Beine. Sie sah Mrs. Emerson vor sich, wie sie, leicht seitwärts gedreht, entschlossen die Verandastufen hinunterstieg und ihr Rock um ihre dünnen, eleganten Beine herumflatterte. Das Sonnenlicht leuchtete in ihrem Haar und in den Plättchen an ihrem Armband. Sie schaute nach unten und achtete sorgfältig auf jeden Schritt, den sie mit ihren spitzen Krokodillederschuhen machte. Zuckten die inneren Enden ihrer Augenbrauen, weil sie sich über etwas Sorgen machte?

Erinnerungen an die Emersons steckten in ihr wie Schrapnells. Einzelne Gesichter tauchten immer wieder vor ihrem inneren Auge auf – Timothy, Mrs. Emerson, Margaret, die sich unbekümmert mit ihr das Zimmer voller Sägespäne geteilt hatte. Und Matthew. Immer wieder Matthew, der sie durch seine Brille mit mattem Blick anschaute und sie fragte, warum sie bei ihrem Abschied von ihm so kurz angebunden gewesen war. Ja, warum eigentlich? Sie wollte die Zeit zurückdrehen und in aller Ruhe mit ihm reden, auch wenn das bedeutete, daß sie einen späteren Bus nehmen mußte. In aller Ruhe Mrs. Emerson Auf Wiedersehen sagen und ihr Werkzeug im Keller ordentlich wegräumen. Das würde sonst niemand machen. Aber vor allem wollte sie mit Timothy nochmal von vorne anfangen. »Was auch immer passiert sein mag«, hatte Matthew zu ihr gesagt, »du darfst dir nicht die Schuld dafür geben.« Warum denn nicht? Wem sollte sie sonst die Schuld geben? Sie hatte sich Timothy gegenüber die ganze Zeit falsch verhalten, hatte sich, bis zu dem Augenblick, in dem die Pistole losgegangen war, über alles, was er sagte, lustig gemacht und ihn ständig mißverstanden; und wenn sie ihn einmal nicht mißverstanden hatte, dann hatte sie es zumindest vorgetäuscht. Sie dachte an den Abend im Schneegestöber, als er befürchtete, gestorben zu sein, und sie so tat, als begreife sie nicht, was er meinte. Wenn sie ihm schon nicht hatte helfen können, hätte sie dann nicht zumindest *zugeben* können, daß sie es nicht konnte?

»Denk nicht immer wieder darüber nach«, hatte Matthew gesagt. Aber er glaubte, daß sie über einen spontanen Selbstmord sprachen. Und er mußte sich auch nicht jede Nacht im Traum mit dem Bild eines Menschen, der an einer Schußwunde starb, auseinandersetzen.

Sie gab Hilary mit der Leine einen Klaps. »Gehen wir«, sagte sie. Dann machte sie sich auf den Weg zurück zum Bungalow, und Hilary trottete neben ihr her und warf ihr ängstliche, hilfsbereite Blicke zu. Roter Staub hatte sich in den Nähten von Elizabeths Mokassins festgesetzt. Ein heißer Wind trocknete die Haut ihres Gesichts aus. Wohin sie auch blickte, alles wirkte verdorrt, grell und unwirtlich, aber zumindest war sie wieder dort, wo sie hingehörte.

Als sie nach Hause kam, saß Polly mit ihrem Baby in der Küche. Die Kleine war das winzigste und dickste Baby, das Elizabeth je gesehen hatte. Dünne Falten umgaben ihre Handgelenke wie Gummibänder; sie hatte nicht nur ein Doppelkinn, sondern auch Doppelschenkel, Doppelknie und sogar Doppelknöchel. Polly schaukelte sie geistesabwesend im Schoß und sprach über ihren spärlich behaarten Kopf hinweg. »Da bist du ja«, sagte sie. »Ich wünschte, *ich* könnte jederzeit einen Spaziergang mit dem Hund machen, wenn ich Lust dazu hätte.«

»Warum tust du es nicht?« sagte Elizabeth. »Laß Julie bei Mutter.«

»Niemals«, sagte Polly. Sie seufzte. Sie war kleiner als Elizabeth, hatte ein herzförmiges Gesicht und wuschelige blonde Locken, die aussahen wie eine Rüschennachtmütze. »Du bist doch die mit der süßen kleinen Schwester«, hatten die Leute früher immer zu Elizabeth gesagt. Auf der High School war Polly zur Maikönigin gewählt worden. Sie war dem Stil der fünfziger Jahre treu geblieben – Schmachtlöckchen umrahmten ihre Stirn, und sie trug bonbonrosa Lippenstift. Ihr mit einem Blumenzweigmuster bedrucktes Hemdblusenkleid war makellos sauber, abgesehen von einer Stelle auf der Vorderseite, wo das Baby gerade hingespuckt hatte. »Kannst du mir bitte ein Kleenex geben?« fragte sie Elizabeth. »Was hätten die vielen Hausfrauenkurse für einen Sinn gehabt, wenn ich jetzt zulasse, daß ich so aussehe.«

»Wenn du eine Schürze mit einem Lätzchen tragen würdest –«, sagte ihre Mutter. »Ich habe das immer getan.« Sie verschloß die Wegwerfschalen, die die gesamte Breite einer Arbeitsplatte einnahmen, mit Aluminiumfolie. Ohne sich umzudrehen, sagte sie: »Polly hat die Post mit reingebracht. Wo hast du den Brief hingetan, Polly?«

»Hier ist er.«

Der Blick, den Polly ihr zuwarf, als sie ihr den Umschlag gab, verriet Elizabeth, daß die beiden über den Brief gesprochen hatten, ehe sie hereingekommen war. Sie riß ihn absichtlich vor ihren Augen auf und blieb dabei sogar stehen. Er war in Matthews geschwungener ausgeprägter Handschrift geschrieben. *Liebe Elizabeth, warum beantwortest Du keinen meiner Briefe? Ist der Koffer gut bei Dir angekommen? Warum bist Du –* sie faltete den mehrseitigen Brief zusammen und schob ihn zurück in den Umschlag. »Was gibt's zum Mittagessen?«

»Das, was ich gerade gekocht habe.«

»*Begräbnis*essen?«

Polly setzte ihr Baby auf ihrem Schoß anders hin und studierte Elizabeths Gesichtsausdruck. »Du bekommst in letzter Zeit ziemlich viel Post«, sagte sie.

»Mmh.«

»Und immer aus Baltimore. Früher warst du die schlechteste Briefschreiberin der Welt. Hast du dich geändert? Oder ist da jemand ein Optimist?«

»Ach, weißt du, das sind Leute, die ich mal kennengelernt habe«, sagte Elizabeth unbestimmt.

»Leute? Die Handschrift ist doch fast immer dieselbe.«

»Laß sie in Ruhe, Polly«, sagte ihre Mutter. »Elizabeth, sei so gut und bring das hier nach unten in die Kühltruhe.«

Sie stapelte die Aluschalen auf Elizabeths ausgestreckte Hände. Sie waren noch warm, beinahe heiß. Elizabeth legte das Kinn auf die oberste Schale und machte sich auf den Weg in den Keller. Hinter ihr versanken ihre Mutter und ihre Schwester in tiefes, bedeutungsvolles Schweigen.

Der größte Teil des Kellers war ein Hobbyraum, in dem es nach Asphalt roch. In einer Ecke stand ein Plattenspieler. Als Polly noch auf die Sekretärinnenschule gegangen war, hatte sie sich hier mit ihren Freunden getroffen, und sie hatten getanzt und Cola getrunken und unzählige Packungen Kartoffelchips vertilgt. Dann hatte Carl auf dem schmalen Plastiksofa vor dem Fernseher um ihre Hand angehalten. Elizabeth konnte sich genau an den Abend erinnern, an dem es geschah – wie Polly die Neuigkeit verkündete und dabei lächelnd zu Carl hochschaute. Damals war sie noch die kleine Schwester; erst nach ihrer Hochzeit war sie irgendwie an Elizabeth vorbeigezogen und hatte begonnen, über Elizabeths Kopf hinweg wissende Blicke mit ihrer Mutter auszutauschen. An dem Abend hatte sie Elizabeth fest an sich gedrückt und ihr vorgeschlagen, eine Doppelhochzeit zu feiern. Eine was? Elizabeth glaubte, ihre Schwester habe den Verstand verloren. Zu der Zeit war Elizabeth gerade in ihrem ersten College-Jahr, hatte noch zu Hause gelebt und keine Jungs mitgebracht, außer einmal den Waschcenter-Räuber, denn den lieben armen Dommie konnte man beim besten Willen nicht mitzählen. Sie hatte den Hobbyraum nie benutzt. Er hatte auf sie die gleiche Wirkung wie Sylvesterfeiern: Es wurde von einem erwartet, hinzugehen und sich zu amüsieren, aber der Druck verdarb einem die Stimmung.

Sie ging hinüber zu der dunklen, durch Schlackensteine abgetrennten Nische hinter dem Plattenspieler, in der eigentlich nur ein Ofen und die Kühltruhe standen. Aber jetzt gärte auf dem Fußboden neben der Truhe eine Portion Orangenwein in einem Einmachtopf. »Was hast du mit dem Zeug in dem Topf unten im Keller vor?« hatte ihre Mutter sie am Tag zuvor gefragt. »Ich probiere eine neue Methode aus, Obst einzulegen«, hatte Elizabeth gesagt. »Eine neue Methode, Obst einzulegen? Was für ein Rezept ist das denn ...« Sie hatte die Apfelsinen und Zitronen ganz allein kleingeschnitten und es bereits bereut, ehe sie zur Hälfte fertig war; sobald sie den Zitronengeruch schnupperte, mußte sie daran denken, wie sie und Matthew diese Arbeit gemeinsam getan hatten. Ihr Verstand glich einem Tonbandgerät, einer auditiven Variante des fotografischen Gedächtnisses, und jedesmal wenn das Messer geräuschvoll gegen das Holzbrett stieß, wurde ihr etwas in Erinnerung gebracht, das Matthew gesagt hatte: »›Zwei Tassen kleingehackte Rosinen‹ – *wie* soll ich das machen? Die kleben ja alle fest zusammen.« »Was hältst du davon, wenn wir picknicken? Ich bringe ein Brathähnchen mit und du eine hübsche runde Flasche, die mit einem Korken verschlossen ist ...« Jetzt vergammelte der Wein wahrscheinlich auf den Zinkwannen, und sie würde nie erfahren, wie er geworden wäre. Darum hatte sie eine weitere Portion angesetzt – und aus purer Bosheit. Ihr gefiel die Vorstellung, daß in Reverend Abbotts Keller alkoholische Getränke produziert wurden. Sie hatte dieses Mal die erforderliche Genehmigung der Behörde eingeholt, nur damit das Pfarrhaus offiziell als Kelterei galt, auch wenn niemand außer ihr es wußte.

Als sie die Schalen weggeräumt hatte, bückte sie sich und hob die Gaze vom Einmachtopf. Kleine Bläschen stiegen empor, und ein angenehm würziger Geruch drang ihr in die Nase. Matthew hob den Kopf und warf ihr durch seine Brillengläser einen langen unsicheren, verblüfften Blick zu.

Ihr Vater wurde erst am späten Nachmittag mit seiner Predigt fertig. Er schob die Papiere auf seinem Schreibtisch zur Seite, als sie hereinkam. »Von Woche zu Woche fällt mir die Predigt schwerer«, sagte er zu ihr. »Ich frage mich inzwischen, woran das liegt. Ich erreiche jedesmal einen Punkt, an dem ich glaube, daß ich es nicht schaffe und aufgeben muß, weil ich mir jetzt endgültig ein Thema ausgesucht habe, über das man keine Predigt schreiben kann.«

Er lächelte und rieb sich mit einer langen, knöchrigen Hand die Augen. Er hatte ein schmales viereckiges Gesicht; die Haut spannte sich über den zarten Knochen, und sein helles Haar lag eng am Schädel an. Als er die Augen öffnete, sahen sie aus wie blaue Glaskugeln, die aber wegen der Äderchen, die das Weiße durchzogen, müde wirkten. »Ich bin urlaubsreif«, sagte er. »Ich befürchte, das merkt man meinen Predigten an.«

»Dann mach Ferien.«

»Aber du weißt doch, die Leute hier brauchen mich.«

»Sie werden eine Weile auch ohne dich zurechtkommen.«

»Setz dich bitte. Räum einfach die Sachen vom Stuhl.«

Sie gab ihm, was sie zusammensammelte – vervielfältigte Blätter Papier und einen Stapel Aktenordner. Dann räusperte er sich und sagte: »Nun ja, Liz, mir scheint, wir sollten uns ein bißchen unterhalten.«

»Das hat Mutter mir schon gesagt.«

»Deine Mutter, ja. Also letzte Woche sagtest du, wenn ich mich recht entsinne –«

Er sackte in seinem Stuhl zusammen und starrte einen Brieföffner an. Er brauchte immer eine Weile, um in Gang zu kommen. In dieser Anfangsphase, ehe er selbstsicherer wurde, hatte Elizabeth immer das Gefühl, ihm helfen zu müssen. »Ich sagte, ich würde mir einen Job suchen«, erinnerte sie ihn.

»Ja. Einen Job.«

»Und daß –«

»Und daß du dich am Sandhill-College zurückmelden würdest. Jetzt fällt es mir wieder ein. Meine Frage ist: Hast du das getan?« Er drückte den Rücken plötzlich durch und starrte sie mit einem derartig durchdringenden Blick an, daß seine Augen viereckig zu werden schienen. »Hast du vor, ewig so weiterzumachen?« fragte er. »Ich will dich bestimmt nicht drängen. Liz, aber ich hab noch nie erlebt, daß jemand ein solches Leben wie du führt. Seit Wochen stehst du spät auf und hängst den ganzen Tag im Haus herum. Du siehst ungepflegt aus, benimmst dich wie eine Schlampe, gehst nirgendwo hin, triffst keine Freunde, bleibst bis spät nachts auf und siehst fern, nur damit du am nächsten Morgen wieder lange im Bett liegen kannst – und deine Mutter sagt, daß du ihr überhaupt keine Hilfe bist.«

»Hat Mama das gesagt?«

»Sie hat schon genug am Hals.«

»Wie kann sie so etwas sagen? Ich helfe ihr. In den letzten vier Tagen habe ich jeden Abend abgewaschen. Warum hat sie *mir* das nicht gesagt?«

»Es geht nicht nur um den Abwasch«, sagte ihr Vater. »Es geht ganz allgemein um deine Anwesenheit. Du störst den Ablauf dieses Haushalts. Darum habe ich, falls du dich erinnerst, vorgeschlagen, daß du dir etwas suchst, womit du dich bis zum Beginn des Semesters beschäftigen kannst. ›Ich bin sicher, du willst nicht die ganze Zeit untätig herumsitzen‹, sagte ich dir. Tja, es sieht so aus, als hätte ich mich geirrt. Du *willst* untätig herumsitzen. Deine Mutter sagt, daß du keinerlei Anstalten gemacht hast, dir einen Job zu suchen. Du hast das Haus nur verlassen, um mit Hilary spazierenzugehen. Was ist das für ein Leben?«

»Mir fällt keine Arbeit ein, für die ich geeignet bin«, sagte Elizabeth. Sie holte eine Packung Camel aus der Brusttasche ihres Hemdes, woraufhin ihr Vater zusammenzuckte. »Ich kann weder Steno noch Schreibmaschineschreiben und habe auch sonst keine Fachkenntnisse«, sagte sie, während sie eine Zigarette auf dem Rand der Schreibtischplatte festklopfte.

»Du weißt genau, daß Rauch schädlich für mein Asthma ist«, sagte ihr Vater. »Liz, mein Schatz, ich weiß, wie es jungen Menschen geht. Das bringt meine Arbeit mit sich. Aber du bist *dreiundzwanzig* Jahre alt. Wir haben dreiundzwanzig Jahre darauf gewartet, daß du ein bißchen Vernunft annimmst. Langsam wäre es an der Zeit, erwachsen zu werden. Meinst du nicht, du solltest die Phase jugendlicher Rebellion inzwischen überwunden haben? Ich finde, dein Verhalten schickt sich einfach nicht. Eigentlich müßtest du inzwischen verheiratet sein und eine Familie gegründet haben. Was ist eigentlich aus Dommie Whitehill geworden?«

»Er ist verlobt«, sagte Elizabeth. Sie schob die Zigarette wieder in die Packung und betrachtete zwei Fotos, die zusammen in einem Rahmen auf dem Tisch standen – Polly, elfjährig, mit Grübchen in den Wangen, den Blick unter langen Wimpern nach oben gerichtet; Elizabeth, zwölfjährig, linkisch, mit mürrischer verlegener Miene, in einem unter den Armen zu engen Organdykleid. »Ich wette, daß du als Kind ziemlich jungenhaft warst«, hatte Timothy einmal gesagt, aber das war sie nie gewesen. Sie hatte davon geträumt, von einem Mann aus einem brennenden Haus oder einem reißenden Fluß gerettet zu werden; sie hatte so lange mit billigen Lippenstiften herumexperimentiert, bis ihr klar wurde, daß sie geschminkt immer grotesk aussehen würde. Sie zog eine Grimasse, holte, ohne nachzudenken, die Zigarette wieder aus der Packung und riß ein Streichholz an der Lehne ihres Stuhls an. Ihr Vater begrub das Gesicht in den Händen.

»Mach dir keine Sorgen«, sagte sie gutgelaunt. »Ich werde schon etwas finden. Und im September fängt das College an.«

»*September*!« sagte ihr Vater. »Bis dahin bist du völlig verkommen.« Er hob den Kopf und starrte die Fotos an. Lange tiefe Falten zogen seine Mundwinkel nach unten. Dachte er zurück an die Zeit, als sie zwölf gewesen war und er noch die Hoffnung gehabt hatte, daß sie sich ändern würde? Er tat ihr plötzlich leid, und sie beugte sich vor, um ihm das Knie zu tätscheln. »Weißt du was«, sagte sie, »ich werde fragen, ob die Leute von der Zeitung Hilfe brauchen können.«

»Das habe ich bereits getan.«

»Oh. Tatsächlich?«

»Ich habe sogar meine Sekretärin gefragt, ob sie jemanden braucht, der die Post eintütet. Sie braucht niemanden. Allerdings gibt es eine Stelle im Krankenhaus – sie suchen eine Art Schwesternhelferin für die Kinderstation –«

»Das würde mir nicht gefallen«, sagte Elizabeth.

»Woher willst du das wissen.«

»Na ja, ständig Kinder zu sehen, die Leukämie oder ähnliches –«

»Niemand in Ellington hat Leukämie.«

»Und man kann bei dieser Arbeit so viele Fehler machen, die schlimme Folgen haben. Ich meine, wenn man zum Beispiel die falschen Medikamente austeilt –«

»Ich bin sicher, das würde dir nicht passieren.«

»Bei *mir* ist es aber jemandem passiert«, sagte Elizabeth mit unheilvoller Stimme. »Als ich dort war, um mir die Weisheitszähne ziehen zu lassen.«

»Das war bloß eine Vitamintablette, Liz.«

»Wenn ich es getan hätte, wäre es eine Zyankalikapsel gewesen.«

»Mein Liebes«, sagte ihr Vater und machte einen neuen Anlauf, »ich weiß nicht, wo du all diese Gedanken herhast, aber wenn du nichts gegen sie unternimmst, werden sie dich vollständig lähmen. Also, ich vermute, daß oben in Baltimore irgend etwas passiert ist. Du sagtest bloß, es habe einen Todesfall in der Familie gegeben. Da du deswegen überstürzt hierher zurückgekehrt bist, hat dich dieser Todesfall offenbar sehr stark berührt, aber wenn du nicht darüber reden willst, werde ich dich bestimmt nicht dazu drängen. Du weißt jedoch, daß ich durch meine Arbeit sehr viel Erfahrung in –«

»Nein!« sagte Elizabeth, und ihre Entschiedenheit überraschte sie beide.

»Stand dir der Mensch, den du verloren hast, sehr nahe?«

Bei *verloren* dachte sie an Matthew, nicht an Timothy. Sie blinzelte, um Matthews Gesicht zu verscheuchen, das sich früher an ihrer Wange so warm angefühlt hatte, bei dessen Anblick sie jetzt aber bloß fröstelte und sich eingesperrt fühlte.

»Wir werden nicht weiter darauf eingehen, wenn es dir unangenehm ist«, sagte ihr Vater nach einer Pause. »Aber weißt du, was ich dir raten würde, wenn du ein Mitglied meiner Gemeinde wärst? ›Junge Frau‹, würde ich sagen, ›Sie müssen auf andere Gedanken kommen. Sie sollten sich einer Gruppe anschließen. Oder als ehrenamtliche Helferin arbeiten. Niemand ist –‹«

»Ich könnte zur Müllabfuhr gehen«, sagte Elizabeth.

»Versuch bitte, für einen Augenblick ernst zu bleiben. Also, hier ist noch ein Angebot, auf das ich bislang nicht zu sprechen gekommen bin. Mrs. Stimson sucht eine Art Gesellschafterin für ihren alten Vater. Ich erwähne es erst zum Schluß, denn ich bin, offen gestanden, der Meinung, daß der Mann niemanden mehr braucht, der ihm Gesellschaft leistet. Er ist zunehmend geistig verwirrt. Sich um ihn zu kümmern würde eine Verschwendung deiner Fähigkeiten bedeuten, und deshalb rate ich dir –«

»Würde ich ihm Medikamente geben müssen?«

»Medikamente? Nein, ich glaube nicht.«

»Ich nehme den Job«, sagte Elizabeth.

»Liz, mein Schatz –«

»Warum nicht?« Sie stand auf und drückte ihre Zigarette in einer Büroklammerschale aus. »Wann kann ich anfangen?«

»Na ja, zuerst müßtest du zu einem Vorstellungsgespräch bei Mrs. Stimson«, sagte er. »Aber ich finde, du solltest es dir nochmal überlegen.«

»Du hast mir doch gesagt, ich soll mir einen Job suchen. Von mir aus können wir sofort losfahren.«

»Na gut«, sagte ihr Vater. Er zog ein ledernes Adreßbuch zu sich heran und schlug es auf. »Ich rufe sie kurz an. Könntest du dich in der Zwischenzeit ein bißchen hübsch machen?«

»Hübsch?« Elizabeth starrte ihn an.

»Dich umziehen. Zieh dir ein hübsches Kleid an, Liz.«

»Oh«, sagte Elizabeth. »Okay.«

Als sie hinausging, griff ihr Vater gerade mit jener schwungvoll ausladenden Bewegung nach dem Telefon, die verriet, daß er wieder in die Rolle des Pfarrers geschlüpft war.

Sie ging in ihr Zimmer und zog das knittrige beigefarbene Kleid an, das sie auf der Fahrt nach Hause getragen hatte. Über ihre nackten Füße streifte sie flache Ballerinaschuhe, und ihre Haare band sie mit Hilfe eines Gummibandes im Nacken zusammen. Dann ging sie ins Wohnzimmer, wo ihre Eltern auf sie warteten. Sie saßen nebeneinander auf dem Sofa, wie für ein Hochzeitsfoto. Ihre Mutter machte einen unglücklichen Eindruck. »Elizabeth«, sagte sie sofort, »ich glaube, das ist ganz und gar nicht der richtige Job für dich.«

»Nun, das werde ich ja herausfinden«, sagte Elizabeth.

»Schatz, Mr. Cunningham braucht eine erfahrene Pflegerin. Das ist nämlich die Arbeit, die du tun müßtest. Die Leute sagen, man begreift die Hälfte der Zeit nicht, wovon er redet. Er würde dich binnen einer Woche in den Wahnsinn treiben.«

»Es ist ja nur bis September.«

»John?« Ihre Mutter schaute ihren Vater hilfesuchend an – etwas, das sie nur sehr selten tat. (»Erzähl es deinem Vater nicht«, hatte sie einmal gesagt, »aber Tatsache ist, daß die Männer von dem Tag, an dem sie geboren werden, bis zu dem Tag, an dem sie sterben, von Frauen beschützt werden. Hierzulande zumindest. Ich weiß nicht, wie es in anderen Teilen der Welt ist. Aber wenn du das jemals ausplauderst«, sagte sie, »werde ich alles abstreiten.«) Ihr Vater runzelte bloß die Stirn und glättete sie dann wieder. »Immer noch besser, als wenn sie zu Hause ihre Zeit vergeudet.«

»Dort wird sie ihre Zeit noch mehr vergeuden. Hier könnte sie zumindest – oh, ich weiß nicht –«

»Mit dem Hund spazierengehen«, schlug Elizabeth vor.

»Ach, Elizabeth.«

Ihre Mutter wandte sich kopfschüttelnd wieder ihrer Näharbeit zu. Elizabeth und ihr Vater verließen das Haus. Hinter ihnen winselte Hilary ängstlich und sprang gegen ein Panoramafenster.

Die Stimsons wohnten im Ort, in einem schmalen, an den Seiten fensterlosen Holzhaus. Am Dachvorsprung über der Veranda war eine verschnörkelte Zierleiste angebracht. Mrs. Stimson begrüßte sie an der Tür. »Oh, Elizabeth, meine Liebe«, sagte sie, »ich freue mich sehr, Sie wiederzusehen. Jerome, du erinnerst dich doch bestimmt –«

»Ja natürlich, ja natürlich«, sagte Mr. Stimson aus dem Hintergrund. »Und wie geht es Ihnen, Reverend?«

Er trat vor, um ihnen die Hände zu schütteln. Er und seine Frau hätten Zwillinge sein können – beide klein und rundlich, im mittleren Alter. Als Elizabeths Vater ihm die Hand gab, legte er seine freie Hand auf Mr. Stimsons Hand – das tat er immer, wenn er ein Mitglied seiner Gemeinde begrüßte. »Schön, Sie zu sehen, Mr. Stimson«, sagte er. »Was macht Ihr Hexenschuß?«

»Oh, ich kann nicht klagen. Nur noch gelegentlich ein leichtes Stechen, wissen Sie, wenn ich –«

»Laß die beiden rein, Jerome. Kommen Sie doch bitte mit.« Mrs. Stimson führte sie in ein winziges Wohnzimmer, in dem Polstermöbel mit geschnitzten Beinen standen und dessen Fenster mit Tüllgardinen verhängt waren. Alles wirkte festgefügt, als hätte es seit Jahrzehnten seinen angestammten Platz. Sogar die Seemuscheln und die goldgerahmten Fotografien schienen unverrückbar. »Setzen Sie sich doch bitte«, sagte Mrs. Stimson. »Elizabeth, es kommt mir so vor, als würden Sie immer noch wachsen. Wie groß sind Sie, meine Liebe?«

»Einszweiundsiebzig«, sagte Elizabeth mißmutig.

»Haben Sie das gehört?« fragte Mrs. Stimson Elizabeths Vater. »Ganz schön erstaunlich, nicht wahr?«

»O ja, das stimmt. Man braucht sich nur einmal kurz umzudrehen, und schon –«

»Erzählen Sie mir etwas von Ihren Verehrern«, sagte Mrs. Stimson. »Ich bin sicher, Sie haben Dutzende.«

»Eigentlich bin ich hergekommen, um über den Job zu reden«, sagte Elizabeth.

Sie hatte die Unterhaltung ins Stocken gebracht. Es entstand eine Pause; dann sagte ihr Vater: »Ja, Schatz, aber vorher gestatten Sie mir noch eine Frage, Mrs. Stimson, denn ich traue meinen Augen nicht. Sind das da drüben *Usambara*veilchen? Sie müssen wahrhaftig den grünsten Daumen von ganz Ellington haben!«

Mrs. Stimson lächelte in ihren Schoß und machte vor Verlegenheit mit den Fingern kleine Falten in ihren bedruckten Rock. »Ach, pah, das ist doch nicht der Rede wert«, sagte sie. »Na ja, ich liebe Blumen sehr, das stimmt schon –«

»Sei nicht so bescheiden, Ida«, sagte Mr. Stimson. »Sie könnte einen Stock zum Blühen bringen, Reverend, sie ist eine verdammt – oh, Verzeihung. Ich meine, sie hat wirklich ein Händchen für Pflanzen.«

»Das sieht man«, sagte Elizabeths Vater. »Es ist eine Schande, daß nur die wenigsten Menschen Ihr Talent haben, Mrs. Stimson.«

»Ja, ja, so ist das heutzutage«, sagte ihr Ehemann. »Wer nimmt sich noch genügend Zeit? Also, ich erinnere mich, es war 1948 oder 49, drüben an der Fayette Road. Der alte Phil Harlow. Erinnern Sie sich an ihn? Nicht verwandt mit der Molly Harlow, die den Schönheitssalon betreibt. Phils Melonen waren damals so schwer, daß Tische unter ihnen zusammenbrachen, und er hatte Kürbisse und Mais und hatte sein eigenes Spargelbeet. Wann haben Sie das letzte Mal gesehen, daß irgendwo Spargel angebaut wird? Manchmal glaube ich, der wird inzwischen künstlich hergestellt. Und Bohnen. Wissen Sie, ganz rechts – angenommen, der Teppich hier ist die Fayette Road – wuchs der Mais, und *zwischen* den einzelnen Reihen waren zwei oder drei Reihen mit –«

184

»Jerome, das will er doch bestimmt nicht hören.«

»Das sehe ich aber anders, Ida.«

»Ich finde das alles sehr interessant«, sagte Elizabeths Vater. Seine Stimme klang jetzt tiefer und hatte einen stärkeren Südstaatendialekt. Auf seinem Gesicht lag, als er sich Mrs. Stimson zuwandte, ein freundliches, entrücktes Lächeln, so als mache er sich im Geiste Notizen, um alles, was sie sagte, später Gott zu berichten. »Es kann sehr heilsam sein, sich um Grünpflanzen zu kümmern«, sagte er zu ihr.

In dem Bücherregal hinter Mrs. Stimsons Kopf stand eine Reihe pastellfarbener Taschenbücher. Wenn sie die Augen zusammenkniff, konnte Elizabeth mit Mühe die Titel entziffern. *Schwester Sue im Operationssaal* las sie. *Schwester Sue auf der Kinderstation. Das Mädchen mit der weißen Haube. Nancy Mullen, Stewardeß, Schwester Sue bei der Fortbildung.* Sie richtete den Blick auf eine riesige, stachelige Trompetenschnecke und versuchte gerade, anhand der Aufschrift herauszufinden, von welchem Strand sie stammte, als Mrs. Stimson sich vorbeugte und in einem Flüsterton, der die anderen verstummen ließ, sagte: »Sie würden bestimmt gerne ein Glas Kool-Aid trinken, Elizabeth.«

»Nein danke«, sagte Elizabeth.

»Und *Sie*, Reverend?«

»Ja, das wäre sehr schön«, sagte Elizabeths Vater.

»Dann gehe ich mal kurz in die Küche. Wollen Sie mir Gesellschaft leiten, meine Liebe? *Sie* wollen doch bestimmt nichts über solche Dinge wie Gemüseanbau hören.«

Elizabeth stand auf und folgte ihr. Die Küche war blitzblank, aber überall auf den Fensterbänken, den Arbeitsplatten und dem linoleumbeschichteten Tisch hatten sich orangefarbene Katzen breitgemacht. »Wie Sie sehen, bin ich eine Katzennärrin«, sagte Mrs. Stimson. »Elf waren es bei der letzten Zählung, und Peaches da drüben erwartet jeden Augenblick Junge.« Sie machte den Kühlschrank auf und vertrieb dadurch die Katze, die obendrauf lag. »Wir hatten nie das Glück, Kinder zu bekommen, müssen Sie wissen. Der Herr hat es wohl nicht anders gewollt. Jerome sagt, daß ich den Katzen meine ganze Liebe schenke. Er sagt, ich wäre eine wunderbare Mutter gewesen, wenn man danach urteilt, wie ich die Tiere behandle.«

Sie ging vom Schrank zur Spüle und dann wieder zurück und vermischte den Inhalt einer Packung Trauben-Kool-Aid mit Wasser. Ihr kleiner molliger Körper steckte in irgendeiner engen Unterwäsche, die sie immer wieder heimlich an den Hüften nach unten zog. Ihr Kleid war ein seidiges, schwarzes Sonntagskleid mit Blumenmuster, und sie trug winzige runde Lackschuhe. Sie hatte sich offenbar sofort feingemacht, als sie hörte, daß der Pfarrer kommen würde. Ihr Ehemann, der ein kragenloses Hemd und Arbeitshosen trug, hatte diesen Aufwand wahrscheinlich übertrieben gefunden und sich grummelnd geweigert, sich umzuziehen. Jetzt hielt Mrs. Stimson inne, um seiner Stimme zu lauschen, so als befürchte sie, daß er etwas Unpassendes sagen würde. »Oh, dieser Mann«, sagte sie. »Er redet wieder mal ohne Punkt und Komma. Ihr armer Vater. Meine Liebe, Ihr Vater ist ein ganz wunderbarer Mensch, das können Sie mir glauben. Und als er heute anrief, weil er jemanden für Vater gefunden hatte, dachte ich, Gott segne Sie, Reverend Abbott, wenn Sie –«

»Also, was diesen Job angeht –«, sagte Elizabeth.

»Oh, die Bezahlung ist nicht sehr gut, ich weiß, aber es sind nicht sehr viele Stunden pro Tag, und die Arbeit ist auch nicht anstrengend, sofern man mit alten Männern zurechtkommt. Er ist fast vollkommen bettlägrig. Er kommt ohne fremde Hilfe nicht mehr in den Sessel am Fenster, in dem er immer sitzt. Man hat von dort einen guten Blick auf die Straße. Ich bin tagsüber nicht da. Ich arbeite bei Patton in der Damenabteilung. Sie könnten bei mir Ihre Kleidung mit Rabatt einkaufen. Jerome arbeitet auch, und mittlerweile fühle ich mich unbehaglich bei dem Gedanken, daß Vati den ganzen Tag allein da oben ist. Er ist schon ziemlich alt. Na ja, ich will nichts beschönigen, er wird immer verwirrter. Manchmal ist sein Verstand glasklar, manchmal aber glaubt er, ich sei Mama, die schon seit zwanzig Jahren tot ist. Oder, noch schlimmer, *seine* Mutter. Er fragt nach Leuten, die angeblich mit uns verwandt sind, deren Namen ich aber noch nie gehört habe. ›Vati‹, sagte ich neulich zu ihm, ›ich bin's, Ida.‹ Daraufhin war er eine Weile still. Dann sagte er: ›Ida, ich weiß, daß mit mir etwas nicht stimmt. Ich habe das Gefühl, mein Verstand flackert wie eine Glühbirne, die gleich durchbrennen wird. Ida‹, sagte er, ›sei ehrlich, werde ich bald sterben?‹ Oh, es bricht mir das Herz. Ich liebe ihn so sehr. Ich schaue schon seit sechzig Jahren in diese Augen, und plötzlich ist nichts mehr dahinter. Verstehen Sie? Als ob nur noch die Pupillen übrig sind und der Rest von ihm weit entfernt ist. Und in seinen klaren Momenten hat er furchtbare Angst: ›Laß nicht zu, daß man mich wegbringt‹, sagt er, ›wenn ich nicht ich selbst bin.‹ ›Du weißt, das wird nicht passieren‹, sage ich. Und das stimmt auch. Nie im Leben würde ich erlauben, daß man ihn wegbringt. Ich liebe ihn mehr als je zuvor, jetzt, da er so hilflos ist.«

Sie rührte unaufhörlich das Kool-Aid um, stand breitbeinig mit ihren kleinen Füßen auf dem Boden, und ihr Gesicht war voller Kummerfalten. Im anderen Zimmer sagte ihr Mann: »Wir wohnten in einer sogenannten Schlauchwohnung. Nehmen wir mal an, der Couchtisch sei der Flur. Wenn man reinkam, war rechter Hand gleich das Wohnzimmer. Nein, warten Sie, die Garderobe. *Dann* erst das Wohnzimmer.« Mrs. Stimson seufzte und legte ihren Löffel hin. »Ich nehme an, Sie würden ihn gerne sehen.«

»Ja, bitte.«

»Dann kommen Sie mit nach oben. Ich habe ihn ans Fenster gesetzt. Ich habe ihm gesagt, daß wahrscheinlich Besuch kommt.«

Sie gingen hintereinander die schmale, düstere Treppe hoch,

durchquerten einen tapezierten Flur und gelangten in das zweifellos schönste Schlafzimmer des Hauses. In dem hellen Licht, das durch das hohe Fenster schien, wirkte alles im Raum blaß – die wattierte Überdecke, der gebohnerte Fußboden, der knochige alte Mann in dem Sessel. Ein weißer Haarschopf hing ihm schräg in die Stirn. Er hatte den Kopf nach oben gewandt und ließ sich die Sonne auf seine geschlossenen, schimmernden Augenlider scheinen. Einen Moment lang dachte Elizabeth, der Mann sei blind. Dann drehte er den Kopf und schaute sie an, und seine Hand schwirrte hoch, um zu überprüfen, ob der Kragen seiner Schlafanzugjacke geschlossen war.

»Hallo, Vati«, sagte Mrs. Stimson.

»Sie haben mir nur einen Schlafanzug angezogen«, sagte der alte Mann zu Elizabeth. »Früher habe ich nie einen Schlafanzug getragen, wenn wir Besuch erwarteten.«

»Wie geht es dir, Vati?«

»Mir geht es gut.« Er schaute seine Tochter mißtrauisch an – der Blick aus seinen intensiv leuchtenden blauen Augen, die er zu schmalen Schlitzen zusammengekniffen hatte, wirkte vollkommen klar. »Vielleicht komme ich später nach unten, um unsere Gäste zu begrüßen«, sagte er.

»Nun, ich möchte, daß du jemanden kennenlernst. Das hier ist Elizabeth Abbott, die Tochter unseres Pfarrers. Erinnerst du dich an sie? Ich bin mir sicher, daß du sie schon gekannt hast, als sie noch ein kleines Mädchen war. Das ist mein Vater, Mr. Cunningham.«

»Guten Tag«, sagte Elizabeth.

Mr. Cunningham nickte mehrmals. Ein metallisch glänzender Lichtreflex bewegte sich auf dem Haar über seiner Stirn hin und her.

»Ich war Platzanweiser in der Kirche, als der Alte noch da war«, sagte er.

»Der Alte?«

»Der alte Pastor, der Vorgänger von Reverend Abbott.«

»Oh, Mr. Blake«, sagte Elizabeth.

»Den meine ich. Was ist aus ihm geworden?«

»Er ist tot.«

Mrs. Stimson griff plötzlich mit beiden Händen in die Luft, so als wolle sie Elizabeths Worte abfangen, aber Mr. Cunningham nickte unbeeindruckt weiter. »*Das* stimmt«, sagte er. »Tot. Jetzt fällt es mir wieder ein.«

»Vati, ich habe wunderbare –«

»Haben Sie nicht vor kurzem geheiratet?« fragte er Elizabeth.

»Das war Elizabeths Schwester. Die andere Tochter.«

»Na ja, so ein Fehler kann jedem passieren.«

»Natürlich, da hast du recht«, sagte Mrs. Stimson. »Ich wollte dir gerade erzählen, warum sie hier ist, Vati –«

»Ich würde Ihnen von der Hochzeit abraten, junge Frau«, sagte Mr. Cunningham. »Blasen Sie alles ab. Lassen Sie sich scheiden. *Ich* habe geheiratet.« Er drehte sich um und schaute wieder aus dem Fenster. »Sie ist furchtbar alt geworden«, sagte er schließlich.

»Vati?«

Aber er starrte weiterhin den von Holzstreben unterteilten blauen Himmel an, und seine Hände lagen schlaff auf den Armlehnen des Sessels. Seine Füße in den ledernen Pantoffeln hingen, da sie nicht ganz bis auf den Boden reichten, nebeneinander in der Luft, und er wirkte so adrett und passiv wie ein liebevoll umsorgtes Kleinkind.

Als die beiden Frauen auf Zehenspitzen hinausgegangen waren, sagte Mrs. Stimson: »Ach, herrje, ich wünschte, Sie hätten ihn in besserer Verfassung erlebt.« Und dann, auf der Treppe: »Sie würden nicht glauben, wie geistreich er manchmal ist. Bitte beurteilen Sie ihn nicht nach dem, was Sie eben erlebt haben.«

»Nein, das tu ich nicht«, sagte Elizabeth.

»Heißt das, Sie werden den Job annehmen?«

»Klar.«

»Oh, wie *wunderbar*!« Sie strahlte und drückte Elizabeths Arm. Ihre Gesichtsfarbe wirkte plötzlich gesünder und deutlich heller. »Sie wissen gar nicht, wieviel mir das bedeutet«, sagte sie. »Können Sie Montag anfangen? Um acht? Ich muß zwar erst um neun bei der Arbeit sein, aber ich will Ihnen vorher noch zeigen, was er zu essen bekommt und so weiter.«

»Okay«, sagte Elizabeth.

Sie brachten den Männern die Gläser mit Kool-Aid. Mr. Stimson redete immer noch. Er brach ab, um zu sagen: »Ich sprach gerade über die Bombe, die Atombombe. Ich gebe der Bombe die Schuld daran, daß es öfter regnet. *Ida* wird das bestätigen. Wenn wir früher einen Sonntagsausflug planten, hatten wir gute Chancen, ihn auch machen zu können. Jetzt nicht mehr. Die Bombe hat die Wolkenbildung verändert.«

»Glaubst du wirklich, daß Reverend Abbott sich für die Wolkenbildung interessiert?« fragte Mrs. Stimson. Sie setzte sich, mit einem klimpernden Glas in der Hand, in ihren Schaukelstuhl. »Jerome, Elizabeth sagt, sie ist einverstanden, sich um Vati zu kümmern.«

»Tatsächlich?« sagte Mr. Stimson. »Junge Dame, da nehmen Sie meiner Frau wirklich eine schwere Last von den Schultern.«

»Und die beiden haben sich sofort glänzend verstanden, Jerome.«

»Tatsächlich?«

»Manche Menschen«, sagte Mrs. Stimson zu Elizabeth, »kann er nämlich nicht leiden. Das ist mir schon öfter aufgefallen. An das farbige Mädchen, das immer freitags zum Putzen kam, konnte er sich überhaupt nicht gewöhnen. Und er mag keine stark geschminkten Frauen. Na ja, er ist eben altmodisch. Wie ich sehe, tragen *Sie* keine Schminke. Vermutlich, weil Sie die Tochter eines Geistlichen sind.«

»Nun gut«, sagte Elizabeths Vater. »Ich bin froh, daß alles so gut geklappt hat. Wenden Sie sich jederzeit an mich, wenn Sie wieder einmal ein Problem haben. Dafür bin ich schließlich da.«

»Das weiß ich«, sagte Mrs. Stimson. »Ich weiß nicht, was ich ohne Sie tun würde, Reverend. Ich war schon kurz vor einem Nervenzusammenbruch, weil ich mir während der Arbeit ständig Sorgen gemacht habe. Ich dachte, wenn ich doch nur *irgend jemanden* finden würde – aber ich hatte ja keine Ahnung, daß Ihre Elizabeth wieder in der Stadt ist. Ich muß sie beim Gottesdienst übersehen haben.«

»Ich gehe nicht in die Kirche«, sagte Elizabeth zu ihr.

»Oh?«

Es entstand eine Pause.

»Elizabeth gehört zu diesen *modernen* jungen Leuten«, sagte ihr Vater. Er lachte leise. »Sie wird schon noch Vernunft annehmen. Wir sind unterschiedlicher Ansicht über – was ist es diese Woche? Wiedergeburt.«

»Was Sie nicht sagen«, sagte Mr. Stimson. »Also, ich habe noch nie gehört, daß jemand daran gezweifelt hat. Glauben Sie etwa nicht an die Wiedergeburt von Jesus Christus am dritten Tag, junge Frau?«

»Keine schlechte Idee«, sagte Elizabeth.

»Was?«

»Sie wird schon noch Vernunft annehmen«, sagte ihr Vater.

»Ja, natürlich, das wird sie. Natürlich wird sie das«, sagte Mrs. Stimson. Sie strahlte Elizabeth an, schaukelte gleichmäßig und hielt dabei ihr Kool-Aid-Glas völlig gerade auf den Knien. Elizabeths Vater räusperte sich.

»Nun, gut«, sagte er. »Ich glaube, wir müssen jetzt gehen. Ich habe morgen viel zu tun.«

»Stimmt«, sagte Mr. Stimson. »Wir freuen uns jede Woche auf Ihre Predigt, Reverend.«

»Die über den Stolz!« sagte seine Frau. »Ich kann Ihnen gar nicht sagen, wieviel diese Predigt mir bedeutet hat. Und wir sind Ihnen so dankbar, daß Sie uns in der Sache mit Vati geholfen haben.«

»Gern geschehen.«

»Wird nett sein, einen jungen Menschen im Haus zu haben«, sagte Mr. Stimson. »Wir hatten nicht das Glück, selber Kinder zu haben.«

»Das habe ich vorhin schon gesagt, Jerome.«

»Und es nimmt Ida eine Last von den Schultern. Alte Leute sind manchmal etwas schwierig, aber das heißt natürlich nicht –« Er grinste und rieb sich das Kinn. »Wirklich zu komisch«, sagte er. »Vor ein paar Tagen hat er mich für einen dieser Verkäufer von angeblichen Wunderheilmitteln gehalten. Es ist bestimmt vierzig Jahre her, daß der letzte von denen hiergewesen ist, meinen Sie nicht auch? Ich glaube, das war 1921 oder 22, ich war damals noch – na ja, er hat mir ganz schön die Hölle heißgemacht. Offenbar hatte ich ihm ein Fläschchen verkauft und geschworen, der Inhalt würde gegen jede Krankheit helfen. ›Haben Sie denn gar kein schlechtes Gewissen?‹ fragte er mich. ›Wie können Sie morgens noch in den Spiegel schauen, wenn Ihnen vollkommen klar sein muß, daß Sie jemanden betrogen haben?‹ Da stand ich nun also und fragte mich, für wen zum Teufel ich die Schelte einstecken mußte. Wahrscheinlich ist der Mann seit langer Zeit tot. Wahrscheinlich schon seit einem Vierteljahrhundert. Vielleicht sogar noch länger.«

Niemand sagte etwas. Elizabeths Vater beugte ruckartig den Oberkörper vor, so als wolle er etwas sagen, aber dann starrte er bloß auf den rautenförmigen Umriß, den seine Knie und seine verschränkten Hände bildeten. Eine Haarsträhne war ihm über die Augen gefallen – was ihn verhärmt und besiegt aussehen ließ. Elizabeth bildete sich ein, man könne all seine Enttäuschungen an den tiefen Falten ablesen, die seinen Mund umgaben: Warum sah ihn seine Familie nicht so, wie ihn seine Gemeinde sah? Warum war seine Tochter in dem Evangelistenzelt hartnäckig sitzen geblieben? Wieso hatte er manchmal das Gefühl, daß seine Frau Gott für nachsichtig hielt, so als sei er ein imaginärer Spielkamerad, und daß es für sie egal war, ob sie ihr Hühnergericht oder am Sonntag nachmittag eine Kleinigkeit für die Kinder auf einer Teeparty zubereitete. Er schüttelte den Kopf. Elizabeth lehnte sich zu ihm hinüber, um mit einer Hand seinen Arm zu berühren. »Wir sollten nach Hause fahren, Paps.«

Er zuckte zurück, und ihr fiel zu spät ein, daß sie ihn Vater hätte nennen sollen.

Als sie ins Bett ging, stiegen Bruchstücke der Träume der letzten Nacht wie Staubkörner von ihrem Kopfkissen auf. Sie legte sich auf den Rücken und umklammerte ihre Stirn mit einer Hand. Sie sah, wie Knöpfe aus einer Teedose purzelten – bezogene Knöpfe, die an den Kanten ausgefranst waren, hölzerne Knöpfe, bei denen die Farben der aufgemalten Blumen absplitterten, kleine Rauchperlen, deren Metallösen herausgerissen waren. Für die bezogenen Knöpfe schnitt sie neuen Stoff zurecht, bei den hölzernen besserte sie die Bemalung mit einem spitzen Pinsel aus. Die Metallösen tauchte sie in Klebstoff, steckte sie in die Perlen und preßte sie, bis der Klebstoff getrocknet war, so fest mit Daumen und Zeigefinger zusammen, daß sie sogar im Schlaf die Abdrücke auf ihrer Haut spüren konnte.

7 *12. Juni, 1961*
Liebe Elizabeth,
ich begreife nicht, warum Du auf meine Briefe nicht antwortest. Ich denke immer wieder von neuem über die möglichen Gründe nach. Bist Du böse auf mich? Aber normalerweise sagst Du das ganz offen und hüllst Dich nicht, so wie jetzt, in Schweigen. Ich werde Dir trotz allem weiter schreiben. Ich werde Dich im August besuchen, auch wenn ich bis dahin nichts von Dir höre. Ich würde Dich auch gerne vorher noch einmal sehen, vielleicht an einem Wochenende, aber was das angeht, werde ich so lange warten, bis ich weiß, ob Du einverstanden bist.

Manchmal male ich mir aus, wie es wäre, wenn Du an einem sonnigen Morgen zu meinem Haus spaziert kämst. Es würde Dich zu nichts verpflichten. Wenn du willst, würde ich nicht einmal großes Aufhebens davon machen – ich würde bloß hallo sagen und für Dich eine Apfelsine schälen, die Du dann, auf den Vorderstufen sitzend, als Frühstück essen könntest.

Mutter geht es gut. Sie hat den Wagen letzte Woche zu Schrott gefahren, aber zum Glück ist sie dabei unverletzt geblieben. Sie hat nur einen leichten Schock erlitten. Jetzt fährt sie einen Buick. Sie hat ihn gekauft, ohne vorher auch nur eine Probefahrt zu machen – sie sagte, eine Freundin habe ihr diese Automarke empfohlen. Es tat mir leid um den alten Mercedes. Dir würde der Buick überhaupt nicht gefallen, denn ich weiß ja, wie gerne Du mit Gangschaltung fährst. Übrigens, wo hast Du Deine Chauffeursmütze hingetan? Ich habe im alten Wagen nach ihr gesucht, ehe er weggebracht wurde. Ich wollte nicht, daß sie auf irgendeinem Autofriedhof landet.

Andrew war in einem Sanatorium nördlich von New York. Er wird vermutlich in den nächsten Tagen entlassen. Ich fände es gut, wenn er nach Baltimore kommen würde, aber das wäre mit sehr vielen Schwierigkeiten verbunden, und darum habe ich es gar nicht erst vorgeschlagen. Außerdem behauptet er, daß er lieber allein wäre; er ist in diesem Punkt sehr hartnäckig. Ich glaube nicht, daß er über Timothys Tod schon hinweg ist. Ständig schickt er Mutter Briefe, manchmal zwei pro Tag, in denen er sie mit Fragen bombadiert – immer über Timothy. Meistens unwichtige Dinge, beispielsweise, was er an dem Tag angehabt hat und was er gegessen hat und mit wem er gesprochen hat. Mutter antwortet ihm sehr geduldig. Sie sagt, sie mache sich jetzt, da Timothy tot sei, nicht mehr so große Sorgen um Andrew. Es ist, als sei dadurch eine Art Quote erfüllt.

Du hast gesagt, daß wir alle verrückt sind. Vielleicht hast Du es nur aus einer spontanen Regung heraus gesagt, ohne es wirklich ernst zu meinen, aber das ist der einzige Anhaltspunkt, den ich habe, und darum versuche ich, es mit Deiner Weigerung, mir zu schreiben, in Verbindung zu bringen, aber ich sehe den Zusammenhang nicht. Ich verstehe jedoch, daß Du deshalb den Wunsch hattest, uns zu verlassen. Glaubst Du, Verrücktheit ist ansteckend? Das kann schon sein. Und es stimmt mit Sicherheit, wenn Du Dir immer noch die Schuld für das gibst, was passiert ist. Wenn das überhaupt etwas mit Dir zu tun hatte, dann höchstens am Rande.

Ich mußte gerade daran denken, wie ich einmal vor Jahren mit Andrew zusammen in der Stadt Weihnachtseinkäufe gemacht habe. Wir standen an einer Kreuzung und warteten darauf, daß die Ampel umsprang. Ein Auto raste auf die Kreuzung zu, und kurz vor der Ecke sprangen alle vier Türen auf. Es war einer dieser merkwürdigen Zufälle. Ich lachte, Andrew jedoch nicht. Er bekam es mit der Angst zu tun. Er sagte: »Ich verstehe das nicht. Warum passiert so etwas immer mir? Warum ausgerechnet an der Kreuzung, an der ich stehe? Ich weiß nicht, was das zu bedeuten hat.« Also, ich will Dich zwar nicht mit Andrew vergleichen, aber bei uns ist seit eh und je viel passiert, auch bevor Du zu uns kamst. Sogar bevor Du geboren wurdest. Nimm den letzten Sommer beispielsweise, als wir Dich noch gar nicht kannten. Mein Vater starb, meine Mutter wurde überfallen, Margaret hat sich mit einem sehr viel älteren Witwer verlobt, sich dann aber von ihm getrennt, und Melissa hat zehn Tage lang ununterbrochen geheult, weil sie glaubte, schwanger zu sein. Und das sind nur die Dinge, die mir spontan einfallen; bestimmt habe ich eine Menge bereits verdrängt. Wir sind ereignisanfällig (aber gesund, da bin ich mir sicher. Sogar Andrew, im Grunde seines Wesens). Wahrscheinlich sind die meisten Familien ereignisanfällig, nur machen wir mehr Aufhebens darum. Die Szenen, Streitereien und Gefühlsausbrüche sind zum Teil bewußt herbeigeführt, es sind künstliche Nähte, die uns zusammenschweißen sollen. Ich glaube, wir hätten uns nichts zu sagen, wenn wir friedlich beisammensitzen müßten. Ich selbst mache zwar keine Szenen, aber ich lasse sie geschehen. Das ist mir klar. Es ist meine Methode, den Kontakt mit meiner Familie aufrechtzuhalten. Andrews Schrullen sind etwas ganz Ähnliches. Er hat sie sich selbst ausgesucht. Jedes Problem, das er verursacht, ist einfach nur eine Form des Gesprächs. Wenn man es so betrachtet, findest Du es dann nicht einen Fehler, uns verlassen zu haben?

Ich weiß, ich rede lauter Mist.

Ich liebe Dich. Warum willst Du mich nicht heiraten? Ich glaube, Du liebst mich auch.

Matthew

27. Juni 1961

Sehr geehrte Elizabeth Abbott!

Nach reiflicher Überlegung habe ich beschlossen, Sie umzubringen.

Hochachtungsvoll

Andrew Carter Emerson

Liebe Mrs. Emerson,

wie geht es Ihnen? Mir geht es gut.

Ich schreibe Ihnen, um Sie zu fragen, ob Sie mir meine Kombibohrmaschine schicken könnten. Sie liegt auf der Werkbank im Keller. Sie können alles in den dazugehörigen Metallkasten einpacken. Ich übernehme gerne die Kosten für das Porto.

Vielen Dank.

Herzliche Grüße

Elizabeth

2. Juli 1961

Liebe Elizabeth,

hier ist die Hälfte der zehn Dollar, die Sie mir geliehen haben. Überrascht, was? Sie hatten bestimmt gedacht, Sie würden das Geld nie wiedersehen. Ich wollte eigentlich alles schicken, aber die Frau meines Neffen mußte ins Krankenhaus, weil sie es mit den Nerven

hat, und ich konnte es einfach nicht übers Herz bringen, nein zu sagen. Diesen Sommer scheint es uns alle erwischt zu haben. Mein
Mann hat so schlimme Arthritis, daß er im Bett liegen muß, und
meine Schwester kommt in die Wechseljahre, und ich selbst habe
oft Kopfschmerzen. Ich sollte mich eigentlich nicht beschweren,
denn Gott sei Dank tragen mich meine Beine noch und ich habe
einen Job, auch wenn er keine Offenbarung ist. Mrs. Emerson altert
nämlich zusehends, und eine Folge davon ist Geiz. Sie verwandelt
sich in eine von diesen alten Frauen, die jeden Cent umdrehen, obwohl sie ein Vermögen auf der Bank liegen haben. Sie bewahrt
schimmelige Essensreste auf und schimpft, wenn ich mir zum Mittagessen eine Scheibe Schinken nehme, aber dann geht sie los und
kauft sich einen Buick. Ich hab ihr gesagt, sie soll einen neuen
Hausmeister einstellen, denn es gehört nicht zu meinen Aufgaben,
die Fenster von außen zu putzen, aber sie sagt: »Nein, denn solche
Leute stehlen immer wie die Raben.« Elizabeth aber nicht, sagte
ich geistesgegenwärtig, und sie sagte, nein, das hat sie nicht. »Ich
mußte nie die Wertsachen oder den Schnaps wegschließen, als Elizabeth im Haus war, aber Krimskrams war nie sicher vor ihr. Sie
ließ alte Türknäufe und Schrauben und Tischuntersetzer verschwinden, und die tauchten später in Form von Briefbeschwerern,
Schachfiguren und Stempeln wieder auf.« Ich dachte, Sie würden
vielleicht gerne wissen, wie sie über Sie redet. Sie mäkelt ständig
an mir herum. Am Telefon hat sie davon gesprochen, daß »mein
Hausmädchen mich demnächst noch in den Wahnsinn treibt«.
Seien Sie vorsichtig, gute Frau, wen Sie als Ihr Eigentum bezeichen,
war ich kurz davor zu sagen, aber ich habe den Mund gehalten. Sie
tut immer so, als gehören ihr andere Leute: mein Blumenhändler,
mein Apotheker, mein Schlachter. Allerdings hat die Frau weiß
Gott ihr Päckchen zu tragen. Ich muß jetzt Schluß machen, denn es
ist Besuchszeit im Krankenhaus. Ich schicke Ihnen die restlichen
fünf Dollar, wenn meine Probleme weniger geworden sind.
Herzliche Grüße
    Alvareen

3. Juli 1961

Liebe Elizabeth,

*ich habe versucht, Dich heute vormittag telefonisch zu erreichen,
aber Deine Mutter sagte, Du seist bei der Arbeit. Ich wußte noch
nicht einmal, daß Du einen Job angenommen hast. Im Laufe des
Tages habe ich es mir dann anders überlegt. Du gehörst zu den Menschen, die einem das Wort im Mund umdrehen und dann – zack –
einfach den Hörer auflegen. Aber ich habe beobachtet, daß Du alles
durchliest – Gebrauchsanweisungen, Postwurfsendungen und die
Texte auf Corn-flakes-Packungen, und ich kann mir darum nicht
vorstellen, daß Du einen Briefumschlag wegwirfst, ohne einen Blick
auf den Inhalt geworfen zu haben. Schreiben ist besser.*

*Du machst Dir keine Vorstellung, wie es ist, auf einen Brief zu
warten. Ich gehe später zur Arbeit, nur um den Postboten nicht zu
verpassen. Ich stelle mich an den Highway und halte nach seinem
Wagen Ausschau. Die anderen Autos gehen mir auf die Nerven,
ich hasse es, mitansehen zu müssen, wie langsam sie an mir vor-
beischleichen und wegen unwichtiger Fahrten die Straße verstopfen. Dann gehe ich zum Haus zurück und tue aus reinem Aber-
glauben so, als sei mir die Sache egal. Der Postbote ist, wenn er
dann endlich erscheint, immer sehr fröhlich. Ich gehe ihm entgegen und bin bei ihm, ehe er die Post in den Briefkasten stecken
kann, und er sagt zu mir, daß es alles Rechnungen sind, und grinst
dabei über das ganze Gesicht. Ich tue daraufhin so, als hätte ich
nichts anderes erwartet. Seine nachlässige Art, mit der Post umzu-
gehen, beunruhigt mich; alles mögliche könnte abhanden kommen, denn bestimmt merkt er es nicht, wenn ein Brief auf den
Boden fällt oder unter den Sitz rutscht. In der Schule hat man uns
einmal einen Film darüber gezeigt, wie Briefe befördert werden –
Stempelmaschinen, Sortiermaschinen und am Schluß die Füße des
Postboten, der die Straße entlanggeht. Wenn ich es mir recht überlege, gab es bei diesen Maschinen viele Möglichkeiten, daß etwas
verlorengehen konnte.*

Marys Baby war eine Frühgeburt, und Mary rief heulend an,

weil das kleine Mädchen in den Brutkasten mußte, und daraufhin
ist Mutter zu ihr geflogen, um ihr beizustehen. Margaret hat wieder
geheiratet, aber niemand weiß, wen. Ich glaube, Mutter will ihn
sich auf dem Rückweg ansehen. Es wird ihr guttun, eine Weile her-
umzureisen. Ich fahre oft zum Haus, nur um mich zu vergewissern,
daß Alvareen ihre Arbeit ordentlich macht. Es ist ein Trauerspiel –
das Gras verdörrt, die Wasserhähne tropfen. Du mußt wissen, Mutter hat keinen neuen Hausmeister eingestellt. Sie traute keinem der
Männer, die ihr von der Arbeitsvermittlung geschickt wurden.

Andrew hat wieder angefangen zu arbeiten, und es geht ihm
gut. Ich habe ihn am ersten Abend nach seiner Rückkehr angerufen, um ihn zu fragen, ob er herkommen will, aber er sagte, er
würde lieber eine Weile allein sein.

Mein Chef, Mr. Smodgett, trinkt mehr als je zuvor, und inzwischen hat auch der Setzer angefangen zu trinken, aber ich werde
Dich im August besuchen, komme was wolle. Ich habe dann zwei
Wochen Urlaub, und ich werde diese Zeit mit Dir verbringen. Sag
mir nicht, daß ich nicht kommen soll. Ich würde Dich gerne mit
zurücknehmen. Wir könnten in meinem Haus leben oder uns
etwas Schöneres suchen, das ist mir egal. Wenn Du immer noch
keine Kinder haben willst, werde ich Dich nicht drängen. Ich erwarte nicht von Dir, daß Du Dich in irgendeiner Weise änderst.
Ich liebe Dich.
Matthew

3. Juli 1961
Liebe Elizabeth,
ich weiß nicht, ob Du Dich noch gut an mich erinnerst oder überhaupt daran interessiert bist, von mir einen Brief zu bekommen,
angesichts des vielen Ärgers, den Du wegen meiner Familie hattest, aber als ich mir heute morgen überlegte, wem ich meine
Hochzeit bekanntgeben wollte, warst Du einer der wenigen Menschen, die mir einfielen –

*Vermutlich interessiert Dich meine Hochzeit nicht besonders,
aber der Anlaß verschafft mir eine Ausrede, mit Dir in Kontakt zu
treten und Dir ein paar Dinge zu schreiben, die mir wichtig sind –
Nachdem Du so überstürzt abgefahren warst, wurde mir klar,
daß die letzten Tage in Roland Park die reine Hölle für Dich gewesen sein müssen, worüber niemand von uns damals nachgedacht hat, und ich möchte mich deswegen im Namen meiner Familie entschuldigen und mich außerdem bei Dir bedanken, daß
Du Dich so gut um meine Mutter gekümmert hast – sie schrieb oft
über Dich und war sehr erfreut, jemand so Ungewöhnliches wie
einen weiblichen Hausmeister um sich zu haben, der ihr das Gefühl gab, unkonventionell zu sein, ohne daß sie dafür ihre ver-
traute Umgebung verlassen mußte –
Hoffentlich findest Du uns nicht allzu furchtbar. Wir sind nicht
so unglücklich, wie es den Anschein hatte. Wenn wir zusammen
sind, häufen sich manchmal die Probleme, ich weiß auch nicht
wieso, und am Ende haben wir alle das Gefühl, daß alles, was wir
tun, falsch ist und die Situation nur noch schlimmer macht. Das
gilt für jeden von uns. Wahrscheinlich sogar für Mutter. Aber wir
lieben sie alle sehr, und in unserer Familie hängen wir alle sehr an-
einander, und Matthew ist der Anhänglichste. Ich wünschte, ich
könnte Dir das begreiflich machen.
Nun bin ich also verheiratet – mein Ehemann heißt Brady
Summers, und er steht kurz vor seinem Jura-Examen, und nächstes Jahr werden wir nach New York ziehen, weil er dort in einer
Firma arbeiten wird –
Ich freue mich darauf, in derselben Stadt zu wohnen wie Melissa und Andrew, der von all meinen Brüdern der interessanteste
ist, obwohl Matthew natürlich auch sehr interessant ist – wir werden mittwochs zu dritt in dem kleinen Restaurant, in das Andrew
so gerne geht, zu Mittag essen, und das wird bestimmt sehr lustig –
Du solltest wissen, daß ich keine regelmäßige Briefschreiberin
bin und daher nicht enttäuscht wäre, wenn Du, sofern Du Lust
hast, mit mir in Kontakt zu bleiben, erst in ein paar Monaten*

schreiben würdest – aber vielleicht willst Du auch überhaupt nicht
schreiben, wofür ich Verständnis hätte. Nochmals vielen Dank.
Herzliche Grüße
   Margaret Emerson Summers

4. Juli 1961
Sehr geehrte Elizabeth Abbott!
Heute habe ich bei einem Festumzug einem Polizisten seinen Re-
volver entwendet. Der ist für Sie.
Hochachtungsvoll
   Andrew Carter Emerson

Lieber Matthew,
wie geht es Dir? Mir geht es gut.
Ich habe einen Job angenommen und kümmere mich jetzt um ei-
nen alten Mann, den ich sehr gerne mag. Ich verbringe einen schö-
nen Sommer.
   Der Grund, warum ich Dir schreibe, ist, weil ich Dir sagen will,
daß Du im August nicht kommen sollst. Ich bin nicht sauer auf
Dich oder so. Ich glaube bloß, daß Dein Besuch keinen Sinn hat.
Herzliche Grüße,
   Elizabeth

11. Juli 1961
Liebe Elizabeth,
was meinst du mit »Sinn«? Seit wann machst Du Dir Gedanken
darüber, ob etwas Sinn hat?
Ich werde trotzdem kommen. Es ist wichtig. Du bist der einzige
Mensch außerhalb meiner Familie, den ich je geliebt habe, und ich
habe Angst, Du könntest der letzte sein.
   Matthew

Liebe Margaret,
herzlichen Glückwunsch zu Deiner Hochzeit. Es hat mich sehr ge-
freut, davon zu erfahren. Ich selbst bin keine große Briefschreibe-
rin, werde aber versuchen, mit Dir in Kontakt zu bleiben.
Ich weiß, daß Deine Familie sehr nett ist, und ich mag Deine
Mutter gern, aber ich mußte wieder zurück aufs College. Vielen
Dank für den Brief
Herzliche Grüße
Elizabeth

15. Juli 1961
Liebe Elizabeth,
im meinem letzten Brief habe ich wahrscheinlich sehr unfreund-
lich geklungen. Ich habe mir seitdem vieles überlegt. Gestern bin
ich mitten in der Nacht aufgewacht und habe unsere Lage plötz-
lich in einem völlig anderen Licht gesehen – mich nicht mehr als
standhaft und geduldig, sondern als jemanden, der Dich bedrängt,
Dich an die Wand drückt, Dir seinen Besuch aufzwingt und pau-
senlos von Liebe redet, obwohl Du darüber nichts hören willst.
Siehst Du es genauso? Du bist jünger als ich. Vielleicht bist Du ein-
fach noch nicht bereit, Dich zu binden. Vielleicht habe ich das ins-
geheim schon länger geahnt und Dich darum nicht angerufen oder
übers Wochenende besucht.
Du wirst das auf irgendeine Weise mit mir klären müssen. Ich
bin vollkommen verunsichert.
Mutter ist von ihrem Besuch bei Mary und Margaret zurückge-
kehrt. Ich befürchte, die Reise hat ihr nicht besonders gutgetan. Sie
wirkt erschöpft. Als ich sie gestern besuchte, wollte sie gerade die
Nummernschilder an dem neuen Auto befestigen. Sie hatte keinen
blassen Schimmer, wie man das macht. Vermutlich haben Vati
oder Richard das früher immer erledigt, und letztes Mal hast Du es
ihr abgenommen. Sie lief jedenfalls um das Auto herum, schaute
abwechselnd die Schilder und das Auto an und hielt einen kleinen

Schraubenzieher wie einen Füllfederhalter in der Hand. Ich hätte ein Vermögen dafür gegeben, Dich mit Deinem Werkzeugkasten über den Rasen kommen zu sehen. Ich habe sogar für einen Moment geglaubt, Du würdest gleich auftauchen. Ich habe nach Dir Ausschau gehalten. Und als ich dann die Schilder festschraubte, brach Mutter in Tränen aus. Ohne Dich kommen wir nicht zurecht. In den Keller sickert Wasser ein. Mutter sagte, sie wisse nicht einmal, wo sie in den gelben Seiten suchen müsse, um jemanden zu finden, der das in Ordnung bringt. Ich wünschte, Elizabeth wäre hier, sagte sie. Sie weiß, wie man solche Leute nennt.

Ich bin inzwischen ratlos, wie es mit uns weitergehen soll, und darum möchte ich Dich bitten, mir zu schreiben, ob Du mich liebst oder nicht, ohne daß es Dich zu irgend etwas verpflichtet. Wenn Du nicht willst, daß ich Dich im August besuche, werde ich nicht kommen.

Matthew

Liebe Alvareen,
wie geht es Ihnen? Mir geht es gut.
Ich schreibe Ihnen, weil ich Mrs. Emerson gebeten hatte, mir meinen Bohrer zu schicken, sie es aber bisher nicht getan hat. Könnten Sie das bitte tun? Es ist die Kombibohrmaschine, mit der man schmirgeln, schleifen usw. kann. Sie liegt links auf der Werkbank. Es gibt einen dazugehörigen Metallkasten, in den alles hineinpaßt. Wenn Sie mir die Bohrmaschine schicken, können Sie die restlichen fünf Dollar behalten. Ich bin sicher, das Porto wird in etwa soviel kosten. Vielen Dank.
Herzliche Grüße
Elizabeth

8. Juli 1961
Sehr geehrte Elizabeth Abbott!
Die Kugel wird Sie in die linke Schläfe treffen. Obwohl ich, aus einem Grund, den Sie sicher verstehen werden, das Herz vorziehen würde.
Hochachtungsvoll
  Andrew Carter Emerson

23. Juli 1961
Liebe Elizabeth,
ich habe Ihnen den Bohrer geschickt, um den Sie gebeten hatten. Es überrascht mich nicht, daß Mrs. E. es nicht getan hat, denn ich glaube, sie ist sauer auf Sie, und außerdem ist sie ziemlich oft verreist. Sie wird mehr und mehr zu einer dieser Besuchsmütter. Sie hat sich mit Margarets neuem Mann gestritten, den sie nicht leiden konnte, und ist deshalb früher zurückgekommen. Inzwischen ist sie wieder weggefahren, um Peter zu besuchen, der am College Sommerkurse belegt hat. Melissa hat sich wohl aus irgendeinem Grund von ihrem Freund getrennt und ruft andauernd aus New York hier an. »Jetzt brauch ich sie einmal, und dann ist sie nicht da. Wo ist sie bloß?« Das weiß ich doch nicht, meine Liebe, hab ich zu ihr gesagt. Ich habe jetzt einen eigenen Schlüssel fürs Haus und wische Staub in den vielen Zimmern, die sowieso kaum benutzt werden. Wenn ich genug Energie hätte, würde ich mir eine andere Stelle suchen. Die Arthritis von meinem Mann ist so schlimm, daß er die ganze Zeit stöhnt und jammert. Na ja, der liebe Gott weiß vermutlich, was er tut. Ich muß jetzt Schluß machen, denn ich selbst fühle mich seit ein paar Tagen auch nicht besonders wohl.
Herzliche Grüße
  Alvareen

25. Juli 1961
Sehr geehrte Elizabeth Abbott!
Bereiten Sie sich auf Ihren Tod vor.
Hochachtungsvoll
  Andrew Carter Emerson

Sehr geehrter Andrew Carter Emerson,
hören Sie auf, mir zu schreiben, denn ich bin Ihre Briefe langsam
leid. Wenn ich in Zukunft nicht in Ruhe gelassen werde, sorge
ich dafür, daß es Ihnen genauso geht. Ich werde aus allen Zeit-
schriften, die ich in die Finger bekomme, die Werbecoupons aus-
schneiden und mit ihrem Absender einschicken. Ich werde für Sie
Verabredungen mit der Avon-Beraterin und den Tupperware-
Verkäufern treffen. Ich werde Ihren Namen an jede Wohltätig-
keitsorganisation, jede Versicherungsagentur und jeden mormoni-
schen Missionar im ganzen Land weitergeben. Ich werde Sie auf
die Listen für den Telefonverkauf bei Sears, Roebuck und Montgo-
mery Ward setzen lassen. Wenn jemand Sie mitten in der Nacht
anruft, um Sie über Sonderangebote zu informieren, dann wissen
Sie, wem Sie das zu verdanken haben, Andrew.
Mit freundlichem Gruß
  Elizabeth Abbott

8»Die Geschichte handelt von einem Banditen«, sagte Elizabeth. »Ich habe das Buch aus der Bücherei geholt.«
»Zeigen Sie mir den Umschlag«, sagte Mr. Cunningham.

Sie hielt das Buch hoch – es war ein Groschenroman, zu
leicht für das Format, und mit einem Reiter auf dem Titelbild,
der beim Galoppieren über die Schulter schaute. Mr. Cunningham nickte und ließ den Kopf wieder aufs Kopfkissen sinken.

Er wird von Tag zu Tag kleiner, dachte Elizabeth. Bei seinem

Anblick mußte sie an eine Befürchtung denken, die sie früher gehabt hatte: daß sie sich möglicherweise, wenn sie erst einmal groß war und tun und lassen konnte, was sie wollte, langsam wieder in ein Kind verwandeln würde. Vielleicht war das Leben ein Dreieck, dessen Spitze man als junger Erwachsener erreichte; oder schlimmer noch, eine stetige Abfolge verschiedener Jahreszeiten, bei der die Kindheit mit derselben Regelmäßigkeit wie die kalte regnerische Wetterperiode im Februar von neuem anbrach. Mr. Cunninghams kleine gekrümmte Hände glichen denen eines Vierjährigen. Sein ausdrucksloses Lächeln, mit dem er an die Zimmerdecke schaute, war nicht absichtsvoller als das eines Babys. Er verließ mittlerweile nur noch selten das Bett. Er befand sich immer noch in der gleichen leicht aufgerichteten Position, in die Elizabeth ihn gelegt hatte, und seine Arme ruhten schlaff neben dem Körper. »Ich mag Wildwestgeschichten«, sagte er. Die S-Laute klangen bei ihm wie ein Pfeifen; sein Gebiß lag nutzlos zusammengepreßt in einem Glas auf dem Nachttisch.

»Also, Kapitel eins«, sagte Elizabeth.

»Können Sie es nicht nacherzählen?«

»Es wäre besser, wenn wir es lesen.«

»Das schaffe ich heute nicht.«

Sie klappte das Buch weit auf und warf Mr. Cunningham einen stirnrunzelnden Blick zu. Sie führten gemeinsam den Kampf gegen das Altern, das er als ein reales, ihm übelwollendes Wesen betrachtete. Sie lasen Bücher, oder sie spielten Dame, und indem sie seine Gedanken auf den gegenwärtigen Augenblick richteten, hofften sie, eine so tiefe Rinne zu graben, daß sein Verstand daraus nicht entfliehen konnte. Seine Konzentrationsphasen wurden täglich kürzer, aber Elizabeth tat so, als bemerke sie es nicht. »Ist das denn nicht furchtbar deprimierend?« fragten die Leute sie, wenn sie von ihrem Job erfuhren. Sie dachten an die körperlichen Begleiterscheinungen – die Zahnlosigkeit, die häufigen, mühsamen Gänge zur Toilette. Aber das einzig Deprimierende für Elizabeth war, daß er wußte, was mit ihm los war. Er spürte die Launenhaftigkeit seines Verstandes. Er regte sich über Erinnerungslücken auf, sogar über kleine, die andere Leute als selbstverständlich hinnehmen würden. »Der Mann, der dieses Haus gebaut hat, hieß Beacham«, sagte er beispielsweise. »Joe Beacham. Hieß er wirklich Joe? Oder hieß er John? Es war auf jeden Fall ein häufiger Name. Er liegt mir auf der Zunge. Hieß er John? Helfen Sie mir nicht. Was ist nur mit mir los? Was passiert hier eigentlich?« Es war ihm jedesmal unendlich peinlich, wenn er in durchnäßter Bettwäsche aufwachte, und er drehte sich dann still leidend zur Wand, damit Elizabeth die Laken auswechseln konnte. Er betrachtete seinen Körper als einen guten Bekannten, der zum Feind übergelaufen war. Wieso war sie davon ausgegangen, daß das Innenleben der Menschen gleichzeitig mit dem Rest alterte? Sie hatte sich, wenn irgend etwas schiefging, oft gewünscht, alt und weise zu sein und in geregelten Verhältnissen, am liebsten in einem komfortablen Seniorenheim, zu leben. Jetzt nicht mehr. Sie seufzte und fuhr mit einem Fingernagel über den Buchdeckel.

»Morgen können wir lesen«, sagte Mr. Cunningham. »Fassen Sie heute einfach die Handlung zusammen.«

»Gut, wenn Sie unbedingt wollen«, sagte Elizabeth.

Sie schlug die erste Seite auf und überflog sie. »Die Hauptperson ist anscheinend ein Mann namens Bartlett. Zu Anfang wird er vom Sheriff und dessen Leuten verfolgt. Er reitet durch eine Schlucht.«

»Warum sind sie hinter ihm her?«

»Moment, ich schau mal nach. Hier steht: ›während seiner vielen Jahre als Revolverheld …‹ Wahrscheinlich gehört er zu den Typen, die man für alles mögliche engagieren kann. Jetzt kommt er zu einer Hütte, vor der eine Frau gerade Wäsche aufhängt. Ihr Haar hat die Farbe des Sonnenuntergangs.«

»Das heißt, es ist rot«, sagte er verträumt.

»Wer weiß? Vielleicht auch purpurfarben.« Elizabeth schnaubte, riß sich dann aber wieder zusammen. Diese Wildwestgeschichten gingen ihr auf die Nerven. »Er bittet sie um eine Kelle Wasser aus dem Brunnen. Als dann die Verfolger kommen, versteckt sie ihn und sagt dem Sheriff, daß sie niemanden gesehen hat. Sie bringt ihm einen Teller Eintopf und eine gefüllte Feldflasche, und er setzt sich hin, ißt und sieht sie bewundernd an.«

»Dieses viele Gerede über Wasser macht mich durstig«, sagte Mr. Cunningham.

Sie legte das Buch aus der Hand und schenkte ihm aus einem Tonkrug Wasser ein. »Schaffen Sie es, sich aufzusetzen?« fragte sie ihn.

»Ich weiß nicht.«

Sie half ihm, indem sie seinen Kopf in ihre Armbeuge bettete und hochhielt, während er schlürfend kleine Schlucke nahm. Sein Kopf war sonderbar leicht, so wie ein ausgehöhlter Kürbis. Als er genug getrunken hatte, rutschte er nach unten und wischte sich mit dem Handrücken über den Mund. Sogar diese wenigen Bewegungen hatten ihn angestrengt. Während er sich wieder zwischen die Laken legte, hob er schwer atmend zu hilflosen Protesten an »Ich kann nicht«, »Anscheinend geht es nicht –« Elizabeth strich ihren Baumwollrock glatt und setzte sich wieder. Sie registrierte die Mühelosigkeit, mit der sie ihre Gelenke biegen und ihren Körper der geraden Rückenlehne anpassen konnte. Mußte ihm nicht sogar so ein simpler Vorgang wie das Platznehmen auf einem Schaukelstuhl wie der reine Hohn vorkommen? Aber dieser Gedanke schien ihm nicht zu kommen. Er schaute an die Decke und bewegte die Augen so rasch hin und her wie jemand, der den Blick über die Gesichter einer Menschenansammlung schweifen läßt. Manchmal hatte sie das Gefühl, daß es diese Menschen tatsächlich gab und so viele von ihnen ins Zimmer drängten, daß sie sich fehl am Platz vorkam – tote Menschen, lebende Menschen, Menschen, die aussahen wie vor vielen Jahren, waren alle gleichzeitig versammelt. Sie erwartete, daß er gleich einen Namen rufen würde, den sie noch nie gehört hatte, aber er war in Gedanken immer noch bei ihr. »Weiter«, sagte er. »Erzählen Sie den spannenden Teil.«

»Okay.« Sie blätterte die Seiten um, mehrere auf einmal. »Er wohnt jetzt bei dieser Frau und kümmert sich um ihr Vieh und so. Er fährt in die Stadt, um Vorräte einzukaufen. Jetzt ist er« – sie überlas die nächsten Abschnitte – »er ist im Saloon und wird von einem Raufbold zum Kampf herausgefordert.«

»Weswegen?«

»Das bleibt unklar.«

»Die Leute waren damals so *streitsüchtig*«, sagte Mr. Cunningham.

»Die beiden prügeln sich.«

»Wo, auf der Straße?«

»Mitten im Saloon.«

»O prima.«

»Flaschen werden zerschlagen«, sagte Elizabeth. »Spiegel gehen zu Bruch. Stühle fliegen durch die Tür.«

»So ist's recht.«

»Tja, und am Ende schlägt er den anderen k.o.«, sagte Elizabeth. »Dann ist er anderthalb Seiten lang deprimiert und fragt sich, warum die Leute ihm nicht erlauben, ein rechtschaffenes, friedliches Leben zu führen. Mal sehen, wie es weitergeht. Die Bewohner der Stadt wissen nicht, daß er so denkt, und sie bieten ihm den Sheriffstern an.«

»Die Verantwortung ist mir zu groß«, sagte Mr. Cunningham.

Elizabeth warf ihm einen kurzen Blick zu und blätterte um. »Er muß dazu überredet werden, und das dauert ziemlich lange. Dann –«

»Man kann nicht verlangen, daß ich ein so schweres Amt übernehme«, sagte Mr. Cunningham.

»Na ja, der Job wäre nicht leicht. Aber es ist ja nur eine Geschichte. Wir lesen gerade eine Geschichte.«

»Oh. Ja, ich weiß.«

»Wo war ich stehengeblieben? Die Leute wollen ihn zum Sheriff machen.«

»Das wird mir zuviel. Das wird mir zuviel. Das wird mir zuviel.«

»Ich laß das Rouleau runter«, sagte Elizabeth. Sie legte das Buch weg und ging zum Fenster. Mr. Cunningham rollte den Kopf hin und her. »Schlafen Sie ein bißchen«, sagte Elizabeth.

»Ich bin zu klein.«

Elizabeth blieb am Fenster stehen und schaute in den Vorgarten. Die Luft flirrte vor Hitze, und der Rasen sah staubig, plattgedrückt und verwaschen aus. Sie war froh, im Halbdunkel des Zimmers zu sein. Sie zog an dem Papierrouleau, wodurch es im Zimmer noch düsterer wurde, und schaute dann wieder hinüber zu Mr. Cunningham. Seine Augen fielen langsam zu. Sein Kopf war in ihre Richtung gewandt. Mrs. Stimson hatte ihr erzählt, daß er nachts manchmal aufwachte und »Elizabeth? Wo bist du?« rief, da auch sie sich offenbar in seiner Vorstellung in einen Geist verwandelt hatte, in eine zusätzliche Person inmitten der Ansammlung altertümlicher Gesichter und Sommerkleider, die er in seinem Zimmer sah. »Er ist ganz vernarrt in Sie«, hatte Mrs. Stimson gesagt, und Elizabeth hatte gelächelt, aber insgeheim war sie besorgt: Schritt sein Verfall nicht furchtbar schnell voran, seit sie angefangen hatte, sich um ihn zu kümmern? Vielleicht verließ er sich zu sehr auf sie und strengte sich deshalb nicht mehr an. Vielleicht war ihre Anwesenheit das Schlechteste, was ihm passieren konnte. Wenn sie ihm mit großer Geduld vorlas oder ihn zwang, sich aufs Damespielen zu konzentrieren, und auf diese Weise verbissen gegen seinen unsichtbaren, grinsenden, weißhaarigen Feind in der Zimmerecke kämpfte, so geschah es vor allem wegen dieser Besorgnis. Aber sie kämpfte auch ihretwegen – um das Bild von sich selbst, als das eines Menschen, der zu etwas nutze war und einem alten Mann niemals schaden würde.

Jeden Tag sah sie ihn ein dutzendmal, wenn nicht öfter, ge-

nau wie jetzt einnicken. Er kam zu Bewußtsein und verlor es
wieder. Mrs. Stimson sagte dann: »Ach wie schön, er schläft
tief und fest«, aber sein Schlaf war alles andere als tief und fest.
Er schien an einem anderen Ort zu sein, aber immer wieder einen Blick zurückzuwerfen; wenn er aufgewacht war, schaute er
ebenfalls zurück und erzählte von Erlebnissen aus jüngster Zeit,
die er nie gehabt hatte.

Seine Augen flackerten unter den Lidern. Sein Mund stand
offen. Kurze Atemzüge blähten seine eingefallenen Wangen.
Die Finger einer Hand krallten sich an der Überdecke fest und
entspannten sich dann wieder.

Das war jetzt die Zeit, in der sie einfach nur herumsaß. Sie
hatte in diesem Sommer länger untätig herumgesessen als in ihrem ganzen bisherigen Leben, und wenn sie einmal einen Gedanken daran verschwendete, fragte sie sich, warum es sie nicht
störte. Tagtäglich schaukelte sie in ihrem Stuhl und starrte ins
Leere, während der alte Mann neben ihr im Schlaf zuckte und
murmelte. Manchmal schien ihr Blick von der Leere geradezu
gebannt zu sein; dann war eine körperliche Anstrengung von-
nöten, um ihn auf ein bestimmtes Ziel zu richten, so daß sie ein
deutliches Ziehen in den Augen spürte, wenn Mr. Cunningham
wieder aufwachte. Ihre Gedanken waren ebenfalls nicht zielge-
richtet. Sie dachte an nichts, an rein gar nichts. Nicht immer
merkte sie, daß die Zeit verstrich. Sie hätte problemlos mit einer Schnitzerei beginnen oder ein eigenes Buch lesen können,
jedesmal, wenn sie es in Erwägung zog, vergaß sie, es in die Tat
umzusetzen. Jetzt dachte sie an ihre Schnitzmesser, die sie, zusammen mit zwei Stücken Holz, an ihrem ersten Arbeitstag
mitgebracht hatte. Sie stellte sich die Bewegungen vor, die sie
machen mußte, um aufzustehen und die Messer und das Holz
zu holen. Sie malte sich den glitzernden hellen Streifen aus, der
entstand, wenn sie die erste Kerbe schnitt. Aber dann verschwammen ihre Gedanken und lösten sich auf, und wenn der
alte Mann erwachte, saß sie gemächlich schaukelnd, die leeren

Hände im Schoß gefaltet, an seinem Bett. Es war, als würde sie selbst schlafen oder sich in jenem Zustand der Schläfrigkeit befinden, in dem man irgendwelche Handlungen plant, aber nur träumt, sie auszuführen.

Es klingelte an der Haustür. Elizabeth schaukelte weiter. Es klingelte erneut, und sie spannte ihre Muskeln an, um sich aus dem Stuhl zu erheben. »Ich komme«, rief sie. Dann schaute sie zu Mr. Cunningham hinüber, aber er runzelte bloß leicht die Stirn und zuckte im Schlaf.

Die Haustür stand offen, und daher konnte sie, als sie am Fuß der Treppe angekommen war, erkennen, wer hinter dem Fliegengitter stand. Aber dennoch brauchte sie mehrere Sekunden, um sich bewußtzumachen, wer es war. Er paßte überhaupt nicht in diese Umgebung. Sie mußte ihn im Geiste Stück für Stück zusammensetzen – zuerst die gebeugte, zögernde Haltung, dann die ausgefransten Jeans und schließlich das zerzauste schwarze Haar und die verschmierten Brillengläser. Sie blieb wie erstarrt im Flur stehen. »Matthew«, sagte sie.

»Hallo, Elizabeth.«

Und dann, als sie keine Anstalten machte, die Gittertür zu öffnen, sagte er: »Es ist August. Da bin ich.«

»Ich habe nicht mit dir gerechnet.«

»Hast du etwas dagegen, wenn ich hereinkomme?«

»Nein, natürlich nicht.«

Er machte die Tür auf, aber sie rührte sich nicht von der Stelle. Wenn er versucht hätte, sie zu küssen, wäre sie zurückgewichen, aber als er es nicht tat, entstand trotzdem eine peinliche Situation – wie sollte sie sich hinstellen, was sollte sie mit ihren Händen machen, wie sollte sie vortäuschen, daß die kühle Distanziertheit, die zwischen ihnen herrschte, nicht ungewohnt für sie war. »Hattest du Schwierigkeiten, mich zu finden?« fragte sie.

»Deine Mutter hat mir gesagt, wo bu bist.«

»Und wie hast du *sie* gefunden?«

»Hab jemanden in der Stadt gefragt.«

Er verlagerte das Gewicht und steckte die Hände in die Hosentaschen. »Aber es war alles ziemlich mühsam. Auch den Weg nach Ellington habe ich erst nach längerem Suchen entdeckt. Ich hatte schon den Verdacht, daß du vielleicht hoffst, ich würde mich verfahren und niemals hier auftauchen.«

»Ich habe dir doch geschrieben, daß du nicht kommen sollst.«

»Nur das eine Mal. Du hast nicht geschrieben, warum. Ich kann die Angelegenheit nicht so in der Schwebe lassen, Elizabeth.«

»Tja«, sagte Elizabeth. »Wie geht es deiner Familie?«

»Gut. Und deiner?«

»Danke, gut.«

»Könnten wir uns irgendwo hinsetzen und miteinander reden?« fragte Matthew.

Sie kratzte sich am Kopf. Dann rettete Mr. Cunningham sie. Seine krächzende Stimme drang aus dem ersten Stock. »Elizabeth? Elizabeth?«

»Ich muß zu ihm«, sagte sie. »Er fürchtet sich, wenn ich nicht bei ihm bin.«

»Darf ich mitkommen?«

»Vielleicht können wir uns nach meiner Arbeit irgendwo treffen.«

»Ich würde lieber hierbleiben«, sagte Matthew. »Es hat einen Sommer und sieben Stunden lang gedauert, hierher zu gelangen, und ich werde dich nicht wieder aus den Augen lassen.«

»Um Himmels willen. Hast du etwa Angst, ich würde einfach weglaufen?«

Offensichtlich war das der Fall. Er wartete mit ausdrucksloser Miene, bis sie schließlich »Na schön« sagte, sich umdrehte und vor ihm die Treppe hochging.

Mr. Cunningham lag reglos in seinem Bett. Alles an ihm hatte einen hellen Farbton – weißes Haar und weißer Schlafanzug, blasse Haut und weiße Laken – und wirkte so rein und schlicht, daß Elizabeth froh war ihn zu sehen. »Entschuldigen Sie bitte, Mr. Cunningham«, sagte sie.

»Ich habe mehrmals gerufen.«

»Jetzt bin ich ja da. Komm rein, Matthew. Das ist Mr. Cunningham.«

»Wie geht's, Mr. Cunningham«, sagte der alte Mann.

»Nein, das ist Matthew Emerson. *Sie* sind doch Mr. Cunningham.«

»Das weiß ich natürlich.« Er reckte das Kinn energisch empor. »Ich dachte, Sie würde mir einen *anderen* Cunningham vorstellen. Der Name ist nicht besonders selten.«

»Da haben Sie recht«, sagte Elizabeth.

»Es freut mich, Sie kennenzulernen«, sagte Matthew.

Mr. Cunningham schaute ihn stirnrunzelnd an. »Sind Sie ein Verwandter?«

»Verwandter? Von wem? Nein.«

»Von *mir*?«

»Nein.«

»Sehe ich aus wie jemand, der seinen eigenen Namen vergißt?«

»Nein, bestimmt nicht«, sagte Matthew.

»Ich bin ziemlich gut in Form, für mein Alter. Im November werde ich achtundsiebzig.«

»Das ist erstaunlich.«

Mr. Cunningham wandte seinen Blick verärgert von Matthew ab, so als sei er von dessen Antwort aus irgendeinem Grund enttäuscht. »Ich hätte gerne noch einen Schluck Wasser«, sagte er zu Elizabeth.

»In Ordnung.«

»Ich glaube, Sie haben das Ei vorhin zu stark gesalzen.«

Sie schenkte das Wasser ein und half ihm, den Kopf zu heben, damit er es trinken konnte. Als er fertig war, wischte sie die Tropfen von seinem Kinn. »Ich ziehe das Rouleau jetzt hoch«, sagte sie zu ihm.

»Warum ist es eigentlich unten?«

»Sie haben geschlafen.«

»Sie haben *geglaubt*, daß ich geschlafen habe.«

Sie rollte das Rouleau zusammen. Das Sonnenlicht schien in das Zimmer. Als sie sich wieder umdrehte, saß Matthew in dem Korbstuhl am Fuß des Bettes und beobachtete sie. Sie hatte vergessen, wie offen sein Blick wirkte, wenn er jemanden direkt anschaute. Wenn sie andere Menschen aus ihrer Vergangenheit wiedersah, fragte sie sich oft, was sie an ihnen gefunden hatte; bei Matthew *wußte* sie, was sie an ihm gefunden hatte. Sie registrierte es immer noch, auch wenn es keine Wirkung mehr auf sie hatte. Er betrachtete sie behutsam, aus einiger Entfernung, und zerbrach sich offenbar über irgend etwas den Kopf, ohne sie aber mit Fragen zu belästigen. Er sagte lediglich: »Ich hätte nie damit gerechnet, daß du so einen Job machst.«

»Sie ist eine sehr gute Krankenschwester«, sagte Mr. Cunningham.

»Ja, aber –«

»Wenn ich wieder gesund bin, werden wir zusammen einen Ausflug machen. Sorgen Sie bitte dafür, daß Abigail sich etwas überlegt«, sagte er zu Elizabeth. »Vielleicht zu den Höhlen in Luray.«

»In Ordnung«, sagte sie. Sie hatte keinen blassen Schimmer, wer Abigail war. Sie beugte sich ganz dicht an sein Ohr, so daß eine Strähne seines silbrigen Haares über ihre Lippen strich. »Mr. Cunningham«, flüsterte sie, darauf bedacht, seine Würde nicht zu verletzen, »wollen Sie vielleicht zur Toilette –«

»Später, später«, sagte er, den Blick auf Matthew gerichtet. »Ich kann es noch halten. Ich habe Besuch. Geben Sie mir meine Zähne.«

Sie reichte ihm das Glas. Er planschte mit zittrigen Fingern eine Weile im Wasser herum, holte aber das Gebiß nicht heraus. Vielleicht glaubte er, es zu tun; er ordnete die Lippen und gab ihr das Glas zurück. »Na sowas«, sagte er. »Ich habe also einen

Verwandten, den ich bisher noch nicht kannte. Wie geht's deiner Familie, mein Junge?«

»Mr. Cunningham«, sagte Matthew. »Ich bin nicht –«

»Alle wohlauf?«

»Ja, es geht ihnen gut«, sagte Matthew.

»Eltern gesund?«

»O ja.«

Mr. Cunningham schaute ihn eine Weile an, und dann stieß er ein kurzes übellauniges Lachen aus. »Du bist nicht gerade besonders *aufgeweckt*, was? Bist du schüchtern? In welche Klasse gehst du eigentlich?«

Matthew warf Elizabeth einen kurzen Blick zu – vielleicht, damit sie ihm half oder ihm verriet, wie lange er noch bleiben mußte.

»Matthew ist ein erwachsener Mann, Mr. Cunningham«, sagte sie.

»Tatsächlich? Warum? Wie alt bist du?«

»Achtundzwanzig«, sagt Matthew.

»Noch so jung? Und das soll erwachsen sein? Wirklich erwachsen wird man erst zwischen zwanzig und dreißig. Das habe ich damit gemeint. Ich wußte, daß du kein *Kind* mehr bist.« Er schlang plötzlich die Arme um seinen Körper, als ob ihm kalt sei. »Wie geht's deiner hübschen Tante?« fragte er.

»Ähem, gut.«

»Sie sollte besser auf sich aufpassen«, sagte Mr. Cunningham.

»Das werde ich ihr ausrichten.«

»Auch wenn es Sommer ist. Diese knappen, engen Badeanzüge sind schlecht für die Gesundheit. Man kann sich auch im August eine Lungenentzündung holen, wußtest du das?«

»Nein, das wußte ich nicht«, sagte Matthew.

»Das nennt man ›tückische Sommerlungenentzündung‹. Warte mal, wer aus unsere Familie –? Ja. Mein kleiner Bruder starb daran, als er zwei war. Der Arzt konnte ihn nicht retten. Wie alt wäre er jetzt? Wie hieß er eigentlich?«

Gleich wird er sich wieder über sein Gedächtnis grämen, dachte Elizabeth. Sie beugte sich vor, aber ehe sie das Thema wechseln konnte, schüttelte er den Kopf: »Es ist sowieso egal«, sagte er. »Er wäre inzwischen ein alter Mann. Was spielt das schon für eine Rolle? Ich hätte gerne eine Scheibe Vollkorntoast, Elizabeth.«

Sie hatte gehofft, er würde endlos weiterreden und Matthew derartig aus der Fassung bringen, daß der irgendwann gegangen wäre, ohne zu sagen, warum er gekommen war. Daher reagierte sie nicht (vielleicht vergaß er es), aber Mr. Cunningham schaute sie unter seinen faltigen Lidern mißbilligend an. »Toast«, sagte er.

»Mit Butter?«

»Trocken, nur trockenes Brot. Ich will mich auf die einfachen Dingen besinnen.«

Sie nickte und ging hinaus. Wie nicht anders zu erwarten, folgte Matthew ihr. »Du kannst gerne bleiben, wenn du möchtest«, sagte sie zu ihm.

Er machte sich nicht einmal die Mühe zu antworten. Als sie in der Küche waren, sagte er: »Was ist mit deinen Jeans passiert?«

»Mr. Cunningham mag es nicht, wenn Frauen Hosen tragen«, sagte sie zu ihm. Sie hob eine Katze vom Brotkasten herunter.

»Du siehst völlig verändert aus.«

Sie konzentrierte sich auf die Zubereitung des Toasts, schloß den Toaster an die Steckdose an, leerte das Krümelfach und rollte den Zellophanbeutel sorgfältig zusammen, nachdem sie eine Brotscheibe herausgenommen hatte. »Möchtest du etwas essen?« fragte sie ihn.

»Alles an dir ist so anders. Ich begreife das nicht. Du wirkst irgendwie so leisetreterisch.«

»Na ja, ich kümmere mich nun mal um einen sehr alten Mann«, sagte sie.

»Elizabeth.«

Sie drückte den Hebel des Toasters nach unten.

»Du verschwendest hier nur deine Zeit«, sagte Matthew. »Was hast du in diesem stickigen, kleinen Haus verloren?«

»Mir gefällt es hier«, sagte Elizabeth. »Ich mag Mr. Cunningham. Er wird mir fehlen, wenn ich wieder aufs College gehe.«

»Aufs College. Also fährst du nicht mit mir zurück.«

»Nein«, sagte Elizabeth.

»Tja, das habe ich unterwegs schon geahnt. Aber ich dachte – und ich hätte niemals erwartet, dich *so* anzutreffen.«

»Was meinst du damit?«

»Du hast dich völlig verändert.«

»Das sagtest du bereits.«

Er schwieg einen Augenblick und schaute auf seine Hände hinunter. »Ich hatte nicht vor, mich mit dir zu streiten«, sagte er schließlich.

»Streiten wir uns denn?«

»Ich bin hergekommen, um mir Klarheit zu verschaffen. Ich war ratlos, oben in Baltimore. Und du warst mir keine große Hilfe. Du sprichst nicht über deine Gefühle, du sprichst *nie* über deine Gefühle.« Er schaute sie an, und für einen Moment blitzte Zorn in seinen Augen auf. »Wieso kann ich die Eigenschaften, die ich an dir am meisten mag, manchmal nicht leiden?«

»Mach dir darüber keine Gedanken«, sagte Elizabeth. »Das haben mir auch andere Leute schon gesagt.«

Was sie an *ihm* am meisten mochte, war seine langsame, vorsichtige Art, Dinge zu tun – so wie er jetzt mit den Fingern den Rand eines Tellers entlangfuhr und die Hände stillhielt, als sie den Toast darauf legte. Er war mit Menschen genauso vorsichtig umgegangen. Er hatte sie niemals in irgendeiner Weise bedrängt. Als er einmal Zeuge eines Streits zwischen ihr und seiner Mutter gewesen war, hatte er sich herausgehalten, obwohl sie gesehen hatte, wie er sich ein wenig vorbeugte, um etwas zu sagen, es sich dann aber anders überlegte. Sie konnte sich noch deutlich an diesen Moment erinnern und an das plötzliche schmerzhafte Gefühl der Liebe, durch das sie mitten im Satz verstummt war und sich mit offenem Mund zu ihm umgedreht hatte. Inzwischen empfand sie nur noch Überdruß. Sie nahm Matthew gegenüber Platz und legte die Hände auf die Tischplatte.

»Ich weiß, ich hätte dir noch einmal schreiben sollen«, sagte sie.

»Und warum hast du es nicht getan?«

»Es war keine Absicht«, sagte sie. »Mich hat einfach eine geistige Trägheit befallen.«

»Dann versuch es *jetzt*«, sagte Matthew. »Erklär mir, warum du weggegangen bist.«

Sie schaute ihn nicht an. Sie wartete ab, bis sich die Worte wie von selbst in ihrem Kopf gebildet hatten, und dann sagte sie: »Am Tag, als ich mit Timothy –« Dann hob sie den Blick und sah die Angst, die sich schlagartig auf seinem Gesicht breitmachte. Was sie ihm hatte sagen wollen, um sich von einer Last zu befreien, würde ihn nur belasten. Unmerklich gab sie dem, was sie sagte, eine andere Richtung. »Am Tag nach Timothys Tod hörte ich auf, mich bei euch wohlzufühlen. Ich war niedergeschlagen, so als hätte ich den Schlamassel verursacht.« Sie behielt ihn im Auge, um zu sehen, ob er begriff. »All das, weswegen ich vorher glücklich gewesen war«, sagte sie, »erschien mir lachhaft und erbärmlich.«

»Meinst du mich damit?«

»Also – ja.«

»Hast du aufgehört, mich zu lieben?«

»Ja.«

»Und du sagst das auch nicht einfach so daher. Es ist nicht bloß eine Art Opfer, um für irgend etwas Buße zu tun.«

»Nein, ist es nicht«, sagte Elizabeth.

Matthew setzte sich zurück.

219

»Ich hätte dir das in dem Brief schreiben sollen, ich weiß«, sagte sie. »Aber ich wollte rücksichtsvoll sein und habe dadurch einen noch größeren Schlamassel verursacht.«

»Was meinst du, werden sich deine Gefühle vielleicht ändern?« sagte Matthew.

»Nein, auf keinen Fall«, sagte sie. »Das wird nicht passieren. Es tut mir leid.«

Dann hatte sie es eilig, ihn loszuwerden und so die restlichen losen Fäden abzureißen. Sie beobachtete, wie er sich sehr langsam sammelte, sehr langsam aufstand, sich den Kopf kratzte. Es gab Dinge, die sie ihn gerne gefragt hätte – würde er heute noch den ganzen Weg zurückfahren? War er böse auf sie? Wie fühlte er sich? Auch wenn sie ihn nicht liebte, löste sein Anblick bei ihr immer noch Besorgnis und Anteilnahme aus. Aber Fragen würden seinen Abschied nur hinauszögern, und das wollte sie nicht. »Ich bringe dich zur Tür«, sagte sie und ging sehr schnell in den Flur.

»Ich finde den Weg allein.«

»Ich will es aber.«

Als sie bei der Gittertür ankamen, ging sie zuerst hinaus und hielt die Tür dann für ihn weit auf. Er blieb auf der geflochtenen Fußmatte stehen und gab ihr derartig förmlich die Hand, als hätten sie sich gerade erst kennengelernt. Seinen Blick konnte Elizabeth jedoch nicht erkennen, weil das Sonnenlicht sich auf seinen Brillengläsern spiegelte. Sie glitzerten wie eine Flüssigkeit, und der von Fingerabdrücken verschmutzte Kunststoffrahmen wirkte leicht rosafarben.

»Ich hoffe, du schaffst den College-Abschluß.«

»Vielen Dank.«

»Wirst du tatsächlich wieder aufs College gehen?«

»Ja, natürlich.«

»Ich könnte mir vorstellen, daß du hier niemals wegkommst«, sagte er und warf ihr einen weiteren langen, erstaunten Blick zu, der ihr plötzlich ihren zerknitterten Baumwollrock und die

Gefängnisblässe ihrer Haut bewußt machte. »Vielleicht sehen wir uns ja irgendwann mal wieder. Was meinst du?«

»Vielleicht.«

»Und wenn sich deine Gefühle jemals ändern«, sagte er, »oder du die Angelegenheit in einem anderen Licht –«

»Okay.«

»Ich werde keine andere Frau heiraten.«

Sie lächelte und nickte und winkte ihm, während er den Gartenweg entlangging, aber sie sah ihn so deutlich als Ehemann einer anderen Frau vor sich, als wäre er bereits verheiratet. Sie stellte sich sein Leben als eine dicke Kordel vor, an deren einzelnen Schnüren seine Mutter und seine Geschwister ihre verhedderten Bänder festknoteten, und seine Frau als ein weiteres Band, das mit ihm und seiner Familie durch lange, ausgefranste Fäden verbunden war.

Elizabeth ging nicht wieder aufs College. Im September war Mr. Cunninghams Zustand bereits sehr viel schlechter, und als er hörte, daß sie ihn verlassen wollte, weinte er und klammerte sich an ihre Hände. Sie blieb. Sie konnte ihm täglich weniger Hilfe bei ihrer beider Kampf gegen den Feind leisten. Eineinhalb Jahre später starb er dann, und zwar an einem Wochenende, weswegen sie noch nicht einmal bei ihm war. Seine letzte Frage, berichtete ihr Mrs. Stimson, sei gewesen, wo Elizabeth sei.

Von Matthew hörte sie jedoch nichts mehr. Er schrieb ihr nie wieder.

1963

9 Das Problem tauchte zum ersten Mal an einem Sonntagmorgen im Juni auf. Margaret wurde früh wach, noch vor ihrem Mann. Sie lag im Bett und war auf angenehme Weise hungrig, aber zu faul, um sich etwas zu essen zu holen, und sie verbrachte eine Weile damit, aus einem verschlungenen Riß in

der Zimmerdecke Bilder zu formen, während sie gleichzeitig versuchte, sich an einen Traum der vergangenen Nacht zu erinnern. Ihr fielen keine Einzelheiten ein. Nur vage Eindrücke – der Geruch von Petersilie in einer braunen Papiertüte, das Gefühl eines rauhen Stoffs an ihrer Wange. Dann wurde der Riß in der Decke undeutlicher, und sie blickte auf einmal direkt in das Gesicht ihres ersten Mannes. Er lachte über etwas, das sie gerade gesagt hatte. Seine dunklen Augen waren halb zusammengekniffen und funkelten; sein Mund stand offen, wodurch sein spitzes Kinn noch länger wirkte; die einzelnen Teile seines Gesichts wirkten so nachlässig zusammengefügt, wie man es oft bei kleinen Jungs sieht. Während sie ihn beobachtete, hörte er auf zu lachen und setzte eine ernste Miene auf, jedoch absichtlich und übertrieben mühevoll, so als würde er sich über sie lustig machen und innerlich immer noch lachen. Er schaute sie mit gespielter Mißbilligung an. In seinen Augen sah sie nichts als Liebe.

Sie vergrub ihr Gesicht ins Kopfkissen und fing an zu weinen. Neben ihr bewegte sich Brady, und einen Augenblick später hatte er sich auf einen Ellbogen gestützt und versuchte sie herumzudrehen. »Margaret, Margaret?« sagte er. Sie drückte ihr Gesicht in das Kopfkissen. Während Brady zuerst Fragen stellte und ihr dann hilflos zuschaute, weinte sie pausenlos weiter, so lange, bis ihre Tränen versiegt zu sein schienen. Dann setzte sie sich auf, lehnte sich gegen das Kopfbrett und schob die feuchten Haare zur Seite, die an ihrem Gesicht festklebten. »Es tut mir leid«, sagte sie. »Ich weiß selbst nicht, was in mich gefahren ist.«

»Du *weißt* es nicht? Du hast eine Viertelstunde lang geweint.«

»Ich muß wohl schlecht geträumt haben.«

Sie beobachtete ihn, wie er in seinem gestreiften Pyjama im Schlafzimmer auf und ab lief – ein großer, kräftiger rothaariger Mann mit einem sympathischen Gesicht, das aus Fragezeichen zu bestehen schien, wenn er verblüfft war. Im Sonnenlicht sahen seine Haare orangefarben und seine Augenwimpern weiß aus. Er legte ihr eine Hand auf die Stirn. »Fehlt dir auch bestimmt nichts?« sagte er.

»Mir geht es gut.«

»Ich glaube, du hast Fieber.«

»Das liegt nur daran, daß ich geweint habe«, sagte Margaret. Dann nahm sie sich ein Kleenex und stand auf, um das Sonntagsfrühstück zu machen.

Er ließ sie den ganzen Tag nicht aus den Augen, und jedesmal, wenn sie bemerkte, daß er sie anschaute, lächelte sie. Am Abend war er anscheinend zufrieden, daß es ihr wieder gutging. Vielleicht hätte er die ganze Sache vergessen, wenn Margaret nicht von da an alle zwei bis drei Tage, immer in Situationen, in denen niemand von beiden damit rechnete, in Tränen ausgebrochen wäre. Sie schlug beispielsweise ein Ei am Rand einer Bratpfanne auf, und urplötzlich entgleisten ihre Gesichtszüge, und sie sank auf den nächstgelegenen Stuhl. »Margaret«, sagte Brady. »Schatz? Was ist los?« Sie sagte es ihm nicht. Sie *wußte* ja nicht, was los war. Warum kehrte die Erinnerung an Jimmy Joe auf diese Weise zu ihr zurück? (Sogar sein *Name* war ihr fremd.) Warum ausgerechnet jetzt, wo sie endlich ein geregeltes, glückliches Leben führte und jemanden liebte, der sie ebenfalls liebte? Immer wieder sah sie im Geiste Jimmy Joes Entenschwanzfrisur und den weiten grauen Lieferantenkittel, den er getragen hatte, als sie sich das erste Mal begegnet waren. Teile ihrer Wohnung tauchten vor ihrem inneren Auge auf – sie hatten ihre fünfwöchige Ehe in einem staubigen Souterrainzimmer verbracht. Durchgesessene Sessel mit Schonbezügen und ein rotkariertes, mit Heftzwecken befestigtes Wachstuch auf dem Tisch. Als sie einmal bei einem Buch eine neue Seite aufschlug, erblickte sie statt des Textes Jimmy Joes knochige, kindliche Hände mit den abgekauten Nägeln und dem schimmernden neuen Hochzeitsring, der viel zu locker saß, sobald er über seinen Fingerknöchel geschoben wurde. Beim Frühstück starrte sie mit glasigem Blick die Zuckerdose an, die sich in die Spieldose verwandelt hatte, die er ihr in der Nacht, als sie durchgebrannt waren, in einer Einkaufstüte mitgebracht hatte. Das Drehen der U-Bahn-Räder glich dem schrillen Klang seiner Stimme, wenn er Kundinnen imitierte, Irrenwitze erzählte oder ihr versicherte, daß er sie liebte. »Schatz? Schatz?« sagte Brady. Sie schaute ihn wie aus der Ferne an und konnte sich einen Moment lang nicht daran erinnern, in welcher Beziehung er zu ihr stand.

Als Erklärung für die Tränen nannte sie ihm die unterschiedlichsten Gründe. Sie hatte Kopfschmerzen. Sie hatte ihre Tage. Sie brütete wahrscheinlich eine Krankheit aus. Brady hörte ihr nicht zu. Er beobachtete sie ständig und ging ihr dadurch so auf die Nerven, daß sie ihn schließlich anblaffte, weswegen sie sich anschließend furchtbar fühlte und wieder anfing zu weinen, diesmal jedoch aus einem anderen Grund. Wenn sie ihm sagen würde, was ihr durch den Kopf ging, würde er glauben, daß sie ihn nicht mehr liebte. Sie behielt es für sich. Sie begann, ihn ebenso genau zu beobachten wie er sie. Sie behandelten einander so vorsichtig, waren so erpicht darauf, einander zu beschützen, daß Margaret sogar im Schlaf die angespannte Aufmerksamkeit bewußt war, die zwischen ihnen herrschte.

Manchmal wachte sie auf und wollte nach seiner Hand greifen oder sich umdrehen und den Kopf auf seine Schulter legen, ließ es aber sein. Laß ihn schlafen, sagte sie sich. Bei der kleinsten Berührung würde er sofort aufwachen und fragen: »Ist mit dir alles in Ordnung? Bist du glücklich?«

Immer und immer wieder sah Margaret, wie ihre Mutter vor vielen Jahren auf hohen Absätzen durch das spärlich erleuchtete Souterrainzimmer lief. Sie trug ein cremefarbenes Wollkleid. Sie hob einen Schonbezug an, um ihn zu betrachten, und ließ ihn achtlos wieder sinken. »Margaret, mein Schatz«, sagte sie. »Ich bin mir sicher, daß ihr *glaubt*, euch zu lieben. Aber ihr seid doch noch Kinder! Wenn es wahre Liebe wäre, würdet ihr euch dann so benehmen – bei Nacht und Nebel durchbrennen und euch irgendwo versteckt halten?« Und Margarets Widerstand zerbröselte langsam, aber stetig, während sie gleichzeitig darauf hoffte, daß Jimmy Joe ihr beistand. Er tat es nicht. Er sagte kein Wort. Er saß auf der Armlehne eines Sessels, den Fuß auf einen Heizlüfter gestützt. Seine Schultern waren gebeugt, seine Ellbogen dicht am Körper, er kaute auf einem Daumennagel und schaute unter seinen zusammengewachsenen Augenbrauen zu Mrs. Emerson hoch. Andere Bilder – die Spieluhr, ihr Woolworth-Goldfisch, die Packung Marlboro neben Jimmy Joes Seite des Bettes – tauchten für kurze Momente auf, manche nur ein einziges Mal. Die Szene mit ihrer Mutter kam ihr ins Gedächtnis, blieb haften und verschwand nur kurz, um dann wieder zurückzukehren. Mrs. Emerson stupste mit ihrem Kinderschuh eine Ausgabe von *House Beautiful* an. Jimmy Joe kaute auf seinem Daumennagel, tat nichts, sagte nichts und ließ zu, daß sie ihm weggenommen wurde, und sah sie nie wieder.

»Was du brauchst, ist ein Tapetenwechsel«, sagte Brady. Sie wollte sofort widersprechen. Wegfahren? Wo sie sich schon in ihrer eigenen Wohnung wie gerädert fühlte? Aber dann sah sie seinen müden, gequälten Gesichtsausdruck. »Wahrscheinlich hast du recht«, sagte sie zu ihm. Sie holten Landkarten und Reiseprospekte hervor und überlegten, wohin sie fahren wollten. Keiner der Orte schien der richtige zu sein. Am Ende flogen sie zu Freunden nach Kalifornien und verbrachten eine Woche am Strand und lächelten sich allzu häufig an. Brady bekam einen Sonnenbrand. Die Haut auf seinem Rücken pellte sich, seine Nase leuchtete hellrot, aber er hatte immer noch Ringe unter den Augen. Und Margaret saß in einem schwarzen Badeanzug auf einem Handtuch, behielt ihre ungesunde Blässe und stellte sich vor, Jimmy Joe würde durch den Sand auf sie zu stapfen. Sie wurde zornig. Der Zorn war so stark, daß sie alles um sie herum nur noch verschwommen wahrnahm. Warum tat

Jimmy Joe ihr das an? Wenn er unbedingt bei ihr sein wollte, warum hatte er sich dann nicht vor Jahren für sie stark gemacht, als sie seine Hilfe brauchte? Sie spürte von neuem den Schmerz und das Entsetzen; sie sah, wie ihre Mutter ihre Sachen einpackte, während sie selbst wie benommen neben ihr stand. »Das lassen wir, glaube ich, besser hier«, hatte ihre Mutter gesagt und ein schwarzes Spitzennachthemd mit Daumen und Zeigefinger hochgehoben und es auf den Boden des Wandschranks fallen lassen.

Gegen Ende Juli wurde Brady langsam etwas ungeduldig. Er schlug ihr vor, mit einem Geistlichen zu reden, einen Arzt zu konsultieren, ihre Mutter zu besuchen. Sie lehnte alles ab. »Was willst du denn sonst machen?« sagte er, und sie sagte: »Nichts.« In Wirklichkeit wollte sie allein wegfahren, aber gleichzeitig wollte sie in der Nähe von Brady bleiben. Sie schwankte, manchmal von Minute zu Minute, zwischen den beiden Alternativen, ohne jedoch Brady zu erzählen, was sie innerlich beschäftigte. Dann ergab sich die Gelegenheit für eine Reise ganz von selbst: eine Hochzeitseinladung. Sie erzählte es ihm eines Abend bei der Begrüßung an der Wohnungstür.

»Weißt du was«, sagte sie. »Elizabeth Abbott wird heiraten.«

»Muß ich die kennen?«

»Nein, eigentlich nicht. Sie ist bloß eine Freundin der Familie. Ich habe mir überlegt hinzufahren«, sagte sie, so hastig, daß sie die Worte halb verschluckte. »Sie heiratet in North Carolina. Es ist nicht besonders weit. Und ich würde auch nicht lange dort bleiben.«

»Heißt das, du willst allein fahren?«

»Na ja, ich dachte, du weißt schon –«

»Vielleicht hast du recht«, sagte er. »Es wird dir guttun, für ein paar Tage hier rauszukommen.«

Sie wußte nicht, ob sie erleichtert oder besorgt sein sollte, daß er sie ohne Widerstand wegließ.

Die Hochzeit war für die zweite Augustwoche geplant. Sie

sollte in einer Baptistenkirche in Ellington stattfinden. Auf der Einladung war von Elizabeth als Elizabeth Priscilla die Rede – ein so unpassender zweiter Vorname, daß Margaret zuerst nicht wußte, wer gemeint war. Der Bräutigam hieß Dominick Benjamin Whitehall. Margaret hatte diesen Namen zwar noch nie gehört, aber das überraschte sie nicht. Elizabeths Briefe waren nicht besonders informativ. Sie schrieb nur zwei- bis dreimal pro Jahr – jedesmal nur kurz, als direkte Antwort auf einen Brief von Margaret. Meistens fragte sie bloß, wie es Margaret ginge, und sagte, es ginge ihr gut. Sie verriet nicht mehr Einzelheiten, als es ein Fünftkläßler vermutlich getan hätte. Sie arbeitete in einem Laden, hatte in ihrem letzten Brief gestanden. Aber was für ein Laden war das, und was tat sie dort? Sie wohnte in Raleigh. Sie war soweit ganz zufrieden. Und dann traf aus heiterem Himmel die Einladung ein, auf deren unteren Rand Elizabeth mit der Hand »Komm, wenn du magst – E.« gekritzelt hatte. Als ob sie den in Kupfer gestochenen Worten mißtraute, mit denen Margaret formell eingeladen wurde.

Margaret konnte Ellington auf keiner Straßenkarte finden. Sie rief Elizabeth unter ihrer Adresse in Raleigh an, um zu erfahren, wo der Ort lag, und Elizabeth sagte: »Oh, du kommst also?« Ihre Stimme klang leiser als in Margarets Erinnerung. Und ihr Gesicht konnte sie sich kaum noch vorstellen. Schließlich kannten sie sich nur flüchtig. Aus Unsicherheit umklammerte sie den Hörer fester. »Wenn du immer noch *möchtest*, daß ich –«, sagte sie.

»Ja, natürlich.«

»Aber ich kann Ellington nicht finden.«

»Suche einfach nach – nein. Warte mal. Die Trauung findet vormittags statt. Wenn du direkt aus New York kommst, fährst du am besten einen Tag früher los und übernachtest in Raleigh. Du kannst bei mir schlafen.«

»Macht dir das denn keine Umstände?«

»Nein, und du würdest mein Transportproblem lösen. Du kannst mich am nächsten Morgen im Auto mitnehmen.«

»Na gut, wenn es dir wirklich recht ist«, sagte Margaret.

Das war am Mittwoch, dem Tag, an dem sie immer mit Andrew und Melissa zu Mittag aß. Sie vermied es, in Andrews Gegenwart Elizabeth zu erwähnen, aber als sie und Melissa gemeinsam hinausgingen, sagte sie: »Du wirst nie erraten, wer heiratet.«

»Alle außer mir *sind* bereits verheiratet«, sagte Melissa.

»Elizabeth Abbott. Erinnerst du dich noch an sie?«

»Nein.«

»*Elizabeth*. Mutters Elizabeth.«

»Ach, die«, sagte Melissa. Sie blieb mitten auf dem Fußweg stehen, um in den Spiegel ihrer Puderdose zu schauen. »Niemanden aus unserer Familie, hoffe ich«, sagte sie.

»Nein, jemanden namens Whitehall.«

»Na, dann wünsche ich ihr viel Glück.« Sie ließ ihre Puderdose zuschnappen und ging weiter.

»Ich werde wahrscheinlich zur Hochzeit fahren«, sagte Margaret. »Sie findet unten in North Carolina statt.«

»Fährst du mit dem Auto? Du könntest mich bis Raleigh mitnehmen, falls du in der Nähe vorbeikommst.«

»Warum?«

»Ich muß eine Frau in Raleigh besuchen. Sie näht lange Patchworkröcke, die ich für die Boutique haben will.«

»Ach so«, sagte Margaret. Die Boutique war ein vages, halbherzig verfolgtes Projekt, das Melissa zum ersten Mal im vergangenen April, an ihrem sechsundzwanzigsten Geburtstag, erwähnt hatte. Gelegentlich gab es bei ihr kurze Anfälle von Begeisterung, in deren Verlauf sie Stoffmuster und Zeichnungen aus ihrer Handtasche zog und über Leder und Samt und die Firma Marimekko redete, aber dann bekam sie wieder genügend Aufträge als Fotomodell, und sie vergaß den Plan. Momentan machte sie offenbar wieder einmal eine flaue Phase durch. Es war immer ein schlechtes Zeichen, wenn sie zu oft in ihren Puderdosenspiegel schaute. »Diese Frau in Raleigh«, sagte sie, »verkauft die Röcke für zwanzig Dollar das Stück. Ich könnte mit Leichtigkeit fünfzig dafür bekommen. Ich muß nur einen Vertrag mit ihr machen. Aber sie hat kein Telefon und antwortet nicht auf Briefe. Nimm mich mit, okay?«

»Ich hatte eigentlich vor, allein zu fahren.«

»Keine Sorge, ich habe nicht vor, als ungebetener Gast auf der Hochzeit zu erscheinen. Du kannst mich ja in Raleigh absetzen.« Sie winkte einem Taxi, das kurz darauf am Kantstein zum Stehen kam. »Wann ist der Termin?«

»Samstag in einer Woche«, sagte Margaret resignierend. »Ich fahre am Tag vorher los.«

»Gut, dann ruf mich vorher nochmal an.« Und sie glitt in das Taxi, zog ihre netzbestrumpften Beine hinterher und schlug die Tür zu. Margaret ging weiter den Bürgersteig entlang, mit an die Brust gedrückter Handtasche. Sie änderte bereits ihr Bild vom Verlauf der Fahrt, damit Melissa hineinpaßte. Sie stellte sich vor, trotz der Sommerhitze mit geschlossenen Fenstern zu fahren, damit Melissas Frisur nicht ruiniert wurde. Bei Howard Johnson's (wo sie, wegen des Pfefferminzeises, das es dort gab, besonders gerne hingen) keine Pause zu machen, weil Melissa eher sterben würde, als in solch einem Lokal gesehen zu werden. Dutzende Male das scharfe, entschlossene Klicken zu erdulden, das jedesmal ertönte, wenn Melissa ihre kunstvoll verzierte Puderdose zuklappte. Dann dachte sie: Ich rufe sie an und sage ihr, daß ich allein fahren werde und niemanden dabeihaben will. Aber sie verschob den Anruf jeden Tag aufs neue, bis es schließlich zu spät war.

Was sich als glücklicher Umstand erwies. Denn als sie am Freitagmorgen bei strahlendem Sonnenschein losfuhren, und Margaret im Rückspiegel Brady allein und verzweifelt auf der Straße stehen sah, fing sie an zu heulen. Sobald er außer Sichtweite war, hielt sie am Straßenrand an. »*Du* fährst«, sagte sie zu Melissa. »Ich kann nicht.«

»Margaret, was ist denn los, um Himmels willen?«

»Würdest du *bitte* fahren?«

Melissa murmelte irgend etwas und stieg aus. Als sie hinter dem Lenkrad Platz genommen hatte, sagte sie: »Du verschweigst mir etwas. Hast du dich mit Brady gestritten? Fährst du darum ohne ihn weg?«

»Nein, natürlich nicht«, sagte Margaret. Sie schneuzte sich, weinte aber weiter. Melissa scherte, ohne sich umzudrehen, in den fließenden Verkehr ein. Autohupen ertönten, Reifen quietschten. Melissa streckte winkend eine Hand aus dem Fenster. »Du willst dich scheiden lassen«, sagte sie.

»Ach, red keinen Unsinn.«

»Also, *was* ist dann los?«

Aber Margaret vergrub ihr Gesicht bloß in einem Kleenextuch. Sie weinte noch, als sie die Grenze nach New Jersey schon längst überquert hatten; sie weinte so lange, daß die Kleenexschachtel am Ende halb leer war und sich die feuchten Papiertaschentücher neben ihr auf dem Sitz türmten. Sie übertraf alle Rekorde, die sie in den letzten zwei Monaten aufgestellt hatte. »Was soll das, Margaret?« sagte Melissa. »Hast du vor, während der *ganzen* Fahrt nichts anderes zu tun?« Margaret drehte den Kopf noch weiter zum Türfenster. Sie hätte mit dem Zug fahren sollen. Der Wagen gehörte Brady, und alles daran – die verschmierte Radioanzeige, der ledrige Geruch, das männlich wirkende Durcheinander aus losen Münzen, Streichholzheftchen und Tabakkrümeln auf der Armaturenbrettablage – brachte sie zu der Frage, warum sie jemals auf den Gedanken gekommen war, ihn zu verlassen. Wäre sie allein gewesen, hätte sie den Wagen gewendet. (Aber wenn er die Wohnungstür aufmachte und sie vor sich stehen sah, würde bestimmt wieder der geduldige Ausdruck auf seinem Gesicht erscheinen. Er würde sie ins Wohnzimmer führen und »Ist ja schon gut« sagen, und sie würde daraufhin wünschen, daß sie immer weiter nach Süden gefahren und niemals zurückgekehrt wäre.)

Mitten zwischen den Ölfeldern New Jerseys putzte sie sich ein letztes Mal die Nase und tupfte sich die Augen. »Entschuldige bitte«, sagte sie zu Melissa. Melissa drückte aufs Gaspedal, und der Wagen rauschte an einem Porsche vorbei. »Mach dir darüber keine Gedanken«, sagte sie.

»Ich habe andauernd diese Weinkrämpfe.«

»Na und«, sagte Melissa, »das geht uns doch allen so.«

Margaret, die sie inzwischen von der Seite betrachtete, glaubte ihr. Melissas Mundwinkel hingen nach unten und gaben ihr ein unzufriedenes Aussehen. Sogar durch die Gläser ihrer überdimensionalen Sonnenbrille sah man die feinen Linien neben ihren Augenwinkeln. »Jeder Mensch«, sagte Melissa, »sollte einen Tag pro Monat nichts anderes tun als weinen. Dann würde es uns allen viel bessergehen. Keine Verbrechen mehr, keine Kriege mehr, die Generäle würden die Waffen schweigen lassen –«

»Aber ich rede von *grundlosem* Weinen«, sagte Margaret.

Melissa zuckte nur die Achseln und überholte einen weiteren Wagen.

In Pennsylvania tauschten sie die Plätze. Margaret fuhr, und Melissa feilte ihre Fingernägel und putzte ihre Sonnenbrille und gähnte angesichts der riesigen, gepflegten Farmen, die an ihnen vorbeiglitten. »Ich könnte niemals auf dem Land leben«, sagte sie. »Mein Gott, ist das heiß hier. Ich wünschte, du hättest einen Wagen mit Klimaanlage.«

»Kurbel das Fenster runter«, riet Margaret ihr.

»Kommt nicht in Frage. Wir fahren in die tiefste Provinz. Bestimmt gibt es in ganz Raleigh keinen einzigen annehmbaren Friseur.«

Margaret ließ sie gewähren. Sie spürte die Hitze überhaupt nicht. Sie fühlte sich immun dagegen, als sei sie eingekapselt. Sie schaute zu, wie Jimmy Joe ihr Fahrunterricht gab, und er lachte über die verkrampfte vornübergebeugte Haltung, in der sie hinter dem Lenkrad saß, so daß sie schließlich die Beherrschung verlor und sie ihren ersten und einzigen Streit hatten.

Jimmy Joe korrigierte mit der linken Hand die Fahrtrichtung. Ein ausgefranstes, graues Pflaster klebte auf der Kuppe seines Daumens.

Sie kamen an Baltimore vorbei. Die Landschaft in der Umgebung – weitere Farmen, Weideland, Baumgruppen – erinnerte sie an Matthews Haus, und ihre Traurigkeit dehnte sich auch auf ihn aus. Er war von ihren Brüdern der liebevollste. Sie wäre vielleicht sogar in der Lage gewesen, ihm zu erzählen, was sie bedrückte, sie wußte jedoch, daß es ihn nur beunruhigen würde. »Warum halten wir nicht kurz bei Matthew an?« fragte sie Melissa. »Es ist kein großer Umweg.«

»Er ist sicher bei der Arbeit.«

»Was meinst du, weiß er das von Elizabeth.«

Melissa antwortete nicht.

»*Was* meinst du?«

»Ach, ich glaube, die Sache zwischen ihnen war sowieso nicht besonders ernst.«

»Na ja, das kann schon sein.«

»Trotzdem hoffe ich, daß er nichts davon weiß. Hochzeiten haben auf manche Menschen eine sonderbare Wirkung.«

»Ich war erst auf ganz wenigen«, sagte Margaret.

»Ich schon auf Dutzenden. Jedesmal als Brautjungfer, nie als – vor allem wenn der Pfarrer die Anwesenden auffordert, mögliche Einwände gegen die Hochzeit vorzubringen. Du weißt schon: ›Wenn jemand einen Grund kennt, warum dieses Paar nicht heiraten darf, soll er jetzt sprechen oder für immer schweigen‹, und manchmal, wenn die anschließende Stille besonders lang andauert, bekomme ich Angst, daß ich gleich aufspringen und etwas Albernes sagen werde, nur um die Pause auszufüllen.«

In ihren Gedanken wurde Margarets Hochzeit in eine Kirche verlegt, und es war Jimmy Joes Stimme, die die Stille unterbrach. »*Ich* kenne einen Grund«, würde er sagen. »Ich liebe sie immer noch.« »Das hättest du dir vor zwölf Jahren überlegen sollen«, würde Margaret ihm entgegnen, und sie würde sich abwenden und Bradys Arm fester umklammern und Jimmy Joe für immer aus ihrem Leben verbannen.

Nachmittags hielten sie bei einem Restaurant an, das Melissas Billigung fand, und bestellten ein spätes Mittagessen. Sie saßen sich am Tisch gegenüber, wirkten müde und ausgelaugt, und wegen der plötzlichen Stille summte es in ihren Ohren. Melissa behielt ihre Sonnenbrille auf. Ihre Nasenspitze ragte, kühl und weiß, zwischen den Gläsern hervor. »Für jemanden, den du kaum kennst«, sagte sie, »nimmst du aber ziemlich viele Unannehmlichkeiten auf dich. Zu einer Hochzeit fahren? Bei dieser Hitze? Oder machst du das nur, um eine Weile von zu Hause wegzusein?«

»Vermutlich ist das auch ein Grund«, sagte Margaret. »Aber ich freue mich wirklich darauf, Elizabeth wiederzusehen. Ich versuche mit ihr in Briefkontakt zu bleiben, auch wenn sie es mir nicht besonders leichtmacht.«

»Andrew bekommt einen Tobsuchtsanfall, wenn er bloß ihren Namen hört. Er glaubt, sie sei schuld an dem, was mit Timothy passiert ist.«

»Das ist doch lächerlich«, sagte Margaret.

»Ich erzähle nur, was er mir gesagt hat.«

»Ich will das nicht hören.«

»Warum nimmst du es so persönlich? Du hast sie bloß einmal gesehen.«

»Was immer sie sonst noch getan hat«, sagte Margaret, »sie hat Mutter in den Monaten nach Vatis Tod Gesellschaft geleistet. Etwas, das man von *uns* allen nicht gerade behaupten kann. Ich weiß, ich hätte es tun sollen, aber ich konnte einfach nicht. Du solltest dem Himmel danken, daß sie für Mutter da war.«

»Na ja, immerhin hat es sich für *sie* ja auch gelohnt«, sagte Melissa.

»Hör auf damit«, sagte Margaret.

Daraufhin aßen sie schweigend.

Sie erreichten am späten Nachmittag North Carolina. Anscheinend herrschte dort gerade eine Dürreperiode. Die rötliche Erde war versengt, die Kiefern kahl und struppig, und die ungestrichenen Scheunen wirkten knochentrocken. »HELFEN SIE MIT, DASS NORTH CAROLINA GRÜN BLEIBT« las Melissa von einem Schild ab. »Die sollen erstmal dafür sorgen, daß es grün *wird*.« Sie holte ihre Puderdose und einen mit einem Reißverschluß versehenen Beutel voller Fläschchen und Tuben hervor. Sie brauchte eine halbe Stunde, um ihre Schminke vollständig zu entfernen und neue aufzutragen – eine komplizierte Aufgabe, die sie wortlos erledigte. Margaret steuerte, benommen vor Erschöpfung, das Auto. Sie zuckte kaum merklich zusammmen, als Melissa den Deckel ihrer Puderdose zuschnappen ließ.

In Raleigh suchten sie für Melissa ein Hotel und luden ihren Koffer aus. »Also vergiß nicht«, sagte Melissa, als sie auf dem Bürgersteig stand, »sobald die Hochzeit vorbei ist, machst du dich auf den Weg. Häng dort nicht den ganzen Tag herum. Ich habe vor, mich heute abend mit dieser Frau zu treffen; danach werde ich bloß noch Däumchen drehen.«

»In Ordnung.«

»Geh nicht zum Empfang oder so.«

»In *Ordnung*«, sagte Margaret, und sie schlug die Tür zu und fuhr los.

Elizabeth wohnte in einer grünen, waldigen Gegend, die Margaret an Roland Park erinnerte, über einer Garage. Als Margaret aus dem Wagen stieg, brach gerade die Dämmerung an, und hinter den Fenstern der Garage wurden die Lampen eingeschaltet. Sie stand in der Auffahrt, strich ihren verknitterten Rock glatt und holte dann ihren Koffer aus dem Kofferraum und ging zu der hölzernen Treppe, die außen am Gebäude entlangführte. Sie kam sich groß und blaß und ungelenk vor, als sie schwerfällig die wackeligen Stufen hochstieg. Unterwegs wischte sie mehrmals ihre feuchte Stirn ab und fuhr sich durchs Haar, und als sie oben angekommen war, machte sie eine kurze Pause, um Atem zu holen. Durch die Fliegengittertür sah sie in ein hell erleuchtetes, unordentliches, kieferngetäfeltes, spärlich möbliertes Zimmer. Elizabeth kam in diesem Moment auf sie zu. »Hereinspaziert«, sagte sie. »Ich hab dich auf der Treppe gehört. Soll ich dir helfen.«

Sie öffnete die Tür und streckte die Hand aus, um den Koffer entgegenzunehmen. In den letzten zweieinhalb Jahren hatte sie sich kaum verändert. Sie trug Jeans und ein weißes Hemd und Mokassins; sie hätte gerade auf dem Weg nach draußen sein können, um Mrs. Emersons Pappel zu beschneiden. Nur ihr Haar war kürzer – in Höhe der Ohren schief abgeschnitten, wodurch es wie eine wuscheligere Version der Christopher Robin-Frisur aussah. Eine kurze Strähne eines Wirbels ragte wie der Zipfel einer Baskenmütze an ihrem Hinterkopf auf. »Ich mache dir etwas zu essen«, sagte sie zu Margaret.

»Oh, bitte nicht.«

»Wieso nicht? Ich muß selber etwas essen.«

Sie hob den Koffer auf die Bettcouch, die bereits mit einem Haufen ungebügelter Kleidungsstücke und etlichen Holzklötzen bedeckt war. Bestimmt lag es am Holz, daß es in dem Zimmer wie in einer Tischlerwerkstatt roch. Der Strohteppich war mit Sägemehl und Holzspänen gesprenkelt, und auf dem Tisch lag ein Stapel Schmirgelpapier. In einer Ecke stand ein großer, geheimnisvoller Gegenstand, bei dem es sich, wie sich später herausstellte, um eine Töpferscheibe handelte. »Entschuldige bitte die Unordnung«, sagte Elizabeth. »Ich muß heute abend noch packen.«

»*Heute abend*? Mußt du denn nicht zur Probe?«

»Die Hochzeitszeremonie wird nicht besonders kompliziert sein.« Elizabeth nahm einen Salatkopf und trug ihn zur Spüle. »Das hoffe ich zumindest«, sagte sie. »Ich habe inzwischen die Kontrolle über die ganze Angelegenheit verloren. Na ja, die anderen wissen schon, wie man so etwas macht, also sollen sie sich darum kümmern. Möchtest du ein Bier?«

»Ja, vielen Dank.«

Elizabeth holte ihr eins aus dem Kühlschrank und zog dann mit dem Fuß einen Stuhl vom Tisch weg. »Setz dich hin und ruh dich aus«, sagte sie. »Ich hoffe, du magst Hamburger.«

»Ja. Es ist nett von dir, mich hier schlafen zu lassen. Du hast sicher noch viel zu erledigen.«

»Ich?« sie lachte. »Nein, ich bin froh, daß du mich nach Ellington mitnimmst.«

»Wirst du dort leben? In Ellington?«

»Mmhmm.« Sie schob gerade den kleingeschnittenen Salat vom Brett in eine Holzschüssel. Margaret schaute ihr zu und nahm kleine Schlucke von ihrem Bier und fühlte sich sofort leicht benebelt. Wenn sie schlau gewesen wäre, hätte sie sofort aufgehört zu trinken. Aber sie tat es nicht und verfolgte mit verträumten Blick Elizabeths rasche Handbewegungen. Sie goß Salatsoße über den Salat, klopfte ein paar Hackfleischscheiben flach und schüttete Bohnen aus einer Dose in eine Pfanne. »Ich versuche, möglichst viel von den Lebensmitteln zu verbrauchen, die ich noch habe«, sagte sie. »Den Rest bekommt dann ein Typ, mit dem ich zusammenarbeite.«

»Wo arbeitest du eigentlich?« fragte Margaret.

»In einem Kunsthandwerksladen über einer Kneipe. Meistens bediene ich die Kunden. In dem Laden werden auch meine Schnitzereien angeboten.«

»Werden die viel verkauft?«

»Nein«, sagte Elizabeth. Sie schaute zu den Klötzen auf der Bettcouch hinüber. »Immer wieder kommen Leute herein und nehmen sie in die Hand und sagen: ›Oh, diese *Sorte* Figuren mag ich. Haben Sie davon noch andere?‹ Dann zeige ich ihnen andere. Die gefallen ihnen auch, aber sie kaufen nur selten welche.« Sie lachte. »Ich bin froh, daß ich gekündigt habe. Es hat mir nie Spaß gemacht, Kunden zu bedienen.«

»Das ist ein ziemlicher Unterschied zur Arbeit als Hausmeister«, sagte Margaret.

»Ja.«

»Hast du *den* Job gerne gemacht.«

»O ja.«

Aber sie sagte weiter nichts darüber. Sie hatte sich noch nicht einmal nach Margarets Familie erkundigt, und Margaret wollte nicht als erste auf das Thema zu sprechen kommen.

Der Abend wurde, wie sich herausstellte, hauptsächlich vom Packen bestimmt. Elizabeth packte die sonderbarsten Sachen ein. Fünf Pappkartons wurden mit kaputtem Krimskrams gefüllt – Schubladengriffe, leere Spulen, Draht, hölzerne Zierknäufe. »Wofür ist das alles?« fragte Margaret, und Elizabeth sagte: »Vielleicht werde ich irgendwann etwas daraus machen.« Sie legte eine Handvoll Uhrenteile in einen Koffer und faltete ein ellenlanges Stück Sackleinen darüber. Margaret beobachtete sie mit alkoholisierter Benommenheit. Sie konnte sich später kaum an den Besuch erinnern – nur an chronologisch ungeordnete Einzelheiten. Sie erinnerte sich daran, wie Elizabeth eine Anzahl Farbdosen inspizierte, wie sie einen Hamburger vertilgte. Und daran, wie sie selbst mehrmals vom Sofa zum Kühlschrank gegangen und mit einem neuen Bier in der Hand zurückgekehrt war. Sie saß zusammengesunken da, als sei sie jemand, der an eine Küste gespült worden war und den man in Ruhe ließ, damit er trocknen und sich erholen konnte. Ihre Schuhe lagen auf dem Teppich. Ihr Kleid war mit Brotkrümeln, Sägespänen und Resten von Kartoffelchips übersät. »Ach, ich fühl mich richtig *entspannt*«, sagte sie irgendwann, und Elizabeth hielt inne und sagte lachend: »Das sieht man.«

»Mir graut schon davor, morgen früh aufstehen zu müssen. Kommen viele Gäste zur Hochzeit?«

»Nein. Ich weiß es nicht. Vermutlich die Leute, die eingeladen worden sind.«

»Warum bin *ich* eingeladen worden?« sagte Margaret – eine

Frage, die sie in nüchternem Zustand niemals gestellt hätte. Aber sie schien Elizabeth nichts auszumachen. Sie überlegte eine Weile, sagte dann: »Ich weiß es nicht«, und beugte sich wieder über den Stapel Bücher, den sie gerade durchsah. Margaret fand, daß dies eine bessere Antwort war als viele andere, die sie hätte bekommen können.

Zweimal kamen Leute vorbei – ein Ehepaar mit einem Geschenk und zwei Jungs mit einer Flasche Sekt. Das Ehepaar blieb nur kurz, und beide küßten Elizabeth zum Abschied. Die Jungs blieben auf ein Bier. Margaret erinnerte sich später nicht, wann sie weggegangen waren.

Und die ganze Zeit über räumte Elizabeth langsam, aber stetig das Zimmer auf. Zuletzt packte sie ihre Kleidung ein. Sie warf alle Sachen in eine Seemannskiste und klappte schwungvoll den Deckel zu. »Fertig«, sagte sie.

»Wie willst du das alles nach Ellington bekommen?« fragte Margaret.

»Dommie wird es später mit einem Lieferwagen abholen.«

»Dommie? Oh. Du hast noch gar nichts von ihm erzählt«, sagte Margaret. »Wie ist er so? Was macht er?«

»Er ist Apotheker. Er übernimmt demnächst den Drugstore seines Vaters.«

»Oh, das wird bestimmt nett.«

»Wie geht es deiner Familie?« fragte Elizabeth plötzlich.

»Gut.«

»Hat sich bei euch inzwischen irgendwas geändert?«

»Nein, eigentlich nicht.«

Margaret dachte noch über Dommie nach und versuchte ihn sich vorzustellen. Daher dauerte es ein paar Minuten, bis ihr Elizabeths Frage bewußt wurde. Hatte sie etwas über Matthew erfahren wollen? Das war schwer zu beurteilen. Inzwischen bereitete Elizabeth die Bettcouch für die Nacht vor. Sie holte Laken und Armeedecken herbei, und Margaret schaute ihr träge dabei zu und trank die letzte Dose Bier aus. »Auf der Fahrt hierher«, sagte Margaret schließlich, »kamen wir so dicht an Matthews Haus vorbei, daß ich drauf und dran war, ihn kurz zu besuchen.«

Elizabeth faltete, bedächtig und ohne ein Wort zu sagen, die Tagesdecke der Bettcouch zusammen.

»Er ist immer noch unverheiratet«, fügte Margaret hinzu.

Aber Elizabeth sagte bloß: »Ach ja?« Dann bezog sie ein Kopfkissen, das sie anschließend auf das Kopfende der Bettcouch legte. »Also, hier wirst du schlafen.«

»Und was ist mit dir?«

»Ich habe einen Schlafsack.«

Sie holte ihn aus dem Schrank und rollte ihn aus – er war rot und so neu, daß am Reißverschlußgriff noch ein Etikett hing. »Wir werden in den Flitterwochen campen«, sagte sie.

»Aber du kannst doch nicht einfach so auf dem Boden schlafen. Laß uns tauschen. Du mußt morgen ausgeruht sein.«

»Der *Fuß*boden macht mir nichts aus, der *Erd*boden wird viel schlimmer sein«, sagte Elizabeth. »Baumwurzeln und Äste und raschelndes Laub.«

»Warum geht ihr dann überhaupt campen?«

»Dommie ist gerne draußen in der Natur.«

»Hat denn die Braut nicht auch ein Wörtchen mitzureden?«

»Doch. Es war meine Entscheidung«, sagte Elizabeth. »Du kennst Dommie nicht. Er ist so *lieb*. Er bringt einen dazu, daß man ihm etwas Gutes tun will.«

»Aber trotzdem –«

»Willst du als erste ins Bad gehen?«

»Oh. In Ordnung.«

Margaret hatte erwartet, in tiefen Schlaf zu fallen, sobald sie im Bett lag, aber das passierte nicht. Sie lag im Dunkeln auf dem Rücken und betrachtete die Konturen des Fensterrahmens, die sich quer über die Zimmerdecke abzeichneten. Das Geräusch von Musik und Stimmen drang leise vom Haupthaus herüber. Eine Fliegengittertür schlug zu; Grillen zirpten. Auf dem Fußboden atmete Elizabeth gleichmäßig. Sie schien zu schlafen oder zumindest sehr entspannt zu sein, so als sei morgen ein ganz normaler Tag. Ein Stück ihres weißen Pyjamas ragte verschwommen und hellgrau aus dem Schlafsack hervor – vielleicht war es derselbe Pyjama, den sie damals in Baltimore getragen hatte. Dort hatten sie in den beiden Einzelbetten in Margarets altem Zimmer geschlafen, wo lauter Überreste von Margarets Kindheit auf den Bücherregalen und im Schrank zu finden waren. Und sie hatte, genau wie jetzt, wach gelegen. Sie hatte wieder und wieder an Timothys Tod gedacht – sie hatte sich noch nicht gefragt, *warum* er gestorben war, oder sich die genauen Umstände vorgestellt, sondern bloß versucht sich klarzumachen, daß sie ihn niemals wiedersehen würde. Heute nacht sah sie nur ein verschwommenes, schemenhaftes Bild von ihm. Und der Grund für die Traurigkeit, die sie plötzlich überkam, war nicht, daß sie ihn vermißte, sondern daß sie ihn *nicht* vermißte; er gehörte der Vergangenheit an, war fast vergessen, eine winzige, bunte Gestalt, die in großer Entfernung theatralisch winkte, während die übrigen Familienmitglieder ihrer Wege gingen. Es gab Dinge in ihrem Leben, von denen er keine Ahnung hatte. Er kannte weder Brady noch Marys Töchter noch die merkwürdige Freundin von Peter. Und er würde sich auch keinen Reim darauf machen können, wenn er Margaret jetzt sähe, in einem Zimmer über einer Garage in North Carolina, in der Nacht vor Elizabeths Hochzeit.

Ihre Gedanken wanderten von Timothy zu Jimmy Joe, und sie überlegte, wie es wäre, wenn *er* sie jetzt sehen würde. Schließlich konnte er ihr jederzeit irgendwo über den Weg laufen. Überall außer in Baltimore, denn er war höchstwahrscheinlich weggezogen. Vielleicht nach New York, um an einem Verkaufsstand bei Bloomingdale's plötzlich neben ihr aufzutauchen. Vielleicht nach Kalifornien, dorthin, wo sie Ferien gemacht hatten. Vielleicht nach Raleigh. Er würde, tonlos pfeifend, den Kragen seiner Windjacke hochgeschlagen, auf dem Bürgersteig auf sie zu geschlendert kommen. Sein Blick würde sie nur kurz streifen, dann aber zu ihr zurückkehren. »Oh«, würde er sagen, und sie würde neben ihm stehenbleiben und sich vornehmen, nach den Begrüßungsworten eine dringende Verabredung vorzutäuschen. »Wie geht es dir?« würde sie ihn fragen und ein unverbindliches Lächeln aufsetzen. »Oh, wie konntest du mich nur gehen lassen, so als hättest du nach fünf Wochen genug von mir gehabt.«

Sie sah, wie er zu einer Antwort anhob. Seine Lippen waren leicht aufgesprungen, seine Schulterblätter schmal und hochgezogen, und seine Hände steckten tief in den Taschen seiner Windjacke. Als sie dieses Mal zu weinen anfing, kam es ihr wie ein Dauerzustand vor, der nur an manchen Tagen von tränenlosen Phasen unterbrochen wurde. Sie rollte herum, setzte sich auf, versuchte, ihr Schniefen wie tiefes Atemholen klingen zu lassen, und griff nach ihrer Handtasche, die am Fußende des Bettes lag. Unter dem Fenster bewegte sich Elizabeth.

»Hast du irgendwelche Sorgen?« fragte sie.

Sie hatte offenbar die ganze Zeit wach gelegen; ihre Stimme klang klar und deutlich.

Margaret sagte: »Nein, ich glaube, ich habe eine Allergie.«

Sie kramte nach einem Kleenex. Dann sagte sie: »Ständig habe ich diese Weinkrämpfe.«

»Soll ich dir irgend etwas holen?«

»Nein, vielen Dank.«

»Sag es mir, wenn du etwas brauchst.«

»Ich bin wirklich sehr glücklich«, sagte Margaret. »Das ist nicht nur so dahergesagt. Ich habe mich so glücklich gefühlt. Alles lief prima. Aber dann plötzlich begann ich wieder an meinen ersten Ehemann zu denken, und dabei liebe ich ihn überhaupt nicht mehr.«

»Keine Sorge, das wird schon wieder aufhören«, sagte Elizabeth.

Margaret, die gerade ein Kleenex zusammenfaltete, hielt inne und schaute zu ihr hinüber. Sie sah bloß einen verschwommenen hellgrauen Fleck.

»Du weißt nicht, wie das ist«, sagte sie. »Niemand weiß das. Mir fallen lauter Dinge wieder ein, die ich seit langem vergessen hatte. Ich denke daran, wie es war, als ich ihn das letzte Mal gesehen habe, als meine Mutter hereinplatzte, mich einfach mitnahm, ohne daß er auch nur ein Wort gesagt hätte.«

»Dich *mitnahm*? Wie hat sie das gemacht?«

»Sie hat einfach – oh, und er hat es nicht verhindert. Ich habe mich noch nie im Leben so sehr in jemandem getäuscht. Sie hat mich zu einer Tante nach Chikago verfrachtet. Und glaub ja nicht, daß er für mich auch nur einen Finger gerührt hätte.«

»Wie hat sie dich gefunden?« fragte Elizabeth.

»Ich hatte ihr eine Karte geschrieben, als wir die Wohnung gemietet hatten, um ihr zu sagen, daß sie sich keine Sorgen zu machen braucht.«

»Aber dich mitnehmen! Dazu ist sie doch viel zu schwach.«

Trotz ihrer Tränen mußte Margaret lachen. »Nein, nicht mit Gewalt«, sagte sie. »Sie hat mich nicht an den Haaren weggeschleift oder so.«

»Was hat sie denn statt dessen getan?«

»Nun, also –« Margaret starrte an Elizabeth vorbei, durch das Fenster in den dunklen, löschpapierblauen Himmel. Sie hatte aufgehört zu weinen. Sie schloß den Reißverschluß ihrer Handtasche und legte sie ans Fußende des Bettes. »Ich fühle mich schon viel besser«, sagte sie. »Hoffentlich habe ich dich nicht vom Schlafen abgehalten.«

Elizabeth schwieg. Margaret legte sich wieder hin und schaute nach oben. Die Zimmerdecke schien, wegen des vielen Biers, das sie getrunken hatte, leicht zu schwanken. Sie spürte deutlich die angespannte Stille – Elizabeth war noch hellwach, sagte aber weder: »Mach dir keine Sorgen« oder »Das kann jedem passieren«, oder irgendeine andere mitfühlende Bemerkung, um das Gespräch abzurunden. »Du hältst meine Familie bestimmt für ziemlich verrückt«, sagte Margaret nach einer Weile.

»Mehr oder weniger.«

Das war nicht die Antwort, die sie erwartet hatte. »Sie sind es nicht *wirklich*«, sagte sie, mit zu lauter Stimme. Dann seufzte sie und sagte: »Na ja, sie können einem wahrscheinlich ganz schön auf die Nerven gehen.«

Elizabeth sagte wieder nichts.

»Die Angewohnheit, einen in ihre Probleme zu verwickeln. Das ist bestimmt –«

»Ha«, sagte Elizabeth.

»Was?«

»Sie haben mich nicht verwickelt, sie brauchten mich als Publikum.« Sie sprach abgehackt, als sei sie wütend. »Das ist mir schließlich klargeworden«, sagte sie. »Ich war engagiert worden, um zuzuschauen. Ich hätte gar nichts ausrichten können, wenn ich mich eingemischt hätte. Das sollte ich auch gar nicht.«

»O nein, ich weiß, Mutter war sehr froh, dich in ihrer Nähe zu haben.«

»Das meine ich ja gerade.«

»Aber ich *begreife* nicht, was du meinst.«

»Sie haben mich ständig aufgefordert, irgend etwas zu tun«, sagte Elizabeth. »Schreite ein. Unternimm etwas. Zeig ein paar Gefühle. Und wenn ich mich weigerte, wurden sie wütend. Dann habe ich einmal, ein einziges Mal, etwas getan. Und das führte zu einem – Riesenschlamassel. Ich kam mir vor, als wäre ich mitten in eine Theateraufführung auf die Bühne gestolpert. Was für ein Schlamassel!«

»Du redest vermutlich über Timothy«, sagte Margaret.

Elizabeth drehte sich lediglich auf die andere Seite und drückte ihr Kopfkissen zusammen.

»Aber du hast doch gar nichts getan«, sagte Margaret. »Niemand gibt dir die Schuld.«

»Frag mal deine Mutter.«

»Warum sagst du das? Weil sie sich nie wieder bei dir gemeldet hat? Also, das mußt du verstehen – sie wollte einfach nicht mehr daran erinnert werden. Wenn sie überhaupt jemandem die Schuld gibt, dann sich selbst.«

»Das wäre mir völlig neu«, sagte Elizabeth.

»Sie macht sich Vorwürfe, weil sie Timothy erzählt hat, daß du mit Matthew zu deinen Eltern fahren wolltest.«

»Na ja, sie – was?« Elizabeth setzte sich auf. »Wann hat sie ihm das erzählt?«

»Ehe er das Haus verließ, glaube ich«, sagte Margaret. »An dem bewußten Vormittag. Sie sagt, sie hätte es *dir* überlassen sollen, egal, was du auch vorhattest.«

»Ehe er mit *mir* weggegangen ist? Ehe wir in seine Wohnung gefahren sind?«

»Ja, ich bin mir ziemlich sicher.«

»Er wußte es also bereits«, sagte Elizabeth. »Die ganze Zeit, während er mich fragte, ob er mitkommen dürfe. Er hat es *absichtlich* getan. Er wollte, daß ich ein schlechtes Gewissen bekomme.«

»Mag sein«, sagte Margaret. »Dennoch verstehe ich nicht, wie –«

»Wenn ich mein ganzes Leben lang nie wieder ein Mitglied der Familie Emerson sehe«, sagte Elizabeth, »werde ich als glücklicher Mensch sterben.«

Margaret hätte eigentlich gekränkt sein sollen, aber sie war es nicht. Sie war viel zu schläfrig. Sie wurde vom Schlaf übermannt, ihr Verstand sackte weg, plötzlich fielen ihr blinzelnd die Augen zu, und sie driftete ab, sie vergaß, worüber sie geredet hatten, und brachte nur noch verschwommene, unzusammenhängende Gedanken zustande. Sie nahm kaum wahr, daß ein Streichholz angezündet wurde. Sie hörte, wie Elizabeth an einer Zigarette zog und Zellophan zerknüllte – die typischen Geräusche eines wachen Menschen, aber sie ließen sie nur noch schneller hinüberdämmern. Sie schlief tief und fest, im Vertrauen darauf, beschützt zu werden, so als sei die unter dem Fenster sitzende Elizabeth ein Wachposten, der die Nacht über auf sie aufpassen würde.

Die Trauung fand in einer roten Backsteinkirche weit außerhalb des Ortes statt. Elizabeth zeigte Margaret den Weg dorthin, der sie über gleißend helle Highways führte. Sie trug die üblichen Jeans, und ihr Haar war ungekämmt; es sah so zerzaust aus wie ein Heuhaufen im Wind. Sie würde sich im Haus ihrer Eltern umziehen, sagte sie. Auf dem Rücksitz lagen ihr Koffer und ihr Schlafsack. Ein Leinenkostüm hing an dem Haken über einem der hinteren Fenster. »Wirst du denn kein langes Kleid tragen?« fragte Margaret. »Nein«, sagte Elizabeth. An diesem Morgen waren alle ihre Antworten knapp und unbestimmt. Sie war in Gedanken offenbar bei der Hochzeit. Sie starrte mit zusammengekniffenen Augen, deren hellgraue Farbe im Sonnenlicht fast weiß wirkte, auf die Straße. Ihr Gesichtsausdruck war ruhig und leer, und ihre Hände lagen völlig bewegungslos auf ihrer Handtasche.

»Hier wohnt meine Familie«, sagte sie schließlich, und Margaret hielt am Straßenrand. In der Auffahrt parkten dicht an dicht Autos, über deren Motorhauben die Luft vor Hitze flirrte. Eine Frau hielt vor dem Bungalow Ausschau, und sobald Elizabeth und Margaret ausgestiegen waren, rief sie: »Alles Gute zu deinem Hochzeitstag, Schatz!« und kam ihnen rasch entgegen. Margaret blieb ein paar Schritte zurück, obwohl sie diejenige war, die das weiße Kostüm in der Hand hielt. Sie wollte unbedingt vermeiden, die einzige Fremde bei einem Familientreffen zu sein. »Ich gehe gleich in die Kirche«, sagte sie zu Elizabeth.

»Du kannst gerne mit reinkommen.«

»Nein, ich würde bloß –«

Sie legte das Kostüm auf Elizabeths Schlafsack und ging in Richtung Kirche, nachdem sie der Frau nur kurz zugewinkt hatte. Sie mußte Elizabeths Mutter sein. Sie sagte gerade: »Du hast nicht mehr viel Zeit, Schatz. Oh! Will deine Freundin nicht mitkommen? Mrs. Howard spielt schon auf der Orgel, man kann es von hier hören, wenn man sich Mühe gibt. Dein Blumenstrauß ist im Kühlschrank, aber untersteh dich, ihn jetzt schon herauszuholen, du weißt ja, wie schnell – wo sind deine Schuhe, Elizabeth? Hast du vor, in Mokassins zu heiraten?« Falls Elizabeth etwas sagte, hörte Margaret es nicht.

Sie ging den Highway entlang bis zur Kirche. Davor stand nur ein einziger Wagen und daneben der Sonntagsschulbus. Zwar war es ihr unangenehm, so früh hineinzugehen, aber draußen fand sie es unerträglich heiß. Sie stieg die Stufen hoch und trat durch die Bogentür. Drinnen roch es nach Zitronenöl und Gesangbüchern, und es war so düster, daß sie einen Moment lang am hinteren Ende des Hauptschiffs stehenblieb und blinzelte, um ihre Augen schneller an die Beleuchtung zu gewöhnen. Von der Chorempore drang Orgelmusik herunter. In den Bänken, deren Rückenlehnen aus langen polierten Kiefernbalken bestanden, saß noch niemand. Vor dem Altar stand ein Strauß weißer Blumen. Die Fenster hatten hellrotes, mit Sternchen übersätes Glas. Margaret ging zum nächstgelegenen Fenster und öffnete die untere Scheibe. Dann setzte sie sich direkt davor in eine Bank, aber dennoch spürte sie keinen kühlenden Luftzug. Sie nahm einen an einem Eisstiel befestigten Pappfächer in die Hand und schwenkte ihn durch die heiße Luft vor ihrem Gesicht.

Bei Elizabeth zu Hause würden jetzt die anderen um sie herumstehen und viel Aufhebens um ihr Äußeres machen; sie würden ihren Schleier zurechtrücken und ihr Kostüm abbürsten. Margaret stellte sich vor, daß sie wie ein Totempfahl in der Mitte stand und sich schmücken ließ. Aber es gelang ihr nicht, sich auszumalen, wie sie diesen Mittelgang entlangging. Sie drehte sich um, schaute zur Tür und sah, daß in diesem Moment die Platzanweiser, die Nelken in den Knopflöchern trugen, hereinkamen. Sie schauten sie alle aus den gleichen, erstaunt blickenden braunen Augen an. Saß sie auf der richtigen Seite der Kirche? Welches war die Seite für die Gäste der Braut? Sie wußte es nicht mehr. Sie blieb, wo sie war, rechts vom Altar, und schwenkte ihren Fächer schneller.

Nach und nach trafen weitere Leute ein – alte Damen, ein paar verlegene Männer, Frauen, die sofort das Kommando übernahmen. Sie faßten die Platzanweiser am Arm und flüsterten unterwegs (»Wie geht's deiner Mutter? Wie geht's deiner hübschen kleinen Schwester?«), während die Platzanweiser zurückhaltend und gehemmt wirkten und die Ehemänner der Frauen, die mit ein paar Schritten Abstand folgten, ihre Hüte in Händen hielten, als seien es zerbrechliche Gegenstände. Die Orgelmusik gewann an Entschiedenheit. Eine dicke Frau rutschte in Margarets Bank, eingehüllt in eine Schwade Arpège. »Ich habe in letzter Minute den Greyhoundbus erwischt«, sagte sie.

»Das freut mich«, sagte Margaret.

Die dicke Frau strich ihre Ärmel in Höhe der Ellbogen glatt, faßte an beide Ohrläppchen und drehte ihre Füße nacheinander zur Seite, um den Sitz der Strumpfnähte zu überprüfen. Margaret wandte sich ab und schaute aus dem Fenster. Sie senkte den Kopf und erblickte einen waagerechten Streifen aus Rasen und Bungalow sowie die unteren Hälften mehrerer pastellfarbener Kleider und zweier schwarzer Anzüge, die sich in Richtung Kirche bewegten. Mitten dazwischen war Elizabeths weißer Rock, und er kam immer näher – ein Anblick, der Margaret verblüffte und Angst einjagte, so als sei sie selbst an dieser Hochzeit beteiligt und in Sorge, ob auch alles gutgehen würde.

Die dicke Frau hatte angefangen zu reden, und offenbar sprach sie zu Margaret. »Wissen Sie, Hannah kann nicht kommen«, sagte sie. »Sie hat zu viel Ärger mit Everett. Aber *Nellie* wir hier sein. ›Oh‹, sagte sie zu mir, ›das will ich auf gar keinen Fall verpassen. Ich warte schon so lange darauf, daß der Junge endlich heiratet.‹ Aber das brauche ich *Ihnen* ja nicht zu erzählen. Es war eine ziemliche Überraschung. Ich hatte immer geglaubt, er würde Alice Gail Pruitt heiraten. Ich hatte, ehrlich gesagt, erwartet, daß Liz Abbott als alte Jungfer enden würde.«

»Wieso das?« fragte Margaret.

»Na ja, sie ist ziemlich schwierig, finden Sie nicht auch?«

Sie schaute sich, während sie redete, immer wieder in der Kirche um, so als suche sie etwas, das sie verloren hatte. ›Die Blumen sind wirklich sehr schön. Es hätten zwar ein paar mehr sein können, aber – *wir* hatten geglaubt, sie habe Dommie endgültig verloren, aber dann hat er die Verlobung mit Alice Gail gelöst und ist zu dem Mädchen zurückgekehrt, für das sein Herz die ganze Zeit schlug. Was für eine Geduld! Der Junge ist so geduldig wie ein Heiliger. Ich hoffe nur, Liz weiß ihr Glück zu schätzen. Und ihre Eltern! Sie waren so nachsichtig mit ihr. Ich habe zu Harry gesagt: Was mich betrifft, so begreife ich nicht, wie John und Julia das aushalten. ›Wenn ich an Ihrer Stelle wäre, Julia‹, habe ich einmal zu ihr gesagt –«

Wie auf Stichwort kam Mrs. Abbott, am Arm eines Platzanweisers, den Mittelgang entlang. Sie war eine ältere, fülligere Version von Elizabeth, aber was sie sagte, glich einer Fortsetzung der Rede der dicken Frau. Margaret konnte ihre Stimme deutlich hören, als sie vorbeiging. »Die *Haare* von dem Kind!« sagte sie zum Platzanweiser. »Dabei habe ich Liz angefleht, sie lang zu lassen. ›Wenigstens bis nach der Hochzeit‹, habe ich zu ihr gesagt, ›mehr verlange ich doch gar nicht.‹ Du kannst dir nicht vorstellen …« Sie entfernte sich, eine flüsternde, blaue schattenhafte Gestalt, die einen Strauß weißer Rosen auf dem Arm trug und die Hand des Platzanweisers mechanisch tätschelte. Der Junge hielt den Blick auf seine Schuhe gerichtet.

Dann hörte die Orgelmusik auf, und eine Tür an der Vorderseite ging qietschend auf, und der Pfarrer trat ein. Wenn Margaret es nicht bereits gewußt hätte, würde sie niemals geahnt haben, daß er Elizabeths Vater war. Er war groß, gutaussehend und furchteinflößend und trug schwarze Kleidung. Seine gefalteten Hände umschlossen ein kleines schwarzes Buch. Zwei junge Männer folgten ihm. Als die beiden Aufstellung genommen hatten, und Margaret daher wußte, welcher von ihnen der Bräutigam war, beugte sie sich vor, um ihn näher zu betrachten. Ihr war aufgefallen, wie Elizabeth ihn beschrieben hatte. »Lieb«, hatte sie gesagt – ein Wort, das Margaret aus ihrem Mund nicht erwartet hätte. Aber jetzt stellte sie fest, daß keine andere Bezeichnung treffender gewesen wäre. Dommie Whitehall gehörte zu den Menschen, die ihr Leben lang jung und vertrauensvoll aussahen; seine Augen waren groß und braun, er hatte ein rundes Kinn, sein Gesicht war blaß und blankgescheuert und seine Miene hoffnungsvoll. Sein kurzes braunes Haar war mit Wasser sorgfältig geglättet. Falls ihm im letzten Moment noch Zweifel gekommen waren, konnte man es an dem offenen strahlenden Blick, mit dem er zur Rückseite der Kirche schaute, nicht ablesen.

Die Orgelmusik setzte wieder ein, diesmal lauter. Gespielt wurde nicht der traditionelle Marsch, aber es konnte andererseits auch nicht das sein, wofür Margaret es hielt – die Hochzeitsmusik aus *Leutnant Kische*. Sie schaute zum Mittelgang und sah eine gelockte Blondine in Rosa – sie mußte Elizabeths Schwester sein, war aber fraulicher und hübscher –, die sich im Takt einer würdevolleren Musik bewegte und einen kleinen Blumenstrauß in Händen trug. Hinter ihr kam Elizabeth, am Arm eines jungen Mannes, den Margaret für ihren Schwager hielt. Elizabeths weißes Kostüm war sauber und adrett, aber ohne ihre Jeans schien sie ihre Sicherheit eingebüßt zu haben. Sie ging, als wären ihre Schuhe zu groß. Ein kurzer Schleier umrahmte ihr Gesicht wie das Kopftuch einer Bäuerin. Ihr Begleiter schaute mißtrauisch auf den Teppich, aber Elizabeths Blick wirkte heiter, und wegen der Musik verzog sie die Lippen zu ihrem typischen angedeuteten Lächeln. Die beiden gingen an Margaret vorbei und schritten durch ein Meer aus blumengeschmückten Hüten und wedelnden Fächern.

Als jeder am richtigen Platz stand, lehnte Margaret sich zurück und wischte sich die feuchten Handflächen an ihrem Kleid ab. »Ich glaube, es wird alles gutgehen«, flüsterte die dicke Frau. Margaret beobachtete, wie Elizabeths Vater sein schwarzes Buch aufschlug und bedächtig ein Lesezeichen weglegte. »Liebes Brautpaar …«, sagte er. Er gehörte zu den Pfarrern, deren Stimme sich völlig verändert, wenn sie zu ihrer Gemeinde sprechen. Seine Worte gingen dröhnend ineinander über und verhallten im Raum. Margaret hörte ihm nicht zu, sondern betrachtete Elizabeths geraden weißgekleideten Rücken.

Elizabeth hörte auch nicht zu. In dem Moment, in dem ihr Vater aus der Bibel vorzulesen begann, drehte sie sich zu Dommie um, so als sei die Zeremonie ein Werbespot, den sie bereits auswendig kannte. Sie sprach, nicht im Flüsterton, sondern mit leiser, deutlicher Stimme. Margaret war zu weit entfernt, um zu verstehen, was sie sagte. Dommie drehte sich zu Elizabeth um und machte den Mund auf; Elizabeth wartete; aber als klar wurde, daß er nichts sagen würde, redete sie weiter. Die Stimme ihres Vaters brandete unbemerkt über ihre Köpfe hinweg.

Mittlerweile hörte ihm *niemand* mehr zu. Alle beobachteten Elizabeth. Geflüster huschte durch die Bankreihen. »Kann sie nicht wenigstens dieses eine Mal –«, sagte die dicke Frau. Sogar Elizabeths Vater schien aufgehört zu haben, auf die Worte, die er sagte, zu achten. Er blickte, während er sprach, Elizabeth an und fuhr mit dem Finger die Zeilen der Seite entlang, ohne sie anzuschauen. Er wurde immer schneller, als nähme er an einer Art Wettrennen teil. »Willst du, Dominick Benjamin …« Dommie wandte die Augen nur zögernd von Elizabeth ab. »Ja, ich will«, sagte er nach einer Pause. Er hatte den angespannten, konzentrierten Gesichtsausdruck eines Menschen, der bei etwas Wichtigem unterbrochen worden ist. »Willst du, Elizabeth Priscilla …«

Bei Elizabeth war die Pause noch länger. Eine Fliege schwirrte kreisend zur Decke; jemand hüstelte. Elizabeth richtete sich, so weit es ging, auf, und da sie die Ellbogen in die Seiten gedrückt und die Füße dicht zusammengestellt hatte, sah sie ganz steif und dünn aus. »Nein«, sagte sie.

Alle hielten den Atem an. Elizabeths Vater schlug geräuschvoll das Buch zu.

»Es tut mir leid, aber ich will nicht«, sagte sie.

Dann drehte sie sich um, und die Orgel begann wieder die *Leutnant-Kische*-Melodie zu pfeifen. Elizabeth ging langsam, aber stetig den Mittelgang hinunter und trug dabei ihr Blumensträußchen vorschriftsmäßig vor sich her und hielt den Kopf vollkommen gerade. Oh, warum drehte sie sich nicht um und lief zu der kleinen Tür an der Vorderseite? Wie konnte sie es ertragen, den weiten Weg allein zu gehen? Margaret dachte daran, aufzuspringen und etwas zu rufen, irgend etwas, nur damit die Leute ihre Blicke von Elizabeth abwandten. Aber sie tat es nicht. Sie schwieg. Nachdem sie kurz zu Dommie hinübergeschaut hatte, der wie angewurzelt vor dem Altar stand, starrte sie genauso gebannt wie die anderen zum Mittelgang.

Es dauerte eine Weile, bis die Leute begriffen, was passiert war. Alle saßen einfach nur da – sogar die dicke Frau. Dann brach die Orgelmusik mitten in einem Ton ab, und Geflüster und Geraschel setzte ein. Mrs. Abbott erhob sich und ging mit entschossenen Schritten zu ihrem Mann. Sie hakte ihn und Dommie unter und führte sie durch die kleine Tür hinaus.

»Was sagt ihr dazu?« fragten die Frauen, erhoben sich und steckten die Köpfe zusammen. »Das darf doch wohl nicht wahr sein«, sagte die dicke Frau. »Ich wollte schon immer einmal dabeisein, wenn jemand das tut«, sagte ein Mann zu Margaret. Sie lächelte und schlich unauffällig aus der Bank. Unter dem Türbogen stand Elizabeths Schwester, umgeben von lauter blumengeschmückten Hüten. Sie wirkte benommen. »Ich begreife es nicht, ich begreife es einfach nicht«, sagte sie immer wieder. Eine Frau mit Federohrringen sagte: »Denk nach, Polly. Haben die beiden sich vielleicht gestritten?«

»Dommie streitet sich niemals«, sagte eine alte Frau.

»Haben sie –«

»Sie hat uns *gesagt*, daß sie es sich anders überlegt hat«, sagte Polly. »Gerade, als wir das Haus verlassen wollten. Vater sagte, das ginge nicht. Er sagte: ›Liz, die Gäste sind alle schon da‹, sagte er. ›Du schuldest ihnen eine Hochzeit‹, und sie erwiderte: ›Na schön, wenn du unbedingt willst.‹ Aber wir hätten niemals vermutet, ich meine, wir dachten, sie meinte damit – und Vater sagte, sie würde anders darüber denken, wenn sie erst einmal vor dem Altar stände.«

»Ja natürlich, das hätte ich auch vermutet«, sagte jemand. »*Alle* Bräute bekommen es vorher mit der Angst zu tun.«

»Genau das haben wir ihr auch gesagt«, fuhr Polly fort. »›Und eine Stunde später hat jede es vergessen‹, sagte Vater zu ihr, aber Liz sagte: ›Woher willst *du* das wissen? Vielleicht behaupten die anderen das nur und bereuen die Heirat ihr Leben lang. Es ist eine Verschwörung‹, sagte sie – oh, aber trotzdem hätte ich niemals erwartet – Mutter fragte, ob es jemand anderen gäbe. Ich meine, jemand, der, Sie wissen schon, was ich meine, aber Liz sagte, nein, und ich bin mir sicher, daß sie nicht gelogen hatte, denn sie wirkte völlig überrascht –«

»Entschuldigen Sie bitte«, sagte Margaret. Sie schob sich seitwärts durch die Menge, bis sie die Vordertreppe erreichte. Dann beschattete sie ihre Augen mit der Hand und schaute sich um. Die Sonne schien alles – das Gras, den Weg, die Straße – ausgebleicht zu haben, und Elizabeths Hochzeitskostüm war zwischen all diesen hellen Flächen nirgends zu sehen. Sie war verschwunden. Sie hatte lediglich zwei hochhackige Schuhe zurückgelassen, die, sorgsam nebeneinander abgestellt, auf der untersten Stufe standen.

Margaret ging sehr langsam zu ihrem Auto. Sie wollte Elizabeth die Gelegenheit geben, sie abzupassen, für den Fall, daß sie jemanden suchte, der sie im Auto mitnahm. Aber niemand rief ihren Namen. Als sie den Highway erreicht hatte, verspürte sie eine gewisse Enttäuschung. Ich werde jetzt bestimmt nie wieder etwas von ihr hören, dachte sie. Ich werde nie erfahren, wie diese Sache ausgegangen ist. Dann öffnete sie die Fahrertür ihres Autos, und auf dem Beifahrersitz saß Elizabeth.

Sie war so weit nach unten gerutscht, daß sie von draußen nicht zu sehen war, aber sie machte nicht den Eindruck, als würde sie sich verstecken. Sie wirkte mutlos und erschöpft, und ihre Sitzposition schien bloß eine Folge schlechter Körperhaltung zu sein.

»Hallo, Margaret«, sagte sie.

»Elizabeth!«

»Meinst du, du könntest mich von hier wegbringen?«

Margaret stieg ein, schlug die Tür zu und ließ den Wagen an – alles in einer einzigen fließenden Bewegung. Sie fuhr mit quietschenden Reifen los. Jeder Beobachter hätte sofort gewußt, daß sie ein Fluchtfahrzeug steuerte. »Elizabeth«, sagte Margaret, »ist mit dir alles in Ordnung?«

»Mehr oder weniger«, sagte Elizabeth.

Aber ihrer steinernen Miene entnahm Margaret, daß sie in Ruhe gelassen werden wollte.

Sie rasten über den Highway, der wegen der Luftspiegelung von Wasser bedeckt zu sein schien. Margaret hätte gerne gewußt, wohin sie fuhren, aber sie hatte Angst davor, die Stille zu durchbrechen. Dann gelangten sie nach Ellington, und Elizabeth setzte sich aufrechter hin und schaute aus dem Fenster. »Da drüben habe ich gewählt«, sagte sie.

»Wie bitte?« sagte Margaret. Sie hatte es genau verstanden, konnte sich aber nicht vorstellen, daß Elizabeth sich in einem solchen Moment daran erinnerte.

»Wählen. Zur Wahl gehen«, sagte Elizabeth. »Pollys Mann sagte, ich solle es tun.« Sie seufzte und streckte einen Arm aus dem Fenster. »Viele Leute standen dort an. Ladenbesitzer, Hausfrauen und so weiter. Sie warteten und warteten. Voller Verantwortungsbewußtsein. Ich gehe jede Wette ein, daß sie an jedem Wahltag dort anstehen und ihre Stimmen abgeben, die kaum etwas bewirken, und anschließend nach Hause gehen und immer wieder dieselben Pflichten erfüllen. Tag für Tag. Immer im selben Trott. So lange, bis sie irgendwann sterben. Ich finde das bewundernswert. Du nicht? Vorher hatte ich nie darüber nachgedacht.«

»Ich bewundere *dich*«, sagte Margaret.

»Wieso?« sagte Elizabeth geistesabwesend. »Aber als ich in der Schlange vor dem Wahllokal stand, dachte ich: Das kann doch nicht so schwer sein. Warum triffst du nicht ein paar Entscheidungen? Bringst Ordnung in dein Leben? Sorgst dafür, daß deine Eltern sich keine Sorgen mehr zu machen brauchen? Na ja, ich hab's versucht, und man sieht ja, was passiert ist. Kurz vor der Ziellinie denke ich, nein ich will nicht, denn was ist, wenn ich kurz davor bin, einen Fehler zu machen? Manchmal befürchte ich, alle anderen wissen etwas, das ich nicht weiß: Sie planen ihr Leben, ohne *nachzudenken*, so als hätten sie noch ein paar weitere irgendwo auf Lager. Na ja, ich habe versucht, das zu glauben, aber es gelingt mir nicht. Entscheidungen sind so endgültig. Durch sie entsteht Schaden, den man nicht beheben kann.«

»Aber es war sehr mutig, das zu tun, was du heute getan hast«, sagte Margaret.

»Ein kurzes Aufflackern von Mut fällt leicht«, sagte Elizabeth, die offenbar in Gedanken woanders war. Dann wirbelte sie plötzlich herum und sagte: »Was ist los mit dir? Was bewunderst du denn an mir? Wenn ich so tapfer bin, warum habe ich mich dann überhaupt auf diese Hochzeit eingelassen? Oh, denk nur an Dommie, er ist immer so lieb und geduldig. Und meine Familie hat die ganzen Vorbereitungen getroffen, und einige der Gäste sind von weither gekommen. Aber vor allem tut es mir um *Dommie* leid. Er hat sein Leben lang niemals ein böses Wort gesagt, er hat immer nur gehofft, daß er geliebt wird. Was soll ich ihm jetzt sagen?«

Aus einem entlegenen Winkel von Margarets Gehirn tauchte, ohne daß sie sich daran erinnern konnte, ihn sich eingeprägt zu haben, der Anblick von Dommies Gesicht auf, als er zuschaute, wie Elizabeth die Kirche verließ. Sein Blick war leer und leidend; sein Mund widerspruchslos geschlossen. Er hatte noch nicht begriffen, wie ihm geschah. Margaret sah ihn vor ihrem inneren Auge vollständig und detailgetreu, so als hätte sie ihn mehrere Minuten aufmerksam betrachtet, so als hätte sie ihn schon jahrelang gekannt und sich seinen Anblick nach und nach eingeprägt und jede Nacht im Traum gesehen. Sie blinzelte, starrte angestrengt geradeaus und umklammerte das Lenkrad fester, während sie fuhr.

»Was soll das, Margaret?« sagte Elizabeth. »Man weint bei einer Hochzeit, und nicht wenn man davor Reißaus nimmt.«

»So«, sagte Melissa, als sie es sich im Wagen bequem machte. »Wie war's auf der Hochzeit?«

»Sie ist ausgefallen.«

»Ausgefallen? Was ist passiert?«

»Elizabeth ist vor den Altar getreten und hat ›Nein‹ gesagt«, sagte Margaret. Zu ihrer eigenen Überraschung mußte sie lachen. »Na ja, es war natürlich in Wahrheit gar nicht komisch.«

»Hört sich aber komisch an, finde ich«, sagte Melissa. Sie runzelte, kurzzeitig interessiert, die Stirn. Dann sagte sie: »Wie auch immer, also diese Frau mit den Patchworkröcken. Sie ist nicht ganz dicht. Ich bereue, überhaupt hergekommen zu sein. Weißt du, was sie zu mir gesagt hat? Ich sagte: ›Hören Sie, Sie verkaufen die Dinger für zwanzig Dollar pro Stück. Ich gebe Ihnen fünfundzwanzig, aber dafür liefern Sie mir sofort ein Dutzend, und in Zukunft so viele, wie Sie nähen können.‹ ›Fünfundzwanzig?‹ sagte sie. ›Also, ich weiß nicht, irgendwas an dem Angebot ist faul.‹ Sie klang so, als wolle ich *ihr* etwas verkaufen. ›Hören Sie‹, sagte ich zu ihr …«

Margaret schaute durch eine Verkehrsampel hindurch. Sie dachte an Jimmy Joe, der womöglich einen Straßenzug entfernt über den Bürgersteig schlenderte. Er würde den Kragen hochgeschlagen haben und leise vor sich hin pfeifen. Wenn er sie sähe, würde er stehenbleiben und abwarten. Sie streckte einen Arm aus und berührte ihn am Handgelenk, das dünn und knochig war. »Jimmy Joe«, sagte sie, »es tut mir leid, daß ich dich einfach so verlassen habe.« Er lächelte zu ihr herunter und nickte, und dann ging er weiter. Wenn er jemals wieder vor ihr auftauchen würde, dann nur undeutlich, nur für einen Augenblick und in Gesellschaft von anderen, die keine Rolle mehr in ihrem Leben spielten.

»›Woher weiß ich, ob ich *Lust* habe, so viele Röcke zu nähen?‹ fragte sie mich. Lust haben! Wenn ich das schon höre! ›Oh, ich glaube, ich wurstel lieber weiter vor mich hin‹, sagte sie. Eine winzige, dürre alte Frau, die ganz allein lebt. Man hätte doch erwarten können, daß sie diese Gelegenheit sofort beim Schopfe packt. In ihrem Vorgarten hat sie eine Badwanne verkehrt herum aufgestellt und in eine Ikone verwandelt.«

Margaret lachte.

»Warum lachst du andauernd?« sagte Melissa. »Ich glaube, du hast zuviel Zeit mit Elizabeth verbracht.«

»Elizabeth? Nein, sie hat überhaupt nicht gelacht.«

»Ist ja auch egal«, sagte Melissa. »Sie spielt sowieso keine Rolle. Was soll ich bloß tun, Margaret? Ich habe fest mit den Patchworkröcken gerechnet. Was könnte ich statt dessen verkaufen?«

Margaret gab keine Antwort. Sie war inzwischen auf den Highway eingebogen und konzentrierte sich aufs Autofahren, weil sie noch vor Einbruch der Dunkelheit wieder zu Hause sein wollte.

1965

10 Mary schrieb: »Gute Neuigkeiten. Morris und ich verreisen im Juli für eine Woche. Nur wir beide, ohne die Kinder. Endlich werden wir einmal in der Lage sein, ein Gespräch in Ruhe zu Ende zu führen, habe ich zu ihm gesagt ...«

Mrs. Emerson las den Brief mehrmals, weil sie herausfinden wollte, was Mary von ihr erwartete. War das ein Wink mit dem Zaunpfahl? Hoffte sie, daß ihre Mutter auf die Kinder aufpassen würde? Nein, vermutlich nicht. Bei ihrem letzten Besuch in Dayton hatte sie Marys Gastfreundschaft zu lange in Anspruch genommen. Viereinhalb Tage waren bereits zu lange gewesen. Sie hatte einen ekeligen Saftkrug aus Plastik durch einen neuen ersetzt – nichts Besonderes, bloß ein hübscher Glaskrug, den sie in einem Geschäft in der Innenstadt entdeckt hatte –, woraufhin Mary einen Wutanfall bekommen hatte. »Was macht mein Saftkrug im Mülleimer?« hatte sie gesagt. »Was soll dieses neue Ding? Hat dich jemand gebeten, es zu kaufen? Woher nimmst du dir das Recht dazu?« Mrs. Emerson hatte ihre Sachen gepackt und war abgereist. Drei Wochen lang hatte sie absichtlich nicht geschrieben und dann nur eine kurze, förmliche Dankeskarte, in der sie sich dafür entschuldigte, daß sie sich so lange nicht gemeldet hatte, aber sie habe in der letzten Zeit furchtbar viel um die Ohren gehabt, schrieb sie. Und was jetzt?

Sie streifte nachdenklich durchs Haus, in der einen Hand den Brief, die Finger der anderen Hand gegen die Lippen gedrückt. Wenn sie das Angebot, auf die Kinder aufzupassen, nicht machte, würde sie eine Gelegenheit versäumen, ihre Enkel zu sehen. Wenn sie das Angebot machte, würde es vielleicht abgelehnt werden. Sie konnte die Kränkung bereits spüren; man stelle sich nur vor, wie stark das Gefühl erst sein würde, wenn es einen echten Grund dafür gab! Aber wenn sie das Angebot nicht machte ...

Sie stieg die Treppe hoch, um in ihr Schlafzimmer zu gehen.

In letzter Zeit waren ihre Beine immer steifer geworden. Sie bewegte sich wie eine alte Frau, obwohl sie sich geschworen hatte, daß es niemals so weit kommen würde, und sie trug zwar noch immer dünne, spitze Schuhe, warf aber in letzter Zeit verstohlene Blicke auf die robusten, schwarzen Halbschuhe in den Schaufenstern. Vielleicht, wenn sie dünne Strümpfe dazu trug, wenn sie die Sorte Schuhe mit der fransenbesetzten Lasche kaufte, so daß die Leute glauben würden, sie kleide sich neuerdings im Tweed-Stil ... Sie stützte sich mit der Hand schwerfällig am Treppengeländer ab, und als sie im ersten Stock angekommen war, blieb sie kurz stehen, um Atem zu holen, ehe sie in ihr Zimmer ging.

Liebe Mary, schrieb sie auf ein cremefarbenes Blatt Briefpapier, *es hat mich gefreut, von dem Urlaub zu erfahren. Er wird Dir überaus guttun. Du hast nicht erwähnt, was Ihr mit den Kindern macht, und vielleicht habt Ihr ja schon jemanden gefunden, der auf sie aufpaßt, aber falls nicht, solltest Du wissen –*

Sie hielt inne, um zu lesen, was sie geschrieben hatte. Sie hatte die Worte sorgfältig gewählt, aber ihre Handschrift war absichtlich ein wenig schludriger als sonst. Der Brief sollte beiläufig wirken, wie aus einem spontanen Einfall entstanden. Als sie jedoch ihren Füller erneut in die Hand nahm, zögerte sie und las die Zeilen ein zweites Mal durch. Sie dachte über ihre Enkelkinder nach. Es waren vier, drei Mädchen und ein Junge, und sie hätte gerne gewußt, wie die Leute auf die Idee kamen, daß Mädchen braver waren. Oh, sie raubten ihr den letzten Nerv. Kletterten zu hoch, sprangen zu weit, liefen zu schnell. Redeten mit ihren hohen Stimmchen und schnappten dabei aufgeregt nach Luft. Versteckten ständig irgend etwas, das ihr gehörte, und lachten kreischend, wenn sie danach suchte. War sie sich überhaupt sicher, daß sie auf sie aufpassen wollte?

Enkelkinder waren gar nicht so großartig, wie immer behauptet wurde. Sie ließ sich diesen Gedanken eine Weile genießerisch durch den Kopf gehen, ehe sie ihn verbannte. Enkelkinder waren etwas Wunderbares. Wofür lebte sie denn sonst noch? Ihre ehrenamtlichen Verpflichtungen neigten sich dem Ende zu; ihre Freundinnen verwandelten sich in jammernde alte Frauen, und einige würden vermutlich bald sterben. Morgens, wenn sie in einem frischgebügelten Kleid nach unten kam, sich umschaute und die hohen Decken, von denen Spinnweben herabhingen, betrachtete, fragte sie sich manchmal, warum sie sich überhaupt die Mühe gemacht hatte aufzustehen. Die Wände des Hauses schienen dünner geworden zu sein. Es kam ihr wie eine alte brüchige Muschel vor, und sie selbst war ein kleines, getrocknetes Stück Seetang, das in dem riesigen Inneren herumkullerte. Aber dann dachte sie an ihre Kinder, die von ihr entsprungen waren und um sie herum fächerförmig ausschwärmten. Und *deren* Kinder, die weiter entfernt ausschwärmten; und sie fühlte sich erhaben, bedeutsam und reichgesegnet – ein sahniges Gefühl, an das sie sich während ihrer öden Vormittage klammerte. Das tat sie auch jetzt. Sie stand auf und ging in den Flur hinaus, einzig und allein, um die anderen Zimmer mit ihrem Wohlbehagen zu füllen, solange es noch anhielt.

Dann die Treppe hinunter, was ihren Beinen zwar schwerer fiel als hinaufzusteigen, aber nicht so schlimm für ihre Lunge war. Durch die Diele, in der sie grundlos Möbelstücke berührte, als sie an ihnen vorbeikam. Und in die Küche, wo sie ein Stück Brot in den Toaster steckte, weil sie möglicherweise das Mittagessen ausgelassen hatte. Während sie auf den Toast wartete, räumte sie schmutziges Geschirr zusammen und stellte es in die Spüle. Alvareen war seit einer Woche nicht zur Arbeit erschienen. Offenbar hatte sie diesmal tatsächlich gekündigt, und bloß wegen einer völlig unbedeutenden Streiterei. Sie hatte verlangt, für ihre Krankheitstage bezahlt zu werden. »Da Sie jedes Fitzelchen Arbeit liegenlassen, das ich nicht machen kann, wenn ich krank bin«, sagte sie, »und ich alles erledigen muß, wenn ich wiederkomme, sollten Sie mich zumindest dafür bezahlen.« »Das ist Unsinn, das ist doch lächerlich«, sagte Mrs. Emerson. »Ich muß mir Ihre Spitzfindigkeiten nicht anhören, Alvareen, ich kann mir jederzeit ein reinliches, hart arbeitendes Mädchen vom Land kommen lassen.« »Wie Sie wollen«, hatte Alvareen gesagt. Und Mrs. Emerson hatte es nicht über sich gebracht, ihr zu sagen, daß sie in Wahrheit nicht nur für ihre *Arbeit,* sondern auch für ihre Anwesenheit, durch die sie das Echo in den Räumen vertrieb, bezahlt wurde. Aber das konnte sie ihr unmöglich sagen: sie würde sich bloß aufplustern und wahrscheinlich eine Lohnerhöhung fordern. Mrs. Emerson würde ihr noch nicht einmal die Genugtuung eines Telefonanrufs verschaffen. Wenn sie gekündigt hatte, dann hatte sie eben gekündigt. Es gab zwar keine reinlichen, hart arbeitenden Mädchen vom Land mehr (wo waren die eigentlich alle geblieben?), aber sie würde Alvareen dennoch keine Träne nachweinen. Sie würde auch ohne sie zurechtkommen.

Der Toaster machte ein schnappendes Geräusch. Mrs. Emerson holte den letzten sauberen Teller aus dem Schrank und ging damit zum Tisch, aber dann sah sie, daß die Brotscheibe nicht hochgeschnellt war. Sie hatte sich wegen einer gebogenen Ecke verkantet. Mrs. Emerson stupste sie mit dem Finger an, aber ohne Erfolg. Sie lief nachdenklich um den Tisch herum. »Niemals eine Gabel in einen Toaster stecken«, sagten die Leute immer. Es kam ihr in diesem Moment so vor, als sei das der einzige Ratschlag, den sie je bekommen hatte; er ertönte mehrstimmig, irgendwo über ihrem Kopf. In letzter Zeit war ihr aufgefallen, wie viele Gelegenheiten, einen qualvollen Tod zu sterben, es gab. Alles mögliche konnte passieren: Gasöfen konnten explodieren, von jugendlichen Fahrern gesteuerte Autos sie überfahren, bei einem Sturm herabfallende Dachziegel sie enthaupten, und – die größte Gefahr – sie konnte Krebs bekommen. Schon öfter war sie nachts mit der unumstößlichen, beklemmenden Gewißheit aufgewacht, daß sie eines Tages auf eine fürchterliche Weise sterben werde. Sie hatte versucht, nicht daran zu denken, aber die Gewißheit hatte sie durchdrungen und sich in ihr festgesetzt. Tagsüber bemerkte sie oft, daß sie ihre Handlungen von einem Punkt in der fernen Zukunft beobachtete. Das war ich, würde sie später sagen, als ich mein Leben in seliger Einfalt führte und nicht die geringste Ahnung hatte, wie es enden würde. Dieser Eindruck veränderte alles. Das Abmessen der richtigen Menge Teeblätter oder das Zurückschlagen der Überdecke des Bettes war von einem unterschwelligen Entsetzen begleitet, so wie der Anblick eines sonnenbeschienenen Dorfes in einem Horrorfilm. Und wenn tatsächlich eine bestimmte Gefahr bestand – beim Herausholen dieses Toasts beispielsweise –, war sie ratlos. Sie verbrachte mehrere Minuten damit, den Toaster anzustarren und Pläne für ihr weiteres Vorgehen zu schmieden. Vielleicht mit einem Holzlöffel – einem Gegenstand, der nicht leitete. Aber woher wollte sie wissen, daß er nicht leitete? Sie konnte sich nur auf das Wort der Experten verlassen. Schließlich bahnte sich eine Art Schneise den Weg durch ihr Gehirn, und sie schnalzte mißbilligend mit der Zunge angesichts ihrer eigenen Dummheit und bückte sich, um die Schnur des Toasters herauszuziehen. Aber selbst dann steckte sie ihren Finger nicht hinein. Sie drehte den Toaster herum und schüttelte ihn, wodurch lauter Krümel auf dem Tisch verstreut wurden.

Als sie den Toast mit Butter bestrichen hatte, nahm sie ihn mit in die Diele. Dort holte sie sich das Telefon und wählte Marys Nummer. Es surrte und klickte in der Leitung, als über den halben Kontinent hinweg die Verbindung hergestellt wurde. Am anderen Ende klingelte das Telefon mehrfach, und dann sagte Mary: »Hallo?«

»Oh, Mary«, sagte Mrs. Emerson, so als habe sie vergessen, mit wem sie sprechen wollte. »Wie geht es dir, Liebes?«

»Ganz gut«, sagte Mary und schwieg abwartend.

»Es ist schön, daß ihr in Urlaub fahrt«, sagte ihre Mutter.

»Ja, nicht wahr?«

»Und ganz ohne Kinder.«

»Ja.«

»Du läßt sie also zu Hause.«

»Ich wüßte nicht, was daran falsch sein sollte«, sagte Mary.

»Du und Vati, ihr seid auch manchmal weggefahren. Es ist nicht so, daß –«

»Nein, nein, ich finde die Idee gut«, sagte Mrs. Emerson. »Das ist mein Ernst.«

»Also, dann.«

»Wo wir aber schon mal bei dem Thema sind«, sagte Mrs. Emerson. »Habt ihr jemanden, der sich um die Kinder kümmert?«

»O ja, das haben wir geregelt.«

»Damit gibt es also keine Probleme.«

»O nein.«

»Ich verstehe. Natürlich, wenn das schon fest abgemacht ist«, sagte Mrs. Emerson. »Aber du weißt, daß ich gerne bereit bin, euch zu helfen, wenn ich gebraucht werde.«

»Vielen Dank, Mutter. Ich glaube, wir haben alles im Griff.«

»Oh. Na gut.«

»Morris' Mutter kommt hierher, denn auf diese Weise wird es leichter –«

»*Morris'* Mutter!« sagte Mrs. Emerson. Sie legte die freie Hand an den Hörer. »Aber *sie* sieht die Kleinen doch andauernd!«

»Ein Grund mehr«, sagte Mary. »Sie sind mehr an sie gewöhnt. Wir müssen vor allem an die Kinder denken.«

»Aber das tue ich doch auch«, sagte Mrs. Emerson. Sie griff nach einem Kugelschreiber und beugte sich über den Notizblock neben dem Telefon, obwohl sie gar nichts aufschreiben wollte. Sie sprach in leisem, federleichtem Tonfall. Niemand, der ihr zuhörte, würde ahnen, wie fest sie den Stift umklammerte.

»Ich möchte schließlich wegen der Kinder kommen«, sagte sie.

»Ja, aber Pammie hat in letzter Zeit oft Alpträume, und da würde eine weitere Störung sie bloß –«

Mrs. Emerson zog einen geraden Strich quer über den Block und richtete sich auf. »Du hast gerade ein Wort gesagt, das ich von ganzem Herzen verabscheue.«

»Also bitte, Mutter –«

»Ich hasse es. Ich finde es widerlich. *Störung.* Was kann es schon schaden, wenn sie ihre Großmutter ab und zu sehen? Ich bin viel zu selten mit ihnen zusammen. Wie lange ist es eigentlich her, daß –«

»Es ist sieben Wochen her«, sagte Mary. »Im letzten Jahr warst du viermal bei uns, und mit einer Ausnahme dauerte jeder deiner Besuche fast einen Monat.«

»Aha. Siehst du?« sagte Mrs. Emerson. »Du widersprichst dir selbst. Zuerst behauptest du, die Kinder sind nicht an mich gewöhnt, und dann behauptest du, daß ich ständig bei ihnen bin.«

Sie lächelte strahlend ihr welliges, gelbliches Abbild in dem antiken Spiegel an. Ihr Haar klebte an ihrer Stirn fest, die feucht war. Obwohl sie nicht schwitzte, stieg eine Art Hitzeschwall von ihren Schlüsselbeinen auf. Sie öffnete den obersten Knopf ihrer Bluse.

»Es ist nicht *meine* Schuld, daß ich mir widerspreche«, sagte Mary. Ihre Stimme klang jetzt jünger und höher; sie hörte sich so an, als sei sie wieder in den furchtbaren Jahren ihrer Pubertät, in denen sie anscheinend nichts anderes zu tun gehabt hatte, als zu heulen, Wutanfälle zu haben und sich über die Kleinlichkeit ihrer Mutter zu beschweren. »Mutter, bist du nicht mehr in der Lage, dein eigenes Leben zu leben? Du bist andauernd hier, und bei jedem Besuch habe ich das Gefühl, als würdest du uns nie wieder verlassen. Du richtest dich bei uns häuslich ein. Deine Anwesenheit wirkt so *dauerhaft.* Du benimmst dich, als wolltest du das Kommando in meinem Haushalt übernehmen.«

»Also wirklich, Mary«, sagte Mrs. Emerson. Sie legte eine Hand an ihre Kehle, die immer enger wurde und ihr den Atem abschnürte. »Wie kommst du nur auf so einen Gedanken? Merkst du denn nicht, daß ich versuche, ein guter Gast zu sein? Ich helfe bei der Hausarbeit, ich lasse dich und Morris für eine Weile allein, wenn er abends von der Arbeit kommt –«

»Ständig läufst du durch das Zimmer, in dem wir gerade sind, und räusperst dich. Du wirfst all unsere Lebensmittel weg und kaufst neue im Reformhaus. Du bemühst dich, dir zu merken, wie der Postbote heißt, wann der Milchmann kommt und an welchen Tagen der Müll abgeholt wird, so als wärst du gerade eingezogen. Du bringst meine Sachen in die Reinigung, obwohl du wissen müßtest, wie gerne ich bügele, du kaufst Vorhänge, die ich nicht ausstehen kann, und hängst sie dann vor das Wohnzimmerfenster, du reihst deine Flaschen mit Vitamintabletten und Abführmitteln auf meinem Küchentisch auf –«

»Also, wenn du mir nur einmal –«

»*Dann* fährst du zu Margaret und verziehst die kleine Susan nach Strich und Faden. Margaret hat es mir erzählt.«

»Oh, das ist ungerecht!« sagte Mrs. Emerson. »Woher soll ich das denn wissen, wenn es mir niemand sagt.«

»Sind wir etwa *verpflichtet*, es dir zu sagen?«

»Nun gut, jetzt, da ich es weiß«, sagte Mrs. Emerson, bemüht, ihre Stimme unter Kontrolle zu halten, »werde ich dir keinen Anlaß mehr zur Klage geben. Ich werde dich bestimmt nie wieder belästigen.«

»Ich hätte wissen müssen, daß du so reagierst«, sagte Mary.

»Was soll ich denn sonst sagen? Alles, was ich tue, ist falsch. Ich soll nicht zu Besuch kommen, ich soll nicht *nicht* zu Besuch kommen. Was soll ich denn tun, Mary. Warum sind meine Kinder so un- un-?«

Ihre Zunge versagte ihr den Dienst. Nach einem letzten Zucken lag sie wie gelähmt im Mund. Aus Mrs. Emersons Kehle drang unbeabsichtigt ein fiependes Geräusch, über das sie erschrak. Der Hörer fiel ihr aus der Hand und streifte die Tischplatte. »Mutter?« ertönte blechern Marys Stimme. Mrs. Emerson hatte das beklemmende Gefühl, als würden sich lange kalte Finger auf ihre Brust legen. Ihre zitternden Knie knickten ein, und sie glitt zu Boden. Dann streckte sie sich, genau wie eine sehr schlechte Schauspielerin, die eine Sterbende darstellt, lang aus und starrte die Unterseite des Tisches an. »Mutter, was ist los?« sagte Mary. Der Anblick des baumelnden Hörers verursachte Mrs. Emerson Übelkeit. Sie schloß die Augen und spürte, wie ihr die Sinne schwanden.

Als sie wieder zum Tisch hochschaute, wirkte er dunkler und war mit schwarzen Flecken übersät. Würde sie erblinden? Sie versuchte, ihre Arme anzuheben, aber nur einer reagierte. Er bewegte sich und berührte den anderen, der sich leblos, kalt und widerlich anfühlte. Sie starb also Stück für Stück. Was für ein Glück, daß sie ihre Kinder großgezogen hatte, ehe das hier passierte. Sie waren doch erwachsen, oder? Oder etwa nicht? Es schien noch ein kleiner Junge übrig zu sein. Aber als sie versuchte, ihn sich vorzustellen, fiel ihr ein, daß sie ihn nie gesehen hatte; es war der arme kleine Kerl, den sie, zwischen Melissa und Peter, tot zur Welt gebracht hatte. Aber es war logisch, daß sie jetzt an ihn gedacht hatte; schließlich würde sie ihn, wenn gewisse Leute recht behielten, im Himmel wiedersehen. Er hatte jedoch schon so lange allein zurechtkommen müssen, und diejenigen, die auf der Erde zurückblieben, brauchten sie viel mehr. Sie würde es nicht ertragen können, von oben mit ansehen zu müssen, wie sich ihre armen, unzufriedenen Kinder ohne ihre Hilfe abmühten. Niemand konnte ihr einreden, daß sie ihre Kinder *nicht* sehen würde. Wenn man im Himmel aufhörte, sich über so etwas Sorgen zu machen, dann würde keine Frau dort glücklich werden.

Die Unterseite des Tisches war rauh und unlackiert. Man hatte sie reingelegt. Die Oberseite war immer makellos poliert gewesen. In eine Ecke hatte jemand mit einem Zimmermannsbleistift die Zahl 83 geschrieben, und sie dachte lange über deren Bedeutung nach. Ihre Gedanken entfernten sich immer wieder von dem Problem, so wie ein weißer Luftballon. Immer wieder streckte sie die Hand aus und zog ihn mit Hilfe der Leine zurück. Dann sah sie ein kleines graues Gehirn, eine verschlungene, kugelförmige Masse, die aus der Innenseite eines Tischbeins herauswuchs. Das Entsetzen jagte neue Kälteschauer durch ihre Brust, bis sie erkannte, daß sie ein Stück benutztes Kaugummi anschaute. Kaugummi. Sie sah die bunte Reihe aus grünen, rosafarbenen und gelben Päckchen am Süßigkeitsstand der Tuxedo-Apotheke. Sie sah, wie ihre Kinder, während sie zum Abendessen hereinkamen, Kaugummiblasen zerplatzen ließen. Eine schlimme Angewohnheit von ihnen. Sie kauten nur auf einer Seite, ihr Mund stand offen, und ihr Gesichtsausdruck war friedlich und verträumt. Sie legten kleine graue Klumpen auf den Rand ihres Tellers, ehe sie ihre Serviette auseinanderfalteten. Wie oft hatte sie ihnen gesagt, sie sollten das nicht tun? Die Klumpen trockneten und wurden hart. Margaret, ihr schlampigstes Kind, kratzte ihren meistens nach dem Essen vom Teller und steckte ihn wieder in den Mund. Hatte Margaret den Kaugummi unter den Walnußtisch ihrer Mutter geklebt?

Die Kinder tauchten aus der Dunkelheit am Rand an der Diele auf. Ich war's nicht, ich war's nicht, sagten alle. Sie strahlten vor Glück, so als seien sie gerade von draußen gekommen. Matthew und Timothy und Andrew, alle drei neuerdings im Stimmbruch, alle drei neuerdings mit breiteren härteren Händen, so daß ihre Mutter immer wieder das Bedürfnis verspürte, sie zu berühren. Mit halbwüchsigen Jungs hat man viele Probleme, flüsterte eine Freundin. Ja, es ist schwierig, sagte Mrs. Emerson höflich, und sie lächelte und nickte, wodurch ihr Hinterkopf über den Fußboden scheuerte, aber insgeheim widersprach sie. Sie war umringt von halbwüchsigen Jungs, allesamt groß und schlaksig, die ihr das Gefühl gaben, klein und keck und wohlbehütet zu sein. Lachend wirbelte sie inmitten des von ihnen gebildeten Kreises herum. Dieser Augenblick würde ewig andauern.

Irgendein Ärger mit Mary war der Grund, warum sie hier auf dem Boden lag. Das fiel ihr jetzt wieder ein.

Sie stritt sich mit ihrem Mann. Es ging um das Baby. Um Matthew. Das ist das falsche Kind, sagte sie. Im Krankenhaus waren seine Haare heller. Ich kann unmöglich ein so dunkelhaariges Baby haben. Sie zwang ihn, sie wieder ins Krankenhaus zu fahren, sie trug das Baby hinein, eingewickelt in eine blaue Decke, und darunter nackt, genauso wie es auf die Welt gekommen war. Würde sie das Gelächter der Krankenschwestern jemals vergessen können? Sie hatten die Ärzte, die Pfleger und die Putzfrauen geholt, damit sie ebenfalls ihren Spaß hatten. Und sie stand zwischen ihnen, betrachtete das ausgewickelte Baby und erkannte, daß es doch ihr Sohn war – Grund war der direkte, taxierende Blick, der die Frage auszudrücken schien, was er von ihr erwarten konnte. Sie hatte angefangen zu weinen. »Was ist los, Schatz«, hatte ihr Mann gesagt. »Das paßt doch gar nicht zu dir.« Und er hatte recht. Sie war nie wieder sie selbst gewesen. All der Trubel in diesem Haus, dem sie sich trotz ihres Protestes und ihrer abwehrenden Handbewegungen nicht hatte entziehen können. All die Mücken, aus denen Elefanten gemacht worden waren, all die Elefanten, aus denen Mücken gemacht worden waren. »Wie oft habe ich erlebt, daß Bagatellen unnütz aufgebauscht wurden!« sagte sie, womöglich mit lauter Stimme. »Wie oft habe ich erlebt, daß etwas Schreckliches als selbstverständlich hingenommen wurde!«

Sie öffnete die Augen, obwohl sie geglaubt hatte, sie seien bereits offen. Da war etwas, das sie dringend erledigen mußte. Jemanden füttern? Sich um jemanden kümmern? War eines der Kinder krank? Nein, nur sie selbst. Sie mußte Hilfe holen. Sie formte mit den Lippen das Wort »Mama« und verwarf es wieder – es hatte einen merkwürdigen Beigeschmack und war darum wohl unpassend. Ihren Ehemann? Sie überlegte, wie er hieß. Höchstwahrscheinlich Billy. Aber sie hätte doch wohl kaum jemanden namens Billy geheiratet. Oh, erst das lange Zögern und die viele Aufregung, die Pläne, die Zweifel und die endgültige sensationelle Entscheidung, wen sie heiraten würde – und jetzt das. Sie konnte sich nicht erinnern, bei welchem Mann sie am Ende gelandet war. Eigentlich spielte es auch keine Rolle.

Sie ging um Billy herum, musterte ihn kurz und beschloß schließlich, etwas zu sagen: »Aber!« sagte sie laut. Ihre Zunge spielte ihr einen Streich. Sie machte einen erneuten Versuch und strengte sich dabei so stark an, daß sich die Haut über ihrer Stirn spannte. »Aber!« rief sie und sah Billy tot in seinem Bett liegen. Sein Kopf hinterließ kaum eine Kuhle im Kissen. Ohne sich Zeit zum Trauern zu nehmen, wandte sie sich Richard zu. Würde er ihr helfen? Aber Richard pinkelte auf die Rosenbüsche. Männer! Sein breiter, gebeugter Rücken erinnerte sie an etwas Trauriges. Es war niemand mehr übrig. Wenn sie nachts aufwachte, schien das Bett neben ihrem eigenen zu leuchten, und sein Anblick sprang ihr in die Augen, so als wolle es ihr etwas mitteilen. Siehst du! sagte es. Sie warf den Kopf hin und her.

Oh, dieses fiepende Geräusch. War es wieder ihre Kehle? Ihr Herz? Ihr Gehirn. Nein, bloß das Telefon, um sie daran zu erinnern, daß sie den Hörer nicht aufgelegt hatte. Sie hätte beinahe gelacht. Dann wurde sie ernst und sammelte ihre Gedanken. Sie mußte unbedingt einen Arzt holen. Das war ihr inzwischen völlig klar. Sie spannte ihre Nackenmuskeln und hob den Kopf. Weit entfernt zeigten ihre Füße nebeneinander nach oben, grotesk aussehend, die Füße der bösen Hexe in *Der Zauberer von Oz*. Mit Hilfe ihres gesunden Armes stützte sie sich auf. Es ging ihr gut; sie konnte alles tun. Sie sank zurück und starrte wieder den Tisch an. Auf der Unterseite verliefen zwei diagonale Streben. Sie waren mit Schrauben befestigt, die man in runde Löcher versenkt hatte, damit die Köpfe bündig mit dem Holz abschlossen. War es nicht wunderbar, daß die Löcher kreisrund waren? Daß die schrägen Enden der Streben haargenau in die Tischecken paßten? Dafür gab es einen Ausdruck; sie hatte ihn schon einmal gehört.

»Auf Gehrung geschnitten«, sagte Elizabeth.

Elizabeth, sagte sie lautlos, aber nachdrücklich, bei dem Bild oben neben der Treppe muß eine neue Rückenverstärkung angebracht werden. Ersetzen Sie das gesprungene Glas vom Bücherschrank. Rollen Sie bitte den Gartenschlauch auf, ich könnte verklagt werden, falls jemand darüber stolpert. Wissen Sie, wie man die Aufhängung einer Jalousie erneuert?

Elizabeths Stimme klang leise und verzerrt, so wie die Lautsprecher im Bahnhof. Sie redete in Bruchstücken. »Die was?« sagte sie. »Warum sollte er so etwas tun?« »Also, na ja –« Sie lachte. »Vielleicht, wenn ich Zeit habe«, sagte sie.

Hier bei uns geht alles in die Brüche, sagte Mrs. Emerson zu ihr.

Elizabeth lachte. »Das ist bei den meisten Leuten so«, sagte sie.

Elizabeth, hier –

»Schon gut, schon gut.«

Mrs. Emerson wollte einschlafen, da sich jetzt jemand um alles kümmerte. Dann begann ein beunruhigender Gedanke in ihrer linken Schläfe zu bohren. Sie hatte etwas vergessen: Sie konnte das Mädchen schon seit langem nicht mehr leiden. Zu träge. Nicht vertrauenswürdig. Die Welt war mit lauter Menschen bevölkert, die ständig grundlos glücklich waren und über etwas in der Ferne lachten, das Mrs. Emerson selbst dann nicht erkennen konnte, wenn sie sich auf die Zehenspitzen stellte. Sie reckte den Hals. Sie griff nach Andrews Ellbogen, um sich abzustützen. Was willst du von mir? fragte sie ihn.

»Aufmachen!« sagte er.

Er ging weg. Sie war ganz allein. Sie war wieder jung, hatte noch keine Kinder, keinen Ehemann, war wieder das unverheiratete, zartgliedrige Mädchen, das all die Jahre durch die Hülle ihres alternden Körpers geschaut hatte.

»Aufmachen!« sagte ein Mann. Er rüttelte am Griff der Haustür. »Mrs. Emerson? Sind Sie da? Können Sie uns hören? Machen Sie die Tür auf!«

Sie hatte vor zu antworten, vergaß es aber. Stimmen prallten auf ihrer Veranda gegeneinander. Diese Männer waren großartig, einfach großartig. Sie waren ihretwegen gekommen. Ein Gefühl von Liebe und Vertrauen überflutete sie, und sie schloß die Augen und lächelte.

Die Männer zerbrachen das Fenster in der Haustür. Warum taten sie das? Große Glasscherben fielen klirrend zu Boden, während Mrs. Emerson mit angestrengter Miene über diese Frage nachdachte. Dann fiel ihr die Antwort ein. Sie war zufrieden, wie schnell ihr Verstand arbeitete. Sie drehte den Kopf zur Seite und sah, daß ein Arm in einem blauen Ärmel hereingeschoben wurde. Die Tür wurde geöffnet, und zwei Polizisten betraten, extra für sie in voller Uniform, die Diele. »Mrs. Emerson?« sagte der eine.

»Hum«, sagte sie, und dann schlief sie ein, in der Gewißheit, daß sie endlich in den Händen von jemand Zuverlässigem war.

11 Matthew saß am Krankenhausbett und las in der *Saturday Evening Post*, während seine Mutter schlief. Er überflog ein paar Zeilen, hielt dann mitten im Satz inne und blätterte die Seite um. Er warf einen Blick auf ein paar weitere Zeilen und blätterte erneut um. Nichts von dem, was er las, drang wirklich zu ihm durch. Er war in Gedanken bei seiner Mutter, die auf dem Rücken lag und die Hände neben sich ausgestreckt hatte. Ihr Gesicht sah jung und glatt aus. Sie bewegte träumend ihre Augen unter den geäderten Lidern. Als Matthew noch klein war, hatte er sie, wenn er sonntags morgens in ihr Zimmer

ging, um sie aufzuwecken, auf dieselbe Weise beobachtet – damals voll Eifersucht auf ihre Träume, weil er befürchtete, in ihnen gar nicht vorzukommen. Jetzt hoffte er, sie würde möglichst wenig an ihn denken. »Sorgen Sie dafür, daß Ihre Mutter viel Ruhe bekommt«, hatte der Arzt gesagt. »Lassen Sie sie so viel schlafen, wie sie will, und vermeiden Sie jegliche Aufregung.« Deshalb dachte Matthew sorgfältig nach, ehe er den Mund aufmachte. Auch die belangloseste Plauderei mit ihr konnte zu irgendwelchen heiklen Themen führen. Wenn sie schlief, war er erleichtert. Er hoffte inständig, ihre Träume würden von einer längst vergangenen Zeit handeln, als sie noch jung und sorglos war. Er sandte ihr telepathisch Bilder aus ihrer Kindheit, die sie aus irgendeinem Grund immer auf einer sonnenbeschienenen, winddurchwehten, mit Gänseblümchen gesprenkelten Wiese zeigten. »Bevor du geboren wurdest …«, hatte sie früher oft zu ihm gesagt, und dann war die Wiese vor seinem inneren Auge aufgetaucht, und seine Mutter war in einem weißen Kleid lachend hindurchgelaufen, unbelastet von Streitereien, Tränen und Mangel an Liebe.

Er schaute über das Bett hinweg Mary an, die einen Kinderpullover strickte. Jedesmal, wenn sie am Ende einer Reihe ankam, wickelte sie mit einer weitausholenden, schwungvollen Bewegung neues Garn von dem Knäuel ab und starrte für einen Moment stirnrunzelnd ins Leere, so als versuche sie, sich an etwas zu erinnern. Einmal seufzte sie. »Du bist bestimmt müde«, sagte Matthew. »Warum gehst du nicht nach Hause?«

»O nein.«

Und dann fing sie wieder an zu stricken. Sie hatte sogar noch mehr Zeit als Matthew in diesem Zimmer verbracht – bereits zwei Tage lang saß sie ununterbrochen in dem Sessel. Und selbst abends, wenn Matthew sie nach Hause brachte, war sie in Gedanken noch bei ihrer Mutter. »Wenn ich mich doch nur nicht mit ihr gestritten hätte«, sagte sie immer wieder. »Weißt du, ich hätte meinen Standpunkt in aller Ruhe vortragen sollen.

Ich hätte sie ein bißchen hinhalten sollen, anstatt gleich zur Sache zu kommen. Glaubst du, daß sie mir die Schuld gibt?«

»Nein, natürlich nicht.«

Aber das konnte man nicht mit Gewißheit sagen. Die Worte ihrer Mutter zu verstehen war schwierig; sie konnte sprechen, meist aber erst nach mehreren, von Pausen unterbrochenen Anläufen. Um Kraft zu sparen, beschränkte sie sich auf das Nötigste. »Wasser«, sagte sie, und ob es eine höfliche Bitte oder ein harscher Befehl war, wußte niemand. Dennoch behauptete der Arzt, sie würde binnen kurzem wieder vollkommen gesund sein. Die Lähmung war bereits am Abklingen. Mrs. Emerson wirkte lediglich etwas benommen, so als wäre sie lokal betäubt. Mittlerweile spürte sie ihre Hand wieder, wenn man sie massierte, und sie wollte unbedingt ausprobieren, ob sie gehen konnte. »Ihre Mutter ist eine bemerkenswerte Frau«, sagte der Arzt. Mary runzelte die Stirn, so als habe er ihr etwas erzählt, das sie nicht hören wollte.

Margaret war auch nach Baltimore gekommen, aber sie hatte das Baby mitbringen müssen. Sie besuchte ihre Mutter nur dann, wenn Mary zu Hause war und auf die Kleine aufpaßte. Und Andrew war am Tag zuvor mit dem Bus eingetroffen, immer noch ganz blaß vor Entsetzen über die Nachricht. »Es geht ihr gut, sie wird wieder gesund«, sagten sie zu ihm. Aber er hörte kaum zu. Er lief nervös im Krankenhauszimmer hin und her und blieb nur gelegentlich stehen, um seiner Mutter die Hand auf die Stirn zu legen, so daß seine Geschwister ihn schließlich in einem Taxi nach Hause schickten. »Ich will aber bei ihr bleiben«, sagte er mehrmals. »Los, geh schon«, sagte Mary zu ihm. »Durch dein Benehmen schadest du ihr nur.«

»Darf ich sie heute abend besuchen?«

»Sie kommt schon übermorgen nach Hause, Andrew.«

»Wer wird dann bei ihr bleiben? Werdet ihr sie wieder allein lassen?«

»Nein, natürlich nicht.«

»*Ich* werde bei ihr bleiben. Ich werde zu ihr ziehen. Das habe ich sowieso schon seit Jahren vor.«

»Nein, Andrew.«

Aber wer würde statt dessen bei ihr bleiben? Die Frage beschäftigte sie alle. Die Mädchen würden bald wieder abreisen müssen. Matthew hatte vor, in der nächsten Zeit im Haus seiner Mutter zu übernachten, aber sie brauchte jemanden für tagsüber. »Wo ist Alvareen?« fragte Mary. Niemand hatte bis jetzt darüber nachgedacht. Sie schauten sich im Haus um, das einen muffigen, staubigen Eindruck machte. Noch nicht einmal Alvareen hätte es soweit kommen lassen. Hatte sie gekündigt? Sie fragten Mrs. Emerson, die daraufhin aber bloß die Augen schloß. »Wie heißt sie mit Nachnamen?« sagte Mary. »Hast du ihre Telefonnummer. Wir wollen, daß sie zu dir kommt und dir behilflich ist.«

»Nein«, sagte Mrs. Emerson.

»Was meinst du mit ›nein‹? Hast du ihre Nummer nicht? Oder willst du nicht, daß sie zu dir kommt?«

»Ich will nicht –«

»Du brauchst keine ausgebildete Krankenschwester«, sagte Mary.

»Nein.«

»Fällt *dir* denn jemand ein?«

Mrs. Emerson hob ihre gesunde Hand an die Lippen und runzelte die Stirn. Sie seufzte und wollte offenbar aufgeben, aber als sie gerade dabei war, den Kopf abzuwenden, sagte sie: »Gillespie.«

Mary schaute Matthew verblüfft an. »Gillespie?«

»Gil –« Mrs. Emerson richtete sich mühsam in eine halbsitzende Position auf. Sie wirkte ungehalten. »*Gillespie*«, sagte sie.

»Elizabeth«, sagte Matthew plötzlich.

»Elizabeth? Der Hausmeister?«

Mrs. Emerson ließ sich ins Kissen sinken. Mary schaute mit hochgezogenen Augenbrauen zu Matthew hinüber.

»Sie würde es gut machen, falls sie dazu bereit ist«, sagte Matthew. »Ich habe einmal mit angesehen, wie sie sich um einen alten kranken Mann gekümmert hat.«

»Aber du glaubst nicht, daß sie es tun würde«, sagte Mary.

»Ich weiß es nicht.«

»Du kennst sie von uns allen am besten.«

»Wieso sagst du das?« fragte Matthew. »Glaubst du etwa, ich halte immer noch Kontakt mit ihr?«

»*Entschuldige* bitte«, sagte Mary.

»Tut mir leid«, sagte Matthew. »Versuch es, wenn du willst. Ich habe keine Ahnung, wie sie reagieren wird.«

Mary ließ sich auf der Stelle, vom Telefon im Krankenhauszimmer aus, die Nummer von Elizabeths Eltern geben. Sie sagte der Frau in der Vermittlung, sie wolle nur mit Elizabeth persönlich sprechen. Während sie wartete, stand Matthew, den Rücken dem Zimmer zugewandt, am Fenster und tat so, als betrachte er die Aussicht. Er wickelte die Kordel einer Jalousie um seine Faust. »Viele Besucher heute«, sagte er zu seiner Mutter. Mrs. Emerson machte eine kurze, ungeduldige Handbewegung, und dadurch raschelten die Laken. Dann lauschte Mary konzentriert. »Ich verstehe«, sagte sie. »Gut, dann rufen Sie bitte dort an. Vielen Dank.« Sie legte die Hand auf die Muschel und wandte sich Matthew zu. »Ihre Mutter sagt, daß sie inzwischen in Virginia lebt. Sie hat uns die Nummer ihrer Arbeitsstelle gegeben – sie arbeitet als eine Art Lehrerin.«

»Lehrerin? *Elizabeth*?«

»Sie sagt –«, sie nahm die Hand von der Muschel. »Ja? In Ordnung, ich bleibe dran. Sie versuchen jetzt, sie zu erreichen«, erklärte sie Matthew.

Aber Matthew blieb nicht lange genug, um das Gespräch mit anzuhören. Er verspürte plötzlich den Drang, sich so weit wie möglich von Elizabeth und auch von dem Telefon, das eine Verbindung zu ihr herstellte, zu entfernen. »Ich glaube, ich hol mir einen Kaffee«, sagte er und rannte, von Marys Blick verfolgt, aus dem Zimmer. Sobald er draußen war, atmete er mehrmals tief durch. Er ging zum Fahrstuhl, aber als der nicht sofort kam, schob er sich durch die Schwingtür daneben und lief die Treppe hinunter.

Elizabeth würde bestimmt nicht kommen. Außerdem wollte er es gar nicht. Er hatte vor langer Zeit aufgehört, an sie zu denken. Durch das Loch, das sie in ihm hinterlassen hatte, als er sie das letzte Mal sah, war ihm bewußt geworden, daß er nicht glücklich war, wenn er allein lebte, und er hatte sich in dem darauffolgenden einsamen Jahr gezielt mit mehreren Mädchen verabredet. Bei einer von ihnen war sein Interesse ernsthafter geworden. Er hatte erwogen, ihr einen Heiratsantrag zu machen. Aber dann war Elizabeth aus einem düsteren, entlegenen Winkel seines Verstandes aufgetaucht, hatte den Staub aus ihren Jeans geklopft und ihre Beine gestreckt. Sie strahlte, und lauter blonde, vom Wind zerzauste Haarsträhnen hingen ihr ins Gesicht. Sie lachte mit einem Ausdruck sorgloser, selbstverständlicher Freude. Aber sobald Matthew seine Entscheidung getroffen hatte – er machte mit dem anderen Mädchen Schluß, was er später manchmal bereute –, wurde er nicht mehr von Elizabeth heimgesucht. Sein Leben verlief in geregelten Bahnen. Er war ein alleinstehender Mann in den Dreißigern, dessen Tagesablauf von einer Reihe angenehmer Gewohnheiten und einer monotonen, problemlosen Arbeit bestimmt wurde. Ihm gefiel es so, wie es war. Sorgsam vermied er jegliche Veränderung.

Er holte sich einen Kaffee aus einem Automaten und trank ihn sehr langsam. Dann kehrte er, wieder über die Treppe, zur Station, auf der seine Mutter lag, zurück, und als er das Zimmer betrat, saß Mary friedlich strickend im Sessel. »Schsch«, sagte sie zu ihm. »Mutter schläft.«

Er ging zum Fenster. »Die Sonne scheint«, sagte er.

»Ach, ja?«

»Der Wetterbericht hatte Regen vorhergesagt.«

»Ich habe mit Elizabeth gesprochen«, sagte Mary zu ihm.

Er schwieg. Mary rollte ein weiteres Stück Garn von ihrem Wollknäuel ab.

»Ich habe sie gefragt, ob sie kommen kann, aber sie hat nein gesagt. Sie hat keine Lust.«

»Oh. Na gut«, sagte Matthew.

»Dann habe ich an Emmeline gedacht. Erinnerst du dich noch an sie? Weißt du zufällig, wie sie mit Nachnamen hieß?«

»Warum fragst du all das ausgerechnet *mich*?« sagte Matthew. »Frag Mutter. Sie ist diejenige, die immerzu Leute benutzt und sie dann rauswirft. Warum konnte sie nicht wenigstens einmal jemanden behalten?«

»Also wirklich«, sagte Mary. »Rede bitte leise, Matthew.« Und sie strickte gelassen weiter an dem unendlichen Pullover.

Mrs. Emerson wurde in einem Krankenwagen nach Hause gebracht. Blaß und geheimnisumwittert lag sie auf der Rolltrage. Mary begleitete sie; die anderen waren zu ihrer Begrüßung im Haus versammelt. Kaum war der Krankenwagen am Straßenrand zum Stehen gekommen, sprang Mary heraus. Sie strotzte nur so vor Tatkraft und Tüchtigkeit. »Platz da, wir kommen!« rief sie und scheuchte Matthew von der Haustür weg, um sie weiter aufmachen zu können. »Ist das Zimmer vorbereitet? Habt ihr das Bett gemacht?« Die Sanitäter trugen die Trage die Stufen hoch. Mrs. Emerson starrte, die Mundwinkel leicht hochgezogen, direkt ins Sonnenlicht. »Wo ist der Türstopper?« fragte Mary. Neben ihr wirkten die anderen träge und unterwürfig. Margaret stand neben Matthew und hatte die kleine Susan über ihre Schulter gelegt. Andrew wartete in der Diele. Sein Gesicht leuchtete im Halbdunkel wie eine Mondsichel an einem wolkenverhangenen Nachthimmel. »Geh zur Seite, Andrew«, sagte Mary zu ihm, aber er gehorchte ihr nicht. »Mußt du so laut sprechen?« fragte er. »Mutter? Fahren sie zu schnell?« Die Sanitäter steuerten die Trage durch die Zimmer, stießen Warnrufe aus und verfluchten Pfeiler und Türrahmen. Mrs. Emerson schien sich mit ihrem Lächeln für ihre plötzliche Sperrigkeit zu entschuldigen. Ihr ganzes Leben lang war sie dünn gewesen. Jetzt war sie zur Größe eines Bettes angewachsen, mit vier rechtwinkligen Ecken, die leicht gegen die Einrichtung stoßen konnten.

Sie wurde in den Wintergarten gebracht, den Mary in ein Krankenzimmer verwandelt hatte. Ihr Einzelbett nahm eine Wand ein, und auf dem Tisch daneben befanden sich bereits ein Glas, ein Wasserkrug, Blumen in einer Vase und ein Stapel neu gekaufter Hochglanzmagazine. Gegenüber vom Bett standen die Stühle und Sessel, die bisher im ganzen Raum verteilt gewesen waren. Mary hatte sie in zwei Reihen aufgestellt, so als plane sie, die Familie dort wie ein andächtiges Publikum zu versammeln. Unter einem Fenster stand der Fernseher, dienstbereit und mit frisch gewischtem Bildschirm.

»Immer schön langsam«, sagte einer der Sanitäter, und beide hoben gemeinsam Mrs. Emerson von der Trage. Sie versteifte die Nackenmuskeln und krallte sich an ihrem Bademantel fest. Matthew, der sie beobachtete, sah ihrem Gesicht an, wenn sie vergeblich versuchte, ihre gelähmte Hand zu bewegen. Ihre Miene veränderte sich dann, und ihr Blick wirkte für einen Augenblick distanziert, so als ob sie von neuem über ihr Unvermögen erstaunt war und gerade versuchte, sich den Grund dafür ins Gedächtnis zu rufen. Dann lag sie im Bett. Sie verformte die Lippen, aber anstatt etwas zu sagen, nickte sie den Sanitätern bloß zu, und die beiden schoben die Trage rückwärts aus dem Zimmer.

Während der ersten Stunde herrschte rege Betriebsamkeit im Wintergarten. Eine Klingel wurde installiert und eine Leselampe angebracht. Andrew tat Eiswürfel in den Krug. Susan wurde auf das Bett gesetzt, aber sie fing an zu schreien und mußte deshalb wieder weggenommen werden. Und alle übernahmen unabsichtlich für Mrs. Emerson das Sprechen. »Wie schön, wieder zu Hause zu sein!« sagte Mary. Dann stutzte sie und lachte. Mrs. Emerson hob den Kopf. »Es üst –«

»Es ist was? Zu warm?« sagte Matthew.

»Zu kalt«, sagte Mary.

»Ungewohnt«, sagte Andrew.

Aber sie lagen alle falsch. »Sommerlich«, sagte Mrs. Emerson. Dann schloß sie die Augen, als sei sie entmutigt, weil all die Anstrengung nur zu einem so unbedeutenden Resultat geführt hatte. Ihre Kinder machten jedoch viel Aufhebens um ihre Bemerkung. »Du hast vollkommen recht«, sagte Mary, und Andrew sagte: »Es ist ja auch schon Juni. Jetzt ist es hier im Wintergarten besonders schön.« Sie schwiegen und betrachteten das schräg einfallende, gelbliche Licht. »Morgen«, sagte Mary, »hole ich den Fensterputzer.«

Mrs. Emerson öffnete die Augen nicht.

Pianisten, dachte Matthew, bekommen besonders oft Arthritis, und Maler erblinden, und Komponisten werden taub. Und seine Mutter, die allein durch die Macht ihrer Worte in ihrer Familie das Kommando gehabt hatte, konnte jetzt nur noch stammeln und mußte andere an ihrer Stelle ihre Sätze vollenden lassen. Den ganzen Vormittag lang halfen ihre Kinder ihr mit Worten aus – es waren nie genau die richtigen, und sie wurden nie im passenden Tonfall gesprochen. Tränen der Enttäuschung rannen immer wieder aus Mrs. Emersons Augenwinkeln und hinterließen dunkle Flecken auf dem Kopfkissen. Ihr Kinn zitterte, und ihre Mundwinkel bogen sich nach unten. Sie gab ihren Kindern das Gefühl, daß sie diejenigen waren, die versagt hatten.

Sie holten ihr einen Notizblock und steckten ihr einen Kugelschreiber zwischen die Finger. Aber wozu sollte das gut sein? Sogar die Briefe an ihre Kinder hatte sie zuerst auf das Diktaphon gesprochen, um auszuprobieren, wie die Worte klangen. Sie schleuderte den Stift mit einer so ruckartigen Bewegung weg, daß er zwischen den Laken landete. Dann schüttelte sie den Kopf, immer und immer wieder. »'Schuldigung«, sagte sie.

»*Keine* Ursache«, sagte Mary. »Niemand macht dir einen Vorwurf. Stimmt doch? Wir wissen alle, wie schwer es für dich sein muß.«

Das Mittagessen wurde im Wintergarten eingenommen. Mary setzte sich ans Bett, um ihrer Mutter zu helfen, die anderen hingegen nahmen auf den aufgereihten Stühlen Platz. Susan wurde in den Fenstersitz gehoben, und sie zermanschte dort ihre Erbsen und brabbelte vor sich hin. Die anderen waren für ihre Anwesenheit dankbar. Wenn die Unterhaltung stockte, schauten sie absichtlich zu ihr hinüber, als wollten sie ausdrükken, daß sie noch sehr viel mehr gesagt hätten, wenn die Kleine sie nicht abgelenkt hätte.

Beim Abendessen war es einfacher, denn ihre Mutter schlief. Doch zu diesem Zeitpunkt waren sie bereits völlig erschöpft. Sie aßen ein paar Sandwiches im matt erleuchteten Eßzimmer. Der Tisch war mit Rechnungen und Spielkarten übersät, aber niemand konnte sich aufraffen, die Sachen wegzuräumen. »Wie machen Krankenschwestern das eigentlich?« fragte Margaret. »Wir sind zu viert. Glaubt ihr nicht, wir müßten es noch besser hinbekommen?«

Mary, die das Kinn in eine Hand gestützt hatte, hob den Kopf und sagte: »Margaret, weißt du, wie Emmeline mit Nachnamen heißt?«

»Emmeline, Emmeline – es fällt mir gleich ein. Wieso?«

»Wir haben überlegt, sie zu bitten, sich um Mutter zu kümmern, wenn wir abgereist sind.«

»Gute Idee«, sagte Margaret.

»*Mutter* kennt ihren Namen, davon bin ich überzeugt. Sie tut nur so, als wisse sie ihn nicht, weil sie sich in den Kopf gesetzt hat, Elizabeth zu holen.«

Andrew legte sein Sandwich bedächtig auf seinem Teller ab, und Margaret warf ihm einen kurzen Blick zu. »Was spricht denn gegen Elizabeth?« fragte sie.

»Margaret?« sagte Andrew.

»Sie wird nicht kommen«, sagte Mary, ohne auf seine Bemerkung zu achten.

»Hast du mit ihr gesprochen?« fragte Margaret.

»Wir haben sie gestern vormittag angerufen.«

»Wirklich? Wo wohnt sie?«

»In Virginia«, sagte Mary. »Ich dachte immer, du würdest mit ihr in Kontakt stehen.«

»O nein. Nicht seit – schon seit Jahren nicht mehr. Ich habe ihr noch ein paarmal geschrieben, aber sie hat nie geantwortet. Was hast du zu ihr gesagt?«

»Diese Unterhaltung ist überflüssig«, sagte Andrew. »Ich würde niemals erlauben, daß sie hierher zurückkehrt.«

»Das wird sie ja auch nicht, also reg dich nicht auf«, sagte Mary.

»Aufregen? Wer regt sich denn auf? Ich habe bloß das Gefühl –«

»Sie wird *nicht* kommen, Andrew.«

»Kannst du das garantieren?« sagte Andrew. »Ich habe das sichere Gefühl, daß sie genau in diesem Augenblick ihre Sachen packt. Keine zehn Pferde werden sie aufhalten. Na ja, wenn nötig, werde ich alle Türen und Fenster verrammeln. Ich werde nicht zulassen, daß sie das Haus betritt. *Mutter* würde es auch nicht zulassen.«

»Mutter ist diejenige, die nach ihr gefragt hat«, sagte Matthew.

»Es gibt noch andere Menschen, die sie mag.«

»Aber nach denen hat sie nicht gefragt.«

»Ich bin von ihr überrascht. Ich verstehe sie nicht. Früher wollte sie noch nicht einmal ihren Namen hören. Seid ihr sicher, daß sie *Elizabeth* gesagt hat? *Erinnert* sie sich denn nicht mehr?«

»*Mary*«, sagte Margaret, »was hast du zu ihr gesagt?«

»Ich habe sie bloß gefragt, ob sie eine Weile auf Mutter achtgeben könnte. Sie hat nein gesagt.«

»Hast du gesagt, daß es nur für eine kurze Zeit sein würde? Weiß sie, daß wir ihre Hilfe nur so lange brauchen, bis Mutter wieder gesund ist?«

»Sie hat mir keine Gelegenheit –«

»Hast du gesagt, daß wir einzig und allein eine Pflegerin brauchen? Daß wir sie mit keinen weiteren Problemen belästigen werden? Hast du ihr versprochen, daß wir sie anschließend wieder ihr normales Leben führen lassen?«

»Aber das ist doch selbstverständlich«, sagte Mary. »Warum hätte ich das extra sagen sollen?«

»Du hast es offenbar ganz falsch angepackt«, sagte Margaret zu ihr.

»Ich habe getan, was ich konnte.«

»Wir sollten sie nochmal anrufen und ihr eine zeitliche Begrenzung anbieten. Sechs Wochen, beispielsweise. Wir sagen ihr, daß wir sie nur für sechs Wochen –«

»Margaret«, sagte Andrew mit leiser Stimme, »ich möchte einen Wunsch äußern.«

»Werd *du* krank, dann kannst du deine Wünsche äußern«, sagte Margaret. »Zur Zeit ist Mutter krank. Soll ich Elizabeth gleich anrufen? Matthew?«

»Babcock«, sagte Matthew.

Sie starrten ihn an.

»Mir ist gerade Emmelines Nachname eingefallen. Babcock.«

»Stimmt«, sagte Mary.

Aber Margaret sagte: »Nach *Emmeline* hat Mutter nicht gefragt.«

»Sie ist aber viel qualifizierter«, sagte Andrew.

»Emmeline wird auf gar keinen Fall kommen! Da bin ich mir sicher! Sie hat Mutter nie verziehen, daß sie von ihr einfach so rausgeworfen worden ist. Darf ich Elizabeth anrufen?«

Matthew traf die Entscheidung: »Nein«, sagte er. »Ich bin zu erschöpft. Ich ertrage keine weiteren Verwicklungen.«

Sie beendeten das Abendessen schweigend. Sogar Andrew wirkte resigniert.

Später sahen sie fern. Mrs. Emerson war aufgewacht, weigerte sich aber, etwas zu essen. Sie starrte an die Zimmerdecke, während ihre Kinder sich Western anschauten, die sie nicht interessierten, und als es ein Problem mit dem Fernsehapparat gab, machte sich niemand die Mühe, etwas dagegen zu unternehmen. Das Bild rollte nach oben, und sie verfolgten mit den Augen den schwarzen Balken, der ständig über den Bildschirm wanderte. »Es tut mir leid«, sagte Mary schließlich. »Ich bin furchtbar müde. Ich weiß nicht, wieso.« Sie gab ihrer Mutter einen Gutenachtkuß. »Also, Susan wird bestimmt in aller Herrgottsfrühe aufwachen –«, sagte Margaret und ging ebenfalls nach oben. Matthew folgte ihr kurze Zeit später. Andrew blieb und schaute den dreien mißbilligend hinterher, aber ehe Matthew sich seinen Schlafanzug angezogen hatte, hörte er bereits Andrews Schritte auf der Treppe.

Matthew schlief in seinem alten Zimmer im ersten Stock. Er verband das Zimmer nur mit seiner frühen Kindheit; als Teenager war er gemeinsam mit den anderen in den zweiten Stock gezogen. Die Fingerabdrücke auf der Tapete reichten nur bis zur Höhe seiner Hüften, und auch die anderen Verunzierungen waren vor vielen, vielen Jahren entstanden – Kreidestriche, Löcher von Dartpfeilen, rote Knetgummistreifen auf den Fliegengittern. Sogar die zwei Meter lange Matratze schien eine Kuhle zu haben, die von einem viel kleineren Körper als seinem herrührte. Er ließ sich auf das Bett niedersinken und streckte sich aus, ohne sich die Mühe zu machen, vorher die Laken zurückzuschlagen.

Er spürte eine unterschwellige Enttäuschung, die sich in einem dumpfen Kopfschmerz äußerte. Elizabeth. Hatte er also doch insgeheim gehofft, daß sie kommen würde? Aber allein schon der Gedanke an ihren Namen verstärkte seine Erschöpfung. Er stellte sich die Belastungen vor, die ihre Anwesenheit mit sich gebracht hätte – seine Liebe und sein Zorn, die unauflösbar miteinander verbunden waren, und Andrews Bitterkeit: »Ich hasse sie«, hatte Andrew ihm einmal gesagt. »Sie hat meinen Zwillingsbruder umgebracht.« »Das ist völliger Unsinn«, hatte Matthew gesagt, aber er hatte keinen Beweis dafür. Er hatte sich jahrelang Gedanken über die genauen Umstände von Timothys Tod gemacht; jedoch bei der einzigen Gelegenheit, bei der Elizabeth bereit zu sein schien, es ihm zu erzählen, damals in Mr. Cunninghams Küche, hatte er Angst davor gehabt, die Wahrheit zu erfahren. Inzwischen war er ihr dankbar dafür, daß sie es für sich behalten hatte. Die schlimmsten Belastungen, dachte er, würde sie, falls sie käme, selber ertragen müssen. Das wenigstens war ihr bisher erspart geblieben. Dann entspannte er sich und schlief ein.

Als er wieder aufwachte, war es noch dunkel, aber er hörte Geräusche von unten. Er knipste die Nachttischlampe an und schaute auf seine Uhr. Halb zwei. Jemand ließ Wasser laufen. Nachdem er einen Moment lang gegen die Müdigkeit angekämpft hatte, stand er auf, suchte seine Brille und machte sich auf den Weg nach unten. Es war Mary. Sie stand in der Küche und erwärmte irgend etwas in einem Topf. Durch ihren Frotteebademantel und die auf und ab hüpfenden Lockenwickel im Haar wirkte sie plump und zerzaust. »Was tust du da?« fragte er sie.

»Mutter will einen Becher heiße Milch.«

»Bist du schon lange auf?«

»Mehr oder weniger die ganze Zeit«, sagte Mary. »Hast du die Klingel nicht gehört? Erst wollte sie Wasser und dann die Bettpfanne und dann eine zusätzliche Decke –«

»Warum hast du mich nicht aufgeweckt?«

»Na ja, wir sind *alle* ziemlich erschöpft«, sagte Mary. »Du auch. Und ich habe immer geglaubt, es sei das letzte Mal. Es ist noch keine zwei Uhr. Meinst du, das wird die ganze Nacht so weitergehen?«

»Vielleicht fühlt sie sich unwohl«, sagte Matthew.

»Sie ist nervös. Sie will mit jemandem reden. Das Wasser hat sie gar nicht angerührt, und ich wette, mit der Milch wird es genauso sein. Ach, ich weiß nicht.« Sie beugte sich schlaff über den Herd und rührte die Milch stetig mit einem silbernen Löffel um. »Vorhin war ich wütend auf sie, und jetzt habe ich deswegen ein schlechtes Gewissen«, sagte sie. »Mir schwirren zu viele Gedanken im Kopf herum. Ich mache mir Sorgen um die Kinder. Und Morris, er kann kaum seine Schnürsenkel selber zubinden, und seine Mutter wird ihm lauter ungesundes Zeug zu essen geben –«

»Geh ins Bett«, sagte Matthew. »Laß mich das hier übernehmen.«

»O nein, ich –«

Aber sie gab nach, noch ehe sie den Satz beendet hatte, und reichte ihm den Löffel und wandte sich ab, um zu gehen. Ihre Frotteelatschen schlurften über das Linoleum, und das verwaschene Ende ihres Bademantelgürtels schleifte wie ein Schwanz hinter ihr her.

Matthew füllte die heiße Milch in einen Becher und ging zu seiner Mutter, die regungslos im Lichtkreis der Leselampe lag. »Oh«, sagte sie, als sie ihn sah. Seit ihrem Schlaganfall hatte sie ihn nicht mehr mit seinem Namen angesprochen. Sie befürchtete bestimmt, ihn nicht richtig herauszubringen. Margarets und Andrews Namen hatte sie ebenfalls nicht genannt, und obwohl ihm der Grund einleuchtete – sie waren alle drei nicht leicht zu formulieren –, wünschte er dennoch, sie würde es versuchen. Eine Ausnahme hatte sie lediglich bei Mary gemacht. Hatte das irgend etwas zu bedeuten? Lag es daran, daß Mary ihr einziges Kind war, das weder durchgebrannt war, noch einen Nervenzusammenbruch gehabt hatte, noch sich weigerte, ihr Enkelkinder zu schenken?

Er schüttelte ein Kissen für sie auf und reichte ihr die Milch, aber schon nach einem Schluck gab sie ihm den Becher zurück.

»Ich habe gehört, daß du Probleme mit dem Einschlafen hast«, sagte er. »Soll ich dir etwas vorlesen?«

Sie schüttelte den Kopf. »Als –«, sagte sie und mühte sich mit den Lippenbewegungen. »Als ihr noch –«

»Als wir noch Kinder waren«, sagte Matthew, weil er wußte, wie oft sie ihre Sätze auf diese Weise begann.

Sie nickte und runzelte die Stirn. »– habe, habe *ich* euch –«

»Vorgelesen«, sagte Matthew.

Sie nickte erneut.

»Ich erinnere mich daran.«

»Ich habe euch nie –«

»Was hast du uns nie?«

»Ich habe euch nie –«

»Du hast uns nie ohne eine Gutenachtgeschichte einschlafen lassen?« sagte Matthew. »Du hast uns nie enttäuscht? Du hast uns nie –«

»*Nein.*«

Er wartete ab, während sie tief durchatmete. »Ich habe euch nie gebeten –«

»Du hast *uns* nie gebeten, *dir* etwas vorzulesen«, sagte Matthew. Aber das ergab keinen Sinn, und deshalb überraschte es ihn, daß sie mit diesem Satz offenbar zufrieden war. Er ließ ihn sich durch den Kopf gehen. »Stimmt«, sagte er schließlich, »das hast du nie getan.«

»Muli, *Mary.* Mary, die struckt, strickt –«

»Mary, die strickt«, sagte Matthew. »Als sie an deinem Bett saß? Im Krankenhaus?«

»Hat mir das Leben geschenkt.«

»Oh. Sie hat dir das Leben gerettet. Weil sie die Polizei verständigt hat.«

»Nein, *geschenkt.*«

»Sie hat dir das Leben geschenkt?«

»Wie eine Mudd, eine Mutter«, sagte seine Mutter.

Matthew versuchte eine ganze Weile daraus schlau zu werden. Schließlich sagte er: »Machst du dir Sorgen, weil wir uns jetzt um *dich* kümmern müssen?«

Sie nickte.

»Oh, das macht uns nichts aus«, sagte er.

Seine Mutter sagte nichts mehr, aber es war auch nicht nötig. Die in ihrem Kopf eingeschlossenen Worte schienen klar und deutlich erkennbar durch die Nachtluft zu schweben: *Mir* aber. *Mir* macht es etwas aus. Sie drehte sich jedoch lediglich auf die Seite, so daß sie ihrem Sohn den Rücken zuwandte. Matthew schaltete die Lampe aus, nahm sich eine Wolldecke und setzte sich in einen Sessel am anderen Ende des Zimmers. Kurz darauf hörte er die tiefen regelmäßigen Atemzüge seiner Mutter, als sie einschlief.

Durch den Wintergarten, in dem sich die Familie am liebsten versammelt hatte, drang hallend Mrs. Emersons Stimme aus früheren Zeiten: »Kinder? Ich meine es ernst. *Kinder!* Wo ist euer Vater? Wann kommt ihr zurück? Eine Mutter hat das Recht zu erfahren, wo ihre Kinder hingehen. Habt ihr das getan, was ich euch aufgetragen habe? Seht ihr, was ihr angerichtet habt?« Auf Timothys altem Oszilloskop hätte sie hohe Berge und tiefe Täler gebildet, ihre Kinder hingegen, die ihr ständig erfolglos nacheiferten, bloß ein Kräuseln. Melissa hinterließ eine Art Zickzacknaht. Andrews Kiekser waren winzige Funken, die über den Bildschirm segelten. Margaret blätterte bloß die Seiten ihres Buches um und riß die Ecken von ihnen ab. Sie brachte nur eine sanft geschwungene Wellenlinie zustande, aber Matthew sogar noch weniger – das EKG eines Sterbenden. Er wickelte sich fest in die Wolldecke ein. Seine Mutter schlief, ihr Gesicht sah im Mondlicht scharfkantig und angespannt aus, und ihre Mundwinkel waren nach unten gezogen von der Anstrengung, die es sie kostete, Hilfe anzunehmen, da sie es bisher gewohnt war, anderen Geschenke zu machen.

Er schlief ein, und sie weckte ihn dreimal auf – einmal wollte sie ein Glas Wasser, einmal wollte sie seine Stimme hören, und einmal wollte sie die Bettpfanne haben. Als sie die Bettpfanne wollte, bestand sie darauf, daß er eines der Mädchen holte. Er stieg im Dunkeln die Treppe hoch, blieb zögernd vor Marys Tür stehen und weckte dann Margaret. Während sie bei ihrer Mutter war, blieb er im Wohnzimmer und hielt sich wach, indem er mit den Augen das Blattmuster auf dem Perserteppich verfolgte. Dann kam Margaret aus dem Wintergarten und klopfte ihm leicht auf die Schulter. »Du siehst todmüde aus«, sagte sie. »Soll ich dich ablösen?«

»Nein, nicht nötig.«

»Ich habe Emmeline angerufen. Sie hat abgelehnt zu kommen«, sagte Margaret.

»Wir werden schon jemanden finden.«

»Matthew, du weißt genau, daß ich es schaffen könnte, Elizabeth umzustimmen. Mary hat sich ihr gegenüber falsch ausgedrückt.«

»Nein«, sagte Matthew.

»Wenn sie ein Flugzeug nimmt, könnte sie in ein paar Stunden hier sein.«

»Es gibt in Baltimore jede Menge Agenturen, die uns eine Krankenschwester schicken können.«

Er ging zurück zu seinem Sessel, dessen rauhen Bezug er durch den Schlafanzug hindurch spüren konnte, und er rutschte herum und wand sich und zog an der Wolldecke. Seine Mutter lag starr und wach am anderen Ende des Zimmers. »Ich will«, sagte sie. Aber in der anschließenden Pause, während er darauf wartete, daß sie ihren Satz beendete, schlief er ein.

Er wachte im Morgengrauen auf. »O Matthew«, sagte jemand, und einen Moment lang glaubte er, es sei seine Mutter, die sich endlich durchgerungen hatte, seinen Namen auszusprechen, aber es war Margaret. Sie stand vor ihm, vollständig angezogen, und hatte Susan dabei. Susan trug einen Spielanzug, saß auf der Hüfte ihrer Mutter und klammerte sich mit ih-

287

ren kleinen pummeligen Beinen, die noch sichelförmig gebogen waren, an ihr fest. Sie schaute mit ernster Miene auf Matthew herab. »Na du«, sagte er zu ihr. »Matthew, du siehst furchtbar aus«, sagte Margaret.

»Mit mir ist alles in Ordnung.«

Er schaute zu seiner Mutter hinüber. Sie beobachtete sie, aus Augen, die Susans glichen – blaßblau und vor Sorge weit geöffnet. »Wie geht es dir?« fragte Matthew sie.

»Ich fuhle –«

»Du fühlst?«

»Ich fuhle mich –«

Sie legte die Hand flach auf den Mund. Tränen rannen über ihr versteinertes Gesicht, während sie stur geradeaus blickte. »Mutter«, sagte Matthew. Mühsam erhob er sich aus seinem Stuhl, aber es gab nichts, was er tun oder sagen konnte. Er und Margaret standen schweigend da, bereits jetzt entmutigt von dem Tag, der noch gar nicht richtig begonnen hatte.

Alle waren der Meinung, daß Matthew sich ins Bett legen solle – sogar Matthew selbst. Aber vorher brachte ihm Mary sein Frühstück auf einem Tablett in den Wintergarten, und während er ein Brötchen mit Butter bestrich, wurde sein Kopf so schwer, daß er sein Messer aus der Hand legte, sich zurücklehnte und die Augen schloß. Er spürte, wie ihm das Tablett vom Schoß genommen wurde – ein Gefühl, als würde er fallen, woraufhin er reflexartig versuchte, sich irgendwo festzuhalten, und ins Leere griff. »Du solltest nach oben gehen, Matthew«, sagte Mary. Aber er rutschte bloß noch weiter im Sessel nach unten und schaffte es nicht mehr, ihren Worten zu folgen.

Er träumte, er sei in einem Wald, in dem es sehr heiß war und nach Kiefern roch. Er lief geräuschlos über den mit braunen Nadeln bedeckten Boden. Er begegnete jemandem, der Holz hackte, und er betrachtete den Bogen, den die Axt beschrieb und die durch die Luft wirbelnden Späne, aber er sagte kein Wort. Dann spürte er, wie er langsam aufwachte. Er wußte, wo er war: im Wintergarten seiner Mutter, eingehüllt in die gleißende staubige Nachmittagshitze. Aber er konnte immer noch den Kiefernwald riechen. Und als er die Augen öffnete, sah er als erstes Elizabeth in einem Stuhl mit gerader Lehne am Bett seiner Mutter sitzen. Sie schnitzte eine Holzfigur, und die Späne purzelten wie winzige Sonnenstrahlen über ihre Jeans auf den Fußboden.

12 Gleich am ersten Tag brachte Elizabeth Mrs. Emerson die Schachregeln bei. Mrs. Emerson eignete sich zwar überhaupt nicht für dieses Spiel – es war zu langsam und zu besinnlich –, aber es verschaffte ihr die Gelegenheit, lange Zeit zu schweigen, ohne daß es ihr unangenehm zu sein brauchte. »Das ist der Springer, den bewegt man l-förmig«, sagte Elizabeth und zeigte, auf welche Felder der Springer ziehen konnte, wenngleich sie wußte, daß Mrs. Emerson, die ihr wie in Trance zuschaute, mit den Gedanken woanders war und außerdem zu den Frauen gehörte, die niemals begriffen, daß man einen Springer nicht Pferd nannte und ihn nicht diagonal bewegte.

Elizabeth stellte immer wieder von neuem die Figuren auf und gewann, obwohl sie Mrs. Emerson jeden erdenklichen Vorteil gewährte, alle Partien, aber wenigstens brachten sie auf diese Weise die Zeit herum. Mrs. Emerson gewöhnte sich an, wie ein Schachexperte das Kinn in die Hand zu stützen und die Stirn zu runzeln. »Hmmm«, sagte sie – vielleicht die Nachahmung eines typischen Lauts von Timothy –, da sie aber, während sie es sagte, ihre Hände oder die Uhr betrachtete, war es gewissermaßen ein Knochen, den sie Elizabeth zuwarf, um für ein paar Minuten nicht gestört zu werden. Allerdings drängte Elizabeth sie nie. Mary sagte einmal im Vorbeigehen: »Na, Mutter, in eine kniffelige Situation geraten?« und dann nach einem Blick auf das Brett: »Es ist doch noch gar nichts passiert! Bis jetzt ist bloß ein kleiner Bauer bewegt worden.« »Sie mag Standarderöffnungen nicht«, erklärte Elizabeth. Als Mrs. Emerson sich jedoch endlich aufraffte, einen Zug zu tun, setzte sie bloß ihren Königsbauern nach vorne.

Jedesmal, wenn Elizabeth hochschaute, sah sie, wie Mary sie aus einiger Entfernung beobachtete. Margaret stand im Türrahmen und zog ihr Baby höher auf die Hüfte. Sie hatte Mary zwar immer gern gemocht, aber dennoch hatte sie ständig das Gefühl, kontrolliert zu werden. Hatten die Emerson-Kinder Angst, daß sie wieder etwas falsch machen würde? Unter ihren Blicken kam sie sich unfähig und befangen vor. Sie schüttelte Mrs. Emersons Kopfkissen allzu beflissen auf und redete mit ihr allzu laut und fröhlich. Der Donnerstag verstrich zäh und langweilig. Niemand sprach davon abzureisen.

Ihnen zuliebe – genaugenommen Margaret zuliebe, die verzweifelt geklungen hatte, ihr doppelte Bezahlung, eine zeitliche Begrenzung auf sechs Wochen und die Garantie, daß es keine zusätzlichen Verpflichtungen gäbe, angeboten hatte – hatte sie kurz entschlossen unbezahlten Urlaub angetreten und war nach Baltimore geflogen, trotz ihrer Absicht, niemals wieder einen Fuß in diese Stadt zu setzen. Sie hatte ihre Arbeitsstelle nur ungern verlassen. Sie unterrichtete Kunst und Werken in einer Besserungsanstalt für Mädchen, und die Arbeit gefiel ihr, und sie machte sie gut. Der einzige Fehler, den sie, seit sie dort war, begangen hatte, war folgender: sie hatte ihre Arbeitsstelle überstürzt verlassen und einen falschen Grund dafür angegeben. Sie hatte behauptet, ihre Mutter sei krank. Oh, ein kurzer Kontakt mit den Emersons, sogar ein Telefonat, reichte schon aus, um ihr Leben in Unordnung zu bringen. Sie hätte sich nicht überreden lassen sollen. Sie hätte in Virginia bleiben und weiterhin das, was ihr richtig vorkam, tun sollen. Statt dessen saß sie jetzt hier und tat so, als spiele sie Schach, und all das nur, weil sie sich selbst in der Rolle der guten Samariterin gefiel.

Träge schob sie die Bauern vorwärts, in einer durchdachten Reihenfolge, da sie eine Weile den Plan verfolgte, sie so auf dem Spielfeld zu verteilen, daß sie ein phantasievolles Muster bildeten. Auf Angriffe brauchte sie nicht achtzugeben; Mrs. Emerson griff niemals an; sie gab sich lediglich am Ende geschlagen, wenn sie feststellen mußte, daß ihr König zufällig von einem halben Dutzend Figuren umgeben war, nach deren Zügen Elizabeth vergessen hatte, »Schach« zu sagen.

»Soll ich euch beiden einen Tee bringen«, fragte Mary, die sich in ihrer Nähe herumtrieb. »Will jemand fernsehen?« sagte Margaret. »Wenn du ein bißchen an die frische Luft gehen willst, bleibe ich solange bei Mutter. Du kannst ruhig in die Bücherei gehen oder deinen Unterricht vorbereiten.« Sie glaubten, sie sei Lehrerin an einer richtigen Schule. Elizabeth hatte den Irrtum noch nicht richtiggestellt. Sie nahm es sich immer wieder vor, aber irgendwie erschien es ihr nicht ratsam – so als befürchte sie, die Emersons würden, wenn sie es erfuhren, vielleicht glauben, daß die kriminellen Neigungen ihrer Schülerinnen auf sie abgefärbt hätten. Sie fragte sich, ob der Geruch in der Anstalt – nach feuchtem Beton und Desinfektionsmittel mit Kieferngeruch – noch in ihrer Kleidung steckte. Während Mrs. Emerson krampfhaft nach einem bestimmten Wort suchte, war Elizabeth in Gedanken bei der Haushaltsrolle auf dem Nachttisch: nur noch zwei Tücher mußten benutzt werden, dann war die Rolle leer, und Elizabeth konnte sie in ihren Koffer stecken, um sie für ein Kunstprojekt aufzubewahren, das sie mit ihren Schülerinnen vorhatte. »Ich will –«, sagte Mrs. Emerson, und Elizabeths Aufmerksamkeit kehrte zu ihr zurück, aber nur teilweise. Ein Mischmasch. Weder hier noch dort. Sie hatte plötzlich das Gefühl, wieder vier Jahre jünger zu sein, verwirrt, planlos und unsicher, welche Erwartungen sie an sich selbst stellen konnte.

Mrs. Emerson sagte: »Gillespie. Gillespie.« Elizabeth zuckte zusammen und sagte dann: »Oh.« Sie hatte sich noch nicht an diesen neuen Namen gewöhnt. Sie überlegte, wie es war, wenn man unter Mrs. Emersons Problemen litt. Konnte es sein, daß ihr Verstand die Worte korrekt bildete und sie erst danach durcheinandergerieten? Waren ihr die Fehler bewußt? Offenbar nicht. Sie schien mit »Gillespie« zufrieden zu sein. »Ich bin«, sagte sie. »Ich bin –« Sie machte, mit zusammengedrückten Lippen, deutliche M-Laute. Elizabeth wartete ab. »Müde«, sagte Mrs. Emerson.

»Dann räume ich jetzt das Brett weg.«

»Ich will –«

»Ich lege das Kissen flach hin und lasse Sie eine Weile allein.«

»Nein!« sagte Mrs. Emerson.

Elizabeth überlegte einen Moment. »Wollen Sie schlafen?« fragte sie.

Mrs. Emerson nickte.

»Aber es ist Ihnen lieber, wenn ich hierbleibe?«

»Ja.«

Elizabeth räumte das Schachspiel weg, kippte mit dem Stuhl nach hinten und schaute aus dem Fenster. Sie hielt die Hände unbeweglich im Schoß. In den vielen Monaten mit Mr. Cunningham hatte sie gelernt, jemanden einzulullen, indem man sich nicht rührte und keine Miene verzog, genau wie die Pappfiguren, die ins Fenster gestellt werden, um Einbrecher fernzuhalten. Auch als Mrs. Emerson sich zwischen den Laken hin und her wälzte, schaute Elizabeth sie nicht an. Wenn sie es täte, würden bloß noch mehr Worte mühsam herausgepreßt werden. Sie war überzeugt, daß es ihr schwerer gefallen wäre, hierher zurückzukommen, wenn Mrs. Emerson in der Lage gewesen wäre, so zu reden wie früher. Nicht auszudenken, wozu sie sich dann womöglich gedrängt gefühlt hätte: Timothys Tod aufzuarbeiten, ihr jahrelanges Schweigen zu erklären, persönliche Fragen zu stellen. Elizabeth warf ihr einen kurzen Seitenblick zu, um vielleicht an ihren Augen ablesen zu können, welche Worte in ihrem Kopf eingeschlossen waren. Aber sie sah bloß die hellen, pergamentartigen Lider. Mrs. Emerson schlief und war nichts weiter als eine kleine, erschöpfte alte Frau, die versuchte, ihre verlorenen Kräfte wiederzuerlangen. Ihr Haar wuchs an den Ansätzen grau nach. Die Vorderseite ihres Bademantels war mit Teeflecken übersät – ein so überraschender und trauriger Anblick, daß Elizabeth für einen Moment vergaß, an die Schülerinnen, die sie vermißte, zu denken. Sie stellte den Stuhl wieder gerade hin und stand auf, aber sie beobachtete Mrs. Emerson noch einen Augenblick, ehe sie den Wintergarten verließ.

Matthew saß in der Küche und nahm eine Mahlzeit zu sich, bei der es sich vermutlich um sein Frühstück handelte. Er hatte sich rasiert und angezogen. Er sah nicht mehr so ungepflegt aus wie bei ihrer Ankunft, als sie ihn schlafend im Sessel vorgefunden hatte, aber sein Gesicht wirkte älter, als sie es in Erinnerung hatte, und ein Bügel seiner Brille war mit einem Stück Klebeband umwickelt. »Willst du einen Kaffee?« fragte er.

»Nein danke.«

»Wie geht's Mutter?«

»Sie schläft.«

»Was für einen Eindruck macht sie auf dich?« fragte er sie.

»Oh, ich weiß nicht. Älter.« Sie ging mit verschränkten Armen in der Küche herum und wich seinem Blick aus. Sie fühlte sich in seiner Gegenwart nicht mehr wohl. Sie hatte geglaubt, es würde ihr leichtfallen – sei einfach munter und unverbindlich –, aber sie hatte nicht damit gerechnet, daß er sie so unverhohlen beobachten würde. »Warum starrst du mich an?« fragte sie.

»Ich starre nicht, du starrst.«

»Oh«, sagte Elizabeth. Sie blieb stehen. »Weißt du, ich finde, das *Haus* ist in einem *furchtbaren* Zustand«, sagte sie. »Es ist schlimmer dran als deine Mutter. Wieso ist es so heruntergekommen? Sieh nur. Sieh dir das bloß an.« Sie zeigte mit einer wedelnden Hand auf eine Stelle über dem Herd, wo sich ein

Stück Tapete abgelöst und eingerollt hatte. »Und das Verandageländer. Und der Rasen. Und die Dachrinnen sind voll mit Blättern. Ich werde sie saubermachen müssen.«

»Du bist hier nicht mehr der Hausmeister«, sagte Matthew.

Sie nahm für einen Moment an, daß er sie damit hatte kränken wollen, aber dann schaute sie hoch und sah ihn lächeln. »Du hast sowieso schon genug zu tun«, sagte er.

»Dann mache ich es eben, wenn sie ihren Mittagsschlaf hält. Oder wenn jemand zu Besuch kommt.«

»Ich habe versucht, an den Wochenenden möglichst viel zu erledigen. Ich mähe immer den Rasen und harke das Laub. Aber es ist so viel zu tun, daß ich nicht alles schaffen kann.« Er schaute hinunter auf seinen Teller, auf dem ein kaum angerührtes Ei lag. »Kurz bevor sie krank wurde, habe ich den Keller ausgeräumt«, sagte er. »Ich habe bergeweise Krempel weggeworfen. Erinnerst du dich noch an unseren Wein?«

»Ja.«

»Ich habe ihn ein halbes Jahr, nachdem du weggegangen bist, im Keller entdeckt. Er war mit einer Schicht aus Schaum bedeckt und stank entsetzlich.«

»Ich habe mich gefragt, was du damit machen würdest«, sagte Elizabeth.

Das Bild eines jüngeren, glücklicheren Matthew schoß ihr durch den Kopf. »Wenn der Wein fertig ist, machen wir ein Picknick«, hatte er gesagt. »Ich bringe ein Brathähnchen mit und du einen –« Es kam ihr so vor, als hätte dieses Picknick tatsächlich stattgefunden. Sie glaubte sich an das sonnenbeschienene Flußufer zu erinnern und an das plattgedrückte Gras, auf dem sie gesessen hatten, und an die Berührung durch den rauhen, warmen Stoff von Matthews Hemd, als sie sich zurückgelehnt hatte, um aus dem Tonkrug zu trinken.

»Wie hätte der Wein wohl geschmeckt, frage ich mich«, sagte Matthew.

Sie wußte, daß sie niemals hätte zurückkehren dürfen.

Erst beim Abendessen erfuhr sie, daß Andrew im Haus war.
Sie aßen im Eßzimmer – Elizabeth, die beiden Schwestern,
Matthew und Susan. Elizabeth hörte immer wieder schep-
pernde Geräusche aus der Küche, unterbrochen von längeren
Pausen. »Was ist da los?« fragte sie, und Mary sagte: »Oh, das
ist Andrew.«
»Andrew? Ich wußte gar nicht, daß er hier ist.«
»Er reist Sonntag ab.«
Alle taten so, als sei es nichts Ungewöhnliches, daß Andrew
in der Küche aß.
In dieser Nacht hörte sie, von dem Feldbett aus, das für sie
im Wintergarten aufgestellt worden war, Andrew im Dunkeln
durchs Haus streifen. Er schlug die Kühlschranktür zu, brachte
die Dielen zum Knarren und rückte geräuschvoll einen Stuhl
vom Eßzimmertisch ab. Er hatte ein Radio dabei, das ständig
Songs aus den Fünfzigern spielte – langsame, romantische Musik, die anschwoll und abebbte, während er in den Zimmern
herumlief, genau wie der Klang des Glöckchens am Halsband
einer Katze. Als Elizabeth morgens nach oben ging, wirkte
seine geschlossene Tür fest verriegelt. Als sie mit einem Stapel
historischer Liebesromane für Mrs. Emerson aus der Bücherei
zurückkam, stand ein Rosenstrauß vom Blumenhändler auf
dem Nachttisch – keiner der anderen wäre auf den Gedanken
gekommen, so etwas zu kaufen –, und der Geruch nach einem
unbekannten Rasierwasser lag in der Luft. Er aß sein Mittagessen in der Küche. Das schwerfällige, verstohlene Scheppern
trübte die Stimmung im Eßzimmer, aber niemand erwähnte es.
»Die Butter scheint zu fehlen«, sagte Elizabeth, und Mary ließ
eine Gabel klirrend auf den Teller fallen und stand sofort auf, so
als befürchte sie, Elizabeth würde selber in die Küche gehen.
»Bleib sitzen, ich hol sie«, sagte sie. Aber Elizabeth wäre nie auf
den Gedanken gekommen, selber zu gehen. Sie achtete, genau
wie Andrew, darauf, daß sie einander nicht trafen. Ansonsten
hätten sie sich, selbst in einem so großen Haus, wenigstens

manchmal über den Weg laufen müssen. Sie achtete mit einem Ohr immer auf das Geräusch seiner Schritte und vermied es, Zimmer zu betreten, in denen er vielleicht sein könnte. Warum sollte sie ihn ihrem Anblick aussetzen, fragte sie sich, wenn er sie nicht um sich haben wollte? Aber sie wußte, daß es nicht allein darum ging. Sie wollte *ihn* auch nicht um sich haben. Er hatte sie verurteilt. Ein- oder zweimal sah sie ihn nachmittags kurz, wenn er durchs Wohnzimmer ging – ein flüchtiges Aufblitzen des verwaschenen Blautons seines Hemdes, einer Farbe, die sie mit psychiatrischen Anstalten verband –, woraufhin sie den Blick abwandte und sich im Stuhl neben Mrs. Emersons Bett duckte. Natürlich wäre es das beste gewesen, wenn sie direkt zu ihm gegangen wäre. »Sieh mich an«, hätte sie zu ihm sagen sollen. »Ich bin's. Elizabeth. Du weißt genau, daß ich mich auch in diesem Haus aufhalte. Ich finde es lächerlich, dir etwas vorzumachen. Warum benimmst du dich so? Und warum fährst du nicht zurück nach New York, wenn du meine Anwesenheit nicht ertragen kannst?« Aber sie kannte den Grund. Er hatte sie durchschaut. Er hatte Angst davor, seine Familie in ihren Händen zurückzulassen. Er hatte als einziger von den Emersons begriffen, daß sie zu den Menschen gehörte, die ihr Leben lang überall für Chaos und dauerhafte Schäden sorgten.

Ein Mann von einem Geschäft für orthopädische Hilfsmittel brachte eine Aluminiumgehhilfe. Sie stand fast den ganzen Freitagnachmittag hindurch unbenutzt neben Mrs. Emersons Bett. »Versuch es doch einfach mal«, sagte Mary. Mrs. Emerson warf dem Gestell lediglich mit zusammengekniffenen Augen einen mißtrauischen Blick zu. Es löste in ihr so starken Widerwillen aus, daß ihr ein sehr komplizierter Satz über dicke alte Frauen in Haferlschuhen gelang, der Elizabeth zum Lachen brachte. »Sie haben recht, wenn ich es mir genau überlege«, sagte sie. Mary schaute sie stirnrunzelnd an. Als die beiden allein waren, sagte sie: »Ich wünschte, Sie würden Mutter ein bißchen ermutigen. Der Arzt sagt, sie kann in kürzester Zeit

vollkommen genesen, wenn sie sich ein bißchen Mühe gibt.«
»Das wird sie schon«, sagte Elizabeth. Und sie behielt recht.
Als niemand zuschaute, als Elizabeth ihr absichtlich den Rükken zukehrte, schaute Mrs. Emerson sich die Gehhilfe näher an und streckte schließlich einen Arm aus, um sie prüfend anzufassen. Kurze Zeit später erlaubte sie, daß Elizabeth sie aus dem Bett hob. Sie schlurfte, auf die Gehhilfe gestützt, behäbig durch den Wintergarten und atmete stoßweise. Elizabeth las währenddessen in einer Illustrierten. »Ich glaube –«, sagte Mrs. Emerson.

»Sie sollten sich vielleicht ein bißchen ausruhen«, sagte Elizabeth. Sie hatte inzwischen herausgefunden, auf welche Weise sie sich am besten unterhalten konnten. Sobald sie die Bedeutung eines Satzes erahnte, unterbrach sie Mrs. Emerson, was zwar unhöflich wirkte, Mrs. Emerson aber die peinliche Situation ersparte, daß eine lange Pause entstand oder jemand ihr mit dem Wort aushelfen mußte. Es schien zu funktionieren. Mrs. Emerson ließ die Gehhilfe los, und Elizabeth schlug ihre Illustrierte zu, half Mrs. Emerson ins Bett und zog ihr die Hausschuhe aus. »Vor dem Abendessen versuchen wir es nochmal«, sagte sie.

»Aber ich –«

»Ja, aber je öfter Sie üben, desto eher sind Sie die Gehhilfe los.«

Mrs. Emerson machte den Mund zu und nickte.

Matthew und seine Mutter und Elizabeth sprachen über Mrs. Emersons finanzielle Angelegenheiten. Mrs. Emerson wollte, daß Elizabeth für sie die Rechnungen bezahlte und die Ausgaben notierte; sie hatte für Elizabeth eine Bankvollmacht besorgen lassen. »Aber wieso?« fragte Elizabeth sie. »Die wenigen Worte, die dazu nötig sind, können Sie auch selbst schreiben. Und warum ausgerechnet ich?« Sie hatte das Gefühl, in eine Falle zu tappen, genau in die Falle, vor der sie Angst gehabt hatte, als sie sich beim ersten Telefonanruf geweigert hatte zu kommen. »Ich bleibe nur sechs Wochen hier, vergessen Sie das nicht«, sagte sie.

»Na ja«, sagte Matthew. »Vermulich ist es ihr zu anstrengend, sich um all das zu kümmern.«

Aber Elizabeth schaute immer noch Mrs. Emerson an. »Ich habe mich nur für sechs Wochen beurlauben lassen«, sagte sie. »Das war mit Margaret so abgesprochen.«

Mrs. Emerson rückte nur einen Stapel Briefumschläge gerade. Sie bewegte die Lippen, ohne ein Wort zu formen, tat aber dennoch so, als hinderten sie die Folgen ihres Schlaganfalls daran zu sprechen.

Matthew schlug das Ausgabenbuch auf und erklärte, wie es geführt wurde – eine Seite für jeden Monat, ein Eintrag für jede Ausgabe, egal wie klein. Zündhölzer, Briefmarken, Reinigungsflüssigkeit. Mrs. Emersons Kinder hielten das Buch für einen Witz. Matthew zeigte Elizabeth die ersten Einträge, die vor zwei Jahren gemacht worden waren: »Dieses Buch: 69 Cents; Umschlag für dieses Buch: 2 Cents.« Er wies schweigend darauf hin und lächelte. Elizabeth warf bloß einen kurzen Blick in das Buch. »Warum kannst *du* das denn nicht machen«, fragte sie ihn. »Du bist doch die ganze Zeit hier.«

»Aber nur noch bis Sonntag.«

»Wieso? Wohin fährst du denn?«

»Na ja, ich muß wieder zur Arbeit gehen. Ich kann dann nur noch abends vorbeikommen.«

Sie schaute hoch und stellte fest, daß er sie beobachtete. Seine Brille war wieder einmal auf der Nase nach unten gerutscht. Seine Schultern streiften sie leicht. Er roch wie frischgebackenes Brot, das war schon immer so gewesen, aber sie hatte es vollkommen vergessen. Überrumpelt erwiderte sie sein Lächeln. Dann räusperte Mrs. Emerson sich, und Elizabeth rutschte ans Fußende des Bettes.

Den ganzen Freitagabend ging sie die Rechnungen durch, blieb aber immer in der Nähe von Mrs. Emerson, für den Fall, daß Unklarheiten auftauchten. »Wer ist dieser Mr. Robbins? Wofür waren die zwei Dollar? Wo ist diese Rechnung, die angeblich noch nicht bezahlt ist?« Sie stellte fest, daß ein Ausgabenbuch mehr verriet als ein Tagebuch. Mrs. Emerson, die aus einer reichen Familie stammte, machte sich mehr Sorgen über Geld, als Elizabeth es je getan hatte. All ihre geschäftlichen Briefe zeugten von Mißtrauen und Pfennigfuchserei. Sie beschwerte sich über Arbeitskosten, drohte, in Zukunft eine andere Firma zu beauftragen, erinnerte die Adressaten an Verträge und Kostenvoranschläge und Garantien. Die Rechnungen stammten von Sonderangebotsläden und Billigarzneimittelfirmen, die sich zum Teil in weit entfernten Bundesstaaten befanden, und zu den läppischen Beträgen waren monatelang Mahngebühren addiert worden, da Mrs. Emerson sich nicht dazu durchringen konnte, sie zu begleichen. Ihre Schecks stammten von einer ungünstig gelegenen Bank am anderen Ende der Stadt – niedrige Kontoführungsgebühren, sagte Matthew. Dann fand Elizabeth jedoch eine Quittung über siebzig Dollar aus einem Reformhaus und eine Rechnung über sechzig Dollar für einen Bademantel. Sie pfiff durch die Zähne. Mrs. Emerson sagte: »Was, was –«

»Sie geben Ihr Geld vollkommen hirnrissig aus.«

»Ich habe Angst –«

»Das hätte ich an Ihrer Stelle auch! Welcher Bademantel kostet sechzig Dollar? Essen aus dem *Reformhaus*! Wußten Sie, daß man von neunundvierzig Cents pro Tag sehr gesund leben kann? Zum Frühstück gibt es ein Tütchen simpler Gelatine in einem Glas Tang aufgelöst, das sind Proteine und Vitamin C, allerdings muß man das Ganze schnell trinken, ehe die Gelatine fest wird. Zum Mittagessen –«

»Aber steingemahlenes –«

»Schnickschnack«, sagte Elizabeth. »Andererseits kaufen Sie Vierzig-Watt-Glühbirnen, was zur Folge haben wird, daß Sie sich die Augen ruinieren und eine neue Brille brauchen. Ich werde alle Glühbirnen im Haus auswechseln müssen. Und Sie geben fünf Cent für Porto aus, um Aspirin vier Cent billiger zu bekommen.«

»Ich habe Angst –«

»Aber aus *welchem* Grund? Sie waren doch früher nicht so.«

»Ich weiß es nicht«, sagte Mrs. Emerson laut und deutlich. Dann sank sie in das Kopfkissen zurück und fing an, am Laken zu zupfen. Sie strahlte Angst in gezackten Wellen ab, die Elizabeth beinahe zu sehen glaubte. Sorgenfalten gruben sich in ihre Stirn – um genau dies zu verhindern, hatte Mr. Emerson all die Treuhandfonds eingerichtet, und er hatte sich bestimmt nicht träumen lassen, daß sie auf seine Frau keine beruhigende Wirkung haben würden. »Na schön«, sagte Elizabeth seufzend. Sie tätschelte Mrs. Emerson leicht die Hand und wandte sich dann wieder den Rechnungen zu. Sie schrieb fein säuberliche Zahlenkolonnen nieder, so als könne sie Mrs. Emerson durch ihre sorgfältige Handschrift in Zukunft die Befürchtungen, das Händeringen und das Gefühl der Hilflosigkeit ersparen.

Samstag vormittag benutzte Mrs. Emerson die Gehhilfe bereits ziemlich routiniert. Sie hatte sie zu einem Teil von sich selbst gemacht, genau wie ihren kleinen goldenen Füller oder ihre Lesebrille mit dem Perlmuttrahmen – sie hob sie mit den Fingerspitzen vorsichtig an und stellte sie beinah geräuschlos auf den Boden. »Jetzt können wir nach draußen gehen«, sagte Elizabeth zu ihr. Sie machte die Flügeltüren des Wintergartens weit auf und ging dann, ohne sich nach Mrs. Emerson umzusehen, voraus. »Ich glaube –«, sagte Mrs. Emerson.

»Haben Sie dieses Jahr keine einjährigen Blumen gepflanzt?«

Mrs. Emerson folgte ihr nach draußen in den Garten. Elizabeth hörte das kaum vernehmbare metallische Klicken, das ertönte, wenn die Aluminiumrohre gegen die Justierschrauben stießen, aber sie schaute immer noch nicht zurück. Sie ging weiter, verfiel aber in ein müßiges Schlendern, damit es nicht den Anschein hatte, als würde sie absichtlich langsamer werden. »Wenn Sie wollen, können wir ein paar Tagetes pflücken«, rief sie über die Schulter.

»Ich fuhle mich so – so –«

Wenn man sie nicht ansah, schien Mrs. Emerson das Ringen um Worte schwerer zu fallen. Elizabeth zuckte kurz zusammen und starrte dann stur geradeaus auf ein Beet.

»Gillespie, ich fuhle moch so –«

»Lassen Sie sich ruhig Zeit«, sagte Elizabeth zu ihr. »Ich habe es nicht eilig.«

»Ich fuhle mich so *ungeschickt*«, sagte Mrs. Emerson.

»Keine Sorge, das wird vorbeigehen.«

Sie spazierte gemächlich zur Pergola und stupste unterwegs mit den Füßen ein Büschel Unkraut an. »In Ihrem Garten macht sich überall Wegerich breit. Irgend etwas stimmt mit Ihrem Rasen nicht. Düngen Sie ihn denn nicht mehr?«

Sie drehte sich um und sah, daß Mrs. Emerson sie anlächelte und ihre Gesichtszüge in dem matten gelblichen Sonnenlicht weicher wirkten.

Während Mrs. Emerson ihren Mittagsschlaf hielt, zog Elizabeth alle Uhren auf. Sie nagelte in der Küche das Gewürzbord fest, das bedrohlich schief hing. Sie zerrte die Aluminiumleiter unter der Veranda hervor, kletterte darauf und säuberte die Regenrinnen, bis Matthew sie sah. »Das habe ich dir doch verboten«, sagte er. Er hielt die Leiter fest, damit sie nicht umfiel, während Elizabeth die glitschigen dunklen Klumpen aus verfaulten Blättern zusammenschob. »Das ist nicht mehr dein Job«, sagte er. »Und es ist außerdem gefährlich. Laß mich weitermachen.« Er sprach mit so großer Entschlossenheit, daß er mit den Händen an den Streben rüttelte und Elizabeth deshalb das Gefühl hatte, auf etwas Lebendem zu stehen. Als sie mit einer Ladung Zweige auf dem Arm hinuntergestiegen war, trug er die Leiter an eine andere Stelle, stieg selber hinauf, und Elizabeth hielt sie fest. »Du solltest lieber den Rasen mähen«, rief sie zu ihm hoch.

»Keine Sorge, das mache ich später.«

Sie waren auf der Rückseite des Hauses, vor dem steilsten Abschnitt des Grundstücks, und als sie zuerst den Abhang hinunterschaute und dann den nach oben, zu Matthew, kam es ihr vor, als befände er sich in schwindelerregender Höhe. Wie alt war die Leiter eigentlich? Sie beugte sich vor, bis sie mit dem ganzen Körper an dem schrägen Aluminiumgestell lehnte. Ihre Hände hatte sie durch die Sprossen gesteckt, und ihr Kopf hing so weit nach unten, daß sie ihre Füße sehen konnte. Als Matthew sein Gewicht verlagerte, lief ein Zittern durch das Metall.

An diesem Tag aß Mrs. Emerson im Eßzimmer zu Abend. Zur Feier des Anlasses wurden Kerzen angezündet. Sie saß auf ihrem gewohnten Stuhl am Kopf der Tafel, den Rücken vollkommen gerade und die rechte Hand im Schoß gefaltet, während sie mit der linken die Gabel zum Mund führte. Falls sie überrascht war, daß Andrews Platz leer blieb, so ließ sie es sich nicht anmerken. Als Matthew ihr eine weitere Portion Fleisch anbot, sagte sie: »Nein. Frag-frag –«, und deutete mit der Hand in Richtung Küche. Mary ging hinaus, und es ertönte leises Gemurmel; dann kam sie zurück. »Nein, vielen Dank«, sagte sie zu Matthew. Sie schaute mit einem kurzen, verlegenen Blick zu Elizabeth hinüber, die es aber kaum bemerkte. Nachdem sie den Nachmittag mit Reparaturarbeiten verbracht hatte, dachte sie wieder wie ein Hausmeister. Sie machte sich im Geiste eine Notiz über die Türknäufe des Eckschranks, die beide abgefallen waren. Sie lagen bestimmt in der blanken Bonbondose auf dem obersten Regalbrett. Wie oft hatte sie die Knäufe aus der Dose geholt und wieder angebracht? Sie wußte noch genau, wie es sich anfühlte, wenn sie die lädierten, abgerundeten Ecken gegen den Daumen drückte, und sie erinnerte sich, daß man sehr vorsichtig sein mußte, damit man den linken nicht schief anschraubte. Sie schien sich, ohne daß es ihr bewußt gewesen war, dieses Haus bis ins letzte Detail eingeprägt zu haben. Zwischen dem Hauptgang und dem Nachtisch rutschte sie von ihrem Stuhl und stellte sich vor dem Schrank auf die Zehenspitzen, um in die Bonbondose greifen zu können, und – natürlich – da waren sie. Ein bißchen schmutziger, noch ein bißchen lädierter. Sie hockte sich vor die untere Tür und schraubte den ersten Knauf an. »Elizabeth?« sagte Mary. »Möchten Sie einen Kaffee?« Elizabeth drehte sich um und sagte: »Nein danke.« Marys Gesichtsausdruck wirkte verblüfft und höflich. »Wenn Sie noch etwas zu erledigen haben«, sagte sie, »müssen Sie nicht hierbleiben.« Aber Matthew lächelte Elizabeth an, so als habe sie genau das getan, was er schon immer von ihr erwartet hatte.

Nachts hatte Mrs. Emerson andauernd irgendwelche Wünsche. Sie wollte etwas zu essen haben oder Aufträge erledigen lassen oder im Dunkeln eine menschliche Stimme hören. »Gillespie, Gillespie«, sagte sie. Elizabeth schlief auf dem Feldbett weiter und bezog Mrs. Emersons Stimme in ihre Träume mit ein, »Gillespie«. Dann schlug sie die Augen auf und befreite sich mühsam aus den zerwühlten Laken.

»Was«, sagte sie.

»Wasser.«

Sie nahm den Krug vom Nachttisch, stellte fest, daß er leer war, und stapfte in die Küche. Während sie das Wasser laufen ließ, damit es kalt wurde, schlief sie beinahe im Stehen ein. Der Name Gillespie hallte ihr noch in den Ohren. Mrs. Emerson war dabei, sie in eine andere Person zu verwandeln – in eine Frau, die über Organisationstalent verfügte und beim Nachnamen gerufen wurde, so wie ein weiblicher Soldat. Inzwischen hatte auch Mary sich angewöhnt, sie Gillespie zu nennen. Es war offenbar ansteckend. Sie riß sich zusammen, füllte den Krug und brachte ihn in den Wintergarten. »Hier«, sagte sie und ließ sich wieder ins Bett fallen.

»Gillespie.«

»Was.«

»Eine Decke.«

Beim dritten Mal wollte sie Tabletten. »Tabletten?« sagte Elizabeth träge. »Schlaftabletten? Die haben Sie schon genommen.«

»Ich kann nicht –«

»Nicht mehr als zwei, hat der Arzt gesagt. Erinnern Sie sich?«

»Aber ich kann nicht –«

Elizabeth seufzte und stand aus dem Feldbett auf. »Wie wär's mit einer heißen Milch?« sagte sie.

»Nein.«

»Wollen Sie ein Glas Wein?«

»Nein.«

»Was denn sonst?«

»Reden«, sagte Mrs. Emerson.

Elizabeth setzte sich ans Fußende des Bettes, und einen Moment lang betrachtete sie bloß stirnrunzelnd die mondbeschienenen Vierecke auf dem Fußboden. Milde Nachtluft, so warm wie Badewasser, drang durch die offenen Fenster. Ihr Schlafanzug roch nach Ivory-Seife und sauberer Bettwäsche, ein behaglicher, einschläfernder Geruch. Aber Mrs. Emerson sagte: »Reden«, und richtete sich erwartungsvoll auf.

»Ich habe geschlafen, als Sie nach mir riefen«, sagte Elizabeth.

»Entschuldigung«, sagte Mrs. Emerson.

»Ich habe geträumt, Ihre Stimme sei ein dünner goldener Draht. Ich jagte zusammen mit meiner Biologieklasse aus dem vierten Schuljahr einen Schmetterling. Meine Finger streiften den Schmetterling ganz leicht, dann wurde er an dem Draht weggezogen. In dem Schmetterling war auch etwas aus Gold. Dünne goldene Fäden durchzogen den Flügel.« Sie hob ihre Füße von dem kalten Schieferboden auf das Bett und deckte sie zu. »Vielleicht haben Sie Angst vor der Dunkelheit«, sagte sie.

»Nein.«

»Warum nicht? Was wäre daran ungewöhnlich? Schauen Sie

sich nur all die dunklen Ecken hier an, und wegen des Mondlichts sehen sie sogar noch dunkler aus. Ich habe früher immer geglaubt, daß sich in den Ecken dünne Frauen in Morgenmänteln versteckten und es auf mich abgesehen hatten. Ich weiß nicht, wieso. In der Gemeinde meines Vaters gab es eine Frau, die so aussah – sie war jahrelang todkrank und trug ständig einen rosafarbenen Chenillemorgenmantel. Jedesmal, wenn meine Mutter »man« sagte und damit irgendwelche Leute meinte, stellte ich mir diese Frauen vor. Wenn meine Mutter beispielsweise sagte: ›Man hat ein Stoppschild an der Burdette Road aufgestellt‹, sah ich eine Horde geisterhafter selbstsicherer Frauen in rosafarbenen Morgenmänteln vor mir, die mitten in der Nacht ein Stoppschild in den Boden rammten. Komisch, daß ich vor solchen Frauen Angst hatte. Sie versteckten sich nicht nur in Zimmerecken, sondern auch in Wandschränken, unter Betten und in dem schrägen Hohlraum unter der Treppe. Inzwischen bin ich erwachsen und denke nicht mehr oft an sie, aber wenn ich mir aus irgendeinem Grund Sorgen mache, frage ich mich immer noch, was sich in dunklen Ecken verbirgt. Unwägbarkeiten, vielleicht. All die schlimmen Dinge, die Menschen zustoßen können. Oder, wenn ich mir *große* Sorgen mache, sind es doch wieder Frauen in rosafarbenen Morgenmänteln.«

»Ja«, sagte Mrs. Emerson. Aber schien noch nicht schläfrig zu sein.

»Wenn Sie erst wieder ganz gesund sind, wird es nicht mehr so schlimm sein«, sagte Elizabeth zu ihr. »Es ist das Gefühl der Hilflosigkeit, das Ihnen Angst einjagt.«

»Aber ich werde –«

Elizabeth wartete ab.

»Ich werde niemals –«

»Natürlich werden Sie das. Warten Sie's nur ab. Wenn ich weggehe, werden Sie bereits wieder das Kommando über diesen Haushalt übernommen haben.«

»Gillespie.«

Elizabeth erstarrte.

»Könnten Sie nicht –«

»Nein«, sagte Elizabeth. »Ich habe einen festen Job. Einen, der mir gefällt.«

»Damals haben Sie doch –«

»Jetzt ist es anders«, sagte Elizabeth. »Ich bin beständiger geworden. Ich lasse heutzutage nicht mehr alles stehen und liegen, wenn mich jemand zu irgend etwas einlädt.«

Aber ihre Vermutung über das Ende des Satzes war falsch gewesen. »Damals haben Sie doch *Kinder* gar nicht gemocht«, sagte Mrs. Emerson.

»Oh. Na ja, für Kinder im allgemeinen gilt das immer noch. Aber die Mädchen, die ich unterrichte, mag ich.«

Sie rieb sich mit einer Hand die Augen, die sich trocken und heiß anfühlten. Morgen früh würde sie sich wie gerädert fühlen. »Sind Sie nicht müde?« fragte sie.

»Reden«, sagte Mrs. Emerson.

»Ich rede schon die ganze Zeit. Was soll ich denn noch sagen?« Sie wickelte einen losen Faden um ihren Zeigefinger. »Also gut«, sagte sie, »ich werde Ihnen erzählen, wie es dazu kam, daß ich mir diese Arbeit gesucht habe. Ich beugte mich eines Tages aus dem Fenster des Kunstgewerbeladens, in dem ich als Verkäuferin arbeitete, um bei einem Festumzug zuzuschauen. Auf beiden Bürgersteigen drängten sich die Zuschauer, Mütter mit Babys und Kleinkindern, Väter mit Kindern auf den Schultern. Und plötzlich war ich vollkommen erstaunt über diesen Anblick. Ist es nicht unglaublich, wieviel Mühe sich die Menschen geben, um ihre Kinder großzuziehen? Menschen kommen hilflos auf die Welt und bleiben lange Zeit hilflos. Wissen Sie, für jeden erwachsenen Menschen muß es mindestens einen anderen Menschen gegeben haben, der die Geduld aufbrachte, ihn durch die Gegend zu schieben und zu füttern und nachts mit ihm auf dem Arm hin und her zu gehen und ihn jahrelang pausenlos von Gefahren fernzuhalten. Jemanden, der ihm gezeigt hat, wie man sich in die Gesellschaft einfügt und sich mit anderen Menschen verständigt, der ihn mit in den Zoo und zu Festumzügen und zu erzieherischen Veranstaltungen genommen und ihm all die vielen Kinderreime und Märchen erzählt hat. Ist das nicht erstaunlich? Da sind Menschen, denen man wahrscheinlich nicht für fünf Minuten seine Handtasche anvertrauen würde, aber dennoch verbringen sie jahrelang ihre Zeit damit, sich um ihre Kinder zu kümmern, und sie machen noch nicht einmal viel Aufhebens darum. Sogar wenn aus einem Kind später ein Verbrecher oder irgendeine andere Art von Versager wird – ist es ihm dennoch gelungen, erwachsen zu werden, stimmt's? Das ist doch toll, oder?«

Mrs. Emerson gab keine Antwort.

»Nun gut, ich lehnte also aus dem Fenster«, sagte Elizabeth, »und dachte über all das nach. Dann dachte ich: ›Was mache ich hier oben eigentlich? Hier oben in diesem Laden, in dem ich mich zu Tode langweile und in dem ich nur deshalb bleibe, weil ich Angst habe, woanders Unheil anzurichten. Man könnte meinen, daß ich etwas Besonderes bin‹, dachte ich, ›aber das stimmt nicht. Ich bin genau wie all die anderen Menschen, die ich von diesem Fenster aus anstarre, also spricht nichts dagegen, nach unten zu gehen und mich zu ihnen zu gesellen!‹ Daher habe ich noch am selben Tag gekündigt und mich auf die Suche nach einer neuen Arbeit gemacht. Und ich habe etwas gefunden – eine Stelle als Kunst- und Werklehrerin in einer Besserungsanstalt. Na ja, *Ihnen* würden meine Schülerinnen wahrscheinlich nicht besonders gut gefallen, aber ich mag sie. Das ist doch toll, oder? Und alles nur wegen dieses einen unbedeutenden Festumzugs.«

»Ja«, sagte Mrs. Emerson. Dann schwieg sie.

»Mrs. Emerson?«

Aber Elizabeth hörte nur noch ihre leisen, regelmäßigen Atemzüge. Sie stand auf und ging hinüber zu ihrem Feldbett.

Sie streckte sich aus und deckte sich mit den kühlen Laken zu, aber dann konnte sie nicht einschlafen. Sie blieb hellwach und grübelte. Sie war noch wach, als Andrew ganz allein zum Pavillon ging und sein Schatten sich dabei über den mondbeschienenen Fußboden des Wintergartens bewegte. Sie stützte sich auf einen Ellbogen und sah, daß er in wenigen Metern Entfernung stehengeblieben war. Eine dünne silbrige Linie umgab seinen Kopf und endete bei seinem weißen Hemd, das einen offenen, altmodisch flachen Kragen hatte. Obwohl er zu den Fenstern schaute, konnte er Elizabeth nicht sehen. Sein Gesicht war ein bleiches Oval, reglos und anklagend. Nach einem Augenblick drehte er sich um und verschwand hinter den struppigen Rosenbüschen.

»Schau mal«, sagte Matthew. »Von hier aus könnte man glauben, daß das Haus in Flammen steht.«

Elizabeths Blick folgte der Richtung, in die sein Arm wies. Sie saßen, vorsichtig auf dem morschen Geländer balancierend, im Pavillon, und von dort aus sahen sie, wenn sie nach oben schauten, wie sich in jedem Fenster des Hauses die Sonne spiegelte. »Weniger, als stehe es in Flammen«, dachte Elizabeth, »sondern vielmehr, als sei es *unbewohnt*.« Die Fenster waren leuchtende orangefarbene Rechtecke, und sie verbargen, was sich dahinter abspielte. Der Anblick wirkte flach, wie gemalt. »Ich frage mich, warum sie das Haus behält«, sagte Matthew.

»Vielleicht damit ihre Kinder sie besuchen können.«

»Wir kommen nie mehr alle zur selben Zeit.«

Er nahm ihre Hand und drehte sie herum. Elizabeth war nicht überrascht. Zu dieser Tageszeit, in dieser Stille, schien es ihr, als sei sie niemals fortgewesen; seine ledrige Haut war ihr so vertraut, als habe er sie zuletzt vor wenigen Minuten berührt. Sie lehnte sich leicht bei ihm an und spürte die Wärme seines Körpers auf ihren nackten Armen. Matthew trug einen Anzug. Er hatte sich feingemacht, weil er Andrew zum Busbahnhof

und die Mädchen zum Flughafen bringen wollte. Elizabeth trug
bloß Jeans und ein kurzärmeliges Hemd. Als sie anfing zu zittern, sagte er: »Soll ich dir mein Jackett leihen?«

»Nein danke. Du mußt jetzt los.«

Aber Matthew rührte sich nicht. »Mein Vater hat dieses Haus
gekauft, als er und Mutter heirateten«, sagte er. »Ehe sie überhaupt Kinder hatten. Beim Einzug besaßen sie bloß die Möbel
aus Großmutter Carters Salon, um die vielen Räume zu füllen.
Er sagte, sie würden beide bis zu ihrem Tod hier wohnen bleiben. Er erwartete vermutlich, daß er lange leben würde. Sie
hatten vor, ihre goldene Hochzeit in diesem Haus zu feiern.
Sie würden dann schlohweißes Haar haben, es sich gemütlich
machen und die Räume im zweiten Stock abschließen, weil sie
nur noch benutzt werden würden, wenn die Kinder und Enkel
kämen, um bei ihnen ihre Sommerferien zu verbringen.«

»In *Baltimore* Ulaub machen?«

»Wenn du mich heiraten würdest«, sagte Matthew, »könnten
wir hier wohnen, wenn du magst.«

Das überraschte sie nicht mehr als die Berührung durch seine
Hand. Wieso sollte es auch? Es kam ihr so vor, als seien die
Menschen Planeten, die ihre Bahnen durch das Universum zogen und ständig von neuem zusammenstießen. Alles wiederholte sich; sie würde, so lange sie lebte, immer wieder auf die
Emersons treffen; sie und Matthew würden sich immer wieder
verlieben und dann trennen. Wenn es schneite, würde Timothy
wahrscheinlich darauf warten, daß sie einen Weg für ihn frei-
schippte; und wahrscheinlich würde er zwischen den Büschen
auftauchen, falls sie es sich noch einmal in den Kopf setzte, einen Truthahn spazierenzuführen.

»Wenn ich an *unsere* goldene Hochzeit denke«, sagte Matthew, »dann stelle ich mir uns in einem Supermarkt vor. Als eines von diesen zärtlichen alten Paaren, die man dabei beobachten kann, wie sie sich gegenseitig erzählen, worauf sie Appetit
haben. ›Hier sind ein paar leckere Pflaumen, Mutter‹, würde

ich sagen, und du würdest sagen: ›Also, Vati, du weißt doch, wie schlecht du Pflaumen verträgst. Erinnerst du dich noch‹, würdest du sagen, ›1982 habe ich einmal Pflaumenkompott fürs Abendessen gekocht, und du hast daraufhin die ganze Nacht kein Auge zugetan. Erinnerst du dich noch?‹« Er ließ seine Stimme alt und krächzend klingen, aber Elizabeth lachte nicht.

»Komisch«, sagte sie, »wenn ich an uns beide denke, sehe ich im Geiste, wie sich deine Familie in alles einmischt, was du tust, und mich als Publikum benutzt. Deine Mutter lebt bei uns, und es kommen Anrufe von einer Schwester, die sich gerade scheiden lassen will, und einem Bruder, der einen Nervenzusammenbruch hat, und jeden Abend streitet ihr euch beim Essen. Und ich bleibe unbeteiligt und frage mich, was wohl als nächstes passieren wird. Verteile Heftpflaster. Bin jemand, den ihr beeindrucken könnt.«

»Siehst du dich wirklich so?« fragte Matthew. »Als Außenstehende.«

»Ja, natürlich.«

»Und wieso bist du dann hergekommen.«

»Um Heftpflaster zu verteilen«, sagte Elizabeth.

»Aber überleg mal, wessen Wunsch es war? Mutters. Sie wollte nur dich. Sie betrachtet dich als ein Familienmitglied. Die anderen auch.«

»Reichlich merkwürdige Familie«, sagte Elizabeth. »Deine Mutter hat mir in vier Jahren kein einziges Mal geschrieben. Ich habe niemals von ihr einen dieser kurzen Briefe bekommen, die sie vorher zur Probe aufs Diktaphon spricht. Was sagst du dazu? Ich habe *euch* auch als meine Familie angesehen. Ich wollte schon immer eine Familie haben, die etwas unmoralischer ist als meine eigene. Aber dann habe ich den ganzen Ärger mit Timothy verursacht, und deine Mutter hat mir nie geschrieben, und wir sind getrennte Wege gegangen. Jetzt bin ich für sechs Wochen zurückgekommen. Das ist alles.«

»Du und ich, wir sehen die Dinge verschieden«, sagte Matthew. »Glaubst du denn, daß du keine Gemeinsamkeiten mit uns hast?«

»Na ja, auf jeden Fall sammele ich keine Pistolen«, sagte Elizabeth, »und ich brenne auch nicht durch oder leide unter Anfällen von Geisteskrankheit oder streite mich lautstark.«

»Momentan streiten wir beide uns gerade lautstark.«

»Würdest du bitte gehen? Deine Schwestern werden sonst ihre Flüge verpassen.«

»Es ist noch genügend Zeit.« Aber während er noch sprach, schlug die Küchentür zu, und Mary rief: »Matthew. Kommst du?«

»Geh schon, Matthew.«

»Gleich. Wir haben noch nicht –«

»*Matthew!*« rief Mary.

»Na schön«, sagte er. Er rutschte vom Geländer, blieb aber noch einen Augenblick stehen und kratzte sich den Kopf. »Morgen muß ich wieder zur Arbeit«, sagte er zu Elizabeth.

»In Ordnung.«

»Ich kann dann erst abends vorbeikommen. Wirst du hier sein?«

»Wo denn sonst?« sagte Elizabeth.

Sie beobachtete seine schlaksige Gestalt, als er mit schlurfenden Schritten den Berg hinauf zu Mary ging. Sein schlechtsitzender Anzug war zu kurz und sein Haar zottelig. Dann kam Margaret mit Susan auf dem Arm aus dem Haus, und Mary begann zu reden. Worüber sie genau sprach – ob sie Matthew ausschimpfte oder fragte, was mit Andrew sei, oder sich Sorgen wegen der Abflugzeiten machte –, konnte Elizabeth nicht verstehen, aber sie hörte ihre dünne, hohe Stimme und Susans Gequengel. Die Wortfetzen ihrer Auseinandersetzung und das Flattern von Marys Rock im Wind ließ sie weit entfernt wirken, so wie kleine Figuren unter einer Glasglocke. Sie standen mit dem Rücken zu Elizabeth. In Kürze würde Andrew nach draußen kommen, und sie würden abreisen, im Vertrauen darauf, daß Elizabeth während ihrer Abwesenheit alles im Griff hatte. Elizabeth rutschte vom Geländer und lief, frierend und erschöpft, durchs Gras. Eigentlich sollte sie den anderen Auf Wiedersehen sagen. Statt dessen ging sie in weitem Abstand langsam um den Pavillon herum und sammelte aus lauter Gewohnheit heruntergefallene Äste und Zweige ein, obwohl sie nicht wußte, wohin damit.

Ein langer Ast ließ sich nicht hochheben, und als sie an ihm zog, brach er durch. Er wurde am anderen Ende von einen Paar schmaler, eleganter Schuhe, die an den Spitzen allerdings abgestoßen waren, am Boden gehalten; darüber ragte ein grauer Anzug auf und ein verwaschenes blaues Hemd mit offenem flachem Kragen.

Elizabeth richtete sich auf, drückte die Äste fest an die Brust und schaute direkt in Andrews längliches, trauriges Gesicht. »Tja«, sagte sie.

Andrew sagte nichts. Er hielt eine kleine Pistole aus Stahl in der Hand, deren Mündung direkt auf ihr Herz gerichtet war.

Wieso hatte sie ausgerechnet jetzt das Bedürfnis zu lachen? Der bläuliche Stahl sah bedrohlich aus, und sie hielt die Äste so fest umklammert, daß ihre Armmuskeln zitterten. Und vor allem hatte sie das gleiche schon einmal erlebt: Sie wußte inzwischen, wie ernst die Situation war. Gelächter führte leicht zu Explosionen. »Warum ist alles, was du sagst, so *belanglos*?« hatte Timothy gefragt, aber jetzt kam ihr die belangloseste aller denkbaren Bemerkungen in den Sinn, und sie sprach sie, wider besseres Wissen, aus.

»Ich frage mich, woher du die Pistole hast«, sagte sie.

Andrew zuckte zusammen, so als wisse er, daß sie einen großen Fehler gemacht hatte.

»Hast du sie von einem Baum gepfückt? Oder im Nähkästchen deiner Mutter gefunden?«

»Ein Freund hat sie mir zur Aufbewahrung gegeben«, sagte Andrew. »Er ist nach Europa gereist.«

»Ein komischer Freund«, sagte Elizabeth.

»Gewisse Dinge fliegen einem irgendwie zu, wenn man sie sich nur sehnlichst genug wünscht.«

Sie hatte seine Stimme noch nie richtig gehört, denn damals auf dem Busbahnhof war sie wegen der vielen anderen Geräusche kaum zu verstehen gewesen. Sie klang hell und brüchig. An seiner Stirn pochte eine Ader. Die Hand, in der er die Pistole hielt, zitterte, was Elizabeth die Hoffnung gab, daß er ein schlechter Schütze war. »Andrew«, sagte sie, »gib mir jetzt bitte die Pistole.«

»Ich kann nicht. Ich habe das hier nicht tun wollen. Ich habe dich immer wieder gewarnt. Ich habe dir geschrieben. Aber nichts kann dich aufhalten. Ich weiß genau, was du im Pavillon vorhattest.«

»Tatsächlich? Was hatte ich denn vor?« fragte Elizabeth.

»Du solltest lieber aufhören zu spaßen. Ich meine es ernst.«

»Das ist mir klar«, sagte Elizabeth. Und das war es auch. Es schien ihr langsam vorstellbar, daß sie jetzt sterben würde – in dieser beklemmenden irrealen Situation im orangefarbenen Zwielicht eines Sonntagabends. Wie hätte sie das ahnen können, als sie heute morgen aufwachte und sich die Zähne putzte und das Hemd aussuchte, das sie anziehen würde? Sie wußte noch nicht einmal, welches Datum heute war. »Welches Datum ist heute?« fragte sie.

»Siebter Juni«, sagte Andrew.

Sie überlegte. Der siebte Juni hatte zuvor nie eine Bedeutung für sie gehabt. Sie dachte bewußt an Timothy, der an einem Apriltag wegen der Fehler, die sie begangen hatte, gestorben und seitdem wieder und wieder vor ihrem geistigen Augen auferstanden war. Dennoch wußte sie bis jetzt nicht, was sie damals hätte tun sollen. In Tränen ausbrechen? Weglaufen? Ihm versprechen, daß sie ihn trotz allem nach Ellington mitnehmen würde?

Sie faßte einen Entschluß. Sie sagte: »Also, ich verstehe, was in dir vorgeht. Soll ich Baltimore für immer verlassen?«

Dann wandte sie sich rasch ab, um zum Haus zu gehen. Sie hatte sich bereits umgedreht (sie sah Matthew, der, mit dem Rücken zu ihr, einen Koffer trug und vor seinen Schwestern herging), und sie fragte sich gerade, was sie mit den toten Ästen machen sollte, als der Schuß losging.

Das Geräusch betraf sie überhaupt nicht. Sein Ursprung schien ebenso weit entfernt zu sein wie die immer kleiner werdende Gestalt von Matthew, der sofort herumwirbelte, den Koffer fallen ließ und auf sie zu rannte. Die anderen schauten regungslos und entsetzt zu; dann rannten sie ebenfalls los. Aber der erste, der bei ihr ankam, war Andrew. Er stieß die Äste weg und hob ihren Arm in die Höhe. Blut durchtränkte ihren Ärmel. Plötzlich durchfuhr sie ein heißer Schmerz, wie nach einem Bienenstich, genau an der Stelle, wo ihre Narbe von der Pokkenimpfung sein mußte.

»Oh, Elizabeth«, sagte Andrew. »Habe ich dich verletzt?«

Als Matthew bei ihr ankam, lachte sie. Er glaubte, sie habe einen hysterischen Anfall.

Sie brachten sie zum alten Dr. Felson, der keine Schwierigkeiten machen würde. Er hatte ein staubiges, vollgestopftes Sprechzimmer, das von der Küche seiner Frau abging. Es roch dort nach Leder und Desinfektionsmittel. Und Dr. Felson redete, als er nach Verbandsmull suchte, wie eine Figur aus einem Westernfilm. »Bloß ein Streifschuß«, sagte er. »Eine Fleischwunde. Sitzen Sie vielleicht zufällig auf meiner Schere? Ich habe Sie hier schon mal gesehen, glaube ich.«

»Sie haben bei mir eine Wunde genäht«, sagte Elizabeth. »Ein Schnitt mit einem Messer in mein Handgelenk.«

»Sie waren zusammen mit dem jungen Timothy hier, stimmt's?« Dr. Felson stand, über eine offene Schublade gebeugt, am Schreibtisch. Jetzt richtete er sich auf und warf Matthew, der Elizabeths blutenden Arm fest umklammert hielt, einen finsteren Blick zu. »Passen Sie auf, daß da keine Keime reinkommen«, sagte er. »Mein Gott. Wer hat Sie eigentlich damals mit dem Messer verletzt? Ich hab's vergessen.«

»Das war ich selber«, sagte Elizabeth.

»Ihr Emersons könntet einen Arzt ganz allein ernähren.«

»Ich bin keine –«

»Macht es was, wenn Ihre Bluse kaputtgeht?«

»Nein.«

Er schnitt ihren Ärmel auf und tat etwas auf ihren Arm, das brannte. Elizabeth spürte es kaum. Ihr war albern und unbeschwert zumute, und der Schmerz in ihrem Arm vermischte sich mit der Erleuchtung, die sie wie ein Blitz traf: Jetzt sind wir quitt, kein Emerson wird mich je wieder so anschauen können, als würde ich der Familie etwas schulden; jetzt weiß ich, daß nichts, was ich tue, die Schußbahn einer Kugel ändern kann.

»Die Wunde wird heute nacht ein bißchen pochen«, sagte der Arzt, aber Elizabeth lächelte ihn bloß an. Matthew sah viel leidender aus als sie. Er hielt ihr Handgelenk krampfhaft fest, und sein Gesicht war aschfahl. »Keine Sorge«, sagte Elizabeth zu ihm, »es sieht viel schlimmer aus, als es ist.«

»Da haben Sie völlig recht«, sagte Dr. Felson. Er umwickelte ihren Arm gerade mit Verbandsmull, der sich warm und fest anfühlte. »Aber was wird nächstes Mal sein? Dann werden Sie vielleicht nicht so viel Glück haben.«

»*Nächstes* Mal!« sagte Elizabeth.

»Was sagt Andrew dazu? Ich habe in meinem Leben schon oft ein Auge zugedrückt, aber dieser Junge geht mir langsam auf die Nerven.«

»Ach, wissen Sie, er hat sich bei mir entschuldigt«, sagte Elizabeth.

Dr. Felson schnaubte und stand auf. »Wenn es weh tut, nehmen Sie Aspirin«, sagte er zu ihr.

»Okay.«

Sie ließ zu, daß Matthew sie nach draußen geleitete. Sie gingen über die hölzerne Veranda zur Straße. Er achtete auf jeden ihrer Schritte, so als sei sie eine alte Frau. »Mir geht es gut, wirklich«, sagte sie, aber er legte seinen Arm nur noch fester um ihre Schulter. Sein Auto stand am Kantstein, voll mit Menschen, die nur ihretwegen ihre Abreise hatten verschieben müssen. Mary saß vorne, Margaret und Susan und Andrew hinten. Sie spähten durch die Dämmerung, ihre Gesichter sahen blaß und ängstlich aus, und sie warteten gespannt darauf, zu erfahren, wie es beim Arzt gewesen war. »Was hat er gesagt?« fragte Andrew. »Geht es ihr gut? Wird sie wieder gesund werden?« Er lehnte sich aus dem Fenster, um besser sehen zu können, und bei seinem Anblick stieg erneut ein perlendes Gelächter in ihr auf. »Natürlich«, sagte sie und lachte laut los und öffnete die Tür, um sich neben die anderen Emersons auf den Rücksitz zu quetschen.

1970

13 Während Peter den Wagen fuhr, schlief P. J. zusammengerollt auf der Vorderbank mit dem Kopf in seinem Schoß. Ihre langen dünnen Haare bedeckten seine Knie und wickelten sich um das Lenkrad und gerieten zwischen seine Finger. Er schüttelte sie immer wieder von seinen Händen ab, die so klebrig waren, als habe er sie in Sirup getunkt. Aber jedesmal blies der heiße Wind erneut ein paar Strähnen hoch. »P. J.?« sagte er. »Hör mal P. J., kannst du dich nicht auf den Rücksitz legen?« Aber P. J. schlief weiter mit einem angedeuteten Lächeln auf den Lippen, und helle Streifen Sonnenlicht zogen wie Träume über ihr Gesicht.

Sie fuhren zurück nach New Jersey, nachdem sie eine Woche bei P. J.s Eltern verbracht hatten – einem alten Tabakfarmer und seiner Frau, deren Haus an einem holprigen Feldweg in Georgia stand. Der Besuch war kein Erfolg gewesen. Der Graben zwischen Peter und den Grindstaffs war am Ende so breit und tief geworden, daß es schon zu panischen Reaktionen kommen konnte, wenn P. J., das Bindeglied, sie kurz allein ließ, um sich ein Glas Wasser zu holen. Sie war die ganze Woche über mit angestrengter Fröhlichkeit und Nachsichtigkeit zwischen den Fronten hin und her gesaust. Jetzt drückte ihr Kopf sein Knie jedesmal, wenn er bremste, nach unten; sie fühlte sich schlapp und erschöpft und füllte ihren Vorrat an Liebe und Fröhlichkeit auf, während sie schlief.

Kurz hinter Washington hielt er bei einer Raststätte und weckte sie. »Möchtest du eine Cola?« fragte er sie. P. J. trank für ihr Leben gerne Cola. Und sie war eine überzeugte Anhängerin von Reiseunterbrechungen – um auf die Toilette zu gehen, Sandwiches oder Knabberzeug zu holen, sich einen Ramschverkauf oder einem Mini-Zoo anzuschauen –, aber jetzt schaute sie ihn bloß mit trägem Blick an – »Was?« sagte sie.

»Eine Cola.«

»Oh. Warum nicht.«

Sie gähnte und streckte die Hand nach dem Türgriff aus. Während der Tankwart die toten Fliegen von der Windschutzscheibe kratzte, beobachtete Peter sie, wie sie über den Beton ging – ein dünnes, gebräuntes, gelenkiges Mädchen, an dessen Ohren rote Plastikohrringe baumelten, die Markierungsringen von Hühnern ähnelten. Sie schwenkte ihre Handtasche am Riemen hin und her und zog an ihren Shorts, die so kurz waren, daß man sah, wo die gebräunte Haut aufhörte. Der Tankwart hielt für einen Augenblick inne, um ihr nachzublicken.

Aus dem Handschuhfach holte Peter einen Stapel Landkarten und Stadtpläne – Georgia, New York, sogar Kanadas Osten, und schließlich Baltimore. Er hatte P. J. versprochen, daß sie bei seiner Familie vorbeifahren würden. Er war seit drei Jahren nicht mehr dort gewesen. Er faltete die Karte auseinander, um die kürzeste Strecke zu suchen, und beim Anblick der fast vergessenen Straßennamen – St. Paul Street und North Charles Street, unterteilt durch schmutziggraue Knicke, die einzureißen begannen – hatte er plötzlich das deprimierende Gefühl, wieder ein Teenager zu sein. Er erinnerte sich, wie er in der feuchten, drückenden Sommerhitze schwitzend an der North Charles Street gestanden hatte, um zu trampen, obwohl er genau wußte, daß seine Mutter einen Tobsuchtsanfall bekommen würde, wenn sie ihn je dabei erwischte. In seiner Vorstellung war in Baltimore ewig Sommer, und er sah im Geiste die weißen Porzellankatzen, für ihn das Markenzeichen der Stadt, die ängstlich über die Schulter schauten und von armen Leute an deren Schuppen und Verandadächern befestigt wurden. Und außerdem das Haus seiner Mutter – verschlossene, düstere Zimmer. Schimmernde Tischplatten. Was hatte es für einen Sinn, dorthin zurückzukehren?

P. J. tauchte wieder auf. Sie ging vorsichtig auf ihren schmalen, nackten Füßen über den Beton. Als sie merkte, daß der Tankwart sie beobachtete, grinste sie und prostete ihm mit ihrer Cola-Flasche zu. Dann beugte sie sich durch das offene Türfenster und sagte: »Na los, Petey, steig aus und vertritt dir ein bißchen die Beine.«

»Ich sitze hier sehr bequem.«

»Hinterm Haus verkaufen sie Gartenfiguren und Vogelbäder und Blumentöpfe. Willst du dir das anschauen?«

»Ich würde lieber weiterfahren.«

Sie stieg ins Auto und zuckte zusammen, als die Haut ihrer Schenkel das heiße Plastik berührte. Auf ihrer Wange sah man den Abdruck von Peters Kordhose. Sie wirkte immer noch schläfrig und zerknautscht. »Dort gibt es furchtbar süße kleine Gartenzwerge aus Gips«, sagte sie, »mit einem Dorn unten dran. Man kann sie einfach in den Rasen stecken. Ich wette, Mama würde sich riesig über so einen freuen.«

»Ganz bestimmt«, sagte Peter.

Sie warf ihm einen kurzen Seitenblick zu und trank dann einen Schluck Cola. »Soll ich einen für sie kaufen?«

»Warum nicht?«

»Vielleicht als eine Art Wiedergutmachungsgeschenk?«

Peter gab dem Tankwart eine Kreditkarte. »*Du* hast doch
nichts wiedergutzumachen«, sagte er.

»Ich hatte vor, ihn ihr in deinem Namen zu schicken.«

»Tu es nicht.«

Sie trank die Cola aus, wischte den Rand der Flasche ab und
machte sich auf den Weg zu der Leergutkiste neben dem Ge-
tränkeautomaten. Kaum war sie weg, hatte Peter ein schlechtes
Gewissen. »P. J.!« rief er.

Sie drehte sich um, immer noch gutgelaunt. Er stieg aus und
rannte, um sie einzuholen. »Natürlich können wir gerne einen
kaufen«, sagte er. »Schreib in großen Buchstaben meinen Namen darauf, wenn du willst.«

»O prima«, sagte P. J. »Ich werde ihn einpacken und zur
Post bringen. Du brauchst keinen Finger zu rühren, Petey.«

Sie ging mit ihm um das Tankstellengebäude herum, zu einer
Wiese voller Gipsflamingos und Sonnenuhren und Vogelbä-
dern. Die Gartenzwerge standen alle dicht beisammen, ihre
Farbe blätterte bereits ab, und sie grinsten eine Gruppe kleiner schwarzer Jungs an, die in den Händen Befestigungsringe
hielten.

Die Verkäuferin trug einen Strohhut und einen übergroßen
geblümten Kittel, der in der Sonne leuchtete. »Sind die nicht
entzückend?« sagte P. J. »Oder vielleicht hätte Mama lieber
eine winzige Schubkarre, in die sie Blumen pflanzen kann. Was
meinst du?«

»Du kennst sie besser als ich«, sagte Peter.

»Oder einen von diesen Hirschen. Die sind wirklich
hübsch.« Sie lief kreuz und quer über die Wiese, unfähig sich zu
entscheiden, tätschelte kleinen angemalten Tieren den Kopf
und erwiderte das Lächeln einer jeden Figur, die sie anlächelte.
Sie trat mit ihren nackten Füßen so behutsam auf die Grashalme, als sei ihr Körper schwerelos. »Wieviel, meinst du, wird
es kosten, eine Sonnenuhr mit der Post zu schicken?« fragte
sie. Die Verkäuferin sagte: »O nein, Schätzchen, verschicken

Sie eine Sonnenuhr auf keinen Fall per Post. Das kostet ein Vermögen.« Peter konnte Menschen nicht leiden, die ihre Kundinnen »Schätzchen« nannten, aber P. J. wandte der Verkäuferin ihr lächelndes Gesicht zu, und die beiden strahlten sich an, so als seien sie gut befreundet. Oh, es mußte schon viel passieren, damit P. J. die Stirn runzelte. Er dachte an die vergangene Woche, in deren Verlauf ihre Eltern ihr bestimmt des öfteren zugeflüstert hatten: »Paula Jean, was *hat* der Junge denn bloß?« und an die vielen Kinder, die, wenn sie spontan zu ihm gelaufen waren, all ihre Energie verloren und unter der Last seiner Schwermut zusammenzubrechen schienen. Dennoch hatte P. J. unverdrossen gelächelt. Sie hatte ihn bei der Hand genommen und auf dem Hof herumgeführt, in der Hoffnung, daß er sich mit den Tieren anfreunden würde. Sie hatte Dutzende von Gesprächsthemen vorgeschlagen, über die Peter und ihre Familie reden könnten. »Petey ist gerade aus der Armee entlassen worden, Vati. Ihr beide solltet mal eure Erfahrungen über das Soldatenleben austauschen. Petey, hast du nicht Lust, dir Mamas Kräutergarten anzuschauen?« Peter hatte es versucht, aber ihm fiel nichts ein, was er sagen konnte. Er versank in einer Trägheit, die in ihm den Wunsch weckte, sich in ein Hotelzimmer zurückzuziehen und tagelang durchzuschlafen. »Petey, mein Schatz«, sagte P. J., »*magst* du sie nicht?« »Doch«, sagte er wahrheitsgemäß, »aber ich weiß einfach nicht –« »Sprich mit ihm über die Tabakpflanzen. Das tut er gerne. Oder über Baseball oder das Fernsehprogramm.« Daher sagte Peter, als sie wieder bei den anderen waren: »Was machen die Tabakpflanzen, Mr. Grindstaff?« »Alles bestens«, sagte Mr. Grindstaff, und Peter sagte: »Oh, das freut mich«, und schwieg, weil er keine Ahnung hatte, wie das Gespräch weitergehen sollte.

»Er ist gerade erst zurück aus Vietnam«, pflegte P. J. den Leuten zu sagen. Alle murmelten daraufhin verständnisvoll, so als sei das eine ausreichende Erklärung. Aber Peter war schon lange, bevor er Soldat wurde, schwermütig gewesen. Der Krieg fügte nur noch ein Quentchen Furcht und das Gefühl, fehl am Platz zu sein, hinzu, und auch seine Entlassung schien das nicht rückgängig gemacht zu haben. Er hatte immer noch Angst. Er fühlte sich immer noch fehl am Platz. Er arbeitete wieder, als Chemielehrer in einer zweitklassigen Mädchenschule, in der die Schülerinnen während seines Unterrichts flüsterten und kicherten und Socken mit Rhombenmuster strickten. »Ihr alle«, sagte er beispielsweise zu ihnen, »habt bei dem Test in der letzten Stunde die zweite Aufgabe falsch gelöst. Ich würde sie gerne noch einmal mit euch durchsprechen.« Die Mädchen schauten zu ihm hoch, bewegten die Lippen, um ihre Maschen zu zählen, und Peter verstummte. *Warum* würde er es gerne mit ihnen noch mal durchsprechen? Was für einen Zweck hatte es? Wieso war er überhaupt hier?

P. J. entschied sich für einen Gartenzwerg mit einer roten Zipfelmütze, wiegte ihn auf dem Rückweg zum Auto im Arm und legte ihn, eingewickelt in eine Picknickdecke, in den Kofferraum. »Ich bin mir sicher, sie wird von ihm begeistert sein«, sagte sie. Und dann, als sie wieder in den Highway eingebogen waren: »Ich weiß, jetzt wird es keine Probleme mehr geben. Glaubst du nicht auch? Alles wird gut.«

»Natürlich«, sagte Peter, aber er hatte keine Ahnung, was sie meinte. Die Autofahrt? Die Beziehung zwischen ihnen beiden? Das Verhältnis von ihm zu ihrer Familie? Wenn er es herausfände, müßte er ihr womöglich widersprechen. Deshalb schwieg er und lächelte beharrlich den Strom entgegenkommender Wagen an. P. J. rutschte auf dem Sitz nach unten und stützte beide Füße auf das Armaturenbrett. Ihr Haar wehte nach hinten, verknotete sich und löste sich wieder. Sie schien zu glitzern und zu leuchten. Als er sie das erste Mal gesehen hatte, in der Cafeteria der Schule, hatte sie zwischen den käsigen, teilnahmslosen Schülerinnen wie ein heller Blitz gewirkt. Sie hatte eine weiße Uniform getragen und mit ihren langen dünnen Händen pfeilschnell nach dem schmutzigen Geschirr auf den Tischen gegriffen. Er hatte sie für eine Schülerin mit einem Aushilfsjob gehalten. Als sie sich als richtige Kellnerin entpuppte, war er erleichtert, denn die Schulordnung verbot Lehrern, sich mit Schülerinnen zu verabreden. Dann später, als die Beziehung zwischen ihnen ernster wurde, waren ihm Zweifel gekommen. Eine *Kellnerin?* Was würde seine Familie dazu sagen? Er verdrängte den Gedanken und schämte sich, daß ihm so etwas überhaupt in den Sinn gekommen war. Bald darauf traf er sich mit ihr jeden Tag; er paßte sich ihrem regungslosen, schattenlosen Dasein an: Sie konnte stundenlang eingeölt auf einem Badelaken liegen, ohne sich zu bewegen, bis zum Sendeschluß ununterbrochen fernsehen, einen ganzen Nachmittag lang in einer schummrigen Kneipe sitzen und verträumt die Etiketten von Bierflaschen abpulen. Sie gab ihm das Gefühl, als verfüge sie über unerschöpfliche Reserven. Immer wenn er sie anschaute, lächelte sie ihn an.

Die Hauptverkehrszeit begann. Die Wagen fuhren Stoßstange an Stoßstange, und die Sonnenstrahlen, die sich auf den Chromteilen spiegelten, blendeten Peter. »Wo sind wir jetzt?« fragte P. J.

»In der Nähe von – kurz hinter Washington.«

»In der Nähe von Baltimore.«

»Ja, stimmt.«

»Wie lange brauchen wir noch bis zu deiner Mutter?«

»Tja, weißt du, ich habe darüber nachgedacht«, sagte Peter.

»O Petey, sag nicht, daß du es dir anders überlegt hast. Ich habe mich schon so lange auf den Besuch gefreut!«

»Wenn wir ohne Pause durchfahren, könnten wir heute nacht in unserem eigenen Bett schlafen«, sagte Peter. »Übrigens weiß ich gar nicht, ob sie zu Hause ist.«

»Weiß sie denn nicht, daß wir kommen?«

»Ich wollte ihr eine Postkarte schreiben, habe es aber vergessen.«

»Es ist dir peinlich, mich ihr vorzustellen.«

»Um Himmels willen, nein«, sagte er. »Schon lange bevor
ich dich kennenlernte, hatte ich mir angewöhnt, sie möglichst
selten zu sehen.«

»Das ist nicht normal, Petey. Vor allem nicht, wenn man in
der Nähe wohnt.«

»Als ich Soldat war, habe ich nicht in der Nähe gewohnt.«

»Barney Winters, ein Junge aus meiner Gegend, der später
auch in Übersee war«, sagte P. J., »ist nach der Grundausbildung für einen ganzen Monat zu Hause gewesen. Er wollte
sich, wie er sagte, noch mal ordentlich mit guter Hausmanns-
kost vollstopfen. In dem Monat hat er bestimmt dreißig Pfund
zugenommen. Er war hinterher so dick, daß man ihn kaum
wiedererkannte.«

»Ich bin nach der Grundausbildung nach New York gefahren«, sagte Peter.

»Gunther Jones, der ist auch zu seinen Eltern gefahren, bevor er versetzt wurde. Und er hätte sie bestimmt auch hinterher
besucht, wenn er nicht getötet worden wäre.«

»Tja, die Menschen sind eben verschieden«, sagte Peter. »Ich
bin statt dessen in vielen Galerien gewesen.«

»Vorher, meinst du. Ich weiß ja nicht, wieviel Spaß es dir gemacht hat, aber wie es dir hinterher ging, *das* weiß ich, denn du
hast es mir erzählt. Bis die Schule wieder anfing, hast du nichts
weiter getan, als in deinem möblierten Zimmer herumzuhän-
gen und die ersten Seiten von Büchern zu lesen. Nennst du so
etwas ausruhen? Nennst du so etwas Erholung? Du hättest in
der Zeit ebensogut zu Hause sein und das leckere Essen deiner
Mutter genießen können.«

»Ich kann besser kochen als meine Mutter«, sagte Peter.

»Petey, gibt es irgendeinen bestimmten Grund, warum du
nicht dorthin willst?«

»Nicht, daß ich wüßte«, sagte Peter. Und das stimmte auch,
aber er hätte irgend etwas erfinden sollen – eine Fehde oder
einen Familienzwist, nur um sie zufriedenzustellen. So wie es

jetzt war, dachte sie, er wolle sie bloß hinhalten. Sie fand, das Thema sei noch nicht abgeschlossen. »Barney Winters Mutter hat ihren Sohn abgeholt, als er landete«, sagte sie. »Sie brachte einen ganzen Käsekuchen mit, und er aß ihn noch auf dem Rollfeld.«

»Mein Gott«, sagte Peter.

»Was mich betrifft, ich hänge sehr an meiner Familie. Ich bin nun mal so, ich weiß auch nicht, warum. Wir haben uns schon immer sehr nahegestanden. Und jetzt würde ich auch gerne *deine* Familie kennenlernen, aber wenn du meinst, daß ich nicht gut genug für sie bin –«

»Nein, P. J., wir fahren hin, wenn du es unbedingt willst. Aber wir bleiben nur eine Nacht, ist das klar? Wir lassen uns nicht überreden, länger zu bleiben, und wir mischen uns in nichts ein.«

»Wie du willst, Petey«, sagte P. J.

Als sie Baltimore erreichten, tat Peter der Rücken weh. Er saß gereizt hinterm Steuer, eine Hand ständig an der Hupe. Endlose Reihenhauszeilen glitten an ihnen vorbei. Auf den Vordertreppen saßen Grüppchen von Frauen untätig herum, Ventilatoren drehten sich träge hinter Spitzengardinen, und Wohnzimmerfenster voller Madonnenfiguren, Kugellampen und Plastikblumen wechselten sich ab mit Fenstern, die mit Holzlatten vernagelt waren, und Türen, auf denen VORSICHT EINSTURZGEFAHR! stand. Kinder tranken auf dem Bürgersteig Limonade. Männer, die braune Papiertüten an die Brust drückten, verließen hastig Schnapsläden. »Bist du immer noch sicher, daß du in Baltimore Station machen willst?« fragte Peter.

P. J. gab sich nicht einmal die Mühe zu antworten. Sie war gerade dabei, mit der Spitze ihres kleinen Fingers den Lippenstift in ihren Mundwinkeln nachzuziehen. »Soll ich mir das Haar hochstecken?« sagte sie.

»Du siehst gut aus.«

»Ich habe auch meine Perücke dabei.«

»*Nein*, P. J.«

P. J. kippte den Inhalt ihrer Handtasche auf die Sitzbank und wühlte zwischen Eintrittskarten und Wechselgeld und verhedderten Haarbändern herum, bis sie schließlich die kleine Plastikschachtel mit ihren künstlichen Wimpern fand. Diese spezielle Sorte hieß »Unschuld« – dornige, schwarze, weitgefächerte Wimpern, mit denen sie jedesmal aussah, als habe sie gerade erst wegen irgendeiner Lappalie geheult. Sie blinzelte und wandte Peter das Gesicht zu. »Wie seh ich aus?« fragte sie.

»Sehr hübsch.«

»Wie lange noch?«

»Etwa eine Viertelstunde.«

»Also, gibt es irgend etwas, das ich vorher wissen muß? Ich meine, gibt es bestimmte Themen oder Leute, die man nicht erwähnen darf? Du erzählst mir ja nie etwas, Petey. Ich will einen guten Eindruck machen.«

»Oh, sei einfach du selbst«, sagte Peter, was haargenau dieselben Worte waren, die sie zu ihm auf der Fahrt nach Georgia gesagt hatte, aber das entging ihr. Wenn er alle Tabuthemen auflisten wollte, würde er den ganzen Abend brauchen.

Sobald sie die Innenstadt hinter sich gelassen hatten, fuhr er schneller, durch Straßen, die beständig grüner und schattiger wurden. Dann kamen sie nach Roland Park, und Peter konnte es plötzlich gar nicht mehr erwarten, wieder zu Hause zu sein. Er vergaß all die Vorbehalte, die er gehabt hatte. Dort stand der alte, verriegelte Wasserturm, in den er einmal einzubrechen versucht hatte. Dort war der Frauenklub, wo seine Mutter regelmäßig, makellos gekleidet, zu Mittag aß. Und dann fuhren sie durch die baumbestandene Straße, an der das Haus lag. Hier war es kühl und schattig, und nur gelegentlich drang Sonnenlicht durch die Blätter. Er verbarg seine Ungeduld vor P. J., so als habe er wider besseres Wissen Angst, daß sie sich über ihn lustig machen würde. »Wir sind gleich da«, sagte er mit bemüht ausdrucksloser Miene. P. J. nickte, setzte sich kerzengerade hin und befeuchtete mit der Zunge ihre Lippen.

In dieser Gegend führten die Menschen ein zurückgezogenes Leben. Er sah nur ein Hausmädchen mit einer Einkaufstasche, das in Richtung Bushaltestelle ging. Und das Haus seiner Mutter wirkte, als sie davor anhielten, verschlossen und unbewohnt. Die Vorhänge bewegten sich nicht, die Verandastühle waren leer. Der Wasserstrahl eines Rasensprengers kreiste wie gemächlich rechts neben dem Haus.

»Tja«, sagte Peter. Er ließ die Hände vom Lenkrad sinken.

P. J. sagte nichts. Sie schaute zum Haus und betrachtete die vielen schimmernden Fenster, die große Rasenfläche und das Gewirr aus Schornsteinen über dem Schieferdach.

»Du hast mir nie erzählt, daß es eine *Villa* ist«, sagte sie schließlich.

»Sollen wir reingehen?«

P. J. sammelte ihre Habseligkeiten zusammen. Eine Handtasche, Sandalen, ein Schal und eine Tüte mit Lakritzrollen, die auf ihren Lippen schwarze Streifen hinterlassen hatten, was Peter ihr allerdings verschwieg. Als sie aus dem Wagen gestiegen war, zog sie an ihren Shorts und schlüpfte in ihre Sandalen – sie bestanden bloß aus Ledersohlen und ellenlangen Bändern, die bis über ihre Knie reichen würden, wenn sie sie um die Beine gewickelt hätte. Sie schlurfte den Gartenweg entlang und krümmte dabei ihre Zehen, um die Sandalen nicht zu verlieren. Sie sah aus wie eine Robbe auf dem Trockenen. Peter blieb sitzen und beobachtete sie. Er öffnete die Tür erst, als sie sich nach ihm umdrehte und »Kommst du?« rief.

»Natürlich«, antwortete er.

Er hatte erwartet, daß seine Mutter während der vergangenen drei Jahre hinter einem Wohnzimmerfenster nach ihm Ausschau gehalten hatte und aus dem Haus stürzen würde, sobald er den Motor abgestellt hatte.

Er war schon halb den Gartenweg hinauf, als er das Geräusch bemerkte. Ein Klappern, als würden Tausende von großen, hakeligen Metallreißverschlüssen pausenlos auf- und zugezogen. Es drang aus allen Büschen. Es war so monoton, daß man es, genau wie das Ticken einer Uhr, leicht überhören konnte. »Was *ist* das?« fragte er, aber P. J. schaute ihn bloß verständnislos an. »Das Geräusch«, sagte er.

Hühner? Heuschrecken?

Ein kleiner dunkler Klumpen kam summend auf sein Gesicht zugeflogen, drehte dann ab und sauste davon. Erst Sekunden, nachdem er verschwunden war, duckte Peter sich.

»Zikaden«, sagte er zu P. J. »Siebzehnjährige Zikaden, um den korrekten Ausdruck zu verwenden.«

Das waren Timothys Worte, gesprochen in einem Sommer vor vielen Jahren. Es war auch sein Tonfall – nüchtern und wissenschaftlich, so untypisch für Peter, daß es sogar P. J. auffiel und sie ihn überrascht anschaute. Beim letzten Ausschlüpfen der Zikaden war Peter zwölf gewesen. Er erinnerte sich an ihre Existenz und an Timothys Vortrag über sie, aber nicht daran, wie sie *wirklich* gewesen waren – nicht an diese bösartig summenden Insekten, die, wie ihm jetzt auffiel, durch die Luft schwirrten, als seien sie von unsichtbaren Fäden gehalten, und wie glitzernde Früchte an den Büschen hingen. P. J. hatte eins von ihnen auf der Schulter; es rasselte bedrohlich, als er es wegschob. Während er weiterging, zertrat er knirschend unzählige Larvenhüllen, die hohl und gekrümmt auf dem Boden lagen, als seien es kleine beigefarbene Krabben mit nach innen geklappten Beinen.

Die beiden liefen über den schimmernden, grauen Dielenboden der Veranda. P. J. klopfte an die Tür. »Klopf, klopf!« sagte sie fröhlich. Sie machte das immer, aber heute ging Peter diese Angewohnheit auf die Nerven. »Es gibt auch einen Klingelknopf«, sagte er, griff um sie herum und drückte auf ihn. P. J. schaute zu ihm hoch, und wegen der künstlichen Wimpern glichen ihre Augen runden Sonnen, die Strahlen aussandten.

Ein Kind öffnete ihnen die Tür. Ein stämmiger, kleiner blonder Junge, mit gelassener Miene, der eine Miniatur-Levis trug. »Hallo«, sagte er.

»Hallo, du«, sagte Peter, übertrieben herzlich, »ich bin dein Onkel Peter. Erinnerst du dich an mich?«

»Nein.«

»So kann's gehen, Peter Emerson«, sagte P. J. Sie lachte und beugte sich zu dem kleinen Jungen hinunter. »Ich heiße P. J. Und wie ist dein Name?«

Er musterte sie. Peter räusperte sich. »Das ist George, glaube ich«, sagte er. »Matthews Sohn. Ist deine Oma zu Hause, George?«

»Ja.«

»Dürfen wir zu ihr?«

»Sie ist in der Küche«, sagte George.

Er marschierte zurück in die Richtung, aus der er gekommen war. Die Hosenbeine seiner Levis schleiften über den Fußboden. »Tja«, sagte Peter. »Wollen wir reingehen?«

Sie folgten George durch die Diele – Peter führte P. J., als sei sie ebenfalls ein Kind, und hielt sie am Arm fest, während sie sich im Raum umschaute. Sie gingen durch den fensterlosen, muffigen Anrichteraum und kamen dann in die verblüffend helle Küche.

Seine Mutter stand ein paar Meter entfernt und bot den Anblick, den er erwartet hatte – sie trug Pastellfarben, hatte goldblondes Haar und war von ihrer Familie umringt. Das einzige, womit er nicht gerechnet hatte, war, daß ihm alle den Rücken zuwandten. Sie blickten stur geradeaus und betrachteten irgend etwas, das sich jenseits der Hintertür befand. »Es liegt am Gitter, das muß morgen unbedingt repariert werden«, sagte seine Mutter. »Schaut euch nur diese Löcher an. Durch die kann ja alles mögliche ins Haus kommen.«

»Hallo, Mutter.«

Sie drehte sich um, aber selbst, als sie ihn direkt anschaute, wirkte sie noch abgelenkt. »Was?« sagte sie. »Was – *Peter*!«

Auch die anderen drehten sich um. Sie starrten ihn für einen Augenblick fassungslos an.

328

»Peter, wo kommst du her?«

»Oh, ich bin bloß auf der Durchreise. Mutter, das ist P. J. P. J., das sind mein Bruder Andrew und Gillespie, die Frau meines Bruders Matthew – wo ist Matthew?« »Er ist noch bei der Arbeit«, sagte seine Mutter. »Bleibst du lange? Warum hast du uns nicht Bescheid gesagt? Hast du schon zu Abend gegessen?«

»Wir waren in Georgia und sind jetzt auf dem Rückweg –«, sagte Peter. Seine Mutter stellte sich auf die Zehenspitzen, um ihm einen Kuß zu geben. Die Haut ihrer Wange fühlte sich trocken und zu weich an, aber sie trug immer noch dasselbe leichte, pudrige Parfüm und hielt sich genauso gerade wie früher. Sie redete inzwischen langsamer als ihre Kinder – genauso langsam wie Gillespie mit ihrem näselnden Südstaatendialekt – und stockte gelegentlich vor Konsonanten. »Georgia?« sagte sie. »Wieso bist du nach Georgia gefahren?«

»Du siehst älter aus«, sagte Andrew. Er sah ebenfalls älter aus, aber glücklich. Sein Haar wurde langsam dünner, und unter seiner schmalen Brust zeichnete sich ein Bauchansatz ab. Er trug eine Schürze. »Wenn ich gewußt hätte, daß du kommst –«, sagte er, und dann streckte P. J. ihm die Hand entgegen. Ehe er sie ergriff, musterte er sie einen Augenblick.

»Ich bin sehr froh, Sie alle kennenzulernen«, sagte P. J.

Andrew runzelte die Stirn. Er fühlte sich in Gegenwart von Fremden unwohl – sie davor zu warnen, hatte Peter vergessen. Aber ehe das Schweigen peinlich wurde, kam seine Schwägerin ihnen zu Hilfe: »Wir freuen uns, *Sie* kennenzulernen«, sagte sie. »Schön, dich wiederzusehen«, sagte sie zu Peter und schob das mit einer Windel bekleidete Baby, das auf ihrer Hüfte saß, zur Seite, und streckte die Hand aus. Erleichtert ergriff Peter sie. Gillespies kühle harte Hand wirkte auf ihn beruhigend.

»Weißt du, wir waren unterwegs«, sagte er, »und kamen durch Baltimore. Ich dachte, wir schauen kurz vorbei. Ich war mir nicht sicher, ob ihr überhaupt – stören wir euch bei irgend etwas?«

»Oh, *natürlich* nicht!« sagte seine Mutter fröhlich.

»Aber da ihr alle an der Hintertür standet, wußte ich nicht –«

»Es war eine Zikade in der Küche. Gillespie hat sie wieder nach draußen gejagt. Oh, diese Zikaden, du kannst es dir nicht vorstellen, Peter. Wir verstopfen alle Ritzen, aber das hält sie nicht ab. Also, was ist nun mit dem Gitter?«

»Ich repariere es gleich morgen früh«, sagte Gillespie.

»Mutter hat Angst vor Zikaden«, sagte Andrew.

»Du bist auch nicht gerade besonders begeistert über sie, mein lieber Andrew«, entgegnete seine Mutter ihm.

»Ja, das stimmt.«

Und währenddessen stand P. J. lächelnd und erwartungsvoll vor ihnen, drückte ihre aus dem Auto mitgenommenen Sachen an die Brust, schaute von einem zum anderen und ließ ihren Blick schließlich auf dem Baby ruhen, das mit einer langen Haarsträhne spielte, die sich aus Gillespies Knoten gelöst hatte.

»Oh, wie *süß*«, sagte sie. »Wie heißt es?«

»Sie ist kein es, sie ist eine sie«, sagte Andrew pikiert.

»Wie soll man das erkennen?« fragte Gillespie ihn. »Sie hat bloß eine Windel an.«

»Ihr Gesicht ist das Gesicht eines Mädchens. Das sieht doch jeder.«

»Ach, sei still, Andrew, das wär' mir völlig neu.«

Peter wartete darauf, daß Andrew beleidigt reagierte, sich auf einen Küchenstuhl sinken ließ oder auf dem Absatz kehrtmachte und hinausging, aber nichts dergleichen geschah. Er hatte sich geändert – eine Tatsache, die Peter nach jedem Besuch bei seiner Familie erneut vergaß. Er war der einzige Mensch in diesem Haushalt, der sich geändert hatte. Seine Mutter war immer noch sorgfältig herausgeputzt, Gillespie schlurfte immer noch in ihren Arbeitshosen herum, ihr Gesicht wirkte zwar ein wenig breiter und reifer, aber an ihren Fingern sah man immer noch die Kratzer von den Schnitzmessern, und sie trug ein Baby immer noch so beiläufig auf dem Arm, als sei es eine Ladung Feuerholz. Aber Andrew wirkte umgänglicher. Er war ruhiger und sanfter geworden. (»Andrew leidet furchtbar«, hatte Mrs. Emerson letzten Winter geschrieben, »Du weißt ja, wie er sich aufführt, wenn Gillespie schwanger ist. Ich glaube, er würde, wenn das ginge, an ihrer Stelle die Wehen durchmachen.« Peter schien der einzige zu sein, der sich an den Tag nach Timothys Beerdigung erinnerte, als Andrew im Wohnzimmer hin und her gelaufen war und ständig gesagt hatte: »Wo ist dieses Mädchen? Wo? Das wird sie mir büßen.«) Jetzt lächelte er, statt gekränkt zu sein, zuerst Gillespie und dann das Baby an, dessen Wange er zart berührte. »Ihr Name ist Jenny«, sagte er zu P. J.

»Oh«, sagte P. J. Sie wirkte verblüfft, aber nach kurzem Zögern lächelte sie ebenfalls.

»Nun denn«, sagte Mrs. Emerson. »Warum gehen wir nicht ins Wohnzimmer. Dort ist es kühler.«

Sie ging voran und hielt dabei mit den Händen ihren Rock fest, so als würde sie ein langes festliches Gewand tragen. Die Küche, wo der Tisch mit Holzspänen gesprenkelt war und ein Haufen Werkzeuge neben dem Brotkasten lag, war eindeutig Gillespies Reich gewesen, im Wohnzimmer hingegen herrschte immer noch Mrs. Emerson. Dieselben Vasen wie früher paradierten auf dem Kaminsims; derselbe staubige, schale Geruch stieg aus den Polstern auf. Die rote Blechlokomotive unter dem Couchtisch hätte ebensogut Peter gehören und aus der Zeit stammen können, als er ein Kind war und hier voll Unbehagen die Gesichter der Erwachenen studiert hatte.

Seine Mutter machte es sich in ihrem Ohrensessel bequem, Andrew nahm ihr gegenüber Platz, und Gillespie setzte sich, mit ihren beiden Kindern auf dem Schoß, in den hochlehnigen Schaukelstuhl. Peter entschied sich für den Platz neben P. J. auf dem Sofa. Er hatte das Gefühl, sie brauche ein bißchen Unterstützung. Sie verdrehte nervös den Gurt ihrer Handtasche, und der Lakritzbeutel raschelte auf ihren Knien, so als stecke in ihm etwas Lebendiges. »Ich liebe alte Häuser«, sagte sie.

331

»Wie lange kannst du bleiben?« wurde Peter von seiner Mutter gefragt. »Ich will nichts davon hören, daß du nur auf der Durchreise bist. Du hast diesmal hoffentlich einen längeren Besuch eingeplant.«

»Auf mich wartet zu Hause viel Arbeit«, sagte Peter.

»In den Sommerferien? Was für Arbeit mußt du denn in den Sommerferien erledigen?«

Aber dann zog sie, in Erinnerung an ihre gesellschaftlichen Pflichten, die Mundwinkel nach oben und wandte sich an P. J. »Ich hoffe, Sie sind nicht allzu erschöpft von der Reise, J. C.«, sagte sie.

»P. J.«, sagte P. J. »Nein, Madam, ich bin überhaupt nicht erschöpft. Ich bin überglücklich, Sie endlich alle kennenzulernen. Ich habe das Gefühl, als würde ich Sie bereits gut kennen. Petey hat mir so viel von Ihnen erzählt.«

Das war gelogen. Peter hatte ihr fast gar nichts erzählt. Und er hatte sie seiner Familie gegenüber mit keinem Wort erwähnt, aber Mrs. Emerson verzog ihre strahlende Gastgeberinnenmiene nicht und beugte sich bloß mit geradem Oberkörper leicht vor, so wie sie es immer tat, wenn sie Aufmerksamkeit signalisieren wollte. »Woher stammen Sie, meine Liebe?«

»Aus Georgia. Aber jetzt wohne ich natürlich in New Jersey.«

»Wie schön.«

P. J. setzte sich anders hin und strich mit einer raschen Bewegung über die Unterseite ihrer Schenkel, so als habe sie ein Kleid an. »Sie sehen genauso aus, wie ich Sie mir vorgestellt habe«, sagte sie – wie immer bemüht, über persönliche Dinge zu reden. Aber Mrs. Emerson war sie nicht gewachsen.

»Die Hitze macht Ihnen also vermutlich nichts aus«, sagte Mrs. Emerson.

»Entschuldigung?«

»Da Sie aus Georgia stammen.«

»Oh. Nein, Madam.«

»Peter, mein Schatz«, sagte Mrs. Emerson. »Ich will, daß du mir *alles* erzählst. Was hast du in der letzten Zeit gemacht?«

»Nun ja, ich –«

»Wo sind meine Zigaretten?« Sie schob ihre Finger zwischen die Armlehne und das Kissen. Peter hatte zwar nicht vorgehabt, ihr auch nur irgend etwas zu erzählen, aber er ärgerte sich dennoch, daß er unterbrochen worden war. Er schwieg ostentativ, die Arme fest vor der Brust verschränkt. Er sah seine Mutter als eine Jägerin, die Fallen aufstellte und ein Tier so lange mit Ködern anlockte, bis sie es eingefangen hatte, dann aber das Interesse an ihm verlor und ein neues Ziel verfolgte. »In diesem Haus ist nichts dort, wo es hingehört«, sagte sie. »Gillespie, ich glaube, wir könnten jetzt einen Schluck Eistee vertragen.«

»Oh. In Ordnung.«

Gillespie gab Andrew das Baby und ging, mit George im Schlepptau, in die Küche. P. J. lehnte sich zurück und schaute sich lächelnd um. Das einzige Geräusch im Zimmer war das von draußen hereindringende Klappern der Zikaden. Schließlich sagte P. J.: »Haben Sie ein Familienalbum, Mrs. Emerson?«

»Familienalbum?«

»Ich würde gerne Fotos von Peter als Baby sehen.«

»Oh, davon gibt es Hunderte«, sagte Mrs. Emerson. Sie hatte mehr Alben mit Fotos vollgeklebt, als auf dem Couchtisch Platz finden würden – unzählige Serien von genau datierten Schnappschüssen –, aber sie bot nicht an, die Alben zu holen. »Sie müssen hier *irgendwo* sein«, sagte sie unbestimmt und wandte ihren Blick einem Fenster zu. Was für eine Verbindung bestand zwischen diesem Mädchen und den Emersons?

Was für eine Verbindung bestand zwischen ihr und *Peter*? Er saß da, zupfte in Kniehöhe an seinen Hosenbeinen, ihm fielen genauso wenige Gesprächsthemen ein wie in Georgia, und er sehnte sich genauso wie P. J. danach, von seiner Familie akzeptiert zu werden. Aus der Küche kam der Geruch nach Roastbeef und gebackenen Kartoffeln herübergeweht. Nichts gab einem stärker das Gefühl, in einem Haushalt ein Fremder zu sein, als Essensgerüche. Während er den Highway entlanggefahren war, hatte das Leben der Bewohner dieses Hauses den gewohnten Verlauf genommen, über den er nur Vermutungen anstellen konnte. Wahrscheinlich hatten sie Fleisch übergossen, Messer geschärft, hektisch nach verlegten Löffeln gesucht – lauter Handlungsmuster und Rituale und Angewohnheiten, über die sie überhaupt nicht nachzudenken brauchten. Mrs. Emerson zündete ihre Zigarette an und griff, ohne hinzusehen, nach einem Aschenbecher, der genau an der Stelle stand, an der sie wußte, daß er stehen würde. Ein silbrig glänzender Faden aus Babyspucke fiel auf Andrews Hand, und scheinbar aus dem Nichts zauberte er eine zusammengefaltete Windel hervor und wischte sorgsam Jennys Kinn ab. P. J. erzählte Mrs. Emerson gerade, wie sehr sie diese Gegend von Baltimore liebte. (Sie liebte einfach *alles.* Was war nur los mit ihr?) In der ersten Pause, die sie machte, wandte Andrew sich an Peter. »Wie ist die Arbeit in der Schule?« fragte er. Mrs. Emerson sagte: »Gefällt es dir in New Jersey?« Um einen Ausgleich zu P. J.'s Begeisterung zu schaffen, reagierte er schroffer als nötig. »Die Arbeit ist grauenvoll«, sagte er.

»O Peter.«

»Ich würde lieber heute als morgen kündigen.«

»Warum tust du es dann nicht?«

Er schaute seine Mutter an. Sie meinte das ganz im Ernst. Jobs waren heutzutage knapp und das Geld noch knapper, und niemand stellte mehr Chemiker ein, aber was wußte sie schon davon? Möglicherweise war ihr noch nicht einmal klar, daß ihr Land einen Krieg führte. Seit er von zu Hause weggezogen war, hatten die unterschiedlichsten dramatischen Ereignisse stattgefunden – Mordanschläge, Krawalle, von denen in den Briefen seiner Mutter jedoch nie die Rede war. Na ja, einmal doch: »Mrs. Bittern war gerade hier und hat um eine Lebensmittelspende für die Opfer irgendwelcher Krawalle gebeten. Ich habe

ihr eine Dose entsteinter, schwarzer Oliven mitgegeben ...«
»Ich hatte immer gehofft, du würdest eines Tages an der Universität unterrichten«, sagte sie jetzt. »Die Zeiten sind hart«, erwiderte er lediglich. Sie sah ihn stirnrunzelnd an, wie aus weiter Ferne, sicher umhüllt von einer Luftblase, in der sie schwerelos durch die Zeitläufte glitt. Während er in Vietnam gewesen war, hatte sie in ihren Briefen immer wieder gefragt, ob er schon irgendwelche Sehenswürdigkeiten besucht hatte. Und könnte er ihr vielleicht ein paar von den von Eingeborenen hergestellten Kunstgegenständen mitbringen, um für sie ihre Weihnachtsgeschenkprobleme zu lösen?

»An Peteys Schule ist es wirklich *sehr* nett«, sagte P. J. »Er könnte sich keinen besseren Job wünschen.«

»Was wissen Sie denn schon?« sagte Andrew.

»Wie bitte?«

»Peter hat auf der Schule immer nur Einsen gehabt. Woher nehmen Sie die Berechtigung, zu verlangen, daß er ein mittelmäßiges Leben in New Jersey führen sollte?«

»Also wirklich!«

Sie warf Peter einen hilfesuchenden Blick zu, aber er reagierte nicht. Er war verärgert über den sanftmütigen, verletzten Ausdruck auf ihrem Gesicht. Es war seine Mutter, die schließlich eingriff: »Ich bitte dich, Andrew«, sagte sie. »Achten Sie nicht auf das, was Andrew sagt, J. C. Er ist mit Außenstehenden immer sehr streng. Bei seiner zweiten Begegnung mit *Gillespie* hat er sogar auf sie geschossen.« Sie lachte, und Andrew ebenfalls – ein entspannt und zufrieden klingendes Geräusch. Peter war nicht überrascht, obwohl ihm niemand je von einer Schießerei erzählt hatte, aber P. J. schnappte kurz nach Luft und rutschte dann näher an ihn heran. »Mit einer *Schußwaffe*?« sagte sie.

»Ach, Mutter, warum –«, sagte Andrew.

Aber ein Geräusch aus dem Kamin erlöste ihn – ein Rasseln, so stetig und eintönig, als stamme es von einem aufgezogenen

Spielzeug. Mrs. Emerson schrie auf. Ihre Zigarette flog ihr aus der Hand und landete auf dem Teppich, und als Peter aufsprang, um sie auszutreten, stieß er mit P. J. zusammen, die als erste dort war, dann jedoch über ihre langen verhedderten Schnürbänder stolperte. »Gillespie!« schrie Mrs. Emerson. »Gillespie, eine Zikade!«

Dann rauschte Gillespie wie auf Schienen herein, mit einem bis zum Rand gefüllten Krug in der Hand. Sie goß ein bißchen Tee auf die Zigarette und stellte den Krug auf dem Couchtisch ab. »Wo?« sagte sie.

»Im Kamin!« sagte Mrs. Emerson, die bereits in Richtung Eßzimmer trippelte. »Oh, ich habe dich doch gebeten, den Schornstein zu verstopfen! Alles mögliche kann dort hineingeraten, habe ich gesagt, vor allem, seit Matthew vor zwei Jahren den Hebel für die Rauchabzugsklappe verlegt hat –« Andrew folgte ihr, die Arme schützend um das Baby gelegt, ins Nebenzimmer, und Peter erhob sich, wußte aber nicht, was er tun sollte. Er fühlte sich nicht in der Lage zu helfen. Er ahnte, wie kalt und schwer sich eine Zikade anfühlte, wenn sie ihm den Nacken hinunterkroch, und daher stellte er mit Erleichterung fest, daß Gillespie offenbar die Lage im Griff hatte. Sie rollte eine Zeitschrift zusammen und hockte sich vor den Kamin. George, der sich den Schürhaken genommen hatte, stellte sich neben sie und kratzte mit gelangweilter Miene über die Vorderseite seines dreckigen T-Shirts. »Hierher, Freundchen«, sagte Gillespie zu der Zikade. Sie stocherte in der Asche herum. »Na los, komm schon.« Das Surren wurde lauter. Die Blätter der Zeitschrift knatterten, als seien sie gegen einen sich drehenden Ventilator gekommen, und dann stob die Zikade auf, entwischte Gillespie und flog zornig summend an die Decke. Mrs Emerson stieß einen weiteren Schrei aus. Sie duckte sich hinter Andrew und hielt sich mit beiden Händen an ihm fest. »Ob ich diesen Sommer wohl überlebe?« fragte sie.

Andrew sagte: »Bleib schön ruhig, Jenny, bleib schön ruhig«, obwohl Jenny zufrieden an seinem Hemdkragen kaute und nicht im entferntesten besorgt wirkte.

»Ich werde mich nie an diese Tiere gewöhnen«, sagte Mrs. Emerson. »Ich habe keinen Schritt mehr vor die Tür getan, seit sie aufgetaucht sind. Gillespie? Wieso stehst du so untätig rum?«

»Ich warte, bis die Zikade wieder nach unten kommt.«

»Nach unten? Wo ist sie jetzt? Oh, auf meinen Damastvorhängen, da bin ich mir sicher.« Sie trat zurück und sank in einen Eßzimmerstuhl. Vom Tisch hinter ihr nahm sie ein Fläschchen, öffnete es, schüttete zwei Vitamin-C-Tabletten auf ihre Hand und verschlang sie so hastig, wie ein Mann einen Whiskey hinunterkippt. Ihre Hände zitterten. »Sie sind überall«, sagte sie. »Den ganzen Tag über schnattern sie, und nachts ist es auch nicht besser. Dann sind sie zwar ruhig, aber es ist eine *verschwörerische* Stille. Sie sitzen auf den Blättern und machen Pläne, wie sie mich am nächsten Morgen quälen können.«

»Es liegt an den Eichen«, sagte Gillespie. »Sie bevorzugen Eichen.«

Sie sprach in gelassenem Tonfall und reduzierte so die Horrorgeschichte auf eine wissenschaftliche Tatsache. Aber dann schwirrte die Zikade aus dem Vorhang und landete auf einem Lampenschirm, und als George mit dem Schürhaken nach ihr schlug, stieß er die Lampe um. »Mist«, sagte Gillespie.

»Wir leben wie in einem Gefängnis«, sagte Andrew. »Matthew und Gillespie und George sind die Wärter. Die drei holen die Post herein und gehen einkaufen. Mutter und ich bleiben drinnen.«

»Alle siebzehn Jahre verbringe ich den Sommer im Haus«, sagte Mrs. Emerson. Sie dachte einen Moment nach. Dann sagte sie: »Wenn sie das nächste Mal ausschlüpfen, bin ich tot.«

»O Mrs. *Emerson*!« sagte P. J.

Aber Mrs. Emerson schaute sie bloß an, als frage sie sich, wo P. J. plötzlich hergekommen sei. Sie sagte: »Peter, weißt du

noch, wie es beim letzten Mal war? Du warst, laß mich überlegen, zwölf, glaube ich. Du warst *entsetzlich*. Du hast dir ein
Halsband aus den Larven gemacht und es immerzu getragen.
Und in deinem Schrank hast du Flaschen aufbewahrt, in denen
so viele Zikaden steckten, daß sie ganz *schwarz* aussahen.«

»Tatsächlich?« sagte Peter.

»Du hast eine von ihnen angeleint und auf der Cold Spring
Lane spazierengeführt.«

Er konnte es sich immer noch nicht vorstellen. Genau wie
die meisten jüngsten Kinder einer Familie hatte er Schwierigkeiten, sich an seine eigene Vergangenheit zu erinnern. Seine älteren Geschwister übernahmen das für ihn. Warum sollte er
sich also die Mühe machen? Sie hatten für ihn ein Gedächtnis
aus zweiter Hand erschaffen, das sogar die Jahre beinhaltete, in
denen er noch gar nicht auf der Welt gewesen war. Er hatte eine
genaue Vorstellung davon, wie Melissa, zwei Jahre vor seiner
Geburt, nur mit einem Erdnußbuttersandwich und einem Gra-
natapfel als Proviant von zu Hause ausgerissen war. Aber das
Bild von ihm selbst, mit seiner Zikade an der Leine, war verschwunden.

Erneut ertönte das Surren. George sprang in die Luft und
streckte die Arme empor, so als wolle er einen Flugball fangen,
und als er wieder auf dem Boden landete, rasselte etwas zwischen seinen gewölbten fest geschlossenen Händen. »Ha!«
sagte er.

»Wenn ich gleich die Tür aufmache«, sagte Gillespie zu ihm,
»dann wirfst du sie raus. So weit du kannst, Georgie. Laß sie
nicht wieder ins Haus kommen, sonst kriegt Oma einen Wutanfall.«

Sie gingen alle in die Diele – sogar Mrs. Emerson, die allerdings ein paar Schritte zurückblieb. Gillespie öffnete die Tür
und hielt die Zeitschrift bereit. Als George die Zikade hochwarf, schien sie für einen Augenblick unbeweglich in der Luft
zu schweben, und dann holte Gillespie aus und versetzte der

Zikade einen so starken Schlag, daß sie selbst das Gleichgewicht verlor. Zum Glück fing Matthew sie auf, der gerade in
diesem Moment mit einer gefalteten Zeitung in der Hand die
Veranda überquerte.

»Oh, diese Viecher«, sagte er, während er Gillespie wieder
gerade hinstellte.

»Mutter sagt, wir müssen den Schornstein vom Kamin im
Wohnzimmer verstopfen. Schau mal, wer zu Besuch gekommen ist.«

Matthew schaute über Gillespies Kopf hinweg und sagte:
»Peter! Ich hatte mich schon gefragt, wem der Wagen gehört.«

»Ich bin auf der Durchreise hier vorbeikommen«, sagte
Peter.

»Er hat eine Freundin mitgebracht, und wir werden dafür
sorgen, daß er mindestens ein paar Tage bleibt.«

Peter sagte: »Also, ich weiß nicht –«

»Los, zier dich nicht, wir haben genug Platz«, sagte Matthew. »Nun denn! Sieht so aus, als hätte dich die Armee ein
bißchen verändert.«

Matthew hingegen hatte sich nicht verändert. Er war immer
noch schwarzhaarig und mager, ging immer noch leicht gebeugt und rückte immer noch ständig seine Brille auf der langen, dünnen Nase zurecht. Gillespie lächelte im Schutze seines
Armes zu ihm hoch und sagte: »Du siehst erschöpft aus.«

»Das bin ich auch. Der alte Smodgett war wieder mal be-
trunken.«

Er küßte seine Mutter, die bis zur Türschwelle ging, aber keinen Zentimeter weiter. Er klopfte Andrew auf die Schulter und
strich mit einem Finger dem Baby über die Wange. P. J., die daneben stand, wartete darauf, als nächstes an die Reihe zu kommen. »Oh«, sagte Gillespie, »das ist P. J. P. J. – wie heißen Sie
eigentlich mit Nachnamen?«

»Was?« sagte P. J. »Emerson.«

»Oh, das ist ja lustig.«

339

»Was ist denn daran lustig?«

Peter räusperte sich.

»Es ist *üblich*, den Nachnamen des Ehemanns anzunehmen.«

»Ehemann?« sagte Mrs. Emerson.

P. J. wirbelte herum und starrte Peter an.

»Ich glaube, ich habe vergessen, es zu erwähnen«, sagte Peter.

»Was zu erwähnen?« fragte Mrs. Emerson. »Was geht hier vor?«

»Nun ja, P. J. und ich haben letzten Monat geheiratet.«

Alle waren verblüfft, vor allem aber P. J. »Oh, Peter«, sagte sie. »Hast du es ihnen nicht *erzählt*?« Dann wurde sie von Mrs. Emerson übertönt, die sagte: »Ich kann es nicht glauben. Das kann ich einfach nicht. Passiert mir das etwa schon wieder?«

»Ich dachte, Sie wüßten alle Bescheid«, sagte P. J.

»Peter, ich glaubte, sie ist eine Freundin von dir. Jemand, den du irgendwo aufgelesen hast. Ist das bloß ein Scherz? Hast du dir das ausgedacht, um mir einen Streich zu spielen?«

»Warum sollte er? Was wäre daran denn so lustig?« sagte P. J. Sie wäre am liebsten weggerannt, aber sie wußte nicht, wohin sie rennen sollte. Mrs. Emerson ignorierte sie.

»Ist sie schwanger?« fragte sie.

»Also!« sagte P. J.

»Hör zu, Mutter«, sagte Matthew. »Ich glaube, das beste wird sein, wir setzen uns erstmal hin und –«

Aber es war Gillespie, die P. J. rettete. »Na ja, zumindest hat sich damit ein Problem erledigt«, sagte sie gutgelaunt. »Ich hatte nur ein Gästebett bezogen. Soll ich Ihnen Ihr Zimmer zeigen, P. J.?«

»Ja, bitte«, sagte P. J. Sie sprach mit leiser, erstickter Stimme. Sie ging hinter Gillespie die Treppe hoch, ohne Peter eines weiteren Blickes zu würdigen.

»So etwas hätte ich von dir nicht erwartet, Peter«, sagte seine Mutter.

»Wir sollten uns zuerst einmal hinsetzen«, sagte Matthew zu ihr. »Was ist in dem Krug auf dem Couchtisch? Eistee? Wir könnten alle –«

»Jetzt habe ich fünf verheiratete Kinder. Fünf. Und es waren insgesamt sechs Hochzeiten. Wißt ihr, zu wie vielen ich eingeladen worden bin? Zu einer einzigen. Zu Marys. Nicht zu Melissas, nicht zu Matthews, zu keiner von Margarets beiden. Immer macht ihr ein Geheimnis darum! Oder sorgt für einen Skandal! Oder brennt vorher durch! Ich verstehe es nicht. Träumen die Mädchen heutzutage nicht mehr von einer festlichen Hochzeit in der Kirche?«

»Setz dich, Mutter«, sagte Matthew. »Willst du Zitrone in den Tee?«

Ihre Söhne gruppierten sich, auf den Kanten der Sessel Platz nehmend, um sie herum. Alle nahmen voll Unbehagen die Schritte über ihren Köpfen wahr. Matthew schenkte Tee ein und verteilte die Gläser. Jedesmal, wenn er um den Tisch herumging, mußte er achtgeben, um nicht auf die nasse, in einer Teepfütze schwimmende Zigarette seiner Mutter zu treten, aber er schien es ganz normal zu finden, daß sie dort auf dem Teppich lag. »Tja, nun«, sagte er, ließ sich auf das Sofa nieder und fing an, sich seine knochigen Handgelenke zu reiben. »Was hast du in letzter Zeit gemacht, Peter?«

»Darüber haben wir doch gerade eben gesprochen.«

»Ich meinte –«

»Mir wird übel«, sagte Andrew.

»O Andrew. Gib mir die Kleine.«

Aber er umklammerte sie nur noch fester, woraufhin sich Jenny in seinen Armen wand, das Gesicht verzog und zu heulen begann. Zuerst war es nur ein leises, protestierendes Geräusch, aber dann steigerte es sich bis zu einem richtigen Schrei. Gillespie kam herein, nahm Andrew das Baby ab und verließ das Zimmer. »Das Essen ist gleich fertig«, rief sie über die Schulter.

»Ich habe keinen Hunger«, sagte Andrew.

Sie reagierte nicht darauf.

Peter erhob sich und ging nach oben. Er spürte die Blicke der anderen in seinem Rücken. P. J. war in Melissas ehemaligem Zimmer. Sie saß vor einem mit einer Stoffschürze verkleideten Schminktisch. Tränen rannen in dünnen geraden Linien über ihre Wangen.

»P. J., ich hätte es ihnen bestimmt noch erzählt«, sagte er.

»Ich glaube dir nicht.«

»Du weißt, wie selten ich ihnen schreibe. Ich bin einfach noch nicht dazu gekommen –«

»Du hättest es ihnen nicht erzählt. Du hättest, ohne ein Wort zu sagen, zugelassen, daß sie uns in getrennten Zimmern unterbringen. Oder wahrscheinlich würde es eher zu dir passen, sie zu bitten, mit mir im selben Zimmer schlafen zu dürfen. Laß sie ruhig glauben, daß wir in Sünde miteinander leben. Das ist deine Art von Humor. Ich hatte ja keine Ahnung; ich war fest davon überzeugt, du hättest es ihnen erzählt. Oh, ich komme mir so dämlich vor! Die ganze Zeit habe ich mich angestrengt und sogar nach deinen Kinderfotos gefragt – die anderen haben bestimmt geglaubt, ich sei die aufdringlichste Freundin, die du jemals hattest. Ich hatte mich schon gefragt, warum sie mich immerzu mit falschem Vornamen anreden. Hast du ihnen überhaupt erzählt, daß es mich gibt?«

»Vielleicht, ich weiß es nicht mehr.«

»Du hast es nicht getan, stimmt's?«

Er steckte die Hände in die Taschen und lief durchs Zimmer, in dem die typische muffige, leblose Atmosphäre eines Gästezimmers herrschte – die Möbel waren unbenutzt und sauber, aber von einer dünnen Staubschicht bedeckt, die Überdecke sorgfältig glattgestrichen und alle Spuren von Melissa, mit Ausnahme der Parfumflecken auf dem Schminktisch, verschwunden. Als er beim Fenster ankam, öffnete er es und lehnte sich hinaus in die Abendluft. »Heiß hier drin«, sagte er.

»Du hast ihnen noch nicht einmal erzählt, daß du mich kennengelernt hast«, sagte sie. »Du hältst uns so getrennt von einander, daß du auch *mir* kaum je etwas über *sie* erzählst. Und wenn, dann nennst du sie nicht beim Namen, du beschreibst sie bloß – der Nervenkranke, die Schwester, die durchgebrannt ist, der Mann vom Hausmeister. Als hättest du sie erst ein- oder zweimal gesehen und müßtest dir Bezeichnungen ausdenken, damit du sie nicht verwechselst. Und, gestatte mir diese Bemerkung, ich habe das Gefühl, mit dir machen sie es genauso. Wer bist du ab jetzt? Der Mann der Landpomeranze? Und kein Wort, daß sie uns viel Glück wünschen oder mich in der Familie willkommen heißen –«

Peter beobachtete ihre Lippen, die vom Weinen aufgequollen waren. Bei ihren Ohrringen blätterte die Farbe ab. Er konnte an nichts anderes denken als an ihre grammatikalischen Fehler, die er im Geiste notierte, wie auf einer imaginären Einkaufsliste.

»Und dabei trage ich einen Ehering!« sagte P. J. »Haben sie das bemerkt? Nein. Sie waren vollauf damit beschäftigt, irgendwelche Insekten zu jagen. Diese bescheuerte alte Frau, schließt sich wegen ein paar kleinen Tieren ein.«

»Moment mal, P. J.«, sagte Peter. »Du redest über *meine* Familie.«

»Ist mir doch egal.«

»Heute nachmittag hast du noch so getan, als wolltest du eine seit langem verschollene Verwandte von ihnen sein.«

»Ich? Jetzt nicht mehr, mein Lieber. Nicht für eine Million Dollar. Deine kleine Familie bildet sich wer weiß was ein, aber das ist alles bloß Einbildung. Sie glucken zusammen, weil sie Angst haben, nach draußen zu gehen. Sind angewiesen auf eine Frau, die genau wie eine von diesen alten Jungfern, gescheiterten Existenzen oder armen Verwandten ist, die man in manchen Häusern trifft. Sie repariert die Fliegengitter, kocht das Essen, bringt den Schornstein in Ordnung und schlichtet Streitigkeiten. Oh, sie ist noch schlimmer dran als die anderen. Ich würde nicht hier einziehen wollen, egal wieviel du mir auch bezahlst. Geh ruhig wieder nach unten und laß mich allein.«

»P. J. –«

»Los, geh schon.«

Er streckte die Hand nach ihr aus – was ein Fehler war. Er spürte, wie ihre kühle glatte Haut seiner Berührung entglitt, und dann war sie weg. Ihre helle Gestalt blitzte noch kurz im Türrahmen auf, ehe sie mit klappernden Sandalen die Treppe hinunterstürmte. Die Haustür knallte zu. »Peter?« rief seine Mutter »Bist du das? War er das?« Die Türfeder quietschte und knarrte noch einen Moment, dann herrschte Stille.

Peter ging P. J. nicht hinterher. Er hatte die gleiche Situation schon allzu oft erlebt – nicht nach Streitereien, denn sie hatte sich noch nie mit ihm gestritten, aber jedesmal, wenn sie seine Launen nicht mehr ertragen konnte. Sie blieb immer zwei oder drei Stunden fort und kam dann wieder gutgelaunt zurück. »Was machst du, wenn du fort bist«, hatte er sie einmal gefragt, und sie hatte gelacht und dabei auf ihre Hände geblickt. »Ach, ich laufe herum«, sagte sie. »Sitze auf Parkbänken. Gucke ab und zu auf die Uhr, um zu sehen, ob ich schon lange genug weg bin, um dir Angst einzujagen.« Das hätte sie ihm nicht erzählen sollen. Jetzt konnte er beruhigt zu Hause bleiben und auf sie warten. Zuvor war er ihr immer nachgerannt, panisch vor Angst bei dem Gedanken, für den Rest seines Lebens keine andere Gesellschaft als sich selbst zu haben.

Er stieg langsam die Stufen hinunter und stellte fest, daß seine Familie immer noch im Wohnzimmer saß. Vom Abendessen war noch kein Anzeichen zu entdecken, noch nicht einmal der Eßzimmertisch war gedeckt, aber das schien niemanden zu stören. In der Küche pfiff Gillespie vor sich hin; die anderen warteten ab, im Vertrauen darauf, daß es irgendwann, irgendwie etwas zu essen geben würde.

»Wo ist P. J.«, fragte Matthew ihn.

»Sie macht einen Spaziergang.«

»Ich fand sie nicht besonders sympathisch«, sagte Andrew.

»Du findest nie jemanden sympathisch.«

»Als ich heiraten wollte«, sagte Mrs. Emerson, »waren meine Eltern sehr dagegen. Sie sagten: ›Oh, er ist wirklich nett, und wir bezweifeln nicht, daß er dich ernähren kann. Aber reicht dir das denn? Er ist einfach nicht dein *Typ*, Pamela‹, sagten sie. ›Er hat nicht, er hat eine andere –‹ Nun ja, ich habe nicht auf sie gehört. Soviel steht allerdings fest: ich habe es ihnen direkt ins Gesicht gesagt. Ich habe mich noch nie heimlich davongestohlen. Wir haben eine ganz wunderbare kirchliche Hochzeit gefeiert, und alle meine Verwandten waren dabei und haben sich tadellos benommen. Später dann dachte ich: Tja, jetzt weiß ich, was sie gemeint haben. Ich weiß, was meine Eltern gemeint haben. Sie haben damals nur mein Bestes gewollt. Aber das wurde mir erst später klar.«

Andrew schaute von dem Sternchen auf, das er gerade in einen Teering hineinmalte. »Was willst du damit sagen?« fragte er. »Soll das heißen, daß ihr beide, du und Vati, nicht miteinander ausgekommen seid?«

»Oh, wir sind gut miteinander ausgekommen«, sagte seine Mutter, »aber es gab so vieles – wir waren so verschieden. Haben uns gegenseitig nie verstanden. Und ich hoffte, ihr Kinder würdet meiner Familie ähnlich sein. Sogar Billy wünschte sich das. Immerhin hat *er* euch eure Namen gegeben – Matthew Carter Emerson, Andrew Carter Emerson, jeder einzelne von euch trägt auch meinen Mädchennamen. ›Damit sie etwas haben, worauf sie stolz sein können‹, sagte Billy. ›Jeder kennt die Carters.‹ Ach, und ich habe so große *Erwartungen* in euch gesetzt! Aber was ist statt dessen passiert? Ihr seid reine Emersons. Ihr ähnelt alle Billys Brüdern, einzelgängerisch und schweigsam und geborene Versager, und wenn ich jetzt zurückblicke, weiß ich nicht einmal, zu welchem Zeitpunkt ihr die Seiten gewechselt habt. Und wieso ist es überhaupt dazu gekommen?«

Ihre drei Söhne hatten ihr mit unbeteiligter, interessierter Miene zugehört, so als spräche sie über ein abstraktes Problem, über etwas, das sie nicht persönlich betraf. Dann sagte Matthew: »Ach, ich weiß nicht. Ich mochte Vatis Brüder eigentlich ganz gern.« »Das wundert mich nicht«, sagte seine Mutter. »Gerade von dir hätte ich auch nichts anders erwartet.«

»Sie waren aber ziemliche *Hinterwäldler*, Matthew«, sagte Andrew.

»Also, einen Moment mal –«

Ehe daraus ein Streit werden konnte, floh Peter in die Küche. Dort spielte George auf dem Fußboden mit einer Zikade, und Gillespie gab dem Baby die Brust. Sie saß mit aufgeknöpfter Bluse friedlich auf einem Stuhl, genau wie eine lebenspendende, blonde Madonna. Der Braten kühlte bereits auf der Theke ab, aber sie schien es nicht eilig zu haben. »Wo ist P. J.?« fragte sie.

»Weggegangen.«

»Also, es wäre schön, wenn du sie holen würdest. Es gibt Abendessen, sobald ich hiermit fertig bin.«

»Vielleicht sollten wir ohne sie anfangen«, sagte Peter. Er stellte sich plötzlich vor, wie es wäre, wenn er sich nicht auf die Suche nach P. J. machen würde. Er könnte jetzt gleich in seinen Wagen steigen und allein abfahren, unbekümmert und voll reiner, hemmungsloser Freude. In ein paar Stunden würde P. J. dann hereingeschlendert kommen, mit Grasflecken auf der Rückseite ihrer Shorts. »Wo ist Petey?« »Nicht mehr hier.« »Tja«, würde sie sagen, bemüht, Haltung zu bewahren und so zu tun, als habe sie nichts anderes erwartet, »dann werde ich mich jetzt auch auf den Weg machen. Es hat mich riesig gefreut, Sie kennenzulernen.« Er sah sie vor sich, wie sie mit hochgerecktem Daumen an einer Straße stand. Sie hatte die Handtasche über die Schulter gehängt, und ihre nackten Beine leuchteten in der Dunkelheit wie Messerklingen. Aber woher wollte er wissen, ob ihn nicht auf halber Strecke nach New Jersey ein Gefühl der Einsamkeit und Reue überkam? Andrerseits konnte er auch hierbleiben. Der Haushalt könnte sich ausweiten wie eine Ziehharmonika, die Kinder der Familie wären hier sicher und glücklich, und Gillespie wäre da, um sich um sie zu kümmern. Was sprach dagegen?

Gillespie hob das Baby auf ihre Schulter, ging zum Kühlschrank und holte eine Tüte Milch heraus. Sie schüttete eine Untertasse bis zum Rand voll und stellte sie neben der Küchentür auf die Veranda. »Miezmiez«, rief sie. Dann kam sie wieder herein und schaute nach den Keksen im Ofen, und danach legte sie das Baby an ihre andere Brust. Jenny schob den Kopf zur Seite, um die Brustwarze zu finden. Gillespie summte halblaut – eine wahre Versorgungskünstlerin, die alles heranschaffte und verteilte, was ihre Familie benötigte. Aber als sie bemerkte, daß Peter sie beobachtete, sagte sie: »Ich wünschte, du würdest P. J. suchen gehen, Peter.«

»Lieber nicht«, sagte er.

»O diese Emersons«, sagte Gillespie, aber ohne großen Nachdruck. Sie schob eine Strähne von Jennys Haar zurück. In dieser Haltung, mit dem gesenkten Blick und den, dem Baby zuliebe hochgezogenen Mundwinkeln, sah sie jünger aus, als er erwartet hatte. Er hatte sie sich als eine Art guten Geist der Familie vorgestellt, alterslos, gesichtslos und schon so lange, wie er zurückdenken konnte, im Haus, obwohl sie in Wahrheit erst hierher gekommen war, als er bereits aufs College ging, und nur ein paar Jahre älter war als er selbst. Jetzt schob sie einen Mokassin vor, um die Zikade daran zu hindern, über den Fußboden zu laufen, und als sie George angrinste, sah sie ebenfalls aus wie ein Kind. »Laß sie besser nicht in das Zimmer, in dem Oma ist«, sagte sie zu ihm.

»Ich werde ihr beibringen, wie man fliegt«, sagte George.

»Meinst du nicht, daß sie das schon kann?«

Aber George stapfte schon aus der Küche, in Richtung Haustür. Peter blickte ihm stirnrunzelnd hinterher.

»Die anderen glauben, ich habe einen Fehler gemacht«, sagte er zu Gillespie.

Gillespie reagierte nicht. Das Baby, das angestrengt saugte, rollte die Augen hoch und musterte ihn.

»Vielleicht haben sie recht«, sagte er. »Man sollte nichts von jemandem erwarten, der mit der eigenen Familie so wenig gemeinsam hat.«

»Doch, das sollte man, wenn die eigene Familie es einem nicht geben kann«, sagte Gillespie.

Dann erhob sie sich gemeinsam mit dem Baby, das wie eine Klette an ihr hing, und schaute erneut prüfend in den Ofen.

Peter stand einen Augenblick ganz still und beobachtete sie, aber anscheinend gab es nichts mehr, was sie ihm sagen wollte. Schließlich verließ er die Küche und ging leise, um von der übrigen Familie nicht bemerkt zu werden, durch die Diele. Er kam so dicht am Wohnzimmer vorbei, daß er die Stimme seiner Mutter deutlich hören konnte. »Warum verlassen mich meine Kinder immer wieder?« fragte sie. Peter blieb stehen, weil er für einen Augenblick befürchtete, daß sie ihn direkt angesprochen hatte. »Warum kommen sie immer wieder *zurück*?« fragte Andrew sie. »Und stehen dann vor dir, kratzen sich den Kopf und sagen: › *Worum* hast du mich eigentlich gebeten?‹« Mrs. Emerson murmelte etwas, das Peter nicht verstand. Dann wurden die Stimmen vom Rascheln einer Zeitung übertönt, und im Schutz dieses Geräuschs trat er durch die Haustür und machte sie vorsichtig hinter sich zu.

Draußen war es dunkel, und der staubige, bittere Geruch der Zikaden lag in der Luft, aber es war von ihnen nichts mehr zu hören. Die einzige Zikade, die Peter sah, war die, die George auf der Veranda hochwarf, einfing und erneut hochwarf, ohne mehr als ein Summen und ein benommenes Flügelschlagen zu erreichen.

»Tschüs, Kumpel«, sagte Peter. Er verwuschelte Georges Haar.

»Tschüs«, sagte George. Er schien nicht überrascht zu sein. Er fing die Zikade wieder ein und schaute Peter geistesabwesend an, so als erlebe er tagtäglich, wie Menschen ankamen und abreisten und verleitet wurden, von ihrer Reiseroute abzuweichen.

Peter ging zum Auto, schaute die dunkle Straße entlang, und stieg dann ein und ließ den Motor an. Er fuhr langsam und beinahe geräuschlos und starrte auf alles, das vom Licht seiner Scheinwerfer gestreift wurde. Nach etwa hundert Metern hielt er an und beugte sich hinüber, um die Beifahrertür zu öffnen.

»Willst du mitkommen?« fragte er.

»Ich glaube schon«, sagte P. J.

Sie stieg ein und rutschte zu ihm herüber. Ihre Haut fühlte sich kühler als die Nachtluft an, aber die Hand, die sie auf sein Knie legte, war warm, und ihr Körper wärmte ihn von der Seite. Als sie in die Hauptstraße einbogen, war sie bereits mit dem Kopf in seinem Schoß eingeschlafen.